Leichentanz an Fassenacht

Ein Krimi aus Rheinhessen von Jean C. Becker

erschienen im Selztal-Verlag, Appenheim
Lektorat Herbert Hertling, Christiane Mohr
Umschlaggestaltung, Fotos und Bildbearbeitung:
Rainer Sauer
Befliegungsraster S. 127 mit freundlicher Genehmigung des
Landesamtes für Vermessung und Geobasisinformation, Koblenz
Druck: Schneider Druck, Bingen

1. Auflage 2003

Printed in Germany
ISBN 3-936929-01-7

www.jean-becker.de

Für C.

Ich danke besonders Christiane für ihre kreativen Impulse, meinem Vater für die großzügige Unterstützung und meinen Kindern für die (machmal etwas nervige) Ablenkung.

Personen und Ereignisse in diesem Roman sind frei erfunden. Ähnlichkeiten mit lebenden Personen und Geschehen wären rein zufällig. Sollte sich dennoch jemand getroffen fühlen, so ist er mit Sicherheit nicht gemeint.

Während er aber nur den Stoff bereitlegen wollte für andere, die Geschichte zu schreiben beabsichtigen, hat er wohl eher den Toren einen Dienst erwiesen, die nun versuchen werden, seine Texte mit der Brennschere aufzufrisieren.

Cicero über die Commentarien des Gaius Julius Caesar zum Gallischen Krieg.

Da unne, uff de Sandbank druff,
korz vor de Peters Au
hat sich dat Monschter eingewuhlt,
dat ist ja werklich schlau.

Aus "Es Krokodil" von Billy Crash

*

Das spärliche Restlicht, das von den Straßenlampen der Theodor-Heuss-Brücke streute, erleuchtete den Platz vor der Reduite schwach und unvollständig. Die Pieter van Aemstel nahe der jüngst umfassend renovierten Brücke, die die Mainzer Innenstadt mit dem rechtsrheinischen Kastel und Kostheim verbindet, hatte schon vor drei Tagen den Restaurantbetrieb eingestellt. Es war einfach nicht mehr möglich, trockenen Fußes auf den alten Segler zu kommen, der vor vielen Jahren in Kastel vor Anker gegangen war.

Der Anleger stand im spitzen Winkel nach oben und die braunen Wellen schwappten mit der ihnen eigenen, unnachgiebigen Trägheit bereits über die Uferstraße, die im Sommer als Flaniermeile für Cabrioten diente. Meist passend zur Fastnacht erkundeten die braunen Fluten Mainz, Wiesbaden und andere Städte und Kommunen an Rhein und Main auf der Suche nach dem verloren gegangenen ursprünglichen Flussbett. Nur manchmal rissen die schwer am Himmel hängenden Regenwolken ein wenig auf und glänzendes Vollmondlicht fiel auf den längst geräumten Parkplatz.

Doch so ganz geräumt war der Parkplatz nicht, denn ein kleiner Wohnwagen stand in der vorletzten Reihe, kurz vor dem Torbogen und nahe an der Treppe, die hoch zum Brückenkreisel führt. Wenn man näher heran ging, konnte man sehen, dass auf einer Seite das Rad fehlte und der Wagen aufgebockt war. Es war die Seite gegenüber der Eingangstür, in Fahrtrichtung gesehen, links.

Ob Ludwig merkte, was da um ihn herum vor sich ging? Er blieb sitzen, gerade so wie er saß. Schon seit einer Weile saß. Er rührte sich nicht, warum auch? Seine Augen waren geschlossen, seine Arme lagen auf den Lehnen seines Schaukelstuhls und seine Füße berührten den Boden nur ein wenig. Es war eine bequeme Stellung und er hatte bequeme, warme Sachen an, denn draußen war es kalt um diese Jahreszeit. Die Welt draußen drehte sich weiter, der Rhein stieg weiter. Ludwig blieb sitzen. So entspannt, wie man nur sein kann.

Schon am Nachmittag hatte die Polizei auf der Mainzer Rheinseite die Parkplätze am Schlossufer räumen lassen und auch die Camper auf der Petersaue und unterhalb des Industriehafens hatten ihre Gefährte schon lange auf Pfählen mit festen Fundamenten aufgebockt, so dass sie hohe Rheinpegel überstehen würden. Am anderen Flussufer überflutete das Hochwasser gegen Mitternacht die Liegewiesen auf dem Maaraue. Der Rhein weitete sich immer weiter, die feuchte Kühle kroch durch den Boden und setzte tiefer gelegene Keller in Kostheim unter Wasser. An der Reduite schlugen die Wellen nun auch gegen den alten Caravan. Das Wasser stieg gurgelnd immer weiter.

Kurz nach drei war es dann so weit. Gerade als die Wolkendecke länger aufriss und der Vollmond seinen Schein ungehindert über das seltsam veränderte Land streichen ließ, hob "de braun Brie", wie die Mainzer sagen, den Wohnwagen an. Langsam trieb er los, zunächst durch den Torbogen und im Strudel hinter dem Pfeiler tanzte er raus in den Fluss, wo ihn die Strömung mitnahm. Ludwig blieb unbewegt sitzen. Was hätte er getan, wenn er bemerkt hätte, dass seine Behausung langsam vom Wasser angehoben wurde? Vielleicht hätte er die sanften, schaukelnden Bewegungen genossen und interessiert dem gurgelnden Wasser zugehört, vielleicht über die groteske Situation geschmunzelt, bestimmt neugierig nach draußen den am Fenster vorüber gleitenden Lichtern zugesehen. Oder hätte er sein geliebtes Gefährt schnell mit einem Sprung ins inzwischen fast hüfttiefe Wasser verlassen, um sich ans feste Ufer zu retten? In jedem Fall tat er es nicht. Nicht, weil er es nicht wollte, obwohl er sehr entspannt war. Sondern weil er es nicht konnte. Denn Ludwig war tot.

Die Strömung in Ufernähe reichte nicht, um das Urlaubsgefährt in die Hauptfahrrinne zu treiben. So trieb er ziemlich nah an den Kies und Sandhaufen der Firma Menz und dann an der DLRG-Station entlang. Gesehen wurde er nur von einem Hundezüchter, der seinen an Durchfall leidenden Rottweiler alle zwei Stunden ausführen musste. Im Seitenarm auf der Wiesbadener Seite der Rettbergsaue wurde die Strömung schwächer und der Caravan näherte sich immer mehr dem Ufer. Schließlich verfing er sich in den Ästen einer wilden Pappel an der Uferböschung direkt gegenüber der Ecke Eleonorenstraße / Am Pionierübungsplatz, so dass Ludwig zur einen Seite den eleganten Lichterbogen der Theodor-Heuss-Brücke und zur anderen Seite die klein- bis gutbürgerlichen Häuser der Rheinanwohner hätte sehen können.

Als um halb fünf ein angeheiterter Zecher und Krimischreiber schweren Fußes nach Hause kam, schob er den Anblick eines im Rhein parkenden Wohnwagens unweit seiner Haustür auf eine ungünstige Getränkekombination im Hafeneck, drückte sich an dem Piratenfloß in seiner Einfahrt vorbei und verkroch sich ins

Bett. Dort sägte er bis in den nächsten Morgen in einer derartigen Lautstärke, dass nicht nur seine Lebensabschnittsgefährtin fluchtartig in die untere Etage umzog, sondern auch die Äste nicht mehr den Wohnwagen am Ufer festhalten konnten. Und Ludwig mit seinemCaravan weiter auf der Strömung tanzte, gerade so wie die Fassenachter in der Mainzer Altstadt.

*

Es roch nach Frühling, das Licht des fast vollen Mondes lief glitzernd auf den noch nassen Zweigen der Bäume entlang und tauchte die Hexenkanzel über dem Appelbach in ein fahles Licht. Der Bach war so breit, dass er die Wiesen ganz überflutete und verrottete, schwarze Baumstümpfe träge mit der Strömung talwärts rollten. Immer wieder stauten Ansammlung von Treibholz das Wasser auf und leiteten es in wilden Mäandern zur Seite. Die warme Jahreszeit kam stets früher als drüben auf der anderen Seite des großen Flusses, wo die bewaldeten Hänge noch von weißen Schneeflecken gesprengt waren und mit der Wärme kam auch das Wasser. In den Nächten aber kehrte auch hier immer noch die Kälte zurück und machte den Atem im Licht einer Fackel auf gespenstische Weise sichtbar.

Dimun lief vorsichtig weiter am Bach entlang und bog in den Hohlweg unterhalb der Hexenkanzel ein. Sein Atem ging stoßweise und er schwitzte trotz der tiefen Temperaturen unter seinem Fell, das er, mit Schnallen befestigt, über der Schulter trug. Den Leinen-Umhang hatte er wie seine Fackel längst weg geworfen, nur sein kurzes Schwert und seinen Beutel hatte er noch bei sich. Er kam nun schneller voran, aber die mondhelle Nacht und die mit winterdürrem Gestrüpp und kahlen Bäumen bestandenen Hänge machten es ihm schwer, sich zu verstecken.

Er war auf der Flucht und er wusste warum. Es war ein Risiko gewesen, das ihn leicht über die nächsten Monate tragen konnte, wenn es erfolgreich war. Doch das war sehr zweifelhaft, denn sie waren ihm auf den Fersen und der Ausgang der Verfolgung war ungewiss. Schnell lief er weiter, denn der viel genutzte Weg am Bach wurde breiter und sah so verführerisch eben aus. Dabei achtete er darauf, möglichst dicht an den Bäumen zu bleiben und jeden zusätzlichen Schatten zu nutzen. Er presste seinen Lederbeutel an sich und überlegte fieberhaft. Wie Schlaglichter tanzten die letzten Minuten vor ihm ab.

Das Anschleichen im Schatten der Büsche, der Griff auf das Holz, der so einfach war und so schnell. Das Adrenalin, das seine Sinne so geschärft hatte, dass er glaubte, unverwundbar zu sein. Der Rausch, es geschafft zu haben, als er die Beigaben in seinem Beutel verstaute. Und dieser Hund, der ihn bemerkt hatte, sofort anschlug, die schlafenden Wachen weckte und auf seine Spur brachte. Der Rest war Flucht, Rennen, Stolpern, Weiterrennen. Er hatte keine Wahl.

Immerhin hatte der Hund ein wenig an seinem Umhang geschnüffelt und die Krieger waren zunächst in die falsche Richtung weiter gelaufen. Doch dann war er hinterher gehetzt und hatte sie wieder auf seine Spur geführt, bis er einem aufgeschreckten Hasen folgte und bachaufwärts verschwand. Doch sie waren ihm nun schon so nahe, dass er glaubte, ihren Atem hören zu können und ihre Rufe gellten ihm in den Ohren und peinigten ihn.

Die Wegekreuzung war die Lösung! Schnell rannte er den Hohlweg bergan und warf sich dann gleich seitlich in die Büsche. Er kroch so tief er konnte unter den Ginster und achtete nicht auf die Dornen der Akazien, die ihm die Haut zerstachen. Als sie mit ihren Fackeln an ihm vorbei hasteten, presste er sich so eng an den Boden wie er konnte und er hatte Glück: Sie hasteten weiter bergan.

Dimun lehnte sich erleichtert zurück und ruhte sich kurz aus. Der reisende Händler hatte bisher Räubern und missgünstigen Händlerkollegen stets ausweichen können. Doch die Zeiten wurden immer unruhiger, es ging die Kunde, dass der große Cäsar mit einer Armee, wie man sie noch nicht gesehen hatte, nach Norden zog.

Im Kampf war Koltur, Sohn des Hestur, verletzt worden und sie hatten den Druiden zurück gebracht. Vor vier Tagen war er gestorben. Der Scheiterhaufen war schon aufgerichtet und das Grab, das die Überreste aufnehmen würde, in den letzten Tagen in mühsamer Arbeit in den gefrorenen Boden gestemmt worden. Schon morgen, bei Vollmond, würden sie ihn und mit ihm viele kostbare Dinge, die zu seiner herausgehobenen gesellschaftlichen und politischen Stellung gehörten, den Flammen übergeben und dann in die Erde bringen. Sogar einen ganzen Streitwagen, dessen Deichsel sie allerdings aus Platzgründen gekürzt hatten, würden sie mit ihrem Anführer beerdigen.

Doch an solchen Dingen hatte Dimun kein Interesse. Nicht, dass er mit dem Kriegshandwerk nichts zu tun haben wollte, bestimmt nicht. Schließlich handelte er selbst mit Waffen und Werkzeugen, verdiente nicht schlecht daran und war durchaus wehrhaft. Nein, was den jungen Mann mit den langen Haaren interessiert hatte, waren die anderen Beigaben, die bald im Feuer zu unkenntlichen Klumpen verschmelzen sollten, kleine handliche und sehr wertvolle Dinge aus Gold, Silber und Glas. An solchen Dingen waren die Römer sehr interessiert und er würde jeden Preis dafür nehmen können.

Dimun hatte sich vorsichtig dem Begräbnisplatz auf der Hexenkanzel genähert, wo bereits alles für die Bestattung gerichtet war. Und er hatte zugegriffen, denn die Zeiten waren hart.

Dimun wartete noch etwas, bis sich seine pfeifenden Lungen beruhigt hatten. Vorsichtig kroch er zu einer Felsspalte und steckte seinen Lederbeutel so tief wie möglich hinein. So würde er seinen Verfolgern besser voran kommen und könnte ihn später holen.

Vorsichtig kroch er aus seinem Versteck, denn spätestens am Morgen würden sie ihn hier entdecken. Vorsichtig schlich er am Wald entlang und glaubte sich schon gerettet, als er mit seinen Pelzschuhen auf einen schräg liegenden Stein trat und mit dem Fuß umknickte. Der stechende Schmerz ließ blitzartig eine blendende Helligkeit vor seinen Augen wabern und er hätte sicher geschrieen, wenn das nicht endgültig seinen Verfolgern seine Position verraten hätte.

Gebückt schlich er weiter und bemerkte, dass die Dornen Striemen auf seiner Haut hinterlassen hatten, die nun brannten. Er versuchte seinen Fuß möglichst zu schonen und kroch auf allen Vieren den nächsten Hang hinauf, wo das winterdürre Gebüsch dichter wurde. Aus der Ferne näherten sich wieder die Stimmen seiner Jäger. Sie hatten im Dorf und dem umgebenden offenen Gelände oberhalb des Hohlweges keine Spur finden können und kamen nun wieder zurück.

Dimun zog sich ungeduldig an den Ginsterzweigen bergan, weil das lockere Gestein immer wieder nachrutschte. Bald würde er es geschafft haben. Als der Suchtrupp mit seinen Fackeln wieder den Hohlweg herunter kam, war er schon nah an der oberen Felskante und nur noch ein, zwei Züge später wäre er im Dickicht. Er hielt inne, um sich nicht durch ein Geräusch zu verraten.

Die Gruppe seiner Häscher teilte sich fast direkt unterhalb von ihm und er glaubte das Licht ihrer Fackeln würde ihn in seiner aussichtslosen Lage verraten. Wie er am oberen Hangende hing, zitternd vor Angst in das Gestein gekrallt. Doch vier Krieger folgten dem Bach talwärts und die anderen vier schwärmten bachaufwärts aus. Als die Fackeln um den nächsten Felsvorsprung verschwanden, entspannte sich Dimun einen Moment und das war ein Fehler. Unbedacht trat er dadurch ein paar Steine im lockeren Gestein der Hexenkanzel lostrat, die polternd zu Tal rollten und rutschten. Sofort kehrten die Gruppen um und kamen nun von zwei Seiten auf Dimun zu. Er versuchte panisch, über die Felskante zu entkommen und schrie in seiner Angst, löste aber nur eine kleine Schuttlawine aus, die ihn fast vor die Füße seiner Verfolger rutschen lies. Dann waren sie da und über ihm. Dimuns Gegenwehr dauerte nur Sekunden, gegen die Übermacht hatte er keine Chance. Sie taten das mit ihm, was einem Grabräuber zustand. Seinen Beutel allerdings fanden sie nicht, doch das hätte für Dimun keinen Unterschied gemacht.

*

In der Kanzel war es kalt, denn der Wind pfiff durch die nicht perfekt schließenden Scheiben des Cockpits. Monahan war froh, dass er unter den grauen Overall seine gefütterte Lederjacke angezogen hatte, als er am Morgen von Ophoven in Belgien mit seiner P-47 Thunderbolt gestartet war. Es war eine bei den Piloten sehr beliebte Maschine, denn sie hatte den Ruf der Rückkehr-Garantie, was ihr den Spitznamen "jug", Bütte, eingetragen hatte. Tatsächlich waren einige Maschinen trotz schwerer Treffer, die andere Flugzeuge sicher zum Absturz gebracht hätten, wieder zu ihren Flughäfen zurück gekommen. Auch Sergeant Bill Monahan der 509. Squadron der 405. Fighter Group war bisher immer bei den Rückkehrern gewesen. Seine Maschine war robust, die Luftüberlegenheit der Alliierten wurde gegen Kriegsende immer größer und der heftig brummende 16-Zylinder Pratt & Whitney-Motor betäubte die Ohren, aber beruhigte den Kopf. Normalerweise.

Aber Sergeant Bill Monahan, ein kleinwüchsiger, durchtrainierter Mann aus Idaho, wegen seines unablässigen Kaugummikonsums von den Staffelkameraden nur Chewy gerufen, wurde zunehmend unruhiger, denn der Motor verlor Öl und versprühte einen schmutzigen Film, der schlierig an den Seitenscheiben des Cockpits entlang lief. Eine Garbe aus den schweren MGs einer Messerschmidt 109 hatte ihn im Tiefflug über Oppenheim erwischt, nachdem er seine beiden Bomben abgeworfen hatte.

Zwar flog die "Little Lizzy" scheinbar unbeirrt weiter, aber sie war flügellahm und der deutsche Jäger hatte mit seiner 30 mm-Bordkanone leichtes Spiel gehabt. Sie hatte sein Cockpit zwar verfehlt, aber hässliche Löcher in die Motorverkleidung gestanzt und augenblicklich hatte Qualm ihm die Sicht genommen und der Motor zu stottern begonnen. Zwar hatte die deutsche Jagdmaschine nach der kurzen Salve wieder abgedreht, weil sie sich der Beute sicher war und der Pilot Sprit sparen musste, aber Monahan würde nicht mehr weit kommen, das war auch ihm klar.

Er selbst spürte keine großen Schmerzen, auch wenn sein rechtes Bein taub war und seine graue Fliegerkombination sich am rechten Oberschenkel feucht anfühlte, wenn er seine Hand darauf legte. Wie schwer war die Verwundung? Wie weit würde er noch kommen? Monahan versuchte, seine Maschine weiter nach Westen zu treiben. Noch war er nicht über den eigenen Linien, wenn auch der Vormarsch zu Boden nach der gescheiterten Ardennen-Offensive so schnell voran ging, dass der Kraftstoff-Nachschub für die alliierten Truppen mit ihren Sherman-Panzern schon längst ein wichtiges Thema geworden war. Die Gegenwehr am Boden beschränkte sich jetzt, im März 1945, nur noch auf einige braune Flecken von Ewiggestrigen, die ohne Rücksicht auf die Zivilbevölkerung versuchten, den vorrückenden feindlichen Truppen Widerstand zu leisten. So hatten beispielsweise die Ortsgruppenleiter von Volxheim und Wöllstein trotz der erdrückenden alliierten Übermacht die Panzersperren geschlossen.

Denn natürlich konnten die versprengten deutschen Einheiten, Leute vom Volkssturm mit Kurzschulung und Schüler an Flakbatterien, die von den Amerikanern angeführten Armeen nicht wirklich aufhalten. So schossen Panzer in die Orte hinein und in den letzten Tagen vor Kriegsende kamen viele Zivilisten, auch Kinder, sinnlos ums Leben. Besonnene Männer, die ihr Dorf oder ihre Stadt kampflos übergeben wollten, wurden in vielen Fällen von Nazigetreuen standrechtlich erschossen.

So sinnlos die Gegenwehr auch war: Sie hielt den Stresspegel für die amerikanischen, englischen und französischen Soldaten am Boden und in der Luft aufrecht und einige aus Chewys Staffel schienen das als Kick zu brauchen. Im Gefühl ihrer Luftherrschaft machten sie mit ihren Maschinen Jagd auf alles und jedes, erschossen mit ihren Maschinengewehren Bauern oder Kühe auf dem ungeschützten Feld ebenso wie Kinder auf dem Weg zur Schule. Die Luftterroristen waren mit ihren Flugplätzen immer näher an die Reichsgrenzen heran gerückt und wurden in ihrem Tun kaum behelligt von den weitgehend aufgeriebenen Fliegerstaffeln der "Krauts", denen Piloten und Treibstoff in Schwindel erregendem Tempo ausgingen.

Auch Chewy hatte sich mit seinen zwanzig Jahren dem Rausch der Gewalt und Geschwindigkeit nicht ganz entziehen können, wenn er auch stets die Rückkehr in die Heimat vor Augen hatte. In zwei Tagen hatte er Geburtstag und sein Geschwaderführer hatte ihm am Vorabend nach zehn Einsätzen einen Urlaub in den Staaten bereits im nächsten Monat versprochen. Das hatte Bill gleich an seine Liebste geschrieben, doch den Brief gedankenverloren eingesteckt.

Kurz nachdem Chewy angekommen war, wurde die 405. Fighter Group von St. Dizier in Frankreich nach Ophoven in Belgien verlegt. Da waren es nur noch wenige Minuten bis zur Reichsgrenze und in Mainz und Rheinhessen war das Geschwader in weniger als einer Stunde. Mit der überlegenen Reichweite der Thunderbolt bedeutete das viel Zeit im gegnerischen Luftraum. Viel Zerstörungspotenzial, aber auch Abschussgefahr. Schnell konnte dabei ein Jäger zum Gejagten werden, auch wenn das Endergebnis des Krieges längst fest stand.

Der Ölverlust wurde weniger, die Sicht wieder etwas klarer, doch Chewy machte sich keine Illusionen. Irgendwann würde der Ölverlust den Motor stocken lassen und dann musste er mit dem Fallschirm aussteigen oder hinter den feindlichen Linien landen. Ob er sich bis zu den eigenen Linien durchschlagen konnte? Es würde auch reichen, sich bis zur Ankunft der eigenen Einheiten zu verstecken. Etwa 10 Meilen westlich des Rheins stockte der stotternde Motor endgültig. Die plötzliche Stille hatte etwas Beängstigendes, Endgültiges. Das Pfeifen des Fahrtwindes nahm zu, als Chewy die Nase des Flugzeugs herunter drückte, um nicht ins Trudeln zu geraten. Wie weit würde er kommen? Der Höhenmesser kreiselte gegen den Uhrzeigersinn. 1500 Fuß, 1400, 1300 ...

Der Boden kam unerbittlich näher. Wie hoch war die rheinhessische Hochebene? Wissberg etwa 800 Fuß, Wörrstadt rund 600 Fuß, Daten vom Briefing am Morgen. Zu tief zum Aussteigen. Chewy blieb keine Wahl, er musste mit seiner Thunderbolt runter. Bei Wörrstadt war er noch 1100 Fuß hoch, 500 über Grund. Er konnte klar erkennen, wie Leute auf die Straße liefen und auf ihn zeigten. Im Segelflug ging er weiter runter, ins Tal. Es gelang ihm, eine letzte Funkmeldung abzusetzen. Über Wöllstein rasierte er fast die Kirchturmspitze ab, bevor er auf der Hexenkanzel die Baumspitzen streifte und schließlich im Appelbachtal herunter ging. In der Mitte des Tals war ein großes Gehöft und dahinter eine freie Fläche, die er im trüben Frühjahrslicht schemenhaft erkennen konnte. Die einzige Chance für eine Notlandung. Er überprüfte die Gurte, um sein Flugzeug nach der Landung schnell verlassen zu können, falls er sie überlebte.

Als Chewy in den Talgrund einschwenkte, sah er, dass seine vorgesehene Landefläche eine überschwemmte Wiese war, eigentlich mehr ein Sumpf. Und doch musste er runter, war praktisch schon unten. Er ließ das Fahrwerk eingefahren und setzte seinen "jug" bäuchlings auf, ein harter Schlag traf die Maschine und Matsch spritzte in hohem Bogen zur Seite. Der Rumpf pflügte mit brachialer Gewalt durch die feuchte Wiese und schlitterte mit hoher Geschwindigkeit auf eine alte, umgestürzte Weide zu, die ihre abgestorbenen Äste gierig nach ihm ausstreckte. Die Little Lizzy kollidierte mit dem Stamm, kippte nach vorn, schob sich mit der Schnauze in den Matsch und zerbrach.

Chewy hing in der senkrecht stehenden Kabine, schnallte sich unter Schmerzen ab und Hoffnung keimte in ihm auf, dass er noch einmal davon gekommen sei. Er hob das Cockpitdach an, als ein Schuss die Seitenscheibe zersplitterte. Mit letzter Kraft schwang er sich aus dem Cockpit und ließ sich fallen. Da peitschte noch ein Schuss und ein Schlag traf ihn. Er fiel ins Wasser, das seinen Sturz bremste. Die letzte Kugel hatte ihn am Kopf getroffen, ein Streifschuss. Das Blut lief ihm über das Gesicht und verklebte seine Augen, als er versuchte, sich zu orientieren. Er kroch unter das Wrack, unter den Motor, der eine wohltuende Wärme ausstrahlte, und wartete fünf Minuten, doch es rührte sich nichts mehr. Aber er konnte hier nicht dauernd in Deckung bleiben, denn er wurde zunehmend schwächer und als sich seine Aufregung legte, fing er an zu zittern vor Blutverlust, Angst und Kälte.

Der Appelbach führte Hochwasser und war zur anderen Seite nicht passierbar, so dass er versuchte, halb kriechend, halb gebückt laufend an der Betoneinfassung des Mühlbachs entlang vom Wrack weg zu kommen. Er blieb so gut in Deckung, wie er konnte und hatte dennoch Angst vor dem nächsten, vielleicht tödlichen Schuss. Doch seine Chancen stiegen, denn die Dämmerung kroch langsam vom Talgrund heran und war sein Freund.

*

Zwillinge

Sie verfügen heute über eine besondere Anziehungskraft. Gehen Sie dem Wunsch nach Erotik und Zärtlichkeit nach. Balzzeit ist angesagt. Auf jeden Fall stehen Lust und Spaß im Vordergrund. Harmonisches Liebesempfinden und ein beflügeltes Gefühlsleben ergeben gute Kontakte zu Frauen. Gehen Sie der Geselligkeit und Gemütlichkeit nach und schaffen Sie sich vergnügliche Abwechslungen.

Horoskop in der Allgemeinen Zeitung Mainz, Weiberfassenacht.

Ich bin mal wieder solo. Oder immer noch? Die Beziehung zu meiner ehemaligen Geliebten Jana ist schon lange vorbei, aber sie ist immer noch hoch geschätzte Gesprächspartnerin. Nicht wegen ihrer inzwischen abgeschlossenen Psychologie-Ausbildung, sondern wegen ihrer in den Unbilden des Lebens gewachsenen Persönlichkeit. Herbert, der Kommissar, hat seinen sicheren Hafen gefunden und versucht sich jetzt - untrügliches Zeichen für langfristige Absichten - gar an einer Holzdecke im Flur von Elviras Mietswohnung. Nur bei mir werden die Abstände zwischen den Beziehungen immer länger, die Beziehungen selbst immer kürzer. Sehr verdächtig. Tauge ich noch als Partner? Oder schleppe ich wie auch viele Frauen in meiner Altersgruppe nicht längst zu viel Beziehungserfahrung mit mir herum, um eine Beziehung ohne Vorbehalte neu zu wagen? Ronni beim alten Eisen, den Schwervermittelbaren?

Kann nicht sein, darf nicht sein. Ich schaue noch einmal in die Allgemeine Zeitung, die im Newscafé im Volkspark auf dem Tisch liegt, während ich weiter an einem Espresso schlürfe. Balzzeit ist angesagt. Klingt gut, wenn da nicht die blöden übernächsten Sätze wären: Grundlose Minderwertigkeits- oder Schuldgefühle plagen Sie vielleicht. Machen Sie sich locker, und lassen Sie sich nicht entmutigen.

Wer hat eigentlich diesen Horoskop-Schreibern gesagt, dass sie ein "Alle Angaben ohne Gewähr" schon in den Text integrieren müssen. Nach der Methode: Wenn's schief geht, bist du selbst schuld. Machen Sie sich locker!

Ha, nichts leichter als das. Wenn ich so locker wäre, wäre ich schon längst nicht mehr allein. Der Ansicht ist auch Jana, die ich am Vorabend angerufen hatte. Sie ist inzwischen voll im Stress mit anspruchsvollen Patienten, pflegt aber weiterhin den Kontakt zu unserem gemeinsamen Freund Herbert Wülfing, dessen Pensionierung per ordre de mufti nun mit einem Federstrich einfach mal um drei Jahre nach hinten verschoben wurde. Und "natürlich!" geht Jana zur Fassenacht. Wie jedes Jahr, schon "seit immer!". Und sie ist locker genug, kein Zweifel. Alle anderen wohl auch. Scheinbar nur ich nicht.

Immerhin hatte sie mir Mut zur Fassenacht gemacht. Abends in den Kneipen, da geht der Punk ab, da lernt man Leute kennen. Auch und natürlich Frauen, je später, je besser. Die suchen dasselbe wie ich, “klar!”. Ich soll mich nur auf den Weg machen. Natürlich nicht mit ihr, denn da würde ich natürlich eifersüchtig werden und andere Frauen würden bei dieser Begleitung einen Bogen um mich machen. Wer geht mit zu meiner ersten Kneipentour an Fassenacht? Pit aus Wiesbaden kann ich breit schlagen, Pit der Grafiker, Pit der Fastnachtsmuffel. Noch so ein Novize, ob das gut geht?

Vorfreude? Eher erwarte ich die Ohren verkleisternde und das Hirn vernebelnde Stampfmusik, schrille Frauenschreie und Gegiggel auf der Tanzfläche, aufgesetzte Fröhlichkeit über gähnender Langeweile, erstickende Enge. Verqualmte, stinkende Luft mit der Garantie, danach meine Kleider in der Waschmaschine wieder enträuchern zu müssen. Und dazu die sichere Gewissheit, wieder solo nach Hause zu gehen. Was also mache ich hier?

Auf dem Weg nach Elsheim, dem ECV, dem Elsheimer Carneval Verein, denn das ist DER Geheimtipp wurde mir allenthalben zugemunkelt. Mit Pit im Schlepp, der mir zuliebe seine Malerei verlassen und nur seinen in gewissenhafter Arbeit feinst bemalten Hut als närrisches Accessoire mitgenommen hat. Was ihn unzweifelhaft als Künstler outen würde, wenn in dem allgewaltigen Trubel nicht ohnehin alles untergehen würde.

Was man mir auch zumunkelte, was ich aber geflissentlich überhört habe, ist, dass alle Veranstaltungen ausverkauft sind. Und so geht es uns auch, nach langer Parkplatzsuche stehen wir an der Halle vor der Tür, während drinnen der Punk abgeht und die Leute schon längst auf den Tischen und Sitzbänken stehen. Ob und zu kann man einen kurzen Blick auf die Bühne erhaschen. Billy Crash, der Rheinhessenrocker mit seinem ZZ-Top-kompatiblen Rauschebart und Peter Breitmann am Keyboard heizen dem Publikum so ein, dass die Luft vibriert. Die Fassenachter feiern indes nicht nur den Mundart-Rocker, sondern auch sich selbst. Wie gebannt stehen Pit und ich in einer kleinen Menschentraube vor dem Eingang und starren auf diese Welt, in der die Gesetze des Alltags konsequent außer Kraft gesetzt sind.

Eine kurze Pause für die Band ist unsere Chance. Als Konservenmusik übernimmt und einige aus der Halle gehen, drücken Pit und ich uns hinein und wir befinden uns mitten im Getümmel. Plötzlich so stürzt sich ein Derwisch mit Triumphgeschrei auf mich, die mich mit unwiderstehlicher Kraft auf die Mitte der Tanzfläche zieht. Wo wir in einem Akkordtempo eine Runde nach der anderen drehen, irgendwo im Niemandland zwischen der Musik und den steten Stößen der Umtanzenden. Ein kollektives Aneinander-Reiben in mehr oder weniger luftiger Kostümierung. Mit viel Hautkontakt zu weiblichen Rundungen, die im

Karnevalsrhythmus immer wieder ganz nah reiben und plötzlich wieder fern sind.

Dazu mehr oder weniger missratene Versuche, im tobenden Durcheinander ein paar Worte zu wechseln. Wo kommst du her? Aus Mainz? Echt? Aha! Vor mir schreit eine Frau, die auf ihrem Weg zur Toilette im erbarmungslosen Geschiebe wie ein Polarschiff im Packeis stecken bleibt. Hoffentlich auch ihr Toilettendrang. Eine Pause ist dringend nötig und in meiner Kehle verdampft eine volle Flasche Mineralwasser fast ohne Wirkung. Die Pause ist zu Ende, der Kultrocker kommt wieder auf die Bühne und hat mit dem ersten Ton die überquellende Halle sofort im Griff.

“Es Krokodil”, ein flotter Spottgesang auf das letztjährige Sommertheater um ein angeblich gefährliches Reptil im Rhein - leider wurde kein Nessie-Nachfolger draus - lässt erneut die Luft flimmern und bevor es zuviel wird, gibt es “Widder hoom nooch Meenz”, ein besinnlicher Song, mit dem Billys Stimme mühelos ins Gemüt dringt. Zwar würde ich gern noch länger hier bleiben, aber Pit drängt zum Aufbruch. Dem Fassenachtsmuffel wird es nun doch zuviel mit der Enge und er will auch in Mainz zumindest einmal kurz in die Kneipen schauen.

Dort ist aber um halb zwei auch nicht mehr so arg viel los. Vielleicht kann ich ja noch einen Besuch bei den Freunden und Helfern machen? Tatsächlich: In der Rheinallee kündigt ein Blitzlicht mitten auf der Fahrbahn ihre Anwesenheit so früh an, dass ich sie ganz für mich allein haben werde. Denn die anderen Autofahrer biegen schnell vorher nach links in die Goethestraße ab ...

So haben denn die Männer in Grün - es ist keine Frau darunter - genug Zeit für ein kleines Schwätzchen. Ins Röhrchen blasen - ein modernes Gerät hat inzwischen die Blastüte ersetzt - darf ich auch mal. Meine Premiere endet wie erwartet mit einer Geräteeichung beim absoluten Nullpunkt. Dann fahre ich Pit absetzen, nach Wiesbaden über die Schiersteiner Brücke. Wenn ich tatsächlich wieder mit Jana zusammen wäre, bräuchte ich nur weiter zu fahren ... aber das ist ja leider nicht mehr. So habe ich immerhin einen Blick auf den Rhein, der sich im Vollmond glitzernd gen Nordsee wälzt. Ich traue meinen Augen kaum - am überfluteten Biebricher Ufer treibt gar ein Wohnwagen lang. Da war wohl ein Campingfreund etwas unvorsichtig gewesen.

*

Als der Pilot die Außenmauer des Gehöfts erreicht hatte, zögerte er. War das Gebäude bewohnt, waren von hier die Schüsse gekommen? Er schlich auf der Straßenseite im Gebüsch entlang, das etwas Schutz vor dem beißenden Wind bot und verharrte. Wie schwer war er verletzt? Wie lange würde er sich verbergen können? Wann würden seine Kameraden hier sein? Sicher war sein Abschuss bemerkt worden und vielleicht war ein Suchtrupp ja schon unterwegs. Hinter den feindlichen Linien eine gefährliche Aufgabe.

Monahan zog den Brief an seine Liebste aus seiner Jacke, den er schon in Frankreich geschrieben, aber bis heute noch nicht abgeschickt hatte. Es war eine vorbereitete Liebeserklärung mit ungewissem Ausgang, denn hinter der fröhlichen Fassade war Chewy ein durchaus ernsthafter, oft zweifelnder Mensch. Er hatte den Brief zurück bringen wollen, wenn er nach diesem Krieg nach Hause zurück kehren und Elisabeth heiraten würde.

Nun fühlte er sich so einsam wie nie zuvor in seinem Leben und beschloss, den Brief zu verstecken, in der Hoffnung, dass er gefunden wurde, wenn er selbst nicht durchkommen würde. Das Mitnehmen persönlicher Dinge, die die Identifizierung für den Feind erleichtern würde, war in der US Airforce streng verboten. Nur die "dogtag", die metallische Identifikationsplakette musste stets mit sich getragen werden und auch ein Notfallset. Chewy zog aus seiner Tasche einen Bleistift aus seiner Jacke und kritzelte mit klammen Fingern auf den Brief, dass er nach der Bruchlandung beschossen worden war und versuchen würde, sich durchzuschlagen. Dann versteckte er das Kuvert sorgfältig und kroch vorsichtig weiter an der Wand entlang.

Das Gehöft machte einen verlassenen Eindruck, doch alle Fenster und Maueröffnungen waren mit Eisengittern verschlossen. Schließlich fand er eine breite, niedrige Maueröffnung, wie ein Fenster in Sandstein gefasst. Vorsichtig näherte er sich. Bevor er sich aus dem Gebüsch erhob, schaute er vorsichtig um sich, bemerkte aber nichts. Es war inzwischen fast dunkel und in Chewy keimte die Hoffnung auf, ungesehen in das Gebäude zu kommen und sich dort bis zum Eintreffen seiner Kameraden verstecken zu können. Er richtete sich auf und schaute durch die Öffnung, doch außer Dunkelheit konnte er nichts erkennen.

Kurz entschlossen kroch Monahan in die Öffnung und ließ sich vorsichtig auf der anderen Seite ab. Der Boden war weich, doch tragfähig. Auch wenn der Wind durch den Fensterspalt pfiff, war es doch hier entschieden gemütlicher als draußen. Chewy sah sich im Halbdunkel um. Überall Gerümpel, alte Gerätschaften, auf dem Boden jede Menge zerschlissene Säcke und über allem der Geruch von altem Staub.

Ja, das sah wirklich viel versprechend aus. Vorsichtig ging er weiter und er konnte sein Glück kaum fassen, denn alte, abgetragene Arbeitskleidung hing da. Er zog seinen verräterischen Overall aus und versteckte ihn in einer Wandnische, die er mit herum liegenden Steinen zustopfte. Dann zog er die Jacke über und verkroch sich, so tief es ging, unter die alten Säcke. Die Pistole legte er griffbereit unter seine Jacke. Unter den gegebenen Bedingungen war der Platz ideal und Monahan vergaß nur zu gern, dass draußen jemand auf ihn lauerte, der schon auf ihn geschossen hatte. Denn seine Erschöpfung ließ ihn in einen Schlaf fallen, der so tief war, dass er nicht hörte, wie gegen Mitternacht jemand mit einem Gewehr in der Hand über das Fenster in den Raum stieg. Es war ein kleinwüchsiger Mann, der sich gut auskannte, denn er vermied geschickt die knorrenden Bodendielen. Als er neben dem schlafenden Piloten stand, holte er zu einem fürchterlichen Hieb aus.

Nur drei Tage später, am 19. März 1945, eroberten die vorrückenden US-Truppen Wörrstadt und nach einem sinnlosen Abwehrkampf, dem auch Zivilisten, darunter Kinder, zum Opfer fielen, am 21. März auch Wöllstein. Sie beherrschten damit auch das Appelbachtal.

*

Am Samstag gehe ich wieder “auf die Piste”, diesmal direkt nach Mainz. Im Schlepp eine Märchenprinzessin aus meiner kleinen Doppelkopf-Runde, einem Rudiment der Studienzeit auf der Mainzer Uni. Vom Doctor Flotte breiten sich rhythmische Schwingungen in die Altstadt aus, doch noch kommen wir am wehrhaften Türsteher vorbei in die wogende Menge. Enge ist hier - wie bei Fastnacht allgemein - kein Problem, sondern notwendige Zutat für einen gelungenen Abend. Jedes Hin und Her bedeutet ein Reiben an Bäuchen, Pos, Brüsten, Hüften und Gesichtern; ein schnelles Umfassen die Gelegenheit zum Tanz auf einem bierdeckelgroßen Fleckchen des knarrenden Dielenfußbodens.

Maskerade kann, aber muss nicht sein. Tatsächlich sind einige der wenig Maskierten besonders flott dabei. Meine voll gedresste und gestylte Begleiterin aber stürzt sich voller Inbrunst ins Getümmel und schaut zwischenzeitlich immer wieder tief ins Starkbierglas. Beim Tanzen mit ihr spannt meine Hose verdächtig, was sie genüsslich mit noch engerem Anpressen kommentiert. Nur noch ein paar Textilfasern liegen zwischen uns, als plötzlich mein Handy losvibriert. Erst zuckt sie etwas zurück, dann müssen wir beide lachen und genießen das Kribbeln an passender Stelle. Wer immer anrufen mag, er ist es nicht wert, diesen Spaß zu unterbrechen. Wir beschließen lachend, es wegen des eingebauten Vibrators zum Damenhandy zu ernennen. Ich freunde mich schon mit dem Gedanken an, diesen Abend nicht allein nach Hause zu fahren, doch das Dunkelbier macht mir einen Strich durch die Rechnung.

Denn beim Bestellen des nächsten Glases findet die Märchenprinzessin einen gemütlichen, lorbeerbekränzten Römer. Und schaut plötzlich nicht mehr nur tief ins Glas, sondern auch in seine Augen. Und nach dem fünften Bier ist sie offensichtlich so von seinen Qualitäten überzeugt, dass sie mich links liegen und ihre Zunge in seinem Mund spielen lässt. C´est la vie bei Fassenacht.

Doch auch ich habe mich längst umgeschaut, weil sich das anbahnte. Wer erwidert den Blickkontakt und synchronisiert seine Bewegungen mit meinen Tanzverrenkungen? Eine Glitzerlady samt Berliner Freundin, deren fantastisches Dekolleté bewundernde Blicke der Männer und neidische der Frauen auf sich zieht. Und die auch gern eng tanzt, wie ich schnell feststellen kann. Um zwei wollen wir einmal den Standort wechseln. Willst du mit? Aber ja! Auch die Zauberprinzessin bricht mit ihrem Römer in eindeutig zweideutiger Absicht auf und der Blickkontakt reißt für diesen Abend ab. Bis fast um vier bin ich dann mit der Viererbande im "Klingelbeutel". Leider belegen Freundinnen aus Berlin alle freien Schlafplätze, sonst hätte sie mich mitgenommen ... Um vier bin ich schließlich allein zuhause, wo mich mein Hund Flocki müde und mitleidig anschaut, bevor er sich wieder in sein Körbchen verzieht. Keine fünf Minuten später schnarcht und grunzt er wieder seinen ureigenen Schlafgesang.

*

Die Strömung machte auch um die Landebrücken der Köln-Düsseldorfer in Biebrich einen kleinen Bogen, so dass der Caravan am Biebricher Schloss vorbei und unter der Schiersteiner Brücke hindurch mit steigender Geschwindigkeit den Rhein runtertrieb. Er hatte Schlagseite, weil auf der, der Eingangstür entgegen gesetzten, Seite der Auftrieb des abmontierten Reifens fehlte. Die Schräglage hatte ihr Gutes, denn so konnte kein Wasser zur Eingangstür eindringen. Die Lüftungsöffnungen im Boden waren wegen des Winters geschlossen und ließen das kalte Rheinwasser ebenfalls nicht eindringen. Dennoch sackte der Caravan langsam tiefer ins Wasser, weil die Abdichtung zu den Radkästen nicht für eine Wasserreise gedacht war. Der hölzerne Boden quoll langsam auf und dichtete so einige Lücken vorläufig besser ab, aber irgendwann würde er nachgeben. Immerhin stabilisierte das inzwischen eingedrungene Wasser das Urlaubsgefährt. Es drehte Pirouetten, tanzte hin und her und Ludwig hätte sicher seine Freude daran gehabt. Am Rüdesheimer Hafen, wo das winzige Dampfschiff von Helmut Strothjohann im trockenen Winterquartier aufgedockt war, drückte die Strömung der am gegenüber liegenden Binger Seite einmündenden Nahe das mobile Ferienquartier zunächst in Richtung des hessischen Ufers.

Dann kam der Sog hinter der Naheaufstauung zum Tragen und zog mit Macht wieder auf die andere Seite, in den Strudel hinter den Mäuseturm. Nach einigem Kreiseln verfing sich der ehemalige Caravanerstolz schließlich im naturbelassenen Geäst der Rheinkribben, des überfluteten Naturschutzgebiets unterhalb des

Mäuseturms. Ludwig hatte den größten Teil seiner Reise hinter sich und bald würde er Besuch bekommen.

*

Der Sonntag kommt mit eisigen Temperaturen, starkem Wind und feinem Schnee daher. Das Thermometer zeigt zwar "nur" minus neun Grad, aber die gefühlte Temperatur im Wind dürfte weit darunter liegen. Der Himmel ist fast gleichmäßig grau und die Sonne versteckt sich vollständig. Ich liebe solch extreme Bedingungen und versuche neue Eindrücke zu sammeln. Ziemlich ziel- und planlos fahre ich durch die Gegend, wandere im Wind- und Schneetreiben umher. Auf dem Wissberg bei Ober-Hilbersheim stelle ich mein warmes Auto in den stärksten Wind, der den Schnee wie eine verspielte Herde vor sich her treibt. An den Straßenanschnitten bilden sich kleine Verwehungen aus pulvrigem Schnee, der sich so gar nicht zu einem Schneeball formen lassen will. Als ich ein paar Schritte gehe, fällt der Sturm mit ungebremster Wucht über mich her und treibt die Schneekristalle in mein Gesicht. Trotz der unwirtlichen Bedingungen spielt ein Schwarm Saatkrähen mit dem Sturm, streicht im Tiefstflug über dem Acker, gewinnt mit einem leichten Flügelschwenk in atemberaubendem Tempo an Höhe und lässt sich kurz auf dem vom Wind frei geblasenen Boden nieder, um etwas zu picken. Danach ziehen die schwarzen Vögel wieder weiter, scheinbar von Wind und Wetter nichts wissend.

So stelle ich mir die Eiszeiten vor, die Rheinhessen mitprägten. In den vegetationsarmen Perioden hatte der Wind leichtes Spiel mit dem feinen Löss und türmte ihn in Rheinhessen und am Rhein mitunter zu meterdicken Schichten auf. In Verbindung mit dem fruchtbaren Kalk, dem warmen Klima und ausreichenden Niederschlägen entstand ein Land, dessen Fruchtbarkeit seinesgleichen sucht und dessen Besiedlungsspuren bis in die Altsteinzeit zurück reichen. Ich mache noch ein paar Fotos, fahre wieder nach Hause und freue mich schon auf Rosenmontag. Dann werde ich mit meinem Freund Joachim - hoffentlich endlich erfolgreich - Mainz unsicher machen.

*

Durch die vielen hunderttausend Besucher des Umzugs in Mainz ist am Rosenmontag die Innenstadt brechend voll, vor allem vor der Eisgrub-Bräu, am Markt und am Fastnachtsbrunnen. Das Pulsieren beginnt schon früher als sonst, die schiere Masse der Leute zwingt die ganze Altstadt in ihren Rhythmus. Wie in einem arbeitenden Organismus strömen Einzelgänger und Gruppen in die Kneipen hinein und hinaus, verteilen sich neu, gruppieren sich für das Eindringen in die nächste Zelle. Die wehren sich sporadisch mit Türstehern gegen die eindringenden Massen oder schließen bei Überfüllung ab. So strömen denn immer mehr bei Temperaturen um Null zu den Open-Air-Diskos an der Altstadt-Tangente, Markt und Gutenberg-Platz.

Auch wenn Samba-Gruppen ihre Trommelstöcke bis nach Mitternacht wirbeln lassen: Der Takt ist nicht so rund wie an den Tagen zuvor, wo die Mainzer dominieren. Man sieht viele betrunkene Erwachsene, Jugendliche und gar Kinder, die herum torkeln, auf den Boden kotzen und ihren Alkoholkonsum an Schaufenstern, Häuserecken oder offen auf der Straße aburinieren. Teppiche aus Glasscherben und Bierdosen bedecken Teile der Altstadt. Bei jedem Schritt knirscht zerbrochenes Glas unter den Schuhen.

Da flüchte ich ins Unterhaus, wo ein Pianist mit affenartiger Geschwindigkeit über die Klaviertasten rast und den Hummelflug mit begeisternder Leichtigkeit ins Publikum versprüht. Doch sonst ist dort leider nix los und um zehn kämpfe ich mich ins Doctor Flotte durch. Kaum bin ich da, taucht auch schon meine Märchenprinzessin auf, die mich wieder dermaßen anmacht, dass ich sie nach dem Römer frage. Doch der scheint wohl mit seiner hyperpenibel aufgeräumten Wohnung nicht der Wahre gewesen zu sein und Joachim drängt weiter.

Nebel. Enge. Dichte. Die Nebelmaschine tut ihr Bestes, um die Tanzfläche im SWR3 Rockcafe in Nebel zu hüllen. Ihr Allerbestes, es ist wirklich fast nichts mehr zu sehen und auch Joachims Hut hebt sich nur noch schemenhaft gegen die grellen Spotlights ab. So ungefähr muss Indiana Jones am Ayers Rock aussehen, wenn er sich im Morgennebel den rotbraunen Wüstenstaub aus den Schuhen schüttelt und eine unvorsichtige Klapperschlange der Länge nach zum Frühstück aufschlitzt. Hmmh, wieso kommen mir diese Assoziationen? Die Hüte! Klar, die Hüte. Dass wir auch noch in Schwarz gekleidet sind, hat offensichtlich Signalwirkung, denn wir werden mehrfach von Schwulen angemacht. Das ist allerdings nicht mein Ufer und so bin ich froh, dass uns in der Mitte des Gedränges gleich drei Frauen abfangen. Der Tigerin darunter komme ich sehr schnell näher, doch nach einigen viel versprechenden Zungenküssen und meiner Frage, ob und wie es denn weiter ginge, deutet sie hinter sich. Dort steht - gönnerhaft lächelnd - ihr Mann!

So flüchten Joachim und ich denn wieder zurück ins Doctor Flotte. Ein letztes Mal für heute, denn es ist fast eins und mit einer Eroberung wird es wohl diese Fassenacht nichts werden. Dann könnte ich wenigstens ein wenig auf Tuchfühlung mit der Märchenprinzessin gehen. Doch die ist schon wieder weg. Wo ist sie?

Doch ich komme nicht zum Nachdenken, denn schon haben mich und Joachim wieder zwei Frauen umarmt und in einen engen Tanz gezogen. Wie schon so häufig in den letzten Tagen spüre ich wieder Nähe und Wärme, auch wieder ein Verlangen. Doch jetzt ist ein Prickeln dabei, das mich verwirrt. Ich versuche sie genau anzusehen, will mir ihr Gesicht einprägen. Es gelingt mir nicht, sie bewegt sich zu schnell, ihre kupferroten Haare fliegen hin und her. Wenn es etwas langsamer wird, kann ich sie dicht an mich heran ziehen, aber Kussversuchen weicht sie aus. Wenn jetzt mein Damenhandy wieder los ginge, wäre sicher für Gesprächsstoff gesorgt, aber den Gefallen tut mir niemand. Auch Joachim rotiert neben mir auf engstem Raum und unterhält sich in bewährtem Small Talk.

Wild wird es um halb zwei, als das Thekenteam die Rausschmeißer-CD auflegt, mit einer kruden Mischung aus Walzer, Ententanz und vorab drei Rock'n Roll. Die bringen mich und Elke - inzwischen hat sie mir ihren Namen gesagt - so richtig voll in Fahrt und wir räumen uns mit wilden Eskapaden mehr Platz vor der Theke für einen Tango-Verschnitt frei. Vielleicht klappt es ja doch noch mit uns? Ihr Tigerkleidchen ist durchgeschwitzt und sie atmet recht schnell. Joachim muss nach Hause, aber ich könnte ...

Als wir uns um zwei noch einmal hinsetzen, kann ich mir Elke einmal näher anschauen und ihre Hand halten. Wir sitzen uns so lange gedankenverloren gegenüber, dass Joachim mich schon anstupst.

“Ich bin müde. Willst du auch nach Hause? Oder ...?”

Er grinst mich an. Von wegen müde - diese Nachteule. Der will zu seiner Beate und mich ein wenig zu meinem Glück schubsen. Den Effekt hat er natürlich auch voraus berechnet: Seine Birgit schaut halb interessiert, halb zweifelnd, weil sie nicht weiß, was er bezweckt. Und Elke, “meine” Elke hat fast erschrocken meine Hand los gelassen, schüttelt ihren Kopf und fixiert mich. Schon wieder so ein Schluri? Oder soll ich ihn doch mit zu mir nehmen?

Dass ich das möchte, ist ihr klar. Frauen wissen schon vor den Männern, was die wollen. Außer bei Joachim. Der hat neben einem Bruder noch acht Schwestern und weiß, wie und was Frauen denken. Aber Ronni halt nicht, jedenfalls nicht so genau. Wenn jeder gescheiterte Flirt mit einem blauen Flecken garniert würde, wäre ich ganzjährig promillefrei blau. Also: Was mache ich?

“Bald werfen die uns hier sowieso raus, die putzen schon demonstrativ die Theke”, sinniere ich. “Was meinst du?”, ich schaue zu Elke und versuche, ihre Hand wieder zu greifen. Doch sie zieht ihre Hand zurück und tuschelt mit Birgit. Dann schaut sie mir ernst in die Augen.

“Wir müssen nach Saulheim und Wöllstein. Könnt ihr uns mitnehmen? Sonst müssten wir bis zu den Morgenzügen auf dem Bahnhof warten.”

Na aber klar wollen wir. Dreißig Kilometer in gemächlichem Tempo sind eine gute Gelegenheit, sich näher zu kommen. Ich strahle, Elke wird wieder etwas lockerer und Joachim freut sich aufs angewärmte Bett. Nur Birgit zweifelt. Elke bemerkt es natürlich und fragt mich, was denn mit Joachim ist. Ich sage ihr die Wahrheit und sie informiert Birgit, die es erfreulicherweise leicht nimmt. Da wird wohl ohnehin jemand auch auf sie warten. Und so gehen wir untereinander gehakt zum Pulverturm, während der eisige Wind Konfetti vom Rosenmontagszug durch die mittlerweile fast leeren Straßen und über die Scherben- und Dosenhaufen treibt. Mein Passat ist trotz der dunklen Ecken am Pulverturm noch da - zweifellos ein Vorteil alter Rostlauben. Zuerst liefere ich in Saulheim Birgit und dann in Bad Kreuznach Joachim ab. Nun sind Elke und ich endlich allein.

“Wohin in Wöllstein soll ich dich bringen?”, ich gebe ihr einen Kuss auf die Wange und endlich lässt sie mich wieder ihre Hand greifen.

“Eigentlich genau zwischen Wöllstein und Frei-Laubersheim. Die Katzensteiger Mühle.”

Sie schaut mich wieder ernst von der Seite an, während ich den Wagen in aufkommendem Schneegestöber durch die Salinenstraße lenke.

“Die kenne ich. Doch ich dachte, die ist gar nicht bewohnt.” Das große alte Gehöft mitten im Appelbachtal, direkt an der Straße von Wöllstein hatte ich bei diversen Radtouren schon gesehen.

“Doch, jetzt schon. Ich wohne da schon seit Weihnachten”, lächelt sie mit Besitzerstolz in den Augen.

Das Schneegestöber wird dichter, als wir über den Bosenheimer Berg kommen und dann durch Frei-Laubersheim und Neu-Bamberg ins Appelbachtal kommen. Noch zwei, drei scharfe Kurven und wir sind da. Ich stelle den Passat in die geschotterte Einfahrt und mache gleich den Motor aus. Die Stunde der Wahrheit. Bittet sie mich mit hinein? Bitte nicht dieses “Du bist wirklich nett, aber ..”. Nein, ich will einmal auch wirklich begehrt werden. Auch wenn man bei Fastnacht ja keine feste Beziehung finden kann, wie alle sagen. Wir sitzen bestimmt fünf Minuten schweigend und händchenhaltend da, während der Sturm die Windschutzscheibe mit großen weißen Flocken bedeckt und es auch im Auto immer kälter wird. Will sie oder will sie nicht?

*

In der Nacht von Montag auf Dienstag wurde es noch einmal kälter. In Mainz trieb ein schneidender Wind die Konfetti- und Papierschnippsel durch die teilweise mit Splittern übersäten Gassen der Altstadt. Vereinzeltes Schneetreiben kroch vom Binger Wald und dem Taunus hinunter ins Rheintal und vermischte sich mit dem Nebel über dem Wasser zu einer geisterhaften Melange, die nicht zu Spaziergängen verlockte. Und so blieb Ludwig allein in seinem Quartier, das die Kälte nur unvollkommen abhielt.

Mit den sinkenden Temperaturen verlangsamte sich auch das Ansteigen des Rheins, bis das Hochwasser seinen Scheitelpunkt erreichte und schließlich wieder langsam fiel. Es hinterließ einen breiten Kordon aus dürrem Gehölz und Weichspüler-Kunststoff-Flaschen mit ihren gestylten Handgriffen. Nun saß auch Ludwig unverrückbar fest in seinem Gefährt, kaum noch berührt von den Wellen. Bald würde man trockenen Fußes durch die Kunststoff-Tür aus dem Caravan an Land gelangen können.

*

Ein fester Händedruck signalisiert ihre Entscheidung.

“Die Straßen werden glatt. Komm rein auf einen Tee”, sagt sie mit samtener Stimme und dann etwas spöttisch hinterher, “Oder willst du noch nach Hause?”

Natürlich nicht! Wenn ich jetzt nach Hause fahren würde, wäre es aus, das ist so klar wie der Appelbach zwischen Hof Iben und Neu-Bamberg. Und so versuche ich mit betont cooler Stimme zu sagen: “Nein, ich komme gern mit rein.”

Natürlich klappt es nicht so ganz mit dem coolen Typen, denn ich bin aufgeregt und ein schlechter Lügner. Aber sie überspielt das mit einem warmen Lächeln, öffnet entschlossen die Beifahrertür und zückt einen riesigen Schlüssel, mit dem sie auf die Haustür zugeht und aufschließt. Hinter der alten hölzernen Tür ist es dunkel, doch sie findet mit schlafwandlerischer Sicherheit einen Schalter, worauf von irgendwoher ein Brummen ertönt. Kurz danach nimmt flackernd eine frei am Draht hängende Glühbirne ihren Dienst auf und enthüllt einen lang gestreckten Flur. Ein mit bunten, alten Fliesen belegter Boden, an der Seite eine Garderobe, davor ein Schuhschrank, echt antik wie das ganze Haus. Es ist ziemlich kühl und zieht. Die Tür schließt nicht gut.

Elke schüttelt den Schnee aus ihren Haaren, während bei mir die Flocken mangels Haaren auf dem Kopf gleich an Ort und Stelle zu Wasser geschmolzen sind. Ich nehme sie in den Arm und will sie küssen, doch sie hält mir nur die Wange hin.

“Nicht so eilig, mein Lieber”, kommt mit einem netten, aber bestimmten Unterton. “Wir haben noch viel Zeit”, sie dirigiert meinen Arm zur Seite und huscht zur Seite in die Küche, in der sie wieder zwei Kerzen anzündet und einen Scheit in den Herd nachlegt. Hier ist es sehr warm, eine alte graue Katze erwacht mit ziegenähnlichem Gekrächze aus dem Schlaf und nimmt mit noch mehr Gekrächze eine Streicheleinheit entgegen. Vom Flur drückt eine zweite, junge und pechschwarze Katze die angelehnte Tür auf und begrüßt freudig die Hausherrin.

Elke zündet eine Kerze an, was eine heimelige Atmosphäre zaubert. Nur dieses Brummen im Hintergrund stört.

“Was brummt da? Ein Generator? Hast du keinen Strom?”

“Bald habe ich einen Stromanschluss.”

“Hast du noch mehr Tiere?”, frage ich sie, während sie einen Topf heißes Wasser vom Herd nimmt und die Tassen füllt.

“Nein, aber ich hätte gern einen ganzen Bauernhof mit allem drum und dran. Stört dich das?”, da ist schon wieder dieser spöttische Unterton. Wenn du was von mir willst, musst du mich ganz nehmen, soll das heißen. Natürlich bin ich von ihr so angetan, dass ich mit ihr am Südpol überwintern würde inmitten von Seelöwen und Pinguinen. Und auch mit der unvermeidlichen Katze, die ich schon bei vielen mehr oder weniger allein lebenden Frauen kennen gelernt habe. Hier also sind es gleich zwei.

“Nein, ich habe selbst einen Hund. Flocki ist ein Bijon fraisée, den ich neugierigen Fragern immer als Taunus-Flokati vorstelle. Da fühlte sich allerdings einmal ein Hundeliebhaber auf den Arm genommen und wurde böse.”

“Die Rasse kenne ich”, sie schüttet mir heißes Wasser in eine Tasse, die sie zielsicher aus einem ihrer unzähligen Holzschränke und Holzschränkchen geholt hatte. “Ich trinke Wintertraum, du auch?”, natürlich trinke ich das - Tee trinken ist schließlich in. Sie setzt sich schräg neben mich, greift meine Hand und schaut mir tief in die Augen.

“Was machst du?”

“Ich schreibe für verschiedene Zeitschriften und Unternehmen.”

“Und dann hast du so ein altes Auto? Es läuft wohl nicht so besonders?”, wieder ein ruhiger, prüfender Blick.

“Nein. Die Konjunktur ... du weißt”, ich zucke mit den Schultern. “Darf ich ein wenig näher rücken?”

“Was willst du?”, sie schaut auf unsere Hände, dann wieder in meine Augen. “Nur ein Abenteuer? Dann lass es.”

“Ich dachte, als du mich herein gebeten hast ...”, verteidige ich mich ungeschickt.

“Sei still”, sie lässt meine Hand los und legt ihren Zeigefinger auf meine Lippen. “Du sagst nicht, was du wirklich willst. Du kommst aus der Stadt und das Landleben ist nichts für dich. Tee trinkst du auch nicht gern, Deine Tasse wird langsam kalt. Nein, mach mir nichts vor."

"Du durchschaust mich", stelle ich fest.

"Leider geht das nicht immer, ich bin schon einmal auf einen rein gefallen. Und das richtig. Aber ich mache meine Fehler nur einmal", sie macht eine längere Pause, ihre Augen gleiten ab, dann "Du magst mich?"

"Aber ja."

"Willst du mehr?", sie lässt ihre Stimme wieder diesen weichen Ton annehmen.

"Sicher."

"Dann bleibe hier und schlafe im Wohnzimmer. Ich bin hundemüde und muss um sieben zur Arbeit. Noch drei Stunden. Wir können zusammen frühstücken. Ich wecke dich um sechs, dann muss ich zur Arbeit und Vater Staat dienen."

"Wollen wir nicht ..."

" ... im selben Bett schlafen? Nein. Und du kannst natürlich auch jetzt schon nach Hause fahren. Aber", sie lächelt spitzbübisch, "ich hätte schon gern, wenn du hier bleibst. Ich mache dir schnell noch die Couch zurecht."

Sie drückt meine Hand, steht schnell auf, nimmt die Kanne mit dem restlichen heißen Wasser vom Herd und wuselt im Haus herum. Nach wenigen Minuten kommt sie wieder und führt mich ins Wohnzimmer, wo ein Federbett auf einer großen Couch meinen Schlafplatz für die Nacht markiert.

"Gute Nacht, Ronni", sie streicht mir mit dem Zeigefinger über die Wange, verweigert aber einen Kuss. "Das Bad ist direkt nebenan. Da findest du warmes Wasser und Handtücher. Im Ofen im Wohnzimmer habe ich etwas Holz nachgelegt. Dann bis um sechs."

Sie haucht mir einen Kuss auf die Wange und verschwindet mit schnellen Schritten über eine knarrende Treppe ins Obergeschoss. Ich bin zwar hundemüde, muss mir aber erst noch den Kneipenrauch abwaschen. Auch im Bad ist es zugig und auf einem Waschtisch steht ein Krug mit warmem Wasser, mit dem ich wenigstens das Nikotin vom Gesicht abwaschen kann. Dann falle ich im mäßig temperierten Wohnzimmer auf die Couch und schlafe schnell ein, während der Vollmond in mein Gesicht scheint. Ich träume von tollen Frauen und alten Häusern und wilden Tigern, während das Brummen des Generators plötzlich aussetzt und der Appelbach den Geräuschen nach scheinbar direkt unter meinem Bett durchströmt.

Wie alt ist die Mühle? So alt sie auch ist, an diesem Platz waren bestimmt schon wesentlich mehr Dinge geschehen, denn Wasser und fruchtbare Böden waren stets die Grundlage für menschliche Ansiedlungen gewesen. Alte Häuser erzählen oft spannende Geschichten.

*

Ich halte Elke eng umschlungen. Sie fühlt sich so verdammt gut an, ihre Haut kribbelt unter meinen Fingern, nachdem ich ihr Frottee-Nachthemd nach oben geschoben habe. Ihre Brüste sind von dieser Konsistenz, die Männer verrückt macht, fest und gleichzeitig weich. Sie riecht nach Schlaf und auch nach dem Rauch der letzten Stunden. Ich kraule ihren Rücken und sie reckt sich, drückt sich gegen mich. Mein Körper erwidert ganz automatisch ihre Bewegungen und meine Hand tastet sich weiter vor, kreiselt über den Bauch, wandert über die kleine Wiese nach unten, da ...

"Hau ab!" Ein Schuss fällt, dann wird es plötzlich hell und ein Stimmengewirr ertönt. Leute drängeln sich rein, stinkend nach Bier, umstellen das Bett. Gegen die blendende Helligkeit der Schlafzimmerlampe sehe ich, wie ein langer, dürrer Kerl mit Flinte eine Decke über mich wirft, so dass ich kaum noch Luft bekomme. Ich werfe sie schnell vom Bett und sehe, wie er wieder in die Decke schießt, so dass feiner Staub von oben auf mich rieselt. Das Brummen des Generators wird immer lauter, es betäubt meine Ohren, setzt stotternd aus und springt in einem immer lauteren Stakkato immer wieder ein und aus, ein und aus. Elke rollt sich in ihrer Decke weg von mir.

Ich reiße meine Bettdecke zu Seite, will mich aufrichten und sehe in der blendenden Helligkeit, wie der mir am nächsten stehende Widerling neben mir ins Bett pisst und auf den Boden kotzt. Mit aller schlaftrunkenen Kraft stemme ich mich hoch und trete ihm gegen das Schienbein, muss würgen und falle aus dem Bett. Mit einem Schlag liege ich neben dem Bett, stoße mir den Kopf und ein fauchendes Etwas springt weg. Schlagartig ist es wieder ruhig und stockdunkel. Nur ein paar Sterne tanzen vor meinen Augen und mein Kopf brummt wie ein Bienenschwarm, dem man gerade die Königin klauen will.

Dunkelheit? Wieso ist es plötzlich so dunkel und so ruhig? Benommen fasse ich mir an den Kopf, fahre auf und stoße wieder an etwas. Ein scharfer Schmerz zuckt von der Zehe das Bein hoch. Es riecht penetrant, im Mund ist staubiger Geschmack. Der Schmerz in meinem Fuß fängt an zu pochen. So langsam fasse ich mich und taste nach dem Lichtschalter, doch auch der ist nicht mehr da. Was ist hier los? Wieso liege ich auf dem Bauch? Ich versuche, aufzustehen und stoße wieder gegen etwas, doch schließlich schaffe ich es und stehe. Die Leute sind weg, aber der Gestank ist noch da.

Dann ertönt wieder das Generator-Brummen, ein Lichtschein fällt durch die verglaste Zimmertür und Schritte ertönen.

“Was ist los, Ronni?”, Elke taucht im Nachthemd an der Zimmertür auf und fängt an zu lachen, als sie mich sieht. “Bist du von der Couch gefallen? Hast wohl schlecht geträumt!” Mit einem Satz ist die kleine schwarze Katze raus in den Flur gehuscht und Elke setzt sich zu mir. Mir brummt der Kopf vom unsanften Erwachen. Alles nur ein mieser Traum, der so schön begann.

“Es stinkt hier wie ... ?”, zeige ich anklagend auf den großen dunklen Fleck, der sich auf meiner Bettdecke ausbreitet. “Die Katze!”

Elke betrachtet sich die Bescherung.

“Was schläfst du auch auf Pfurzels Couch?”, amüsiert sie sich über mein dummes Gesicht. “Ich glaube wirklich, das Landleben ist nichts für Dich. Andererseits ...”

Mit schnellen Griffen zieht sie das Federbett ab.

“Was andererseits?”

“Vielleicht gewöhnst du dich ja dran. Ein wenig schade wäre es um dich, auch wenn du kein Landei bist”, sie schaut mir genau in die Augen und mir wird wieder so warm ums Herz. Wie war das mit den Pinguinen am Südpol?

“Lass es uns einfach probieren”, schlage ich wagemutig vor, immer noch den Gestank der Katzenpisse in der Nase. “Hier kann ich nicht weiter schlafen, komm wir gehen in dein Bett.”

Sie lacht.

“Du bist ganz schön hartnäckig. Aber es ist fast sechs, ich muss zur Arbeit. Du kannst dich ja waschen, ich mache das Frühstück.” Energisch steht sie auf und verschwindet über die Treppe nach oben, während ich völlig zerschlagen mein Nachtlager auflöse. Das eiskalte Wasser aus einer alten Steingut-Kanne weckt meine Lebensgeister und als ich in der Küche bin, wartet bereits ein dampfender Capuccino auf mich.

“Tee magst du ja nicht”, stellt sie fest, inzwischen wieder in ihren Jeans und einem wallenden weißen Wollpullover, der ihre schönen Formen versteckt. Auf dem Tisch steht Käse-Aufschnitt und frisch geschnittenes “Dorfbackhaus-Brot”, wie sie erläutert. Es schmeckt echt lecker, aber ich würde natürlich lieber sie vernaschen, was mir unschwer an der Nasenspitze abzulesen ist. Sie scheint meine Gedanken zu lesen, denn sie grinst vergnügt und wirft einen schnellen Blick auf die Uhr.

“Ich muss weg”, schnell räumt sie den Tisch ab und verschwindet im Flur, ich hinterher.

“Soll ich dich noch zur Arbeit fahren?”, spiele ich den Kavalier.

“Nein, Frau fährt selbst.” Schon ist sie draußen und ich hinterher. Der Generator hat sich gerade abgeschaltet, denn das Brummen verstummt plötzlich und gibt dem Plätschern des hinter dem Gehöft laufenden Appelbaches wieder Raum.

Hier allein zu wohnen - und dann noch als Frau - was steckt dahinter? Während ich noch grübele, verschwindet Elke in einem neben der Hofeinfahrt geparkten weißen alten Polo und kurbelt das Fenster herunter: “Wann sehe ich dich wieder?”

“Ich weiß doch gar nicht, wie ich dich erreichen kann!”, sie hat mir noch keine Telefonnummer gegeben.

“Als frei schaffender Künstler hast du doch Zeit. Sagen wir heute um sechs im Brückenhaus über der Nahe in Bad Kreuznach. Und tschüss!”

Sie wirft mir eine Kusshand zu und ihr Auto hinterlässt eine bläuliche Ölwolke, als sie auf der Straße in Richtung Neu-Bamberg verschwindet. Noch etwas benommen von der allzu kurzen Nacht sehe ich mich um. Es ist noch nicht richtig hell und im fahlen Licht kann ich das große Gebäude nur schemenhaft erkennen. Der Morgen ist nach den frostklirrenden vergangenen Nächten fast mild, es dürfte etwa Null Grad sein. Die hohe Luftfeuchtigkeit beißt auf der Haut. Der in der Nacht gefallene Schnee verliert langsam seine pulvrige Konsistenz, liegt pappig auf der geschotterten Hofzufahrt und gibt die Reifenspuren unserer Autos klar wieder. Und auch eine weitere Reifenspur, die unter dem geschlossenen Hoftor hindurch führt. Da ist offensichtlich in der Nacht jemand gekommen. Mit einem kleinen Auto, den schmalen Reifen nach. Elke wohnt hier offensichtlich doch nicht so allein, wie sie sagte. Wer mag Elkes Mitbewohner sein? Sie hatte niemand erwähnt. Vielleicht hatte mich das zufallende Hoftor aus meinem Albtraum geweckt? Doch was mache ich mir Sorgen - heute Abend sehe ich sie wieder.

Im noch trüben Morgenlicht schaue mich noch etwas um und gehe einmal ums Haus. Elke wohnt schon in einem mysteriösen Gebäude. Auf dem Hoftor und an der Straßenfront, wo Elke wohnt, sind an der Wand einige alte Reklameschilder angebracht, die für Sarotti Sahne-Bonbons, Maggi-Würze, Kathreiners Malzkaffee, Margarine Rama butterfein und Flammer´s Seife - die beste und billigste -werben. Teilweise ist das Blech schon an den Nägeln angerostet, aber die Botschaft noch deutlich zu lesen. Vielleicht war in dem großen Anwesen ja mal eine Verkaufsstelle für Kolonialwaren und Lebensmittel?

Ich suche weiter. Ein Mühlbach ist nicht zu sehen, offensichtlich ist die Mühle schon lang außer Betrieb. Durch vergitterte Fensteröffnungen kann ich im Halbdunkel undeutlich riesige Zahnräder und Wellen erkennen. Der Boden ist hart gefroren und ich kann das große Gehöft auch auf der Bachseite umrunden. Eine typische Bruchsteinmauer, ein zugewachsener Feldwagen, leere Fensteröffnungen: Die Gebäude haben schon bessere Zeiten gesehen. Ein paar Fenster sind auch auf dieser Seite einfach verglast und ich glaube sogar zu sehen, wie sich eine Gardine kurz bewegt, aber das ist sicher Einbildung.

Dann bin ich wieder zurück beim Auto und blicke direkt auf ein Wappen im gegenüber liegenden Straßenanschnitt: Die Reicharbeitsdienstabteilung 4/253 "Hagen von Tronje" hat sich dort verewigt. Von 1933 bis 1935 hat sie wohl die Straße im Appelbachtal von der Ölmühle nach Neu-Bamberg gebaut. "Unser Glaube - die Tat" steht auf dem lorbeer-geschmückten Wappen darunter - das Sprücheklopfen kostet halt nichts, Ernährung schon eher. Im Reichsarbeitsdienst waren die Jugendlichen zusammen gefasst gewesen, um sie zu disziplieren und auf ihre Rolle als Kanonenfutter im Krieg vorzubereiten. Im Krieg bedienten sie dann die Flakbatterien und im Krieg bauten sie Straßen und anderes.

Vor ein paar Tagen hatte ich gerade eine Abhandlung über die Lebensqualität im Dritten Reich gelesen. Das Ergebnis war ernüchternd: An der Mär von Vollbeschäftigung und Wohlstand damals ist wohl nichts dran. Wie das heraus kam? Die Forscher zogen die durchschnittliche Körpergröße von Erwachsenen, Kindern und Jugendlichen als untrügliches Indiz für die körperliche Verfassung heran, die unabhängig von offizieller Propaganda die tatsächliche Qualität der Ernährung dokumentiert. Und siehe da: Seit dem Beginn der Statistiken im 19. Jahrhundert - die vornehmlich der Erfassung von Soldaten dienten - nimmt bis heute die Körpergröße stetig zu. Lediglich in den Jahren unter dem Diktator aus Braunau am Inn verflachte und stagnierte diese Kurve, um nach dem Krieg wieder steil anzusteigen.

Doch genug der alten Geschichte - Elke ist ein wesentlich erfreulicheres Thema. Schon heute werde ich sie wiedersehen und wer weiß, was heute noch so alles passiert? Im Überschwang stoße ich mit dem Schienbein an die seitliche Abdekkung des Armaturenbretts in meinem Passat, die irgend ein menschenfeindlicher Wolfsburger Konstrukteur designt hat. Der Schmerz macht meinen Kopf klar: Ich habe noch einiges zu tun. Also fahre ich an der Ölmühle vorbei nach Hause, über die nagelneue Straße von Sprendlingen nach Ober-Hilbersheim mit ihrer atemberaubenden Aussicht über die rheinhessische Schweiz bis zum Donnersberg. Nach der kurzen Nacht lege ich mich allerdings erst einmal aufs Ohr.

Punkt zehn weckt mich der Wecker mit diesem durchdringenden Beep, der die Nervenenden stimulieren und den Tag verderben will. Mit einem Schlag bringe ich das Ding zum Schweigen und packe meine Fotosachen zusammen. Hochwasser steht heute auf dem Programm. Die Allgemeine Zeitung will sinngebende Fotos über die braunen Fluten in der Mittwochs-Ausgabe. Jetzt, wo das Wasser langsam wieder zurück geht - gar keine schlechte Idee. Da sieht man die Schäden erst so richtig und angeschwemmte Dinge erzählen mitunter interessante

Geschichten. Redaktionsschluss der Lokalseiten ist 16 Uhr, also noch sechs Stunden fürs Rausfahren, Fotografieren, Entwickeln, die Abzüge und den Bericht.

Erstes Ziel ist der Ingelheimer Damm, die Durchfahrt zur Fähre nach Oestrich-Winkel. Dort, wo vor ein paar Jahren die tote Familienrichterin gefunden wurde. Hier spritzt die Freiwillige Feuerwehr Frei-Weinheim mit ihrer üppigen Schlauch-Ausstattung gerade den Schlamm vom Pflaster. Für mich wird mit Hallo noch der Turbo dazu geschaltet und die Gischt des mit Hochdruck verspritzten Wassers macht mit den neuen Uniformen so "richtig was her". Eine Veröffentlichung in der Zeitung ist halt gut fürs Ego ...

Nächste Station: Die Reste der Hindenburg-Brücke zwischen Bingen-Kempten und Rüdesheim, deren noch im Wasser stehen. Der Campingplatz Bauer daneben ist teilweise verwüstet, die vorher an der Wasserfront gelegenen Festbauten sind abgebaut, der Boden ist umgewühlt. Sie mussten den neuen Hochwasserschutz- Richtlinien der Landesregierung weichen und den Boden entsiegeln, erklärt mir Winfried Bauer, der auch in der kalten Jahreszeit stets am Platz ist und von seiner Gaststätte aus einen Partyservice betreibt. Noch ein gutes Motiv im Kasten. Eigentlich reicht es schon für den AZ-Bericht, aber ein wenig Zeit bleibt noch für Bingen, den Mäuseturm und die Rheinkribben. Vielleicht beißen ja auch das Wochenblatt und die Binger Zeitung an.

Das Palazzo, ehemalige Stadthalle und nun umstrittene Großdisko und das Museum am Strom, das ehemalige Binger Elektrizitätswerk, zeigen keine Schäden und waren beim Höchststand stets trockenen Fußes erreichbar. Die Bahnhofsunterführung zu den Rheinkribben ist zwar noch überschwemmt, aber nicht attraktiv und so fahre ich für das obligatorische Mäuseturm-Foto mit der Ruine Ehrenfels im Hintergrund zu den Rheinkribben und parke dort. Hinter der Bahnschranke treffe ich einen alten Bekannten, der neben der Bahn eine Taubenzucht mit 400 Tieren betreibt. Er führt mit seiner Frau gerade seine beiden Neufundländer aus. Was es Neues gibt? Ach, der Habicht aus dem Binger Wald hat schon wieder eine seiner wertvollsten Tauben geschlagen. Gut, dass sie bereits Nachwuchs hatte. Die Hunde würden leider auch immer dicker und hätten jetzt 70 und 80 kg. Woran das liegt, frage ich mit Blick auf seinen eigenen Bauch mal lieber nicht.

Wir wechseln noch ein paar Worte, dann kehren sie wieder zurück und ich kann mich auf weitere Motive konzentrieren. Der Radweg scheint frei zu sein, das Wasser leckt nur noch an tiefer gelegenen Stellen über den Asphalt. Ein angeschwemmter schwarzer Mörtelkübel zwischen dem Treibholz ist kein außergewöhnliches Motiv. Ich gehe weiter, ein schabendes Geräusch zieht mich an. Als ich um die Ecke biege, habe ich mein Motiv: Ein alter Wohnwagen hat sich in den Zweigen einer Weide verfangen. Halb liegt er schon trocken, eine Hälfte liegt noch halb im Wasser und hebt und senkt sich ein wenig mit den Wellen.

Schnell ein Blick auf die Uhr: Es ist halb zwei, Zeit für die Entwicklung und Abgabe der Bilder. Also schnell noch ein paar Übersichtsaufnahmen und nix wie zum Kodak Express im Globus, zumal meine Finger langsam auch kalt werden. Immerhin bin ich bei wenig über Null schon seit mehr als drei Stunden draußen. Aber natürlich reizt auch der Caravan. Ein offensichtlich altes Modell, formschön und klein, richtig knuffig würden meine Kinder sagen. Ein Wulst auf dem Dach - wahrscheinlich ein Hubdach, wie man es auf VW-Bussen sieht. Eine Tür auf der mir zugewandten Seite, ein Seitenfenster und ein Fenster in Fahrtrichtung, oberhalb der Deichsel. Kleine Gardinen vor den Scheiben.

Was mag in dem alten Gefährt sein? Sein Zustand ist in Anbetracht seines Alters so schlecht nicht, bis auf den fehlenden Reifen kann ich keine großen Blessuren erkennen. Die Außenverkleidung ist nicht mehr jungfräulich weiß, aber kaum verwittert. Meine Neugier steigt.

Vorsichtig trete ich zur Tür, die bereits auf dem Trockenen liegt und klopfe. Es könnte ja jemand darin sein, aber nichts rührt sich. Ich versuche, die Tür zu öffnen, aber der Griff dreht sich nicht. Abgeschlossen. Vielleicht kann man durchs Fenster ins Innere sehen? Es ist gerade dort, wo das Wasser einen Treibholzgürtel abgelegt hat. Vorsichtshalber stelle ich die Tasche aufs Trockene und taste mich vor. Ein dünnes Rinnsal fließt aus der Naht der am tiefsten liegenden Wagenseite. Vor dem Fenster hängt eine kurze Gardine und im Gegenlicht kann ich von dieser Seite nicht hinein sehen. Ich muss noch einen Schritt auf das Treibholz machen. Es knackst unter meinen Füßen, gibt ein wenig nach, aber es hält. Nun kann ich ins Innere spähen, über die Gardine hinweg.

Der Wagen hat einige Ablagetischchen und Schränkchen auf den Seiten. Wo ein Plätzchen frei ist, liegt Trödel und Nippes herum. Porzellan-Figürchen, Strohblumen, einen Strohhut mit Kunstfliegen zum Angeln, Batterien, ein Teller mit Essensresten und Gläser. In der Mitte steht, halb seitlich zu mir, ein etwas zerschlissener Schaukelstuhl aus Korbgeflecht. Eine dicke rote Steppdecke lappt leicht über den Rand und da ist doch etwas ...

Angestrengt versuche ich, Einzelheiten zu erkennen und drücke mir die Nase an der zerkratzten Kunststoffscheibe platt. Sind das nicht ein paar Haare am Kopfende? Ein paar weiße Haare? Für einen Moment kommt die Sonne raus und blendet mich durch das gegenüber liegende Fenster, so dass ich gar nichts mehr sehe. Ich umrunde das Urlaubsgefährt und taste mich ans andere Fenster heran. Hier schwappt der Treibholzgürtel noch verdächtig und knackt auch unter meinen Füßen, aber er hält erst einmal. Natürlich ist die Gardine auf dieser Seite noch ein wenig dichter, die Scheibe noch etwas verkratzter und ich nehme mir mit meinem Kopf selbst das Licht teilweise weg. Aber dennoch ist jetzt mehr zu sehen.

In die dicke rote Decke ist den Umrissen nach offensichtlich ein Mensch eingewickelt. Ein karierter Hemdärmel liegt über der rechten Armlehne, daraus hängt schlaff eine dünne Hand mit langen Fingernägeln herunter. Am Kopfende schauen aus der Decke ein paar Haare hervor, ein Gesicht ist nicht zu sehen. Da ist ein Mensch im Wohnwagen! Jetzt bewegt sich der Schaukelstuhl sogar ein wenig.

Ich will zurück auf festen Boden springen, doch die schnelle Bewegung quittieren die Äste unter mir mit einem deutlichen Knacks und ich stehe bis über die Knöchel im eiskalten Wasser. Fluchend mache ich den Schritt ins Trockene, rutsche ab und stehe nun auch mit dem zweiten Fuß in der Brühe. Dann bin ich wieder auf festem Boden. Ich klopfe noch einmal laut an der Caravan-Tür. Wieder nichts, kein Laut ist aus dem Inneren zu hören. Mir schwant Böses und ich renne mit der Kameratasche zurück zum Auto, wo mein Handy in der Freisprecheinrichtung hängt. Zunächst entledige ich mich im noch warmen Auto meiner nassen Socken und Schuhe. Gottseidank habe ich meine Basketball-Sachen mit zwei trockenen Strümpfen dabei.

Es ist kurz vor zwei. Faschingsdienstag. Jetzt wird Herbert, der mit mir befreundete Kommissar der Mainzer Kripo mit seiner Elvira das Katerfrühstück hinter sich haben und über meine Störung sicher nicht erbaut sein. Tatsächlich geht er nicht direkt ans Telefon. Es klingelt dreimal, viermal, fünfmal klingeln. Dann die T-Net Box mit dem Standard-Ansagetext - die will ich nicht. Ich unterbreche die Verbindung und wähle gleich noch einmal. Diesmal klappt es und er meldet sich mit einem miesepetrigen

“Wülfing.”

“Guten Morgen, Herbert, hier Ronni. Ich habe etwas Ungewöhnliches gefunden. Du musst wahrscheinlich kommen.”

“Dachte ich mir doch, dass ausgerechnet du mich zu nachtschlafender Zeit störst.” Sein rauer Bass so früh am Morgen würde mühelos die drahtverstärkten Scheiben jeder Telefonzelle sprengen. “Was heißt vielleicht etwas. Sprich dich aus. Ich will gleich mit Elvira raus.”

“In den Rheinkribben ist ein Wohnwagen angetrieben worden.”

“Und?”, unterbricht er mich.

“Im Wohnwagen sitzt jemand.”

“Und der hat dir die Zunge rausgestreckt.”, Herbert versucht witzig zu werden. Sicher hatte ihn Elvira auf irgend eine Sitzung geschleift und er mit Alkohol die drögen Kalauer angefeuchtet.

“Nein, ich kann dich beruhigen. Das nicht. Aber jemand sitzt in einem Schaukelstuhl, schaukelt ab und zu und rührt sich sonst nicht. Nicht auf Rufe, nicht auf Klopfen. Und die Tür ist zugeschlossen”, jetzt weiß er alles, was er wissen muss.

“Ist Gefahr im Verzug? Läuft der Wohnwagen voll Wasser?”, sein Interesse keimt auf.

“Nein, der liegt schon fast auf dem Trocknen. Aber vielleicht ist die Person verletzt oder bewusstlos oder unterkühlt.” An die weiter gehende Möglichkeit wage ich noch nicht zu denken, Herbert aber wohl.

“Oder tot. Aber weshalb sollte die Person dann noch schaukeln? Vielleicht ist sie ja auch nur taubstumm? Das kommt mir alles spanisch vor”, kommt es mit geschäftsmäßiger Nüchternheit von der anderen Seite des Telefons. “Ich mache mich auf den Weg. Bitte rufe sofort einen Krankenwagen. Aber achte darauf, dass die keine Spuren beseitigen, falls sie schneller da sind als ich. Ich mache mich auf den Weg und sage auch den Kollegen von der Binger Polizei Bescheid.”

Noch bevor er auflegt, höre ich Elviras Stimme im Hintergrund. Sie hat offensichtlich mitgehört und ist sicher nicht glücklich über die unregelmäßigen Arbeitszeiten ihres Partners. Aber sie ist ein Seelchen und wird ihm keinen zusätzlichen Stress machen.

Ich rufe schon einmal die 19222 an. Vom Heilig-Geist-Hospital in Bingen macht sich ein Wagen gleich auf den Weg. Doch was ist mit meinen Bildern für die AZ? Hätte ich jetzt eine Digitalkamera, könnte ich die Daten übers Handy senden. Aber woher nehmen und nicht stehlen? Ich rufe in der Redaktion an und die gönnen mir zwei Stunden Aufschub, wenn an der Story mit dem Wohnwagen was dran ist. Dann geht es aus dem lokalen in den regionalen Bereich und der hat erst um sechs Redaktionsschluss. Leichen erregen halt mehr Interesse als abgerissene Campinghäuschen. Wenn es denn überhaupt eine Leiche sein sollte, denn immerhin hatte sie sich ja bewegt. Oder bilde ich mir das nur ein?

Ich lasse den Motor an und stelle die Heizung auf volle Leistung. Dann ziehe ich die trockenen Basketballschuhe an und warte auf Herbert und den Rettungswagen. An den Treff mit Elke denke ich im Moment gar nicht mehr.

*

Am Mittag des 19. März 1945 rollten Panzer und Infanterieeinheiten der US Army in Wörrstadt ein. Zuvor hatten linientreue SS-Männer und Sturmgeschütze den US-Truppen in der Gegend um Volxheim und Hof Iben heftigen Widerstand geleistet. Völlig sinnlos, denn die deutschen Kampfwagen und Panzer wurden von Tieffliegern in schneller Folge abgeschossen oder blieben ohne Sprit von allein liegen. In Wöllstein wurde sogar noch geschossen, die amerikanischen Panzer hatten den Ort umstellt. Die Folge war eine leichte Verzögerung des Vormarsches gewesen und die überlegene Feuerkraft der Amerikaner hatte bereits mehr als die Hälfte von Volxheim in Schutt und Asche gelegt. Warum leisteten die Deutschen noch soviel Widerstand? Seit Stalingrad ging es für die deutsche Armee ohnehin nur noch rückwärts, an allen Fronten. Da half alle Propaganda vom klumpfüßigen Bock von Babelsberg nichts.

Jedenfalls waren die GIs bei ihrem Vormarsch vorsichtig. In ihrem Gefolge befand sich ein Spezialkommando der Luftwaffe, das nach abgeschossenen und gefangen gehaltenen Piloten suchte. Der nächste auf der Liste war Bill Monahan. Luftbilder hatten gezeigt, dass die Maschine im engen Appelbachtal zwischen Wöllstein und Neu-Bamberg herunter gekommen war. Die Beschädigungen schienen gravierend, aber eine Überlebenschance hatte er wohl trotzdem gehabt, denn er hatte sich nach dem Luftkampf mit der Messerschmidt noch einmal per Funk gemeldet.

Nachdem auch Wöllstein eingenommen worden war, näherte sich der Suchtrupp sich mit großer Vorsicht dem Absturzort von Monahans Maschine, denn das Appelbachtal mit seinen steilen Hängen und der dichten Bewaldung eignete sich hervorragend für Angriffe aus dem Hinterhalt. Doch nichts tat sich an dem schönen Märztag, als der Trupp das Wrack erreichte, das mitten in einer morastigen Sauerwiese lag. Die Pilotengurte waren geöffnet, Monahan war nicht in der Maschine oder daneben. War er verschleppt worden oder hatte er sich verstekken können? Die Durchsuchung der am nächsten zur Absturzstelle liegenden Katzensteigermühle brachte nichts. Auch wenn die Mühlengerätschaften und Maschinen noch komplett vorhanden waren, war das Gebäude offensichtlich schon seit einiger Zeit nicht genutzt worden. Einige ausgebombte Mainzer lebten in Scheunen auf dem Gelände, beteuerten aber, nichts gesehen oder gehört zu haben.

Wo steckte Monahan? Der Suchtrupp suchte noch die nähere Umgebung ab und befragte in gereiztem Ton auch die Einwohner von Neu-Bamberg und Wöllstein. Doch außer dem niedrig fliegenden Flugzeug und einem Aufschlag wollte niemand etwas gesehen oder gehört haben. Ob sie denn nicht nachschauen gegangen wären, was dort geschehen sei?

Nein, ein Schulterzucken war die Standard-Antwort. So blieb denn dem Suchkommando vorerst nichts weiter übrig, als den Truppen weiter über den Rhein zu folgen und Monahan als MIA einzustufen, Missing in Action, also als vermisst. Auf dem Weg zurück würden sie noch einmal die Gegend genau untersuchen, denn Uncle Sam wollte wenigstens die sterblichen Überreste seiner Söhne wieder mit nach Hause bringen.

*

Mit meiner Vermutung lag ich nicht falsch: Natürlich kommt der Rettungswagen mit der knallroten 19222 als erster am Bahnübergang Rheinkribben an, doch er muss warten, weil der ICE nach Koblenz bald durchrauschen wird. Immerhin bleibt die Schranke hier nicht so lange zu wie in Rüdesheim oder Bingen am Übergang zur Rheinpromenade, wo die Schrankenwärter scheinbar öfter mal ein Nickerchen machen. Inzwischen ist mit Blaulicht auch ein Streifenwagen vor der Schranke angekommen und schließlich verraten die singenden Gleise, dass der ICE "Rheingold" gleich um die Kurve biegt. Nachdem er mit einem enormen Luftzug an mir vorbei gerast ist, geht die Schranke auf und ich lotse den Krankenwagen hinunter auf den asphaltierten Uferweg, wo er dreht und Richtung Caravan zurück setzt. Der grün-weiße Polizei-Mondeo findet seinen Platz mit leichtem Kontakt zu den Brombeerbüschen kurz vor dem neu angelegten Radweg.

Wer ist gekommen? Norbert Jouaux, der Dienststellenleiter der Binger Polizei. Seit ich ihn vor zwei Jahren das letzte Mal sah, hat er deutlich an Gewicht zugelegt. Mit seinem Schnauzer knapp über der Oberlippe und seinen schwarzen Haaren macht er nun dem Wüstendiktator optisch Konkurrenz, der bald von den amerikanischen und englischen Truppen gejagt werden würde. Der Krieg im Irak war schon seit Monaten beschlossene Sache und es wurde halt nur noch nach dem Grund dafür gesucht.

Auch sonst hat sich der Polizist aus Bingen verändert - ihm fehlen nun plötzlich einige graue Strähnen. Da hat wohl sein Friseur ein wenig in den Farbtopf gegriffen. Einen etwas aufgeregten, aber netten jungen Kollegen hat er dabei, den ich noch nicht kenne. Noch ein paar Pubertätspickel hat er im Gesicht und ein einsames grünes Sternchen auf der Schulter. Er stellt sich mir als Benjamin Kühlken vor und wenn ich mir das "hl" wegdenke, kann ich mir den Namen richtig gut merken.

Also hat das Überstunden-Roulette diesmal den Chef und einen ausgesprochenen Neuling erwischt. Eine nette Kombination.

"Was gibt es, Herr Journalist? Unser gemeinsamer Freund Herbert hat was erzählt, worauf ich mir keinen rechten Reim machen kann."

"Ich gehe mal vor, dann können Sie selbst sehen". Ich hänge mir die Kameratasche um und leite die beiden zum Weg, wo wir uns am Rettungswagen vorbei drücken müssen, der den ganzen Weg ausfüllt. Da bleibt nur die Wahl zwischen Brombeerranken und Matschfüßen. Ich entscheide mich kamera- und kleidungsschonend für letzteres. Die beiden weißgewandeten Rettungssanitäter und ein junger Arzt sind schon am Caravan, klopfen an die Scheibe und wollen dann die Tür öffnen.

“Halt, warten Sie bitte einen Moment”, Jouaux ist mit ein paar schnellen Schritten beim Wohnwagen, schaut noch einmal hin und ruft dann zu Kühlken: “Bring mir bitte den Kuhfuß, schnell.” Dann nimmt er ein Taschentuch und bedeckt die Klinke des Wohnwagens.

“Hat schon jemand die Klinke angefasst?”

“Ja, ich”, antworte ich, “ich wusste ja nicht, was es mit dem Wohnwagen auf sich hat.”

“Das wissen wir auch noch nicht. Aber beim nächsten Mal sind Sie bitte vorsichtiger. Wo bleibt denn Benjamin?”, er dreht sich um. Da kommt der schlaksige Polizei-Nachwuchs mit dem diskogerechten Haarschnitt, der einer umgekehrten Mönchstonsur entspricht, auch schon angerannt. Ein paar Augenblicke später ist die Wohnwagentür aufgehebelt, gerade als Herbert aus dem Hintergrund ein “Da seid ihr ja. Wartet” ruft.

Und da kommt er schon den Weg entlang - in seiner universellen Arbeits- und Ausgehuniform: Ausgebeulte Cordhosen, eine schwarze Lederjacke, die vor dem Bauch nicht mehr schließt und den Blick auf seinen - wohl von Elvira gestrickten - Pullover frei gibt. Seine Frisur ist so kurz wie eh und je, aber der Anteil weißer Haare vergrößert sich zusehends. Der Schritt ist trotz der Kilos unverändert behände, aber sein Gesicht wirkt noch etwas verknautscht vom Vorabend. Er schüttelt uns kurz die Hand und geht dann ganz selbstverständlich vor ins Innere des Wohnwagens. Wir sind gespannt, aber lang müssen wir nicht warten. Der Wohnwagen senkt sich an der Fensterseite ein wenig tiefer ins Wasser und nach wenigen Sekunden ist Herbert wieder draußen, worauf sich der Caravan wieder hebt.

“Bitte ruf die Spurensicherung”, bedeutet er Norbert Jouaux. “Und Sie können wieder fahren” wendet er sich an die Rettungssanitäter, die ihre Bahre inzwischen schon einsatzfertig auf dem Weg postiert haben.

“Und wer zahlt den Einsatz?”, protestiert der Ältere der beiden. “Ein großer Rettungswagen, ein Arzt ...”

“Genug”, unterbricht ihn der Hauptkommissar. “Ich unterschreibe Ihnen die Bestätigung. Jetzt aber muss ich an meine Arbeit.”

“Was ist, Herbert?”, drängele ich mich vor, während Jouaux schon eifrig telefoniert.

“Du hattest Recht, Ronni. Ein Mann sitzt im Lehnstuhl. Tot. Im Puck.”

“Im Puck?”

“Kennst du den nicht? Die Ungnade der späten Geburt”, frotzelt Herbert. “DER Puck. Der beste Caravan aller Zeiten!”

“Schwimmen scheint es immerhin zu können, das kleine alte Ding.”

“Gleich trete ich dir ans Schienbein, du Banause. Mein erster Wohnwagen. Schwimmen - warum nicht? Wenn man die Bodenöffnungen schließt und das Gewicht der Deichsel durch einen schweren Körper am entgegengesetzten Ende ausgleicht, warum sollte er nicht schwimmen? Wetter- und winterfest war er schon immer.” Seine Augen bekommen einen sentimentalen Schimmer. “Mit dem Käfer und dem Puck über die Alpen an den Gardasee, 1962. Am 9. April sind wir los. Junggesellentour.”

“Und wo ist er jetzt?”

“Verkauft. Dass ich nach Mainz kam, ist ja nun auch schon eine Weile her. Tut mir heute noch leid drum. Es gibt auch heute noch den Puck, allerdings modernisiert. Mit größerem Dachausschnitt, mehr Platz, aber immer noch dem stabilen Rohrrahmen. Und natürlich fast doppelt so schwer wie mein 300 kg leichtes Schnuckelchen. Die Zeiten ändern sich halt. Und jetzt dieses Wiedersehen.”

“Zurück zum Thema: Kannst du schon sagen, wie der Tote gestorben ist? Ganz informell, natürlich”, frage ich nach und erkenne an seinem genervten Gesichtsausdruck, wie dumm meine Frage ist.

“Natürlich kann ich fast noch nichts sagen, mein Lieber. Aber er ist sicher schon länger tot, die Leichenstarre hat längst eingesetzt. Äußere Verletzungen sind nicht direkt zu sehen, aber wer weiß, was unter der Kleidung ist”, Herbert ist heute versöhnlich gestimmt und recht freizügig mit Infos.

“So wie er da sitzt, könnte er also im Lehnstuhl gestorben sein”, kombiniere ich, “ein natürlicher Tod.”

“Fast richtig, wenn die Tür nicht verschlossen gewesen wäre - und zwar von außen”, Herbert hat mehr Erfahrung in der Auswertung von Spuren.

“Also ein Mord. Glasklar”, folgere ich frohgemut, “oder warum schließt dann einer noch die Tür ab?”

“Langsam, Ronni”, bremst mich Herbert mit einem scharfen Blick, “Deine Spekulationen gehen mir entschieden zu weit. Damit wir uns klar verstehen: Das, was du schreiben darfst, ist, dass eine Leiche hier in einem Wohnwagen, äääh, gefunden wurde. Alles sonst ist derzeit tabu, sonst sind wir die längste Zeit Freunde gewesen. Und ich hoffe, dass du mit Deinen Fingerabdrücken nicht die des Täters überdeckt hast.”

Er wendet sich an Jouaux, während die Sanitäter die Bahre wieder im Wagen verstauen. Dann fährt der weiße Wagen wieder weg. Natürlich nicht ohne noch einmal die Sirene ertönen zu lassen.

“Schon wieder so ein Zivi, der gern bei Rot über die Ampel fährt”, Herbert schickt einen genervten Blick gen Himmel. Dann quietschen Reifen und der schwere Wagen schwankt bedrohlich in der Kurve, als er vom Uferweg Richtung Bahnübergang beschleunigt. Dann wieder scharfes Bremsen.

Bing-bong-bing-bong, das Geräusch der akustischen Warnanlage am Bahnübergang. Die Schranke hat sich offensichtlich vor den flotten Rettungsrittern gesenkt und bald wird der EC durchbrausen.

Herbert spricht mit Jouaux und telefoniert dann mehrfach per Handy in einer Lautstärke, die mich unschwer mithören lässt.

“Ja, ja. Zweipfennig am besten. Und zwar schnell. Hierher. Warum? Sagen Sie ihm, dass ich darum bitte. Wer ich bin? Wülfing, Hauptkommissar W-ü-l-f-i-n-g, Kripo Mainz. Na also, es geht doch.” Zufrieden steckt er das Handy in die Tasche und wendet sich seinen Kollegen aus Bingen zu. Im Hintergrund ertönt ein bing, bong, bing, bong, dann wieder ein Reifenquietschen. Die Sanitöter - so die despektierliche Bezeichnung eines Freundes, der dort seine Zivi-Zeit verbrachte - überqueren wohl gerade den Bahnübergang.

Wie geht es weiter? Ein Blick auf mein Handy - es ist halb vier, die Hochwasser- und Wohnwagen-Bilder müssen zur Zeitung. “Hast du einen ungefähren Zeitplan?”, wende ich mich an Herbert, der mit Jouaux und Kühlken in der Gegend herum schaut.

“Warum fragst du?” Sein matter Unterton deutet wieder auf die offenbar anstrengende letzte Nacht hin. Doch es fällt ihm selbst ein, “Ach so, du willst wieder mal ein paar Bilder abliefern. Na, dann mach dich mal vom Acker. Bis die Kollegen von der Spurensicherung kommen, dauert es noch mindestens eine halbe Stunde. Zweipfennig kommt wohl erst um fünf. Der führt gerade ein paar japanische Forensiker in die deutschen Arbeitsmethoden ein. Reiner Zufall, dass die gerade zu Fassenacht kommen, meinst du nicht auch?”, er grinst anzüglich. “Ohnehin am besten, du stehst uns nicht in den Füßen rum. War eigentlich Deine Jagd erfolgreich?”

“Bei Fassenacht? Mmmh, es könnte sein. Eine tolle Frau vom Lande, aus dem Appelbachtal.”

“Und hast du ihre Äpfelchen schon mal getestet?”

“Gemach, gemach. Du weißt, dass ich etwas Festes suche.”

“Meine ich doch”, grinst er und wendet sich wieder seinen Binger Kollegen zu.

Schnell bin ich auf dem Weg nach Bingen und gebe die Bilder bei Foto-Jahn ab. Entwicklung und Print gibt es da in einer halben Stunde, dazu die Bildscans gleich auf CD. Bis sie fertig sind, warte ich im Life&Art bei einem Capuccino und telefoniere zunächst mit der AZ und der MRZ. Beide wollen die Bilder haben, am liebsten noch gleich ein Foto von der Leichenbergung. Ich überlege: Da braucht die Kripo Licht und wird wohl einen Scheinwerferwagen anfordern. Dann noch einen Abschleppwagen für den Wohnwagen. Dazu eine Baumsäge, damit der Wagen aus dem Geäst heraus gehoben werden kann. Licht und Kettensäge hat die Freiwillige Feuerwehr, einen Abschleppwagen mit Kran beispielsweise der Kfz-Hecker aus Gau-Algesheim. Das wird ein netter Auftrieb und sicher gibt es nette Fotos. Wegen einer gar nicht netten Leiche.

*

Am 8. Mai 1945 war der zweite Weltkrieg zu Ende, die Probleme aber fingen für viele erst richtig an. In den schwer getroffenen Städten suchten Millionen unter schwierigsten Bedingungen nach einem Neuanfang, ganz ohne Gröfaz, Klumpfuß und Goldfasan wie Hitler, Göbbels und Göring nun ungestraft genannt werden durften. Dresden, Hamburg, Köln und andere Großstädte waren nach Feuerstürmen in Schutt und Asche und wo die Brandbomben nicht genug Nahrung fanden, hatten die Sprengbomben und Luftminen keinen Stein auf dem anderen gelassen. Auch die Mainzer Innenstadt und Worms waren stark zerstört, aber das umgebende Rheinhessen mit wenigen Ausnahmen von den Verwüstungen nur wenig getroffen. Ausgebombte und hungernde Mainzer und Flüchtlinge aus dem Osten machten sich auf Hamstertouren oder auf der Suche nach Obdach ins Umland. Den rheinhessischen Bauern war das gewöhnlich gar nicht recht, zumal auch die Besatzer ausgiebig vor allem die Weinkeller plünderten.

Auch der Trupp aus acht Mann, der mit Laster, Jeep und Motorrad am Nachmittag des 3. August in Neu-Bamberg einrückte, wurde entsprechend misstrauisch beäugt. Den Uniformen nach gehörten sie zur Air Force und schnell wurde klar, dass sie nach dem verschollenen Flieger suchten, der im März im Appelbachtal herunter gekommen war. Wieder konnte oder wollte keiner der Neu-Bamberger den Siegern Auskunft geben, was die Soldaten natürlich noch misstrauischer machte. Die Geschehnisse in Rüsselsheim, wo amerikanische Flieger gezielt gelyncht worden waren, waren allgemein bekannt. War auch hier so etwas geschehen?

Der Trupp quartierte sich in die Amtsgasse 8 ein und machte sich auf die Suche. Zunächst wurde das Wrack der Thunderbolt mit einer Seilwinde aus der Sumpfwiese gezogen, in die es inzwischen etwas eingesunken war. Doch die einzige Spur, die sie fanden waren Blutflecken, die zeigten, dass er wohl verletzt aus der Maschine gekommen war. Nachdem das Wrack auf den Laster gezogen worden war, wurde die nähere Umgebung noch einmal genauer unter die Lupe genommen. Auf einem Luftbild aus den letzten Kriegstagen war eine merkwürdige, lang gezogene Struktur unweit der Ölmühle zu sehen, die sich aber nur als

Abschlussmauer eines terrassierten Weinbergs herausstellte. Auch eine neuerliche Untersuchung der Katzensteiger Mühle sowie der bachauf und bachab liegenden Junkermühle und Ölmühle brachte außer einem verstaubten Wehrmachtskarabiner aus dem ersten Weltkrieg und durchaus beträchtlichen Weinvorräten nichts Verwertbares.

So entschied der Suchtrupp, Monahan weiter als vermisst zu führen und setzte die Abreise auf den 6. August fest. Am Vorabend aber gingen alle noch einmal auf Tour und suchten die Winzer in Fürfeld heim. Im Flugzeug-Wrack waren schnell etliche Kisten Wein versteckt, versandfertig für den Weg in die Staaten. Dann machten sich alle auf den Rückweg nach Neu-Bamberg, nur Sergeant James Lewis war schon gut am Verkosten und wollte mit seinem Motorrad später nachkommen. Die Winzerfamilie Bretz schenkte auch gern nach. Warum, wurde Lewis klar, als er nach Mitternacht auf die Straße kam: Seine Harley war weg. So musste er sich zu Fuß auf den Weg nach Neu-Bamberg machen. Auch eine Suchaktion am nächsten Morgen brachte kein Ergebnis und der Suchtrupp machte sich mit einigen Flaschen mehr, aber einem Motorrad weniger auf den Weg nach Hause. Dabei hätten sie nur in der benachbarten Scheune unter dem frisch umgeschichteten Stroh schauen müssen.

*

Nach dem Capuccino hole ich die Bilder und Scans ab und bringe sie zur Binger Geschäftsstelle der AZ. Von dort geht es per Modem in die Mainzer Redaktion, so dass ich den zweiten Teil der Aktion "Leichenfund im Binger Loch" in Angriff nehmen kann. Bereits am Bahnübergang in die Rheinkribben steht jetzt ein Streifenwagen der Binger Polizei und will mich nicht über die Schranke lassen, doch mein Presseausweis und die Nennung der Namen von Herbert Wülfing und Norbert Jouaux machen den Zutritt leicht. Das Auto parke ich an der anderen Straßenseite, denn der Parkplatz ist inzwischen mit Fahrzeugen belegt und ebenso wie der Radweg grell erleuchtet. Das Licht macht ein Scheinwerferwagen der Bereitschaftspolizei Mainz, dazu kommt ein Gerätewagen der Feuerwehr Bingen, die Spurensicherung, Herberts Auto und ein Leichenwagen. Von der Böschung dringt das Kreischen einer Motorsäge hervor, dazu das Brummen des Diesels von Heckers Abschleppwagen und als Zugabe die Stimme des Chefs selbst: "Mehr rechts, langsam, langsam. Du musst den Gurt richtig anlegen, sonst gibt es Druckstellen. Warte noch, bis der verdammte Ast ab ist. Muss man denn alles selbst machen!"

Ich versuche mit meiner Kamera in Schussposition zu kommen, ohne jemand auf die Füße zu treten. Frank Hecker sieht mich nicht, weil er viel zu beschäftigt damit ist, seinen Wagen auf dem engen Weg so zu rangieren, dass er den Caravan anheben kann. Er hat als Helfer seinen Vater und seinen Mitarbeiter Patrick Forster mitgebracht, die mit einem Balken als Hebel das im Wasser liegende Ende des Wohnwagens anheben wollen, um einen extrabreiten Hebegurt auf der Unterseite durchziehen zu können.

Herbert hat mich inzwischen entdeckt und bedeutet mir mit Handzeichen, zurück zu bleiben. Er ist im angeregten Gespräch mit Dr. Zweipfennig und den Leuten von der Spurensicherung. Schade, dass ich nicht mithören kann. Na gut, dann baue ich schon mal das Stativ auf und habe bald eine faszinierende Bildfolge im Kasten, der bedauerlicher Weise die akustische Untermalung durch die Flüche der Beteiligten fehlt. Vor allem der Feuerwehrmann wird lautstark bedauert, der beim Versuch, einen Ast abzusägen, mit der ganzen morschen Pappel umfällt und im dort noch knietiefen eiskalten Wasser landet.

Dann endlich der große Moment. Der Motor des Abschleppwagens dreht höher und die Hydraulik hebt mit lautstarker Unterstützung ein Ende des Caravans aus dem Wasser. "Achte darauf, dass sich der Gurt nicht verdreht! Quer, Patrick, verdammt noch mal, quer! Ja, so." Dann ist es vollbracht und der Caravan hängt waagerecht und im Trockenen, so dass die Spurensicherung gut arbeiten kann. Hecker wechselt ein paar Worte mit Wülfing, während die Kriminaltechniker das Urlaubsgefährt innen und außen unter die Lupe nehmen. Hecker zuckt die Schultern und kommt mit seinem Vater zu mir: "Hallo Herr Sander, das dauert noch ein paar Stunden. Wie wärs, wenn Sie uns in die Firma bringen? Dafür gibt es beim nächsten Ölwechsel einen Rabatt, OK? So gegen neun werden die fertig sein - dann ist es doch auch für Sie interessanter."

Da hat er Recht - und ein paar Euro beim nächsten Ölwechsel zu sparen ist nicht uninteressant. Obwohl ich ihn und seinen Vater natürlich auch kostenlos ins Gewerbegebiet Gau-Algesheim mitgenommen hätte. Wieder zuhause geht es ans Titeln.

Leiche auf Urlaub? Todesfahrt auf dem Rhein? Flussfahrt zum Todestag? Wäre was für die AZ und die MRZ. Hitchcock lässt grüßen - Leiche schaukelt im Lehnstuhl? Das ist was für die Bild. An die TAZ kommt meine Formulierkunst leider nicht heran. Wie titelte die alternative Tageszeitung zur Hochwasserkatastrophe im Vorjahr? Hochwasser auf Elbtour oder so. Doch ich muss beim Thema bleiben. Also weiter:

Einem makabren Todesfall ist die Mainzer Kripo auf der Spur. An Faschingsdienstag trieb unterhalb des Binger Mäuseturms ein Caravan mit einer Leiche an, die in einem Schaukelstuhl saß. Von einem Verbrechen muss ausgegangen werden, da die Tür von außen verschlossen war. Wer ist der Tote? Wer wollte eine Leiche auf so ungewöhnliche Weise los werden? Hauptkommissar Herbert

Wülfing von der Mainzer Kripo lehnt eine Stellungnahme noch ab, weil "erst die Spuren ausgewertet werden müssen."

Ab an die Redaktionen, dann die Beine hochlegen. Mal wieder ein paar Euro zum mageren Freien-Salär beigesteuert. In diesen Zeiten, wenn Hunderte von fest angestellten Kollegen auf die Straße gesetzt werden, kann man über jedes kleine Krümelchen froh sein. Ich schaue auf die Uhr: 19 Uhr. Noch zwei Stunden bis sich Hecker wieder melden wird. Also lege ich mal die Beine hoch und die Anspannung lässt nach. Dafür kommt mein Gedächtnis wieder - um sechs Treffen mit Elke im Brückenhaus in Bad Kreuznach. Mist, vergessen. Ob sie so lange auf mich wartet? Egal, ich muss da hin. Hätte ich nur ihre Telefonnummer. Die wird sauer sein.

Der Passat schüttelt sich unwillig, als ich ihn schon wieder anlasse. Sollte die metallic-graue Kiste einen eigenen Willen entwickeln? Nicht mit mir - mein Auto muss fahren. Ein paar Gasstöße später kurve ich die Serpentinen runter nach Aspisheim und dann übers Kutschereck und Gensingen nach Bad Kreuznach. Neunzehn Uhr dreiundzwanzig habe ich einen Parkplatz auf dem Kornmarkt, direkt vor der Sparkasse und achtzehn Sekunden später bin ich am Brückenhaus. Draußen wartet niemand, drinnen ist Elke auch nicht. Was wundert es mich? Da finde ich die Frau meiner Träume und was mache ich Trottel?

Verfolgen Sie hartnäckig Ihre Ziele hatte das Horoskop geraten. Was dazu führt, dass ich schon sechzehn Minuten später auf ihre Mühle zurolle, die sich jetzt im Dunkeln nur noch wenig von der Landschaft abhebt. Glück gehabt - Elkes Auto steht vor dem Tor, der Generator brummt und ein Lichtschein fällt durch ein Fenster links neben dem Tor. Ich klopfe, rufe und klopfe. Doch es rührt sich nichts. Als ich über den halb verfallenen Gartenzaun steigen will, rummst es am Tor und die eingelassene Tür öffnet sich einen Spalt.

"Wat iss?", herrscht mich durch ein Spalt ein faltiges Gesicht an, das mir irgendwie bekannt vorkommt und dessen Ausdruck sich in wenigen Sekunden von neugierig in abweisend wandelt. Ein verschlissenes Unterhemd, von einem schlaff hängenden Bauch nach außen gedrückt und eine zerrissene Hose, aus dem ein Hemdzipfel dort hervorlugt, wo bei Männern die Familienplanung hängt. Viel mehr ist durch den Türspalt bei dem Gegenlicht nicht zu erkennen. Dafür ein recht deutlicher Geruch. Ich muss erst einmal schlucken und meine dann:

"Guten Tag. Ich möchte zu Elke. Kann ich hereinkommen?"

"Naa, hier iss kaaner", kommt es.

"Aber ihr Auto ...", begehre ich auf.

“Hau ab, a letzt Moll! Sunnst knallts!”, kommt es deutlich rheinhessisch. Als ich mich nicht rühre und erneut ansetzen will, öffnet sich der Türspalt ein wenig weiter und ich schaue in die Mündung einer Flinte. “Werds baal?”

So viel geschliffener Rhetorik gebe ich mich dann doch geschlagen. Ein paar schnelle Schritte später bin ich wieder beim Auto, während hinter mir mit einem Krach die Tür ins Schloss fällt. Selten war ich so schnell wieder in meinem Auto und auf der Straße. Vor Aufregung fahre ich fast in der nächsten engen Kurve die Böschung zum Bach herunter. Erst hinter der Ölmühle halte ich an, verschnaufe ein paar Minuten und überlege.

Der Waldschrat war wohl Elkes Mitbewohner, von dem die Reifenspuren am gestrigen Abend stammten. Der scheint wohl ein wenig eigen zu sein, vielleicht die Erklärung dafür, dass sie ihn mir verheimlicht. Oder ist sie gar in Gefahr? Mut gehört zwar nicht zu meinen wichtigsten Eigenschaften, aber ich kann ja einmal sehen. Langsam fasse ich mich und fahre nach zehn Minuten wieder zurück, doch Elkes Auto ist nun weg. Wo mag sie hin sein? Ihr Mitbewohner würde sicher nicht mehr Auto fahren, der schien mir zu wirr im Kopf. Ich fahre noch durch Neu-Bamberg, kann aber Elkes Auto nicht finden.

Da klingelt das Telefon - Hecker fragt, wo ich bleibe. Auch das habe ich schon wieder vergessen. Wie heißt es so schön: Das Tolle an Alzheimer ist, dass man ständig neue Freunde kennen lernt. Also ab Richtung Gau-Algesheim, direkt über den Wissberg, Ober-Hilbersheim und Appenheim. Dann alle eingeladen und um kurz vor neun sind wird wieder in den Rheinkribben. Die Leute von der Spurensicherung und der Leichenwagen fahren gerade ab. Herbert wartet in seinem, offensichtlich mit einer Standheizung ausgestatteten, Mondeo und steigt aus, als er mich sieht. Ich parke meinen Wagen direkt neben seinem.

“Da seid ihr ja endlich”, Herbert, gerade aus dem Warmen gekommen, schüttelt sich vernehmlich in der Kälte, “Dann legen Sie mal los, Herr Hecker.”

Der lässt sich nicht lange bitten und geht mit seinem Vater schnell zum Abschleppwagen, wo Patrick Forster es sich bei laufender Standheizung im Führerhaus bequem gemacht und längst seinen Feierabend überzogen hat. Ich unterhalte mich mit Herbert, während im Hintergrund das Abschleppteam seinen Sonderauftrag erledigt. Zuerst muss ein zweites Kantholz unter das andere Ende des Caravans, was auch nicht ohne deutliche Anweisungen vom Chef abgeht, der mit sorgengekräuselter Miene die Aktionen seines Angestellten verfolgt. “Patrick, weiter schieben, weiter! Ja so, sooo!”

Endlich ist der Wohnwagen auf beiden Enden unterfangen und dann dirigiert der Zampano an den Hydraulik-Hebeln das ehemalige Urlaubsgefährt durch die Luft. Der Sägemann von der Freiwilligen Feuerwehr hat gute Arbeit geleistet, der alte Caravan bleibt auf seiner Luftreise nicht im Geäst hängen. Nachdem ich ein paar interessante Fotos im Kasten habe, stelle ich mich neben den Hauptkommissar, der erleichtert schaut, dass er bald aus der Kälte nach Hause kann.

“Kannst du schon was sagen, Herbert?”

“Tja, wie man’s nimmt”, er stockt ein wenig, weil er konzentriert das Absetzen des Caravans auf die Ladefläche beobachtet. “Der Tote lag sicher schon einige Tage im Wagen, denn die Verwesung hatte trotz der tiefen Temperaturen schon eingesetzt. Äußerliche Gewaltspuren haben wir noch nicht gefunden und Papiere auch nicht. Die Kollegen von der Spurensicherung haben ein paar Dinge aufgenommen, aber wir werden den Caravan im Präsidium noch einmal richtig auseinander nehmen. Das alles wie immer ohne Gewähr, du weißt schon.”

“Wann wisst ihr mehr?”

“Übermorgen denke ich. Und vorher veröffentlichst du nichts, klar?”

Tja, wie immer, so ist das halt. Dafür habe ich exklusive Fotos, denn die Kollegen haben immer noch nichts mitbekommen. Ich bin noch allein auf weiter Flur. Das bringt ein paar Kröten extra und ich kann wahrscheinlich meine alte Kiste endlich beim Hecker mit der längst fälligen neuen Kupplung ausstatten lassen. Es ist nun spät genug und ich würde gern in ein vorgewärmtes Bett kriechen. Am besten zu Elke. Warum habe ich Trottel nicht auf ihrer Handynummer bestanden? Mal sehen, ob sie morgen zu Hause ist. Ein paar rote Rosen wirken gewöhnlich Wunder. Einer meiner Freunde macht bei Neueroberungen sein Alter durch ein paar rote Rosen mehr immer wieder erfolgreich zur Nebensache. Warum sollte mir ähnliches mit einem verpassten Rendevous nicht gelingen?

So bin ich denn am nächsten Nachmittag wieder im Appelbachtal, mit ein paar Schmetterlingen im Bauch als Mitfahrern. Ob dieser Waldschrat immer noch da ist? Ich habe keine Lust, als Leiche zum Frühstück einer Mittdreißigerin zu enden, die bei einem Handyhersteller in Wiesbaden arbeitet. Wo arbeitet Elke eigentlich? Auch das hat sie nicht gesagt. Vielleicht bekomme ich ja heute ein paar Antworten und vor allem ein paar Streicheleinheiten.

Es ist schon wieder etwas wärmer geworden und das Thermometer protzt mit glatten vier Grad im Schatten. Die weißen Flecken an den Straßenrändern schwinden zusehends und scheinbar auch meine Chancen. Denn als ich um die Kurve komme und der Katzensteiger Hof vor mir liegt, steht neben Elkes weißem Wolfsburger Modell ein neuer Audi mit “Bitte ein Bit” Aufkleber und ein Mann geht durch die Tür rein. Sie begrüßt ihn mit einer Umarmung und auch gegen einen Kuss auf die Wange hat sie offensichtlich nichts einzuwenden.

*

“Leiche männlich, Alter etwa 70 bis 80 Jahre. Bart, halblange weiße Haare. Einsfünfundsechzig groß, Gewicht 73 komma 5 Kilo. Blutgruppe A Rhesus positiv. Zähne in Ordnung. Gebissabdruck angefertigt. Für das Alter sehr guter gesundheitlicher Zustand. Alters-Diabetes, aber nicht sehr ausgeprägt. Todeszeitpunkt: Eine Woche, plus minus ein bis zwei Tage”, Zweipfennig stoppte das Diktiergerät und murmelte in seinen nicht vorhandenen Bart. “Dann kann ich auch gleich sagen: Keine Ahnung. Kaltes Wetter haben wir schon eine ganze Weile”, er ließ er das Band wieder laufen. “Keine äußeren Spuren von Gewalteinwirkung, Herzinfarkt. Wasser in der Lunge. Wird untersucht.” Er schaute sich die Leiche noch einmal an, die da nackt vor ihm lag. Sie war immer noch in der Liegestuhl-Haltung, allerdings jetzt auf dem Seziertisch, mit geöffnetem Brustkorb. Kein schöner Anblick, aber für den Gerichtsmediziner business as usual. Oder auch nicht.

Er hatte schon einiges gehabt - Leute, die ertrunken waren - einfach. Leute, die getötet wurden und dann ins Wasser geworfen wurden. Auch einfach. Aber hier? Herzinfarkt und Wasser in der Lunge. Spräche für einen Sprung in einen zu kalten See im Hochsommer - Unsinn um diese Jahreszeit. Zumal das Wasser in der Lunge komisch grünlich aussah und roch, nicht so süßlich, sondern ein wenig nach Kräutern. Hatte dieser Mann einen Herzinfarkt beim Versuch erlitten, sich gegen das Ertrinken oder Ertränken zu wehren? Sollte sich Herbert Wülfing seinen Kopf zerbrechen, schließlich war das sein Job. Zweipfennig ging wie üblich weiter vor. Die Kleidung hatten die Spurensicherer mit ins Polizeipräsidium genommen, nachdem Zweipfennig sie mit der Schere von dem Toten herunter geschnitten hatte. Die Fingerabdrücke waren schon per Fax unterwegs ins BKA nach Wiesbaden.

Seine Labormäuse, so nannte der Gerichtsmediziner die jungen MTAs, die Medizinisch-technischen Assistentinnen in den weißen Kitteln, hatten heute samt und sonders frei. Aschermittwoch halt. Ob er den Leiter drängen sollte? Es schien nicht so eilig. So rechnete er mit dem Ergebnis der Wasserprobe erst für morgen. Nachmittags um zwei schloss er seine Arbeit fürs erste ab. Er klappte den Brustkorb wieder zu und schob die Leiche in die Kühlbox. Dann schrieb er die Ergebnisse zusammen. Ein interessanter Vorgang, hörte er doch einmal selbst sein eigenes Band ab und tippte es ein. Denn auch seine Sekretärin hatte sich für Aschermittwoch frei genommen. Eine junge Frau, vom Arbeitsamt vermittelt, mit zwei kleinen Kindern zu Hause und von daher nur halbtags verfügbar. Aber richtig flott und nett, die Silke. War vorher diesem Job bei der Investitions- und Strukturbank ISB und vor der Geburt ihrer Kinder bei einem Verlag für technische Fachzeitschriften in Mainz gewesen.

Um fünf war Zweipfennig endlich fertig mit dem Tippen und das Laborergebnis wie erwartet noch nicht da. Er tütete alles ein, was er hatte und brachte es selbst an den Valenciaplatz, um ein wenig Restluft der Mainzer Fassenacht zu schnuppern. Auf seinem Weg vom Parkplatz am Holzturm schaute er den Straßenreinigern zu, die in ihrem orangen Arbeitsdress die letzten Konfetti- und Glasreste aus den Straßenecken kehrten. Dann setzte er sich ins Eiscafé Weber und ließ die Dinge Revue passieren.

Ein Toter in einem Schaukelstuhl in einem von außen abgeschlossenen Wohnwagen. Schon ein komischer Fall, den Herbert Wülfing da hatte. Und es würde wohl nicht sein letzter sein. Denn die sozialdemokratische Landesregierung hatte gerade mit aller Macht das Pensionsalter für die Polizei deutlich herauf gesetzt. Das soll den Haushalt und damit den Steuerbürger entlasten, aber sind Polizeibeamte mit über 60 noch fit für die Jagd nach den immer jüngeren Kriminellen? Die Kosteneinsparungen können so leicht in ein Minus an Sicherheit auf den Straßen führen.

*

Auch Oberkommissar Michael Wolf von der Spurensicherung machte sich so seine Gedanken, als er Kleidung und Utensilien des Toten im Labor des Polizeipräsidiums untersuchte. Dem sympathischen Mittdreißiger, als Sportschütze bei der SG Bad Kreuznach aktiv, kamen die bisherigen Ergebnisse reichlich widersprüchlich vor, was normalerweise ein untrügliches Indiz für ein Verbrechen war. Da war zunächst der Fakt gewesen, dass die Kleidung recht gut am Körper saß. Das sprach dafür, dass der Mann nach dem Anziehen noch eine Weile gelebt hatte und in der Kleidung zu Tode gekommen war. Und da Wasser in der Lunge gefunden wurde - Wolf hatte etwa eine Stunde bei Zweipfennig zugeschaut - war er sehr wahrscheinlich ertrunken. Dann aber müsste die Kleidung entsprechende Spuren aufgewiesen haben, an Stellen eng auf der Haut aufgelegen haben oder gar geschrumpft sein, Stockflecken hätten entstehen müssen. Waren sie aber nicht. Was half es? Kriminalarbeit war zunächst Fleißarbeit. Hier ein Mosaiksteinchen, dort ein anderes. Und Herbert würde sicher auch seine Schlüsse daraus ziehen. Und Kriminalarbeit war vor allem Teamarbeit, allen Schimanski-Serien im Fernsehen zum Trotz.

Wolf ging systematisch vor und notierte die Einzelheiten. Schuhe, braun, derb, Leder, Größe 40. Strümpfe, Wolle, weiß, mehrfach unfachmännisch gestopft, mit Löchern. Eine Unterhose, weiß, altes Modell aus Feinripp, teilweise mit Löchern, aber immerhin ohne Bremsstreifen. Ein Unterhemd, ohne Arm, weiß, Feinripp, mit einem kleinen ausgerissenen Loch im Bereich des Nackens. Eine Hose, Cord - Wolf fühlte sich unwillkürlich an Herbert Wülfing erinnert und grinste - teilweise abgewetzt, ein Reißverschluss, der auf der Hälfte des Weges festgeklemmt war, leere Taschen. Ein Hemd aus Trevira, leicht gräulich, aber sauber, Größe 48, mit leicht abgewetztem Kragen. Eine Bomberjacke aus Leder, innen gefüttert, möglicherweise aus US-Beständen, in gutem Zustand, wenig getragen.

Der Oberkommissar untersuchte zunächst die Jacke auf Fingerabdrücke und wurde fündig. Drei unterschiedliche glaubte er bereits erkennen zu können, aber das würden die weiteren Untersuchungen genau zeigen. Dann strich er über den pelzbesetzten Jackenkragen und spürte zwischen seinen Fingern etwas reiben. Vorsichtig fasste er die Jacke mit seinen weißen Stoffhandschuhen an und kehrte mit einem Kamm die Partikel aus dem Pelz in eine Glasschale. Auf den ersten Blick kleine Splitter, die er sich genauer ansehen musste. Mit dem Rasterelektronenmikroskop hatte er schon manchem winzigen Teil sein Geheimnis entlockt.

Wolf richtete sich auf, trat einen Schritt zurück und ging um den Rolltisch, auf den er die Jacke zur Untersuchung gelegt hatte. Oft sieht man den Wald vor lauter Bäumen nicht, diese Erfahrung hatte er bereits gemacht. Die Jacke war schon ungewöhnlich. Ein altes Modell, vielleicht von einem Trödelmarkt? Das Leder war wie die ganze Jacke sehr gut in Schuss, nur ein gerissenes Gürtelband an der Seite war unfachmännisch mit einem Metallstück ausgebessert worden. Vielleicht ein Hinweis?

Das Stück war 5 Zentimeter lang und etwa 2,5 cm breit. Wahrscheinlich war es oval oder kreisförmig gewesen, denn es war oben und unten abgeschnitten worden, wie scharfe Schnittkanten verrieten. Offensichtlich war die Jacke danach nicht sehr häufig getragen worden, denn die Kanten hatten sich nur schwach ins umliegende Leder gedrückt. Bei jedem Sitzvorgang würde diese Stelle aber besonders beansprucht und gegen das Leder drücken. Oder hatte der Besitzer die Jacke immer ausgezogen, bevor er sich auf einen Stuhl mit Rücklehne setzte? Gerade, weil das Metallstück sonst drückte? Verwertbare Fingerabdrücke fand Wolf auf dem Metall nicht, viel zu oft war das Stück schon angefasst worden. Aber er fand eine Nummer, die ihn sehr an seine Bundeswehrzeiten erinnerte, und zwar an die Hundemarke: 26-03-21. Das Zeichen links davon war von der Niete zerstört, die die Plakette mit dem Lederband verband. Die Zeichenfragmente der oberen Reihe waren zu kurz, um ergänzt zu werden, die untere Reihe ergänzte der passionierte Tüftler zu O-POS U und dann kam die gegenseitige Niete. Damit musste sich was anfangen lassen!

Er fasste die Daten schon einmal zusammen und brachte sie per Hauspost auf den Weg zu Herbert Wülfing, bevor er sich ans Rasterelektronen-Mikroskop setzte. Zunächst schüttete er die feinen Splitter auf ein Stück Tesafilm, dann bedampfte er sie mit Gold. Nun konnte er das Präparat in die Vakuumkammer des Gerätes schieben. Gespannt wartete er, bis das Vakuum aufgebaut war und ging erst auf die kleinste Vergrößerungsstufe. Bereits in hundertfacher Vergrößerung war klar zu erkennen, dass es Kunststoff-Splitter waren, denn der für mineralisches Glas typische muschlige Bruch fehlte. Wahrscheinlich Plexiglas, folgerte Wolf. Bei 1000-facher Vergrößerung entdeckte er eine interessante Ecke, die er mit 3000-facher Vergrößerung genau anschaute. Tatsächlich, da war etwas Ungewöhnliches, mit dem man etwas anfangen konnte: Winzige Schmelzspuren auf einer Bruchfläche. Er machte schnell noch ein paar Polaroids, lehnte sich zufrieden zurück, schaute auf die Uhr und erschrak. Kurz nach achtzehn Uhr - und seine Frau wollte um sieben mit ihm ins Cineplex Bad Kreuznach. Johnny English alias Mr. Bean alias Rowan Atkinson gab sich die Ehre. Schnell packte der Oberkommissar die Polaroids mit kurzen Erläuterungen in eine Tüte, gab sie dem Pförtner und sprintete um viertel nach sechs in die Tiefgarage zum Auto. Mit so vielen Informationen hatte er Herbert schon lange nicht mehr füttern können.

*

Ich bin so verblüfft, dass ich ohne zu bremsen Richtung Neu-Bamberg weiterfahre und erst bei der Junkermühle anhalte. Hat sie einen neuen Lover? Das wird ja immer mysteriöser. Aber vielleicht habe ich ja nur Angst vor den Schmetterlingen im Bauch. Wie stand es so schön schwarz auf Offset-Papier: Verfolgen Sie hartnäckig Ihre Ziele. Also zurück und mit frischem Mut und bei Tageslicht hin zu Elke.

In der relativ schmalen Einfahrt ist kaum noch Platz für meinen Kombi und ich weiche auf die grasbewachsene seitliche Zufahrt aus, die nach ein paar Metern von einer Schranke versperrt ist. In zwei Fenstern sehe ich Kerzen leuchten, dort sitzt sicher Elke mit ihrem Besucher. Da rührt sich auch schon etwas am Fenster, die Gardine wird zur Seite geschoben und ich kann kurz Elkes Gesicht erkennen. Sicher hat sie meinen Wagen gehört. So gehe ich denn zum Hoftor und schon geht die eingelassene Tür auf.

“Ein bisserl spät bist du schon, Ronni. Wo warst du denn gestern? Ich bin noch ein wenig herum gelaufen, aber du bist nicht gekommen.” Ihr Ton ist eher fragend als vorwurfsvoll.

“Tut mir leid, ich hatte einen dringenden Fall und konnte dich telefonisch nicht erreichen.”

“Du willst ja nur meine Handy-Nummer haben, gib es zu. Aber egal, Hauptsache, du kommst noch”, begrüßt sie mich und lässt sich von mir drücken. “Was schaust du so über meine Schulter?”

“Du hast Besuch, komme ich überhaupt gelegen?”

“Woher weißt du ... ach du hast das Auto gesehen. Warum bist du eben vorbei gefahren? Hast du Angst vor mir?”, spöttelt sie und lässt mich los. “Komm erst mal herein. Dann kannst du Beule kennen lernen.”

Beule? Wer hat schon einen solchen Spitznamen? Ich folge ihr und schaue dabei weiter um, kann aber den Waldschrat nicht sehen. Auf der anderen Hofseite ist eine mit blauem Tuch zugehängte Türöffnung. Elke geht mir mit schnellem Schritt voran und sagt nichts zu meiner offensichtlichen Suche. Dann sind wir wieder in ihrem Haus und ich bin ziemlich irritiert.

Leitungen kommen übergangslos aus den Wänden oder der Decke, sind mit Lüsterklemmen frei hängend verbunden. Eine Steckdose zeigt Brandspuren, die Glühbirne im Flur hängt nackt und frei schwebend an einer Leitung, angeschlossen und gehalten einzig von den allgegenwärtigen Lüsterklemmen. Das hier sieht sehr nach höchst unvollkommener Renovierung oder den ersten Versuchen eines finanziell klammen, unerfahrenen Heimwerkers aus. Was mag hier sonst noch so alles im Werden begriffen sein? Komisch, dass es mir bei meinem ersten Besuch nicht aufgefallen war - das war wohl die sprichwörtliche rosa Brille. Elke geht vor ins Wohnzimmer. Dort sitzt er - Beule! Größer als ein laufender Meter, aber sicher höchstens einsfünfundsechzig. Kein Fass, aber durchaus dicklich. Eng sitzende Jeans mit protzigem Gürtel und schwarzem Hemd. Den Schlüsselbund von seinem Audi Quattro hat er demonstrativ vor sich gelegt. Mit seinem ungepflegten Dreitagebart und einem überlegenen Grinsen im Gesicht sitzt er auf dem Sofa, meinem Schlafsofa von Rosenmontagnacht, dieser unsympathische Affe mit seiner blankpolierten Prokuristenschleuder. Klarer Fall von Du-kannst-mich-mal.

“Beule, das ist Ronni. Ronni, das ist Johann”, stellt Elke uns gegenseitig vor und studiert genüsslich die Spannung, die sich in meinem Gesicht aufbaut. Was hat sie vor? Will sie sehen, wie ich auf einen Nebenbuhler reagiere?

“Setz dich doch, Ronni”, sie weist mir einen Schaukelstuhl vor, über den sie eine braune Decke geworfen hat. “Wir sprechen gerade darüber, was hier noch alles zu machen ist. Vielleicht hast du ja auch ein paar Ideen?”

Ich bin erst einmal baff. Tatsächlich hatte ich ihr an Rosenmontag von meinem Haus erzählt und was ich alles daran gemacht habe. Natürlich will mann sich ein wenig angeben, aber soll das jetzt so übergangslos in Arbeitsleistung umgemünzt werden? Ich schaue sie von der Seite an. Ist sie wirklich so berechnend? Warum aber sollte sie mich dann mit diesem “Beule” zusammen bringen? Obwohl ich ja überraschend auftauchte und sie in Zugzwang brachte. Ich versuche, etwas heraus zu bekommen.

“Ideen habe ich reichlich. Im Flur sah mir die Elektrik etwas ... überarbeitungswürdig aus. Oder gibt es noch mehr Dinge, die renoviert werden müssen?”

“Na ja, das eine oder andere. Johannes hat schon gesagt, dass Mauern trocken gelegt werden müssen und er will mir auch dabei helfen.” Sie schlürft genüsslich an einem Tee, während ein Luftzug die Kerze auf dem Tisch flackern lässt. Eine Scheibe der Wohnzimmertür fehlt und es zieht vom kalten Flur herein.

Jetzt macht auch der Unsympath seinen Mund auf. “So ein altes Gemäuer hat zwar durchaus seine Reize, aber auch seine Tücken, wie Elke schon richtig erkannt hat”, mit einem widerlich süßen Grinsen schaut er zu Elke herüber, die zurück lächelt. “Aber da kenne ich mich ja gut aus.”

“Johannes hat ein Bauunternehmen und ist auf die Renovierung von Altbauten spezialisiert”, beeilt sich Elke zu erklären. “Außerdem ist er ein Farbenbruder. Nach dem Studium haben wir uns ein wenig aus den Augen verloren und jetzt kam er mich besuchen.”

Aha, also ist Beule Mitglied in einer Burschenschaft. Und Elke auch. Und sonst? Was treibt ihn gerade jetzt hierher? Geschäftliches Interesse oder mehr?

“Zuerst einmal müssen die Anschlüsse her”, doziert Beule vom Sofa her mit dem Habitus eines erfahrenen Alleskönners, wobei seine gänzlich hornhautlosen Hände allerdings das Gegenteil sagen.

“Genau das war ein springender Punkt”, erläutert mir Elke, deren Hände Zupakken offensichtlich gewöhnt sind. “Die Mühle ist ein echter Grenzfall. Und zwar sowohl was Gemeinde, Verbandsgemeinde, Landkreis und Regierungsbezirk betrifft.”

“Nächster Ort ist doch Neu-Bamberg, weniger als ein Kilometer”, werfe ich ein. “Oder Wöllstein. Einfach anschließen und sich wohlfühlen.”

“Ist eben nicht, Ronni”, Elke wirkt genervt. Sie hat diesen Vorschlag wohl schon einmal zu oft gestellt bekommen. “Die Mühle gehört zu Siefersheim und damit zur Verbandsgemeinde Wöllstein, zum Landkreis Alzey-Worms und zur ADD - Aufsichts- und Dienstleistungs-Direktion - Koblenz beziehungsweise Trier. Die Regierungsbezirke gibt es nämlich nicht mehr. Neu-Bamberg dagegen gehört zur Verbandsgemeinde und dem Landkreis Bad Kreuznach. Alles klar?”

“Danke, es reicht”, wiegele ich ab. “Also legen wir die Leitung nach Siefersheim.”

“Geht auch nicht, da sind die Hexenkanzel, einige Höhenmeter und etwa vier Kilometer dazwischen. Die Kosten konnte und wollte keiner tragen. Dazu kommen noch nette Kleinkriege. Der Besitzer eines anderen Hauses am Ortsrand von Neu-Bamberg, vielleicht fünfzig Meter von der Junkermühle, baute für seine Mieter eine kleine Bachüberfahrt direkt auf Neu-Bamberger Gemeindegebiet. Worauf der Neu-Bamberger Bürgermeister große Steine aus dem Steinbruch herfahren und mit einem Bagger vor die Brücke legen ließ. Damit die Leute mit ihren Autos erst die dreißig Meter bis zur Kreisstraße fahren müssen und dann erst nach Neu-Bamberg rein."

"Da haben unsere Vorfahren, die Kelten und Franken, wohl einige falsche Gene vererbt."

"Sieht wohl so aus. Aber um es kurz zu machen: Nach jahrzehntelangen Verhandlungen kommen jetzt endlich die Bagger und dann sollte es eine Frage von wenigen Tagen sein, bis die Anschlüsse für Strom, Wasser und Abwasser liegen - und zwar Richtung Neu-Bamberg."

"Genau. Und dann bringen wir das alles hier auf Vordermann", klinkt sich Beule wieder ins Gespräch ein und grinst gönnerhaft zu Elke, die sich entspannt in ihren Sessel zurück lehnt.

So langsam glaube ich erkennen zu können, wie der Hase läuft. Beule will sich unentbehrlich machen und Elke genießt die Aufmerksamkeit und Hilfe. In der Situation bin ich nur fünftes Rad am Wagen. Soll ich die Flinte ins Korn werfen? Nein, Elke ist entschieden zu reizvoll, um sie diesem Schleimer kampflos zu überlassen und in mir reift ein Plan.

"Ich kann vielleicht auch einen bescheidenen", ein Seitenblick zu Beule, der keinerlei Absichten erkennen lässt, sich zu entfernen, "Beitrag leisten, wenn du möchtest." Ein fester Blick zu Elke, die ihm mühelos Stand hält. "Magst du mir mal alles zeigen, was gemacht werden muss?"

"Wenn du wirklich helfen möchtest, wäre es natürlich ...", Elke ist offensichtlich ein wenig verwirrt. Wer spielt hier wen aus, mag sie denken und Beules Selbstsicherheit scheint nicht mehr so fest wie noch Augenblicke zuvor. "Dann folge mir mal, Ronni. Du hast es ja schon gesehen, Beule. Wir sind in zehn Minuten zurück."

Tatsächlich tut der mir den Gefallen und folgt uns nicht, sondern vertieft sich ins Fernsehprogramm. Elke geht schnellen Schrittes vor und führt mich zunächst über eine merkwürdige Treppe in den muffig riechenden und mit Gerümpel voll stehenden Gewölbekeller. Dann folgen Bad, das Obergeschoss mit ihrem voll gestellten Schlafzimmer und schließlich das Dachgeschoss. Dabei erzählt sie unentwegt davon, wo was und wie hinkommt, nur müsse sie mangels Finanzen halt warten, bis sie das Material von irgendeinem Abbruch kostenlos bekomme. Mir scheint, dass sie den Aufwand unterschätzt, aber mit Optimismus überdeckt sie alle Zweifel. Wenn alles fertig ist, dann will sie auch die anderen Gebäude des Gehöfts dazu nehmen, eine Pferdezucht aufmachen und den Gewölbekeller zur Straußwirtschaft ausbauen.

“Wie willst du das alles umsetzen?” Ich schaue ihr tief in die Augen und streiche kurz über ihre Wange. Sie ist ein wenig verwirrt, lässt es aber geschehen.

“Meine Pläne erschrecken dich?”, sie schaut mich nachdenklich an. “Wer mir näher kommen will, muss das akzeptieren.”

“Und Beule?”

“Auch er will mir helfen.”

“Mehr nicht?”

Sie antwortet nicht, sondern geht weiter vor zu einer windschiefen Dachluke. “Schau mal, wie viel Platz hier ist”. Ihr Arm streicht über den großen Innenhof, auch er mit allerlei Bauschutt und Gerümpel voll gestellt, bis zur großen Wiese, die sich Richtung Neu-Bamberg erstreckt. “Doch lass uns jetzt runtergehen.” Wir steigen vorsichtig die knarrenden Treppenstufen herunter und setzen uns wieder ins Wohnzimmer.

“Na, wie war’s?”, erkundigt sich spöttisch Beule.

“Ganz interessant”, gebe ich kurz zurück. “Aber ich muss jetzt gehen.”

Elke schaut erst ganz überrascht und begleitet mich dann zum Hoftor. “Sag mal, Ronni, mit dir und Beule wird das wohl nichts werden. Ihr giftet euch ja an, dass es keinen Spaß macht. Schade.”

“Was denkst du denn? So ein schleimiger Schnösel ...”

“Ruhe, sonst werde ich grantig. Er will mir helfen und ich kann jede Hilfe gut gebrauchen. Du kannst dir ja mal Gedanken darüber machen, was aus deiner Sicht getan werden muss”, inzwischen wird ihr kurzzeitig recht kalter Ton wieder etwas weicher. “Aber du musst natürlich nicht.”

“Und was sagt dein Mitbewohner dazu?”

Ich deute auf den Richtung Ölmühle gelegenen Teil des Gebäudekomplexes, wo vorgestern ein Licht brannte und nun das Tuch den Einblick in die Türöffnung verwehrt. Die Tür selbst fehlt.

“Woher weißt du?”, Elke schaut überrascht.

“Ich hatte gestern eine Begegnung der unfreundlichen Art mit einem Waldschrat. Ich dachte, du wohnst allein.”

“Ach, du hast Kalu getroffen. Und hast einen Schreck bekommen? Eifersüchtig?”, sie lacht kurz auf. “Der hat zwar ein altes Jagdgewehr, ist aber harmlos. Hat sich hier irgendwann, lange vor mir, einquartiert und sieht sich als Wächter. Dem Besitzer ist es recht, weil seitdem nichts mehr geklaut wird. Kalu will auch mich beschützen, scheint mir. Mal ist er da, mal nicht. Dann tuckert er mit seiner Asphaltblase durch die Gegend. Meistens nachts."

"Und was ist, wenn seine Knarre doch mal losgeht?"

"Am besten, ich mache dich mit ihm bekannt. Komm mit", sie geht mir vor in den Hof, stellt sich vor die Türöffnung zu Kalus Reich und ruft: "Kalu! Besuch!" Doch nichts rührt sich. Dann zieht sie den Vorhang zur Seite und unser Blick fällt ins Innere.

*

Herbert Wülfing wusste nicht so recht, was er davon halten sollte. Davon, dass er - ganz im Gegensatz zu sonstigen Fällen - mit einem Wust an Informationen zugeschüttet wurde, die allerdings nicht recht zusammen passten. So wenig, wie die Bohnen dem neuen Espressoautomaten schmeckten, den ihm seine Kollegen zum Neunundfünfzigsten und der nahenden Pensionierung geschenkt hatten. Mit den neuen Plänen der alten Landesregierung waren wohl drei weitere Jahre angesagt und vielleicht verweigerte deshalb das Gerät seinen Dienst. Der Hauptkommissar schlug mit der flachen Hand seitlich auf das chromblitzende Gehäuse, worauf es plötzlich doch zu rumoren anfing und frischgebrühten Kaffee in seine Tasse spuckte.

"Gut zureden und dann geht es schon", murmelte Wülfing und legte sich die Labor- und Obduktionsergebnisse in zweiter Ebene nebeneinander auf seinen bereits mit Papier bedeckten Schreibtisch. Da ist also die Leiche eines Mannes, der so alt war, dass er ganz unspektakulär eines natürlichen Todes hätte sterben können, was ihm eine Menge Arbeit erspart hätte. Einfach schlechtes Timing. Denn er war höchstwahrscheinlich ermordet worden, denn nach dem Obduktionsbericht war er ertrunken und hatte einen Herzinfarkt. Ertrunken worden, vielleicht?

Nächster Anhaltspunkt: Der Caravan. Ein uralter Eriba Puck, welch inzwischen rares Gefährt, auch wenn die Nachfolgemodelle hunderttausendfach verkauft wurden - bis heute. Vielleicht sollte er den Ur-Puck nach Abschluss des Falles ersteigern, renovieren und mit Elvira über die Alpen nach Süden fahren? So wie damals? Ob Elvira das nicht als Spinnerei abtun und sich weigern würde, mit einem Caravan in Urlaub zu fahren, in dem eine Leiche eine Flussreise gemacht hatte? Doch er wich vom Thema ab.

Am Herzinfarkt kann man sterben, am Ertrinken auch und am Alter sowieso. Aber wozu wird man dann in einen Schaukelstuhl in einem kleinen, alten Wohnanhänger gesetzt? Vielleicht wollte einer als Hitchcock-Psychopath bekannt werden und hatte einen alten Nichtsesshaften ermordet? Aber warum dann diese Mühe? Und wieso ertrinken lassen? Welche Beziehung hatte der Täter zu seinem Opfer? In jedem Fall war es ein schlechtes Timing, das ihm einen ausgewachsenen Fall beschert hatte, den er noch nicht überblicken konnte.

Wülfing blätterte die weiteren Untersuchungsergebnisse durch. Auf dem kleinen Dienstweg hatte er schon die Fingerabdrücke prüfen lassen. Fehlanzeige. In der hausinternen Vermisstenkartei fand sich niemand, auf den die Beschreibung passte. Neue Vermisstenanzeigen waren noch nicht eingegangen, vielleicht würden sie ja noch kommen. Die bundesweite Vermisstenkartei würde auch nichts bringen, da war er sich fast sicher, auch wenn er natürlich eine entsprechende Anfrage sofort gestellt hatte. Der Mann hier sah so nach Rheinhessen aus, wie man es sich nur vorstellen konnte. Bis auf die Bomberjacke und die im feuchtkalten Caravan-Klima aufgedunsene Haut, die ihn eindeutig als Leiche auswies.

Vielleicht hatte er die Jacke irgendwo erstanden? Man sah öfter Landwirte, die Militärkleidung der amerikanischen und deutschen Armee zur Feldarbeit trugen. Aber die Splitter im Pelzkragen und der Schuss, der die Splitter erzeugt hatte, deuteten auf anderes hin. Michael Wolf von der Spurensicherung hatte wieder gute Arbeit geleistet und seine Instrumente voll ausgereizt. Wieso transparente Kunststoff-Splitter? Wie alt mochten sie sein? Stegdoppelplatten aus Polycarbonat waren erst seit einigen Jahren in den Baumärkten erhältlich, aber als Caravan-Fenster und in den Kabinenrollern von Heinkel wurde Plexiglas bereits kurz nach dem Krieg eingesetzt. Das lag primär daran, dass Heinkel und Messerschmidt im Krieg Flugzeuge für die deutsche Luftwaffe gebaut hatten und diese Konstruktionsprinzipien teilweise auf die Straße übertrugen. Doch sie waren im Lande geblieben, im Gegensatz zu Werner von Braun und den anderen Raketen- und Nuklearwissenschaftlern, die hofierte Kriegsbeute der Amerikaner oder Russen wurden.

Und da war noch die Hundemarke, die Michael aus der Jacke getrennt und den Unterlagen beigelegt hatte. Niete - 26-03-21 in einer Reihe, eine Reihe darunter O-POS U - Niete. Wie sollte er um diese Zeit einen Militärexperten befragen? Wülfing schaute auf die Uhr, die bedrohlich auf 20 Uhr zuging. Dieses Rätsel würde er heute nicht mehr lösen, aber bereits morgen würde sein neuer Assistent Hajo kommen. Seit ihn Jana wegen ihrer psychologischen Praxis verlassen hatte, hatte er ständig wechselnde Assistenten gehabt. Der Präsident hatte ihn nach dem Ärger im Baukorruptions-Fall so kurz vor der Pensionierung wohl wegmobben wollen. Doch mit der verschobenen Pensionierung lohnte es dann wohl doch wieder, sich mit dem alten Knochen abzugeben. Und da würde Hajo gut passen, jung, dynamisch, Computerfreak und auf der Suche nach dem wahren Leben. Wollte wohl nicht im BKA hinterm Schreibtisch versauern und es mit 35 noch mal wissen. Doch was ist schon das wahre Leben?

Herbert konnte es selbst nicht so genau sagen. Aber vielleicht konnte ihm Hajo morgen ja ganz schnell sagen, was es mit der Hundemarken-Nummer auf sich hatte. Gerade als Wülfing seine Tür hinter sich schließen wollte, brummte das Fax und spuckte kurz danach eine Seite aus. So neugierig war der Hauptkommissar auch nach über 35 Dienstjahren noch, dass er nachschaute. Es war die Analyse der in der Lunge der Leiche gefundenen Flüssigkeit. Neben den normalen Körpersäften war Natriumlaurylsulfat* und möglicherweise Parfüm, jedenfalls eine komplexe organische Substanz gefunden worden. Erfreulicherweise hatte das Labor auf der Seite unten erläutert: *"Schaumbildner". Dazu also Parfüm. Klang nach Körperpflege.

Als Wülfing nach einem gemütlichen Abendessen mit Elvira ins Bad ging, schaute er mal auf die Zahnpasta. Wie war das komische Wort noch? Elvira, Laura, Lauryl? Tatsächlich: Auf der Tube fand sich neben einem halben Chemiewerk auch Sodiumlaurylsulfate. Das klang doch irgendwie ähnlich. Auch was für Hajo. Herbert packte die Tube in seine Lederjacke und setzte sich mit einer Dose Erdnüsse und zwei alkoholfreien Bieren vor den Fernseher. Mainz 05 unterlag durch einen umstrittenen Foulelfmeter beim SC Freiburg mit Null zu Eins und rutschte zurück auf Rang vier. Das war kein guter Ausklang der Fassenacht, fand Herbert.

*

"Lasst ihr wohl die Finger von meinen Sachen!", Elke und ich zucken zusammen, als eine sich überschlagende Stimme uns von einem Fenster im ersten Stock anschreit. "Ihr Saubangerter!" Ein schneller Blick nach oben macht uns klar, dass Kalu seinen nächsten großen Auftritt hat. Offensichtlich sind seine Augen nicht mehr sehr gut, denn jetzt erkennt er uns wohl erst richtig. "Wat mechst du denn mit demm do, Mädche?", kommt es ein wenig versöhnlicher. Und dann "Isch kumm gleech. Bleev drauße!"

Schulterzuckend treten wir ein wenig von der Tür zurück. Zunächst hören wir Stille, unterbrochen von unterdrückten Flüchen von oben und einige Minuten später ein großes Getöse und Gepolter. Kalu kommt offensichtlich aus dem ersten Stock herunter. Zuerst erreicht uns seine Duftwolke und dann tritt er selbst in den Hof. Kalu hat sich offensichtlich in Schale geschmissen oder aufgebrezelt. Er trägt eine Sonntagsbrille mit Metallgestell, das so gar nicht zu seiner Knollennase und der wettergegerbten alten Haut passen will. Um seinen kräftigen Nacken spannt der abgewetzte Kragen eines ehedem wohl weißen und nun ins Schmutzbeige abgeglittenen Hemdes, das er einen Knopf zu weit offen gelassen hat. Aus dem Feinripp-Unterhemd darunter schauen weiße Brusthaare in einer

Menge hervor, die Guildo Horn neidisch machen würde. Darunter die Hose, Typ Erstkommunion, allerdings in XL-Größe. Die mit grauen Wollsocken bedeckten Füße stecken in blankpolierten, hastig geschnürten Schuhen. Wenn es um Frauen geht, macht Kalu auf Playboy. Er hat sogar daran gedacht, seinen Hosenlatz zu schließen.

“Wat willsde denn, Mädche?” begrüßt er Elke, während er mich nur eines abfälligen Blicks würdigt.

“Das hier ist Ronni, der mich bei der Renovierung unterstützen möchte”, verkündet Elke mit ihrem schönsten Lächeln. Kalu schmilzt augenblicklich dahin und entdeckt seine großzügige Ader.

“Iss ja schon in Ordnung, Mädche. Ich hann ja nur gedenkt, dass des einer iss, der wat vunn dir will. Da musst du uffpasse. Aber da kannsde dich ganz uff mich verlasse”, signalisiert er väterlich. “Un der anner vunn gestere? Der Lackaff?”

“Johann hilft mir auch. Da brauchst du keine Sorge zu haben.”

“Isch un Angscht! Da sull ma eener kumme!”, wirft sich Kalu in Pose. Seine Brust spannt sich, erreicht aber bei aller Mühe den Umfang des Bauches bei weitem nicht. “Isch pass scho uff dich uff, Mädche!”

“Vielen Dank, Kalu. Soll ich dir noch einen Tee machen?”

“Nö, lass mal Mädche. Isch muss nooch abbeite”, er dreht sich um und verschwindet hinter dem Vorhang und mit ihm seine Duftnote, bei näherer Analyse eine fein abgestimmte Note aus Schweiß, Mottenkugeln, Knoblauch und Pitralon im Übermaß. Dann hört man wieder Gepolter und schließlich das Geräusch einer quietschenden und knarrenden Schranktür. Kalu legt wohl seinen Sonntagsstaat ab und sich selbst wieder aufs Ohr. Wenn ältere Leute weniger Schlaf brauchen als jüngere, warum schläft er dann tagsüber? Was macht er in der Nacht?

“Sturmfreie Bude”, kommentiert Elke trocken. “Das Haus kennst du ja nun, aber den Rest noch nicht. Was hältst du davon, wenn wir jetzt mal ganz in Ruhe auch noch den Rest des Gehöfts ansehen? Wo sollen die ganzen Anschlüsse denn hin? Hast du Ahnung von Elektrik? Von Sanitär? Kannst du löten?”

Ich muss erst einmal schlucken und schaue prüfend zu Elke, die meinen Blick lächelnd und aufmunternd erwidert. Das musste mit Deiner Hilfsbereitschaft ja wieder so kommen, Ronni, denke ich mir. Wie heißt es so schön: Nett ist nix fürs Bett. Aber diesmal lasse ich mich nicht an der Nase herumführen! Also:

“Mmh, es kommt darauf an, wie viel Zeit ich habe”, lautet die überlegte Antwort und die scheint meine Begleiterin noch mehr zu belustigen. Ich bin halt ein schlechter Lügner. Dann sind wir schon am Tor zur Scheune, die die Grenze des Gehöfts in Richtung Neu-Bamberg bildet. Elke zeigt stolz auf die alte ins Tor eingelassene Tür und ich nicke beifällig. Sie ist ein klarer Fall von je-älter-de-

sto-besser, ein williges Opfer jedes Antiquitätenhändlers und Duzfreundin jedes Holzwurms.

Im Innern der Scheune ist es dunkel bis auf das Licht, das durch die geöffnete Tür und die leicht marode Verschalung an der Seite zum Appelbach hin herein fällt. Es ist nicht so kalt wie draußen, wo einen jeder kleine Lufthauch frösteln lässt. Nachdem sich die Augen ans Halbdunkel gewöhnt haben, lassen sich ältere Landmaschinen erkennen. Sie sind vom Besitzer der Katzensteigermühle, der Familie Zimmermann aus Siefersheim, erklärt Elke und leuchtet mit einer Taschenlampe herum. Die Besitzer seien im Moment allerdings auf Urlaubsreise in den USA und Kanada und in den nächsten Wochen nicht erreichbar. Im Sommer würden sie eine gemütliche Straußwirtschaft in Siefersheim betreiben.

Die Balken sehen gut aus, das Dach ist dicht und vor allem gibt es hier eins: Platz ohne Ende. Ich will noch in die sich anschließende Scheune gehen, aber das will sie nicht.

“Geh da nicht rein”, sagt sie mit einem prüfenden Blick zu Kalus Wohnung, wo ich vermeine, eine Bewegung gesehen zu haben, “Da wird er grantig.”

“Was hat er denn da drin?”

“Ich weiß auch nicht, aber mit seinem Auto fährt er immer da rein. Da habe ich Spuren im Schnee gesehen. Das Auto selbst noch nicht, weil er immer spät in der Nacht herum fährt. Es macht aber einen Höllenlärm. Doch komm, jetzt zeige ich dir auch den Rest des Anwesens.”

Elke geht voraus ins nächste Gebäude, wohl das alte Mühlengebäude. Hier ist es durch die vielen Fensteröffnungen, die teilweise noch einfach oder gar nicht verglast sind, heller als in der Scheune und es zieht. Das Bild dominieren riesige Zahnräder und Antriebswellen, die in die oberen Stockwerke und auch in den Nachbarraum führen. Als ich die Treppe hochsteigen will, hält mich Elke am Arm.

“Pass auf! Hier gab es mal einen Dachschaden und die Deckenbalken sind teilweise morsch von eingedrungenem Wasser.”

Entsprechend vorsichtig gehe ich die knarrende Holztreppe mit dem aus Dachlatten gezimmerten Geländer nach oben. Im ersten Stock sind noch viele Mühlen-Gerätschaften und auch im zweiten Stock scheint alles, was zum Müllern gehört, noch vorhanden. Was könnte man hier alles draus machen! Jetzt fange ich auch noch an, den Elke-Virus zu bekommen. Wieder unten, folge ich dem Haupt-Antriebsstrang in den Nebenraum. Es ist gespenstisch: Durch eine breite, niedrige Fensteröffnung fällt das Tageslicht einige Meter tiefer in grünlich schimmerndes, stehendes Wasser, in dem zwei zerbrochene Mühlräder liegen. Nur eine quer gestellte Dachlatte ist eine höchst unvollkommene Absturzsicherung hier. Wer da hinein fällt, hat ein echtes Problem.

Ich fühle mich zunehmend unwohl inmitten der halb verfallenen Gerätschaften. Als wir in den Hof treten, sehen wir gerade noch die ins Tor eingelassene Tür von außen mit einem großen Krach zufallen.

“Himmel, ich habe ja ganz Beule vergessen”, meint Elke bestürzt.

“Macht nichts, der kommt wieder”, erwidere ich gut gelaunt, was mir einen derben Knuff einbringt, bevor wir gehen in ihr mollig warmes Haus gehen, wo die Katzen für mich nur ein müdes Aufblicken vom Sofa übrig haben.

Elke wuselt in der Küche herum und kommt mit einer formschön geschwungenen Porzellankanne im Stil der Fünfziger und einigen Blättern Papier wieder. Roebusch-Tee aus Südafrika wärmt mich auf und eine Vanille-Schale auf dem Wohnzimmertisch stimuliert die Geruchsnerven. Ein netter Gegensatz zu Kalu, finde ich.

“Woher kommt überhaupt der Name Kalu?”, frage ich Elke, die sich direkt neben mich aufs Sofa setzt und sich sogar anlehnt.

“Ich habe mal den Vermieter gefragt.” Sie streckt sich in der Wärme behaglich und ihre Brüste zeichnen sich schön unter dem Angora-Pullover ab. Genau eine Handvoll, nicht zu viel und nicht zu wenig, dürfte es sein, obwohl mann da ja flexibel ist. Im Moment krabbelt mit Mühe eine kleine Springspinne unbeholfen durch die langhaarige Wolle und ich folge bewundernd ihrem Weg. Wann werde ich meine Hand einmal über ihren Pullover wandern lassen können?

“Kalu ist wahrscheinlich die Abkürzung von Karl Ludwig, sagte mir Herr Zimmermann. Hier sind zwei Vornamen sehr häufig.”, erläutert Elke weiter, der meine bewundernden Blicke sicher nicht entgangen sind. “Woran denkst du?”

“Wie willst du den Ausbau weiter betreiben? Ich sehe sehr viel Arbeit”, versuche ich geschäftig zu wirken, doch das verfängt bei ihr nicht.

“Ich dachte schon, du denkst an etwas anderes”, spottet sie, “aber wenn das so ist, dann schaue mal in die Planungsunterlagen.”, sie breitet die Papiere auf der Tischdecke aus.

Einen Bescheid über den Anschluss von Elektrik, Wasser und Abwasser, voraussichtlich in der folgenden Woche, dazu einen Grundrissplan der Mühle und ein paar Handskizzen. Ich studiere die Unterlagen und frage sie dann ganz direkt:

“Wie willst du das alles finanzieren? Das kostet doch Hunderttausende.”

“Stück für Stück. Die ganzen Arbeiten bis zu meiner Wohnung bezahlt der Eigentümer, ist ja auch logisch, oder? Und für die Arbeit bei mir zahle ich zwei Jahre keine Miete. So ist jedem geholfen.”

"Trotzdem kostet das Material sehr viel."

"Langsam, langsam. Wer kein Geld hat, muss halt Zeit investieren. Gebrauchtes Baumaterial bekommt man überall, man muss halt nur sammeln, bis man alles zusammen hat. Aber zunächst muss Strom her, Wasser und Abwasser. Ein wenig Geld habe ich schon und die Bagger haben in Neu-Bamberg bereits angefangen. Die nutzen den noch gefrorenen Boden, damit sie nicht einsinken und kommen wahrscheinlich schon übermorgen, am Freitag hier an. Womit würdest du anfangen?"

"Und Beule?"

"Ach, lass den mal außen vor. Der kann vielleicht verputzen."

"Nun gut, wir sollten mit der Elektrik beginnen, denn die jetzige Verdrahtung scheint mir geradezu lebensgefährlich. Dann Wasser und Abwasser." Ich erkläre ihr meine Vorstellungen und nach etwas Zögern scheint sie Vertrauen zu schöpfen. Wir sitzen noch stundenlang da und schmieden Pläne. Zwischendurch bringt sie ein paar mit Käse belegte Brote und noch mehr heißen Tee. Im Laufe des Abends rutscht sie immer näher zu mir und lässt auch zu, dass ich Arm um sie lege. In meinem Kopf wirbeln Sicherungskästen und Steckdosen, Wago-Klemmen und Fusiotherm-Rohre in wildem Mix mit warmen Gedanken umher. Um Mitternacht gähnen wir beide fast gleichzeitig und müssen lachen. Ich nehme sie nun fest in den Arm, drücke sie und schaue ihr in die wunderschönen blauen Augen, die im Kerzenlicht so lebendig leuchten. Sie schaut mich ernst an, reibt dann ihre Stirn an meiner und küsst mich schließlich kurz auf den Mund.

"Du kannst gern wieder bleiben. Aber nur im Wohnzimmer. Glaub mir, es ist besser so", lädt sie mich ein und warnt mich gleichzeitig. Immerhin küsst sie mich und ich darf meine Hände kurz über ihre Brüste streicheln lassen, die sich noch viel besser anfühlen als ich es mir erträumt habe. Ich bin so müde, dass ich bald auf dem Sofa einschlafe.

Allerdings weckt mich nur wenig später das Aufheulen eines im Leerlauf spotzenden und stotternden Motors, der mehrfach ausgeht und wieder gestartet wird. Dann das Quietschen des Hoftors und schließlich wieder das Aufheulen des Motors, bevor es endlich ruhig wird. Da ist wohl Kalu auf Tour gegangen. Noch später ertönt das Grollen eines großvolumigen Motors und das Knirschen von Reifen auf der geschotterten Zufahrt. Später ein kurzes, knirschendes, metallisches Geräusch, wieder Ruhe und schließlich wieder Motorgeräusche, die sich entfernen. Hier geht es ja zu wie in einem Taubenschlag!

Und kaum dass ich wieder eingeschlafen bin, weckt mich endgültig der Wecker und dann ein grelles Blitzlicht. Elke ist heimlich früher aufgestanden und hat ein Foto von mir auf dem Sofa gemacht. Nun steht sie triumphierend vor dem Bett, haucht mir einen Kuss auf die Wange und verschwindet im Bad. Das reizt mich natürlich und schnell flitze ich auch ins Bad. Doch sie schüttet mir einen Schwung eiskaltes Wasser aus dem Krug über. Mit einem Satz und einem Schrei bin ich wieder draußen, nun gänzlich wach.

Schnell trockne ich mich ab und ziehe mich wieder an. Wir frühstücken zusammen und ich packe ihre Unterlagen zusammen, um sie zu Hause in Ruhe zu studieren. Wir verabreden uns für den Abend, denn ich muss noch einiges erledigen. Andererseits wäre es natürlich interessant zu sehen, wie sich der Bagger an das Gehöft heran gräbt. Beim Losfahren winkt sie mir noch kurz zu und verschwindet Richtung Neu-Bamberg. Als ich losfahre, bemerke ich, dass sich an der Straßenfront der Mühle etwas verändert hat, kann es aber nicht zuordnen. In Gedanken fahre ich los und erlege fast einen Rehbock, der genau vor mein Auto läuft. Durch eine Vollbremsung treffe ich ihn nur leicht mit der Stoßstange. Er fällt hin, rappelt sich gleich wieder auf und rennt ins Tal hinab. Bei diesem Manöver rutscht der Blätterstapel vom Beifahrersitz in den Fußraum und verteilt sich dort. Dabei fallen mir bei einem Seitenblick mehrere Blätter auf, die ich gestern Abend noch nicht gesehen hatte.

*

Als Wülfing am Donnerstag kurz nach neun in sein Büro kam, war sein neuer Mitarbeiter schon da und räkelte sich mit dem Rücken zum Fenster auf einem Bürostuhl. Er hatte schon mit ihm telefoniert, aber ihn noch nicht persönlich gesehen. So war er überrascht, dass seine Erwartungen eingetroffen waren und auch wieder nicht. Oberkommissar Hans Joachim Hessinger wirkte für seine 35 Jahre noch sehr jugendlich oder war es Wülfings Alter, das ihn inzwischen alle unter fünfzig als Jugendliche erscheinen ließ? Ein genauer Beobachter konnte allerdings in Hajos Augen und den leichten Falten um die Augen bereits jenen Hauch von Resignation erkennen, der für Polizeibeamten nach jahrelangem Dienst so typisch ist. Dennoch: Wer Hajo unvoreingenommen sah, konnte sich des Eindrucks nicht erwehren, dass es jemand war, der mit Energie und Zuversicht durchs Leben schritt. Geradlinig eben.

So wie er jetzt auf Wülfing zuging und ihm die Hand reichte.

“Guten Morgen. Ich bin Hajo Hessinger.” Die Begrüßung legte es seinem Gegenüber nahe, den Vornamen und das “Du” zu benutzen. Häufig, wenn auch nicht überall bei der Kripo üblich. Aber ein untrügliches Zeichen, dass er seinem Kollegen positiv gegenüberstand.

“Tag Hajo, schön dich zu sehen, auf meine alten Tage. Ich bin der Herbert”. Wülfing ließ sich nicht mit der Duzschiene lumpen, auch wenn er noch ein wenig seine Eindrücke ordnete. Hajo erinnerte ihn in seiner Erscheinung doch ein wenig daran, wie weit inzwischen die Geschmacksrevolution auch im Berufsbeamtentum um sich gegriffen hatte. Da war zunächst der Haarschnitt seines Kollegen, dessen Flächenscheitel bis zum Haaransatz jedem Skin alle Ehre gemacht hätte. Dazu ein Ring am linken Ohr und ein winzig dünn gestutztes Oberlippenbärtchen. In jedem Fall war es sein neuer Kollege und er hatte das Gefühl, sich auf ihn verlassen zu können, wie auf Jana damals.

"Ich weiß, du musst noch drei Jahre extra machen. Aber ich habe gehört, du hast einen spannenden Fall? Und eine neue Kaffeemaschine?" Hessinger ging zum Espressoautomaten und stellte ihn an. Er funktionierte sofort, was ihm die augenblickliche Achtung von Wülfing einbrachte. Früher hätte der Hauptkommissar das eigenmächtige Agieren seines jungen Kollegen als Eindringen in seinen Machtbereich empfunden, aber Jana und sein Alter hatten ihm auch diesen Zahn gezogen. Er lächelte müde über die Analogie, denn auch der Zahnarzt meckerte schon seit Jahren über einige leicht marode Amalgam-Füllungen in seinem Mund. Doch es gab wichtigere Dinge im Leben.

"Ein interessanter Fall, genau. Ein klassischer Fall von hast-du-noch-nicht-gesehen. Ein alter Mann mit einem Herzinfarkt ertrinkt im Rollstuhl und macht eine Rheintour von irgendwoher nach Bingen. Keine Papiere, keine registrierten Fingerabdrücke, keine Vermisstenmeldung. Aber eine Hundemarke. Allerdings keine deutsche, die würde ich kennen." Er warf ihm das Metallstück zu, das die Spurensicherer inzwischen aus der Jacke getrennt hatten.

Hessinger fing es geschickt auf und betrachtete es genau. Vorsichtig strich er mit dem Zeigefinger über die abgeschnittenen Kanten und die ausgestanzten Nietlöcher.

"Du hast Recht. Keine deutsche Hundemarke. Der Größe nach eher eine amerikanische. Ich denke, wir prüfen das gerade mal ..."

"So mal eben?"

"Na klar, im Internet." Schon flogen seine Finger über die Tasten.

"Danach schauen wir uns mal den Caravan an", ergriff Wülfing das Wort, der sich überfahren fühlte. Wenn sein neuer Kollege in dem Tempo weitermachte, würde es stressig werden. Der surfte derweil im Internet herum und fand nach ein paar Versuchen im Google-Suchdienst das englische Stichwort "dogtag", was der deutschen "Hundemarke" entsprach und dem Wert eines Soldaten in Sicht der Kommandierenden auch. Dann kamen gleich einige Seiten von Anbietern, die ebendiese Metallplaketten nach Wunsch prägten. Eine Übersicht machte es klar:

"Aha, US Airforce. Das dürfte es sein." Hajo lehnte sich zurück. Herbert schaute ihm über die Schulter auf den Bildschirm und nickte.

“26-03-21 müsste dann das Geburtsdatum sein und O-POS U die Blutgruppe Null Rhesus Positiv”, schloss er messerscharf.

Dann huschten die Finger des Oberkommissars wieder über die Tastatur und kurze Zeit später hatte er an usairforce.com eine Suchanfrage mit den Daten der Plakette gesandt und um schnelle Antwort (Urgent! Please asap! Fate of MIA) gebeten.

“Was heißt MIA? Und asap?”, Wülfing war verblüfft.

“Missed in Action. Vermisst im Kampf. Asap - as soon as possible - so schnell wie möglich.”

“Und woher weißt Du, dass ...”

“ ... er vermisst wird? Ich weiß es nicht, aber dann werden die am schnellsten arbeiten. Man kann überall lesen, welchen Aufwand die Amerikaner treiben, um gefallene und vermisste Soldaten wieder zu finden.” Hessinger lehnte sich zurück und genoss Wülfings Bewunderung, bevor sie beide runter in die Werkstatt gingen, wo der Caravan inzwischen in seine Einzelteile zerlegt worden war. Tatsächlich wusste der Hauptkommissar nicht, ob er lachen oder weinen sollte, als er den ausgeweideten ehemaligen Urlaubstraum sah und seine Italien-Erinnerungen nach so vielen Jahren wieder vor seinem geistigen Auge standen.

Aber es gab dafür einige neue Spuren - zwei extralange Schlitz-Schraubendreher fanden sich im Rückenpolster einer Sitzbank, ein Satz Dietriche im Hochschrank. Im Raum für die Gasflasche befand sich in einer Plastiktüte von Buch-Habel ein in Zeitungspapier eingeschlagenes Paket. Darin waren eine ganze Menge Schmuckstücke und Eheringe. Während sich Wülfing mehr für den Schmuck interessierte, betrachtete Hessinger die Graffitti genauer und legte seine Stirn in Falten.

“Der Schmuck ist in einem ungewöhnlichen Zustand, teilweise verfärbt und schmutzig, alles sind wohl ältere Stücke. Mal sehen, was Michael mit seinem Elektronenmikroskop heraus holt, vor allem zum Schmuck. Dann haben wir genug für eine erste PK. Denkst du, was ich denke?”

“Ja, Herbert. Das hier war eine Räuberhöhle.”

*

Es gehört zu den ehernen Gesetzen des Journalismus, dass Papierstapel ständig dicker und die Informationen darauf immer dünner werden, was irgendwie logisch ist, da sich Informationen ja nicht bakterienartig vermehren. Ebenso unbestreitbar ist, dass Ordnung ebenso unbemerkt verschwindet wie sich Unordnung ohne Anstrengung, aber sehr offensichtlich, aufbaut. Den Kampf gegen diese Gesetzmäßigkeiten habe ich längst aufgegeben und so nehme ich Elkes Unterlagen im wirren Stapel aus dem Auto und platziere sie als neue Papierlage auf meinen großen Schreibtisch.

Da liegen sie nun, die Genehmigungen, Pläne und Handskizzen. Wo sind diese mir noch unbekannten Seiten, die mir im Auto auffielen? Nachdem ich sie nicht finde, räume ich seufzend den Schreibtisch auf und bin eine viertel Stunde später fertig damit. Jetzt habe ich alle Seiten zusammen und schaue mir doch erst einmal die Pläne an.

Elkes Handskizzen interpretiere ich so, dass sie eine Mischung aus Reitstall, landwirtschaftlichem Betrieb und Spezialitäten-Gastronomie betreiben will. Grundvoraussetzung dafür ist zunächst eine gute Lage und die hat sie. Und natürlich die Anschlüsse wie Strom, Wasser und Abwasser. Heizen per Holz und Kamin ist zwar schweißtreibend, aber durchaus sinnvoll in dieser Lage. Allerdings darf dem Appelbach kein Wasser entnommen und auch "nicht anderweitig, beispielsweise zur Stromerzeugung, genutzt werden", wie aus einem Schreiben der Struktur- und Genehmigungsdirektion an den Besitzer Zimmermann in Siefersheim hervor geht. In einem ähnlichen Schreiben wird auch der Bau einer biologischen Kläranlage abgelehnt - gleichzeitig aber werden die Anschlusskosten an die Kläranlage und das Wassernetz Neu-Bamberg mit mehr als 100.000 Euro beziffert. Dabei könne man aber - als freundliches Entgegenkommen - für einen nur geringen Aufpreis von etwa 10.000 Euro auch gleich Strom und Gas legen. Fürwahr günstig, muss ich sagen, auch ich sollte mir auch einen Bagger besorgen und dann vergoldete Gräben zum Zahnarzt-Tarif ausheben.

Immerhin hat sich die Familie Zimmermann zur Zahlung der horrenden Anschlusskosten durchgerungen und ist nach dem Schreck in den Urlaub gefahren, aber wird Elke auch bei erlassener Miete von ihrem kärglichen Gehalt im öffentlichen Dienst genug aufbringen können? Sie ist halt nicht der Chef des Arbeitsamtes, der zu seiner jährlichen Millionengage auch noch die Wasserhähne im Büro auf Steuerzahlerkosten vergolden lassen kann. Wenn's denn wenigstens was gebracht hätte außer Zahlenakrobatik. Hat es aber nicht, die Zahl der Arbeitslosen steigt im Gleichschritt mit dem Gehalt der Selbstbediener an den Schalthebeln der Macht. Selbständige wie ich, die kaum noch Aufträge bekommen, gelten nicht als arbeitslos. Sondern als arbeitssuchend, weil sie keine Leistungen vom Arbeitsamt beziehen. Also bleibt denen im Zweifelsfall nur die Sozialhilfe.

Was wird Elke verdienen? BAT VII, meint eine staatsbedienstete Bekannte am Telefon, was bei Elkes Status ohne Kinder mit Schlechtwettergeld und Baldriankatzen-Zuschlag so an die 1000 Euro netto im Monat machen dürfte. Da gilt es zu optimieren, wo immer möglich, und so schiebe ich die Anschlüsse und Skizzen gedanklich hin und her. Die Anschlüsse würde ich in das Mühlengebäude legen, weil es zentral im ganzen Gebäudekomplex liegt. Die Leitungen lassen sich dann einfach durch die Wand in Elkes Haus ziehen. Ich skizziere meine Vorstellungen und notiere einen Vorgehensplan mit grober Zeiteinteilung. Erster Punkt ist der bereits für den nächsten Tag projektierte Mauerdurchbruch durch den Bagger.

Dann sehe ich mir die nächsten Seiten an. Aha: Eine Gebrauchsanweisung für ein Männlein aus Sicht der Frauen. Paragraph 1: Ein Männlein sollte viel Geld haben. Paragraph 2: Ein Männlein sollte knackig aussehen. Paragraph 3: Gilt Paragraph 2 nicht, ist Paragraph 1 anzusetzen. Auch was die Haltung eines Männleins betrifft, hat die unbekannte Verfasserin konkrete Vorstellungen. So beugt gelegentlicher Ausgang für das Männlein Depressionen vor und auch handwerkliche Fähigkeiten werden als nützlich angesehen. Irgendwie ist das ganze aber eine ganze Nummer netter als die Emma-typischen Hetztiraden formuliert.

Das nächste Blatt entpuppt sich als Fotokopie eine Karte von Siefersheim und Umgebung, offensichtlich aus einem älteren Buch, wie die altdeutsche Druckschrift und die sorgfältige Handbeschriftung der Fundstellen zeigt. Inmitten mehrerer archäologischer Fundstellen, die von der Steinzeit über Kelten und Römer bis zu den Franken gehen, liegen die vom Appelbach steil in Richtung Siefersheim ansteigende Hexenkanzel und die Katzensteiger Mühle. Was macht Elke damit? Oder ist die Karte von Beule?

Da klingelt das Telefon. Herbert kündigt eine Pressekonferenz für den Nachmittag um sechzehn Uhr an bekannter Stelle an. Warum haben die es so eilig? Mir soll es recht sein.

*

Durch die Neustadt fegt ein kalter Wind und ich bin froh, als ich wieder im Warmen sitze. Der Besprechungsraum im Polizeipräsidium am Valenciaplatz ist so undekorativ wie ich ihn kenne und auch so wenig gefüllt wie üblich. Es gibt in Mainz nur wenige Zeitungen und so ungewöhnliche Fälle wie den Mikrowellen-Mörder, der auch die überregionale Presse interessierte, sind selten. Heute scheint vor allem um den alten Mann zu gehen, der wahrscheinlich einem Verbrechen zum Opfer fiel. Dennoch hat Herbert eine PK - eine Pressekonferenz - angesetzt. Was will er?

Er kommt pünktlich um vier mit seinem schlurfenden Schritt und der an den Knien vom vielen Sitzen ausgebeulten Hose. Doch er kommt nicht allein, sondern bringt einen neuen Mitarbeiter mit, den er als Oberkommissar Hessinger vorstellt. Mit seinem kahlrasierten Schädel und dem Ohrring sieht er fast aus wie ein verdeckter Ermittler in der rechten Szene, aber dann dürfte er natürlich nicht hier sein. Einen unsympathischen Eindruck macht er jedenfalls nicht. Als Herbert mich sieht, nickt er mir kurz zu und deutet auch Hessinger gegenüber mit dem Kopf in meine Richtung. Dann geht es ins Eingemachte.

"Sehr geehrte Damen und Herren von der Presse", beginnt er seinen Vortrag. Stimmt nicht ganz, denn es ist nur eine Kollegin da, die im Sommer wie Winter mit ihrer Harley unterwegs ist und vor allem für die AZ fotografiert. Doch weiter: "Wir ermitteln in einem Fall, für dessen Aufklärung wir die Mithilfe der Bevölkerung benötigen. Es wurde eine männliche Leiche, etwa 70 bis 80 Jahre alt, in einem angeschwemmten Wohnwagen gefunden, der von außen verschlossen war. Von der Leiche hat unser Zeichner ein Bild angefertigt, das sie in den ausliegenden Unterlagen finden", er hält eine Zeichnung hoch, "Die Indizien deuten auf ein Verbrechen hin. Der Mann kam etwa fünf Tage vor dem Auffinden der Leiche ums Leben. Weiterhin wurde Schmuck gefunden, dessen Identifizierung uns im Fall weiter bringen könnte. Die Stücke sind teilweise verschmutzt und durch Feuer leicht beschädigt. Wir hoffen, dass Sie einige Fotos veröffentlichen werden. Abzüge für Ihre Verwendung haben wir vorbereitet."

Er legt den Schmuck aus, damit alle noch einmal fotografieren können. Die Untersuchung des Caravans scheint einiges zu Tage gebracht zu haben.

Welche Folgerungen die Kripo aus dem Schmuck zieht, fragt die Kollegin mit der Harley. Und was denn die Todesursache war.

Herbert gibt die Antwort. "Nun, die Todesursache ist Tod durch Ertrinken. Die Rolle des Schmucks ist unklar. Sie meinen vielleicht, ob es sich um einen Raubmord handelte. Den Schmuck, den wir fanden, hat der oder die Täter jedenfalls nicht mitgenommen. Ob weitere Dinge gestohlen wurden, ist nicht nachzuvollziehen. Dass der Wohnwagen von außen abgeschlossen war, zeigt, dass da jemand den Schlüssel hatte und möglicherweise hat."

Das scheint mir alles ein wenig suspekt und ich frage mich, ob er uns auf den Arm nehmen will. Gleichzeitig will ich meinen Kollegen nicht zuviel von der vertrauten Zusammenarbeit mit Herbert offenbaren. So formuliere ich vorsichtig: "Wie kann ein Mann in einem Wohnwagen ertrinken? Durch eindringendes Wasser vermutlich?"

Herbert grinst, weil ich ja bei der Bergung schon dabei war und schubst Hessinger an, der den Faden weiter spinnt. "Wir haben einen sehr ungewöhnlichen Fall. Tatsächlich fanden wir den alten Mann ertrunken in seinem Schaukelstuhl. Zwar war der Caravan möglicherweise eine längere Strecke den Rhein herunter getrieben, war aber bis zur Landung am Mäuseturm immerhin soweit wasserdicht, dass es im Innern nur geringen Wassereintritt gab. Zwar war der Boden schon gut eingeweicht und das Wohnboot wider Willen wäre sicher noch vor der Loreley in unruhigem Wasser komplett mit Wasser vollgelaufen und gesunken, aber es ist in Bingen aufs Ufer getrieben worden. Ertrunken ist der alte Mann allerdings irgendwo sonst. In seinen Lungen fanden wir Badewasser."

Meine Kollegen sind erstaunt und auch ich bin überrascht. Da haben wir mal wieder eine schöne Überschrift: Im Schaukelstuhl ertrunken. Oder: In der Badewanne ertrunken. Auch nicht schlecht.

"Dann war es Mord", folgert die junge Frau mit der Harley messerscharf und die beiden Kommissare schauen sich an, bevor Herbert antwortet.

"Wir müssen davon ausgehen. Auch wenn wir keine Spuren äußerer Gewaltanwendung feststellen konnten und wohl auch ein Herzinfarkt im Spiel war."

"Also doch ein natürlicher Tod?", diese Frage kann ich mir nicht verkneifen. Herbert schaut mich mit gerunzelter Stirn tadelnd an und rutscht auf seinem Stuhl zurück, um sich aufrecht zu setzen, bevor er antwortet.

"Theoretisch ist das auch möglich. Ein Herzinfarkt im Todeskampf ist für einen Gerichtsmediziner nicht ungewöhnlich, wie mir gesagt wurde."

"Wissen Sie, woher der Caravan kam?"

"Es fanden sich Kratz- und Schleifspuren auf der Außenwand, die wahrscheinlich von Ästen stammen. Dazu eine relativ dicke staubige Schicht an der Oberseite, aber auch an den Seiten sowie Reste von Stroh. Vielleicht hat der Wohnwagen, der übrigens kein Nummernschild hatte, in einer Scheune gestanden. Auch hier die Bitte, dass Besitzer von Scheunen und Hallen, die für das Abstellen solcher Gefährte genutzt werden oder werden könnten, einmal nachsehen."

"Gibt es etwas Besonderes zum Schmuck?"

"Eine gute Frage", jetzt übernimmt wieder der Kripo-Skin, "Am Schmuck fanden sich Reste von Phosphor - mit rötlich-körnigem Staub vermischt - sowie Brand- und Blutspuren. Das könnte, in Verbindung mit dem Alter des Schmukkes, darauf hindeuten, dass die Beschädigungen aus dem zweiten Weltkrieg stammten, wo Brandbomben auf Phosphorbasis schlimmste Schäden anrichteten. Auch Mainz war damals stark betroffen gewesen, vor allem das Bleichenviertel. Die Blutspuren sind neueren Datums, weil sie auf den Phosphorresten liegen. Die Blutgruppe ist A Rhesus positiv, mithin die häufigste Blutgruppe in Deutschland."

Ein Raunen geht durch die Zuhörer und ich muss erst einmal sortieren, wie dieser Wust an Informationen zusammen passt. Nach ein paar weiteren belanglosen Fragen geht der Rest der PK in allgemeinem Gemurmel unter. Schließlich zerstreuen sich meine Kollegin und meine Kollegen, um die Infos über ihre Zeitungen an den Leser zu bringen. Für mich ist da nichts mehr drin - mein Informationsvorsprung ist erst einmal dahin. Also hänge ich mich an Herbert dran, als er sich auf den Weg in sein Zimmer macht.

Er dachte sich schon, dass ich komme, stellt mich seinem Kollegen vor und wir gehen in sein Büro. Einen Kaffee hat er nach alter Gewohnheit offensichtlich schon vor der Konferenz aufgestellt, denn auf der Warmhalteplatte blubbert etwas Tiefschwarzes vor sich hin. Herbert lässt sich in seinen Drehstuhl fallen und Hajo spielt den Kellner, bevor er sich an den PC setzt und ins Internet geht.

"Wie passt das alles zusammen, Herbert?", eröffne ich das Gespräch. "Hast du dir schon einen Reim darauf gemacht?"

"Tja", Herbert sortiert mit Akribie die einzelnen Abbildungen, die auf der PK verteilt wurden, "zu viele Spuren sind auch verwirrend. Und wir haben noch eine weitere, die du noch nicht kennst.", er schaut fragend zu seinem Kollegen. Der streckt den Daumen hoch und lässt den Drucker laufen. Die Seite gibt er erst Herbert und der leitet sie an mich weiter, nachdem er sie kurz überflogen hat. Es ist eine Mail der US Air Force, die ein Fax ankündigt.

"Was hat das mit dem Fall zu tun?", einen Reim darauf kann ich mir nicht machen.

"Ich will dich nicht länger zappeln lassen, Ronni. Mein jugendlicher Kollege hat eine interessante Spur aufgetan. Wir fanden eine amerikanische Hundemarke bei der Leiche und tatsächlich scheint was dran zu sein. Zumindest, wenn ich die E-Mail richtig interpretiere, oder Hajo?"

"Sieht mir auch so aus." Der Oberkommissar loggt sich aus und schielt zum Fax hinüber, das wie auf Kommando losbrummt und kurz danach eine Seite auswirft. Nachdem die beiden anderen es durchgelesen haben, lassen sie auch mich einen Blick darauf werfen.

Unter einem beeindruckenden Briefkopf schreibt das Verteidigungs-Ministerium, dass die dogtag, also die Hundemarke, zum Piloten Bill Monahan gehören könne, der im zweiten Weltkrieg abgeschossen worden sei. Man habe ihn trotz intensiver Suche damals nicht gefunden. Lediglich das Wrack der Maschine sei bei Kriegsende zwischen Wöllstein und Neu-Bamberg lokalisiert und geborgen worden, zwischen einer Kazsteegmuhle und einer Iunkermuhle. Ähnlichkeiten mit tatsächlichen Worten sind zwar zufällig, aber durchaus beabsichtigt, dachte sich Hajo. Und sie haben in diesem Fall keinen Einfluss auf die Qualität der Informationen.

*

Wenn es keine Zufälle gibt, was ist das dann? Es gibt Leute, die glauben an unendlich lange Lebenslinien, die sich immer mal wieder treffen und dann wieder auseinander laufen. Doch das ist mir entschieden zu esoterisch. Also betrachte ich es als nicht so ungewöhnlich, dass ausgerechnet in der Nähe des Domizils meiner Elke am Ende des zweiten Weltkriegs ein Flieger verschwand. So etwas passierte damals sicher an vielen Orten in Deutschland.

“Ob damit die Identität der Leiche geklärt ist? Nehmen wir einen Flieger, der 1945 zwanzig ist, dann ist er heute über 75”, spekuliere ich, “Andererseits ...”

“... ist nicht einzusehen, warum ein amerikanischer Flieger plötzlich in Deutschland leben sollte, unerkannt und ohne Nachricht an die Angehörigen”, natürlich hat auch Herbert längst den Pferdefuß erkannt, “Natürlich überprüfen wir das noch, aber das wird nicht viel bringen, glaube mir. Also lautet die wichtigste Frage: Welche Beziehung verband ihn mit dem Toten? Dazu werden wir vor Ort recherchieren. Was hältst du davon, wenn ich morgen Nachmittag bei dir vorbei komme? Weiß Jana eigentlich von Elke?”

“Nein, das ist alles noch zu frisch, außerdem ist Jana sicher nicht eifersüchtig. Elke ist unkonventionell und freut sich sicher darauf, dich kennen zu lernen.”

Eine Menge Dinge schwirren mir im Kopf herum, während die beiden Kommissare ihre Jacken zum Feierabend vom Kleiderständer holen und mich nach unten begleiten, wo sie mit ihren Autos nach Hause verschwinden. Es ist schon halb sieben, fast dunkel und feuchtkalt. Zeit für ein paar Streicheleinheiten am warmen Kamin.

Ich rufe Elke auf dem Handy an, die Nummer hatte sie mir nach meiner ersten Sofanacht gegeben. Sie sagt, dass sie sich freut, wenn ich komme, denn “es ist etwas Merkwürdiges passiert”. Was soll das schon wieder heißen? Es gibt nur einen Weg, das herauszufinden und so flitze ich über die A63 und die Abfahrt Wörrstadt ins Appelbachtal. Als ich ankomme, ist es schon fast dunkel. In Elkes Wohnung brennt Licht, aber beim Waldschrat ist es dunkel. Lauscht er wieder oder ist er wirklich nicht da?

Elke hat mein Kommen bemerkt und kommt sofort zum Tor. Sie drückt mich kurz und lässt mich gleich wieder los. In der guten Stube räkelt sich die alte Katze vor dem Ofen. Die junge Katze streicht mir um die Beine und sondert wieder ihren besonderen Geruch ab, den ihre Herrin bereits mit Überzeugung als Baldrian identifiziert hat. Das sei üblich, wenn Katzen rollig seien - allerdings ist die Pfurzel halt erst drei Monate alt. Eine frühreife Katze? Die Uhren im Appelbachtal scheinen ihr eigenes Tempo zu haben. Die Kater der Umgebung markieren ihr Revier schon mit einer Inbrunst, die baldigen Nachwuchs befürchten lässt. Noch mehr Baldrian-Katzen, nein danke!

Sie setzt sich tatsächlich neben mir aufs Sofa und fängt an zu erzählen.

“Heute Nachmittag ist etwas Merkwürdiges passiert. Als ich von der Arbeit kam, blieb der Bagger kurz vor der Mauer zur Mühle stehen, weil das Hydrauliksystem versagte. Dann entdeckten sie, dass jemand einen Hydraulikschlauch angeschnitten hatte. Die Arbeiter waren ganz froh drum und machten früher Feierabend. Sie meinten, dass morgen früh ein Monteur kommt und es dann erst weitergeht.”

“Gibt es Hinweise, wer oder warum das jemand gemacht hat? Hat Kalu was gesehen?”, frage ich Elke.

“Der ist nicht da. Statt des Sacks ist jetzt eine Tür eingehängt und verschlossen.”

“Es wird immer merkwürdiger. Zweimal habe ich Motorengeräusche gehört. Hast du nichts gehört?”

“Nein, ich habe geschlafen wie ein Stein. Vielleicht ist dein Schlafplatz auf dem Sofa gar nicht so schlecht auf Dauer”, neckt sie mich und weidet sich an meinem empörten Gesicht.

Wie zum Kommentar lässt sich die alte Katze Lisa nach mehreren Drehungen auf Elkes Schoß plumpsen. Pfurzel blinzelt mit angelegten Ohren vom gegenüber stehenden Sofa missbilligend zu uns herüber. Noch hat sie nicht die Kraft, sich gegen die alte Hausherrin durchzusetzen, aber irgendwann werden sich die Kräfteverhältnisse umkehren.

Wir sprechen noch länger über die vergangene Nacht, ohne zu einem Schluss zu kommen. Als ich ihr das aufheulende Motorengeräusch beschreibe, tippt sie auf die Kalus Asphaltblase, wobei es sich wohl um einen roten Fiat Irgendwas handelt, so etwas “Kleines, Kantiges”. Das andere Motorengeräusch sagt ihr nichts. Wer treibt sich hier mitten in der Nacht herum und nutzt vielleicht aus, dass Kalu nicht da ist? Wo mag Kalu jetzt sein und übernachten? Das Wetter ist immer noch bei ungemütlichen fünf Grad tagsüber und leichtem Frost in der Nacht. Allerdings soll die nächsten Tage “milde Meeresluft von den Azoren das Wetter in Mitteleuropa bestimmen. Durch das Tauwetter wird ein Ansteigen der Flusspegel erwartet. In den Niederungen bildet sich teilweise hartnäckiger Morgennebel.” Das klingt nach guter altdeutscher Waschküche. Eine passende Kulisse zum nächsten Edgar Wallace, wenn Nebelschwaden aus dem Moor aufsteigen, die Häuser umfangen und finsteren Gestalten Deckung geben.

Wir kuscheln noch länger auf dem Sofa und irgendwie fühlen wir beide, dass es heute so weit ist. Längst hat die alte Katze ihren Platz geräumt, weil es ihr auf der Decke zu unruhig geworden ist, nachdem sie mich darunter gezogen hat und mit wilden Zungenküssen ihre Gefühle zeigt. Sie fühlt sich wirklich so gut an und riecht so gut, wie ich es mir erträumt habe und sicherheitshalber zwicke ich mich in den Arm. Doch heute ist es kein Albtraum und ich lasse mich von ihr verwöhnen, bis es elf ist und sie ins Bett will.

Endlich ist es soweit und meine Vorfreude steigt ins Unermessliche als wir eng umschlungen die steile Treppe hinauf in ihr Schlafzimmer gehen. Allerdings steht das Fenster weit offen und die Eiseskälte lässt mich schaudern und bremst meine warmen Gedanken brutal ab. Elke hat zwischenzeitlich zwei Wärmflaschen mit heißem Wasser vom Herd gefüllt und so erfahre ich unter der Bettdekke eine seltsame Temperaturlandschaft. Während die Berührung des Bettlakens mich zunächst zittern lässt, verbrennt mir die Wärmflasche scheinbar die Haut. Immerhin kann ich mit Elke kuscheln und so mir wird unter der Decke bald wärmer. Nur der Durchzug vom offenen Fenster streicht eisig über mein Gesicht und es hilft auch nicht viel, dass ich wieder die dicke Mütze angezogen habe. Unter diesen Bedingungen tauge ich nicht mehr zum feurigen Liebhaber und Elke ist ein wenig enttäuscht über das Pienzchen in ihrem Bett.

Dennoch schlafe ich traumlos, bis der batteriebetriebene Wecker loslärmt. Vergeblich taste ich im Dunkel nach dem nervtötenden Gepiepse und bemerke, dass Elke schon aufgestanden ist. Der Generator brummt und aus dem Bad klingt das Plätschern von Wasser. Meine Augen sind verklebt und reiben, wahrscheinlich habe ich mir vom Durchzug eine Bindehautentzündung eingehandelt. Das Thermometer zeigt ein Grad - plus, immerhin. Schnell stehe ich auf und husche ins Wohnzimmer, wo ich mich in der Wärme anziehe. Hier hat die Luft üppige 16 Grad. Die Katzen schauen mich verständnislos und schläfrig an, beide dicht am Ofen in die Sofapolster gekuschelt.

Elke hat es wieder eilig und keine Zeit für ein Frühstück. Wenn ich wolle, könne ich ja noch ein wenig auf dem Sofa ausschlafen und außerdem sei sie nach der Arbeit ja sowieso da, meint sie, gibt mir einen Kuss auf die Wange und verschwindet kurz danach durch das Hoftor. Nachdem der Motor ihres Polos verklungen ist, bin ich allein auf dem großen Gehöft und die Geräusche schleichen sich heran und greifen nach mir. Es ist vor allem das Rauschen des Appelbachs und das Knacken und Knorzen der Bäume und Äste in der Strömung, das spitze Pfeifen einiger Vögel, die den Morgen begrüßen. Dazu kommt ein Vibrieren und Rauschen mit sehr tiefer Frequenz, das bedrohlich und nahe wirkt, aber ich kann es nicht lokalisieren. Als ich mit dem Auto losfahre, schaue ich noch einmal zurück zum Hoftor und da fällt mir auf, was sich am letzten Morgen verändert hatte, was ich aber nicht hatte zuordnen können. Eines der alten Verkaufsschilder an der Hauswand fehlt, wie der an dieser Stelle etwas hellere Stein und der exakt rechtwinklige Moosansatz verraten. Jemand hatte sich offensichtlich in der vorletzten Nacht bedient, denn davor war das Schild noch da. Und dann ein angeschnittener Hydraulikschlauch - wer treibt hier sein Unwesen?

Ich bin gespannt, was Herbert herausfinden wird. Heute will er auf Spurensuche in Neu-Bamberg gehen, aber so lang will ich nicht warten. So fahre ich wieder nach Hause, um ein paar Berichte mit flotten Formulierungen aufzupeppen und auf die richtige Interpunktion in wörtlicher Rede zu prüfen. In diesen wirtschaftlich schlechten Zeiten verzeihen die Kunden auch leichte Fehler meist nicht mehr. Die Gastronomie sieht es lockerer. Wie stand es so schön in der Speisekarte eines griechischen Restaurants in Bonn: Rechtschreibfehler haben keine Einfluss auf die Qualität der Speisen und Getränke. Was soll ich sagen: Der Wirt hatte recht.

*

Als Hauptkommissar Wülfing am Freitag zum Dienst erschien, fand er einen aufgeräumten Kollegen vor, der eifrig in einem kleinen Stapel Blätter wühlte.

“Tag, Herbert. Gut geschlafen?” Hajo Hessinger machte auf ein Blatt noch ein paar Notizen und schaute dann auf.

“Es geht. Was hast du da?”

“Die Amerikaner waren eifrig. Die fangen an zu arbeiten, wenn wir Feierabend haben. Hier”, er zeigte auf die Blätter, “sind genaue Lageskizzen von damals. Der Absturz war am 17. März, die Suche am 23. März. Aber keine Spur von diesem Monahan. Die wären uns dankbar, wenn wir sein Schicksal aufklären könnten.”

“Vielleicht zusammen mit dem Caravan-Toten. Gibt es da Neues?”

“Fichtennadel wahrscheinlich.”

“Was?”

“Das Labor meint, dass die Flüssigkeit in den Lungen wahrscheinlich ein Fichtennadel-Extrakt ist. Haben aber keine Übereinstimmung mit aktuellen Proben aus dem Supermarkt ermittelt. Vielleicht ein älteres Produkt?”

“Das könnte passen”, knurrte der Hauptkommissar, den die Möglichkeiten des Labors immer wieder erstaunten, “ältere Leute bleiben ihren Gewohnheiten treu oder haben sich möglicherweise einen Vorrat gebunkert? Vielleicht finden wir ja irgendwo eine Badewanne mit einem Rest der Flüssigkeit. Lass uns gehen, OK?”

Hessinger nickte und nahm die aktuellen Faxe mit. Ihr Weg führte sie über Wörrstadt und Gau-Bickelheim. Kurz vor Wöllstein auf freiem Feld war der neue Knast. Wie viele seiner Ex-Kunden hier wohl waren, fragte sich Wülfing. Immerhin waren in der JVA Rohrbach Weihnachten 2002 die Gefangenen aus den Justizvollzugsanstalten Mainz und Zweibrücken zusammen gelegt worden.

Die alte JVA in Mainz stand seitdem leer und die Landes-Betriebs- und Baubetreuung LBB suche derzeit einen Investor, hatte er in der Zeitung gelesen. Ein skurriles Gebäude, mit ihren Gesimsen und den Sandstein-Verkleidungen durchaus von architektonischem Reiz.

Hinter Wöllstein ging es links nach Neu-Bamberg ins Appelbachtal. Wülfing und Hessinger beobachteten die Gegend genau. An der Ölmühle machte die Straße einen Knick ins Tal hinein. Nach ein paar scharfen Kurven kam die Katzensteiger Mühle ins Blickfeld, die Wülfing bereits auf einer guten alten Landkarte und ganz ohne Internet lokalisiert hatte. Sie hielten an und klopften am Hoftor, aber nichts rührte sich. Wülfing zuckte die Schultern und ging mit Hessinger um das Gehöft herum. Die Schranke zur seitlichen Zufahrt war offen und auf der Rückseite des Gehöfts standen mehrere Männer um einen Atlas 1304-Bagger mit seltsam flach daliegendem Ausleger. Dahinter zog sich ein tiefer Graben schnurgerade nach Neu-Bamberg hin, die ausgebaggerte Erde war parallel zum Graben angehäuft.

Aus einem VW LT vom Baumaschinen-Troglauer aus Bingen, dessen seitliche Schiebetür offen stand, holte gerade ein Monteur mit rotem Overall ein Teil. Während er sich am Bagger zu schaffen machte, standen vier Arbeiter in blauen Jacken in einer Gruppe seitlich und schauten ihm zu, ohne mit Kommentaren zu geizen.

“Su enn lange Leidung hänn ich uch, willsde mol gucke?” Ein breiter Kerl mit rötlicher Knollennase zog die Lacher der anderen auf sich und griff sich demonstrativ in den Schritt, nahm die Hand aber schnell zurück, als er die beiden Kommissare auf sich zu kommen sah. Auch der Monteur auf dem Bagger sah kurz auf und machte dann weiter. Offensichtlich musste er bald zum nächsten Termin, denn er schaute wiederholt auf seine Uhr, während er mit sicheren Griffen einen Schlauch losschraubte und mit ihm herunter kletterte. Hessinger meinte zu Wülfing leise etwas von einer typischen Baustelle - einer arbeitet und vier schauen zu - und entschloss sich dann, den Monteur zu fragen, ob etwas Ungewöhnliches passiert sei. Der längte derweil einen Hydraulikschlauch passend ab, spannte ihn in das fest im Montagewagen angebrachte Presswerkzeug ein und antwortete, während er konzentriert weiter arbeitete.

“Ein Schlauch ist angeschnitten worden. Bei einer Druckspitze reißt er dann, der Druck bricht zusammen und Hydrauliköl läuft aus. Schließlich steht der ganze Bagger still, weil alles über nur einen Hydraulik-Kreislauf läuft. Warum fragen Sie?”

“Wir sind von der Kripo Mainz und schauen uns hier einmal um. Haben Sie solche Fälle öfter?”

“Angeschnittene Schläuche, meinen Sie?”, er schüttelte den Kopf, “Selten. Häufiger reißt ein Schlauch schon einmal wegen Altersschwäche.”

Nachdem die anderen Arbeiter das Wort “Kripo” aufgeschnappt hatten, rückten sie näher und spitzten die Ohren.

“Können Sie sagen, wann der Schlauch angeschnitten wurde?”, fragte Wülfing weiter.

“Schwer zu sagen. Der Bagger fiel gestern Nachmittag aus und tagsüber war wohl keiner dran, wie die Arbeiter sagen. Wissen sie was”, er drückte Wülfing den defekten Schlauch in die Hand, “hier haben sie ihn. Bitte entschuldigen Sie, ich muss weitermachen.” Mit einem schnellen Griff zog er den fertig abgelängten, neuen Schlauch aus dem Presswerkzeug und kletterte wieder auf den Bagger, während Wülfing mit spitzen Fingern den Schlauch in einen Plastikbeutel verschwinden ließ. Hessinger befragte inzwischen die Arbeiter, aber die konnten auch nicht mehr sagen. Insgesamt schienen sie über die Unterbrechung ihrer Arbeit ganz froh zu sein und würden sicher abends in der Kneipe einiges zu erzählen haben.

Eine halbe Stunde später war der neue Schlauch an Ort und Stelle fertig montiert und der Monteur machte sich mit hoch jaulendem Motor auf den Weg zum nächsten Kunden.

Hessinger und Wülfing schauten noch ein paar Minuten zu, wie die Arbeiter den Bagger wieder in Betrieb nahmen und der Graben immer näher an die Hofmauer voran trieben. Sie beschlossen, den Hang hoch zu gehen, um sich einen Überblick über die räumliche Situation zu verschaffen. Wülfing warf den Beutel mit dem Hydraulikschlauch in den Dienstwagen und ging langsameren Schrittes hinter seinem Kollegen her. Auf halber Hanghöhe blieb Wülfing stehen und erklärte, dass er aus dieser Höhe den besten Überblick habe. Hessinger grinste wissend und marschierte nun in beschleunigtem Tempo weiter bergauf.

Tatsächlich konnte der Hauptkommissar von seinem Platz aus gut den Fortgang der Arbeiten beobachten. Der Bagger grub sich mit einem auf- und abschwellenden Brummen mehr als einen Meter in die Tiefe und warf dann Schaufel um Schaufel zur Seite. Schließlich war er nur noch etwa 20 Meter von der Außenmauer des Gehöfts weg. In dieser großen Wiese am Appelbach lag die Lösung um den verschollenen Piloten verborgen, das ahnte er. Wie hing der alte Mann aus dem Wohnwagen damit zusammen? Das Tal schien ein Geheimnis zu bergen, die Hänge rückten gerade um die Katzensteiger Mühle dicht zusammen, als wollten sie etwas beschützen. Nur nach Neu-Bamberg hin öffnete sich das Tal. Es wurde Mittag und im nächsten Schritt wollte er mit seinem Kollegen einmal die Junkermühle besuchen, um dort zu essen. Vielleicht konnte sich ja der Besitzer an das Ende des zweiten Weltkriegs erinnern?

Er wollte schon per Handy nachhören, ob Hajo etwas entdeckt hatte, als plötzlich das Baggergeräusch erstarb. Erst dachte er, dass die Mittagspause die Arbeiten gestoppt hätte, aber die plötzliche Hektik an der Baustelle passte nicht dazu. Alle Arbeiter hatten plötzlich die Schaufeln zur Seite geworfen, standen nun um die Baggerschaufel herum und einer winkte in seine Richtung.

Und dann klingelte auch noch sein Handy. Sein Kollege hatte ein seltsames Gebäude entdeckt, meinte er, aber Wülfing beorderte ihn sofort zurück ins Tal, wo nun alle Arbeiter ihre Arme in seine Richtung schwenkten. Wülfing und Hessinger trafen beinahe zeitgleich beim Bagger ein und die Aufregung der Arbeiter war nur allzu verständlich: Auf der Baggerschaufel lag, teilweise noch mit Erde bedeckt, der Kopf eines Menschen. Andere Körperteile waren auf der Schaufel nicht zu erkennen. Es schien, als sei der Kopf sauber vom Rest des Körpers getrennt worden.

*

Einen flotten Anwenderbericht zu schreiben, der alle Beteiligten zufrieden stellt, ist gar nicht so einfach. Die Redakteure der Fachzeitschriften wollen für ihre Leser natürlich nur das Neueste, bisher Unbekannte. Die Firma, die über einen Anwenderbericht im Markt bekannter werden will, möchte gern ihre Einzigartigkeit heraus streichen, aber auch den Wettbewerbern nicht zuviel verraten. Und schließlich bin da ja auch ich, der bei den Lesern durch flotte Formulierungen ein wenig Lesespaß erzeugen soll. Frei gegeben aber wird der Bericht vom Auftraggeber, der Firma, über deren Produkt berichtet wird - und deren Marketingleiter muss sich wieder mit den Technikern abstimmen.

Und so tüftele und feile ich am Bericht herum und stimme ihn mit den Intentionen der einzelnen Beteiligten ab. Konkret geht es um Energieführungsketten eines weltweit führenden Unternehmens aus Köln. Ganz konkret um den Einsatz beim Musical “Miss Saigon” in Stuttgart. Es war eine reizvolle Aufgabe, hinter den Theaterkulissen zu recherchieren und von schmalen Stegen herab zehn Meter tief auf die Bühne zu blicken. Zwar griff die Höhenangst nach mir, aber irgendwie bekam ich mit meiner Olympus trotzdem gute Bilder von den konstruktiven Besonderheiten der Elemente hin, mit denen elektrische Leitungen so geführt werden, dass sie sich bei schnellen Bewegungen nicht verdrehen und reißen können. Der Text steht inzwischen weitgehend, die Bilder sind gescannt, aber die Überschrift liest sich noch irgendwie dröge. “Energieketten auf der Bühne” taugt nicht, für “Miss Saigon tanzt auf der Kette” gilt das Gleiche. Beide Überschriften kennzeichnen außerdem den Trick nicht, der hier angewandt wird, nämlich das Knicken der Energiekette beim Ablegen. Und da habe ich es: Der

Trick mit dem Knick! Schnell schreibe ich den Rest des Berichts fertig und schikke ihn per E-Mail an den Kunden. Zufrieden lehne ich mich zurück und schaue auf die Uhr. Es ist schon drei Uhr nachmittags und mein Bauch meldet sich mit deutlichem Hungergefühl. Und war da nicht noch was?

Elke müsste inzwischen von der Arbeit zurück sein und dann könnte, sollte, dürfte ich sie doch einfach mal besuchen. Vielleicht, bestimmt lässt sie sich zu einem gemeinsamen Essen einladen. Dann packe ich noch meine Elektrik-Werkzeugkiste ein, um Elke meine unentbehrliche Hilfe anzudienen, und düse zu den Stones auf SWR1 bergauf Richtung Ober-Hilbersheim. Bei "I can´t get no satisfaction" passt sich die Geschwindigkeit meiner Familienkutsche ganz automatisch meinem Gefühlsleben an und ignoriert souverän die Tempobegrenzungen auf der freien Strecke, auf deren welligem Asphalt sich schon einige schwere Unfälle ereignet haben. "And I try, and I try ...", die harten Beats treiben mich in Rekordzeit Richtung Wöllstein. Als ich ins Appelbachtal einbiege, schmachtet gerade Gerry Rafferty sein "Baker Street" ins Mikro und wie von selbst swingt meine Familienkutsche durch die engen Kurven der zwischen die Felsen des Haarbergs und den Appelbach gequetschten Straße. Schließlich taucht die Katzensteiger Mühle vor mir auf und ich bin doch sehr überrascht.

Neben Elkes Polo stehen nicht nur Herberts Mondeo, sondern auch ein Einsatzwagen der Polizei und einer der Spurensicherung. Kein Platz mehr für mich und so fahre ich weiter, parke rechts am Hang und laufe das Stück zurück. Beim Näherkommen sehe ich einige Beamte über die Wiese ausschwärmen, mittendrin Herbert in dunkelgrünen Gummistiefeln aus dem Baumarkt, der mal hier und mal da deutet und sich den Aushub des Grabens genauer ansieht. Am Rand steht Elke hinter einem rot-weißen Plastikband, mit dem die Wiese rund um den Bagger abgesperrt ist. Die Leute von der Spurensicherung turnen auf dem Bagger herum und matschen fluchend in der ausgehobenen Grube herum. Ihr sorgenvoller Blick nach oben ist nur allzu berechtigt, denn kurz danach setzt ein heftiger Regenguss ein, der die Wiese weiter auftaut und sie mehr und mehr in einen Morast verwandelt. Die Männer von der Kripo stellen sich fluchend an der Rückseite der Scheune unter, während ich schnell zu Elke gehe, die in einem Anorak dem Regen trotzt.

"Was ist los?", begrüße ich sie und will ihr einen Kuss auf die Wange drücken, doch sie weicht aus und mich zieht es ins Trockene. "Lass uns reingehen, es ist ungemütlich hier draußen."

"Du bist wirklich ein Pienzchen", spöttisch schaut sie mich in meiner inzwischen leicht angeweichten Regenjacke an, die genialerweise keine Kapuze hat, "typisch Mann. Na, dann gehen wir mal."

Keine zwei Minuten später sind wir in ihrem Haus, wo der Ofen das Wohnzimmer ordentlich geheizt hat. Die alte Katze Lisa liegt auf dem Fensterbrett neben dem Ofen und mit lautem Miauen begehrt Pfurzel um Einlass. Kaum öffne ich die Tür, saust sie wie ein Blitz herein und schüttelt ihre nassen Pfoten mit der den Katzen eigenen Empörung aus. Elke macht einen heißen Tee und setzt sich dann neben mir aufs Sofa, worauf die kleine schwarze Katze sofort auf ihren Schoß springt. Ich rümpfe die Nase, denn ihr Fell riecht feucht noch mehr nach ...

"Baldrian, Ronni, Baldrian", Elke hat mein Gesicht gesehen und schaut mich zweifelnd an, "Was willst du auf dem Land? Das wird auf Dauer nichts mit uns."

"Ich muss mich halt noch ein wenig daran gewöhnen", verteidige ich mich und rücke ein wenig näher, was sie sich gefallen lässt, "aber erzähle mir doch mal, was da draußen vor sich geht."

"Als ich von der Arbeit kam, war die Kripo da. Ein Hauptkommissar ..."

"Wülfing", ergänze ich sie, "mein Freund Herbert."

"Aha, der heiße Draht in die Polizei. Bei den Baggerarbeiten wurde ein Kopf gefunden - jetzt suchen sie erst einmal den Rest und interessieren sich nicht für den Hausanschluss."

"Macht nichts, ich kann schon einmal Leitungen im Haus legen. Da ist noch viel zu tun. Aber ich habe Hunger. Darf ich dich zum Essen einladen?"

"Nein, später kommt Beule", kommt es sofort und sie weidet sich an meinem verblüfften Gesicht, "mit einem Angebot für die Rohbau-Arbeiten. Du kannst dir ja Gedanken über die Elektrik machen. Derweil werfe ich mal den Herd an, du siehst hungrig aus." Mit einem bestimmten Griff setzt sie die Baldrian-Katze auf den Boden und verschwindet Richtung Küche.

Ein solches Vorgehen nennt man wohl ergebnisorientiert. Zweifelnd schaue ich hinter ihr her und dann nach draußen, wo der Regen inzwischen aufgehört hat. Meine Werkzeugkiste ist sowieso noch im Auto und zu weit weg, und so gehe ich raus und schaue Herbert bei der Arbeit zu. Inzwischen ist es schon nach vier und es wird trüb, keine guten Bedingungen für die Kripo-Leute, die im Matsch herum stapfen müssen. Entsprechend schlecht gelaunt begrüßt mich der Hauptkommissar, der eine strategische Stellung neben der Baggerschaufel bezogen hat und de Spurensicherung zuschaut, die im inzwischen mit Wasser voll gelaufenen Graben missmutig herum stampft.

"Da bist du Schreibtischtäter ja. Du sitzt im Liebesnest und ich im Matsch."

"Wohl wahr. Elke sagte etwas von einem Kopf, den ihr gefunden habt?"

“Da haben die Bauarbeiter mal wieder gequatscht. Steht sicher morgen in der Zeitung.” Wo er Recht hat, hat er Recht.

“Und wie geht es weiter?”

“Das Übliche, Spuren sichern und weitersuchen. Kennst du doch schon. Wird wohl noch ein paar Tage dauern.”

“Neue Erkenntnisse?”

“Frage einfach die Bauarbeiter. Viel mehr wissen wir auch nicht”, brummt er. Er will mit seiner berechtigt schlechten Laune allein bleiben und den Gefallen tue ich ihm auch. Es fängt wieder an zu tröpfeln und der Dunst verdichtet sich weiter. Inzwischen ist die Freiwillige Feuerwehr Wöllstein mit ihrem Scheinwerferwagen angerückt und baut eine ganze Batterie von Scheinwerfern auf. Herbert hat Recht, die Spurensicherung wird noch eine ganze Weile dauern.

Mein Magen erinnert mich daran, dass Elke etwas brutzeln wollte und ich gehe wieder zurück zu ihr. Tatsächlich riecht es schon gut und eine ganze Batterie von Teelichtern verströmt Gemütlichkeit in der warmen Küche. Es gibt Pizzabrötchen für den schnellen Hunger und danach besichtigen wir die Elektrik genauer. Die ist fürwahr interessant. Bakelitschalter von irgendwann, aber auf jeden Fall einige Jahrzehnte davor. Für die Leitungen, isoliert in längst verschlissenem, brüchigen Stoff, gilt das ebenso. Sogar eine Art Kabelkanal entdecke ich, ein Rohr aus einer metallischen Legierung, wahrscheinlich mit hohem Blei-Anteil. Eine Strippe zum Generator, die frei fliegend an einer Lüsterklemme im Regen baumelt, ist scheinbar die einzige Zuleitung zu Elkes Wohnung. Ich folge ihr in den Raum neben dem Hoftor bis zum Stromerzeuger, einem ebenfalls betagten Modell der Marke Honda, von dem - logisch - eine zweite lüstern verklemmte Leitung zu Kalus Gemächern geht. Das sieht mir nach einer Totalsanierung aus, denn die alten Leitungen, Schalter und Verteilerdosen sind dem Konsum moderner Geräte sicher nicht gewachsen. Ganz zu schweigen von der eine-Phase-eine-Sicherung-ein-Haus Technik.

“Eine Menge Arbeit, eigentlich müssen wir alles neu machen.”

“Wie viel wird das kosten?”, Elke schaut besorgt.

“Das Material ist nicht so teuer, die Abnahme und Verklemmung muss der ortsansässige Elektriker machen, aber die Verlegung in die Wand macht mir Sorgen. Da müssen Durchbrüche geschaffen, Verteilerkästen gesetzt werden und die Leitungen irgendwie unter Putz oder in die Decken kommen.”

“Das kann Beule machen!”, antwortet sie schnell, bemerkt dann aber mein abweisendes Gesicht. “Wollt ihr euch nicht mal vertragen?”

“An mir soll´s nicht liegen, aber du musst mir schon sagen, wie du zu mir stehst.”

“Mmmh, reicht dir es nicht, dass du mit mir geschlafen hast?”

Da hat sie recht - auch wenn es reichlich kalt war. “Sag es mir doch ...”

Plötzlich scheppert es laut am Hoftor. Elke entzieht sich der Entscheidung mit einem “das muss Beule sein” und springt schnell raus zum Hoftor. Kurz danach kommt sie mit ihm zurück. Beule grinst wie immer wie ein Breitmaulfrosch und lässt ein fröhliches “Ronni, sie suchen dich schon”, dem sogleich ein gekünsteltes Lachen und ein strafender Blick von Elke folgt. Auch er bekommt ein Pizzabrötchen und dann geht Elke mit ihm allein durchs Haus. Ich nutze die Zeit, um mich bei Herbert nach dem Fortgang der Arbeiten zu erkundigen.

Inzwischen erzeugen leistungsstarke Halogenstrahler rund um den Bagger eine blendende Helligkeit und der Greifer hebt und senkt sich nach den lautstarken Anweisungen von Hajo.

“Mehr rechts, vorsichtig. Dann langsam nach links ablegen, links, langsam!”, und schon plumpst der Inhalt der Baggerschaufel direkt neben Herbert zu Boden, der fluchend einen Satz zur Seite macht.

“Gleich komm ich dir in Kabine ...”, schreit er los, lässt dann aber den Rest in einem unverständlichen Gemurmel versumpfen. Die ganze Mannschaft scheint völlig entnervt zu sein und tatsächlich verstummt kurz danach das Baggergeräusch und das Licht verlöscht bis auf eine einzelne Lampe. Es sieht so aus, als ob für heute Schluss ist. Inzwischen hat sich der Dunst zum Nebel verdichtet und die Lampe blendet eigentlich nur noch. Zu allem Überfluss ist morgen auch noch Samstag - für Herbert ist das freie Wochenende wohl mal wieder gestorben.

Nach ein paar Anweisungen wird die Fundstelle mit Plastikbändern abgesperrt und Feuerwehr und Bauarbeiter gehen nach Hause. Als nur noch Herbert und Hajo da sind, spreche ich sie an und lade sie zum Kaffee bei Elke ein. Doch beide wollen erst noch ins Büro, sich da aufwärmen und am Samstag bei Tageslicht den Fall weiter verfolgen. Sie bitten mich, einen Blick auf den Bagger und drumherum zu werfen, falls ich denn hier schlafen würde. Das aber geht leider nicht, denn beim Blick auf die Uhr bekomme ich einen Schreck. Fast hätte ich wegen Elke und Herbert “mein” Kinderwochenende vergessen!

So verabschiede ich mich kurz von Herbert und Hajo und schaue noch einmal bei Elke rein, die etwas enttäuscht schaut, als ich sage, dass ich sofort wegen meiner Kinder weg muss. Beule ist gar nicht enttäuscht, enthält sich aber des Kommentars, sondern grinst nur ausgesprochen zufrieden. Kurz danach lasse ich die Kolben fliegen und komme auch gut durch. Bis zum Stau auf der Weisenauer Brücke, dem notorisch alltäglichen Rückstau von der A66 zum Feierabend. Heute allerdings geht es gar nicht voran, weil im Baustellenbereich ein Schwertransporter umgestürzt ist. Am 60 Tonnen schweren Antriebsaggregat eines Freefall-Towers machen sich bereits Riga-Autokräne aus Mombach zu schaffen, aber die Bergung wird wohl noch dauern. Ein Polizist versucht, mit kreisenden Armbewegungen etwas Schwung in die Blechkarawane nach Frankfurt zu bringen, aber die Berufspendler lassen sich die spektakuläre Unfallstelle nicht entgehen und schleichen im Schritttempo an der Unfallstelle vorbei.

So bin ich erst fast eine halbe Stunde zu spät im tiefsten Taunus. Dominik und Linda sind froh, dass ich endlich da bin. Gemütlich kurven wir durch das Wispertal und am Rhein entlang zur Fähre von Rüdesheim nach Bingen. Mit der Flussüberquerung lassen wir unsere schlechten Gedanken auf der anderen Rheinseite zurück und ein tolles Wochenende liegt vor uns. Zwar ist es eigentlich zu früh, sie Elke vorzustellen, aber ich kann sie meinen Lieben ja mal als Bekannte verkaufen, wenn wir ins Appelbachtal fahren, um Herbert bei der Arbeit zu "unterstützen". Und natürlich will ich Elke wiedersehen, eine Frau mit Suchtfaktor, zweifellos. Als sie mich an der Haustür verabschiedete, hatte sie mir noch ein "Wann sehen wir uns wieder?" ins Ohr gehaucht. Worauf ich ihr den Samstag versprach. Also morgen.

*

Als Hessinger und Wülfing wieder im Büro angekommen waren, wurde der Nebel um den schmucklosen Bau am Valenciaplatz immer dichter. Vom nahe gelegenen Zollhafen strichen immer wieder Nebelfetzen vom Rhein durch die Containerreihen und huschten über die Rheinallee in die Vorstadt. Längst war auch der Turm des Südwestrundfunks auf dem Hartenberg mit dem beleuchteten Signet nicht mehr zu sehen, stellte Wülfing fest, der durchs Fenster in die graue Suppe starrte. Hessinger machte sich am Espresso-Automaten zu schaffen und tatsächlich ratterte und zischte das Ding los, bevor mit einem leichten Plopp die ersten frischgebrühten Tropfen in die Tasse fielen.

"Möchtest du auch einen?", Hessinger verdünnte seinen Koffeintrunk mit Milch.

"Nein, danke", Wülfing wandte nur kurz seinen Kopf vom Fenster ab und schaute dann wieder hinaus, "ich hätte lieber eine Idee, wieso da einer Salome nachspielt."

"Salome?"

"Noch nie im Theater gewesen? Scheinbar nicht. Eine Oper von Richard Wagner, in deren Verlauf ein durchtriebenes Weib sich den Kopf eines Mannes kredenzen lässt, der sie verschmähte. Basiert auf der Bibel, ich glaube, Johannes der Täufer, Altes Testament."

“Danke für die Kulturstunde”, erwiderte Hessinger trocken und wärmte seine Finger an der noch heißen Espressotasse, “hätte ich dir gar nicht zugetraut. Steckt wohl eine kulturbeflissene Frau dahinter, vermute ich. Wie wäre es mit Deiner Lebensgefährtin Elvira?”

“Richtig getippt, Herr Kollege. Der Kopf ... ziemlich übel zugerichtet. Eingeschlagen und dann geköpft. Wie alt mag der sein? Mal sehen, was Zweipfennig morgen sagt.”

“Und vor allem: Was hat der mit unserer Wohnwagen-Leiche zu tun?” Hessinger stellte sich neben Wülfing so dicht ans Fenster, dass sein Atem flüchtige weiße Flecken auf die Scheibe zauberte. “Angenommen, es wäre der Kopf des abgeschossenen Fliegers, wäre es eine üble Art von Lynchjustiz in den letzten Kriegstagen gewesen.”

“Und der Wohnwagen-Tote passt vom Alter her dazu. Aber er kann auch einfach nur irgendwo die Plakette organisiert und zum Flicken genommen haben. Nach dem Krieg wurde alles vertickert, was nicht niet- und nagelfest war.”

“Dazu der alte Schmuck. Langsam entsteht ein Bild ...”

“Da ist allerdings noch viel Spekulation dabei. Ich glaube, wir müssen erst einmal die Ergebnisse von Zweipfennig abwarten und auch wir haben ja noch längst nicht alles ausgebuddelt.”

“Richtig. Ich bin morgen um neun an der Katzensteiger Mühle, der Baggerführer wohl auch. Wann kommst du?”

“Zuerst einkaufen mit Elvira ... sagen wir um elf.”

Als die beiden endlich das Büro verließen, war es fast acht. Der Nebel war inzwischen so dicht geworden, dass Wülfing sehr langsam fuhr. Er fühlte sich alt, so allein im Nebel unterwegs und kurbelte trotz der niedrigen Temperatur das Fenster der Fahrertür herunter, um das tröstend gleichmäßige Geräusch des Motors und der Reifen besser zu hören. Sein junger Kollege machte sich gut. Als er erfahren hatte, dass er vorsätzlich vom Schreibtisch wieder in die Praxis gehen wollte, war er skeptisch gewesen. Er hatte einen Eiferer und Weltverbesserer befürchtet. Doch das hier sah nicht so aus. Dennoch: neben Hajo kam er sich noch ein wenig älter vor und auch die Espresso-Maschine erinnerte ihn jeden Tag aufs Neue daran, dass er normalerweise in wenigen Wochen seine Pension hätte verleben können.

Es war fast halb neun, als er endlich zu Hause war. Müde ließ er sich aufs Sofa fallen und von seiner Elvira bemuttern.

*

Um diese Zeit hatte auch Dr. Zweipfennig den ersten Teil seiner Arbeit beendet, die Präparation des Kopfes. Er trat einen Schritt vom Arbeitstisch zurück und schaltete alle Lampen aus bis auf die Halogenlampe, die er um den Kopf herum schwenkte. Das grelle Licht ließ die Oberfläche der um die Knochen gespannten Haut schonungslos hervortreten, eine bräunlich-lederartige Oberfläche. Die Zähne waren in einem guten Zustand, zwar teilweise schief stehend, distal wie die Zahnärzte sagen, aber ohne kariöse Löcher oder Plomben. Lange weißlich-rötliche Haare bedeckten einen großen Teil der Kopfhaut. An der Schläfe befand sich eine Tätowierung, die mit ein wenig Phantasie als Kreis mit einigen radial verlaufenden Strichen interpretiert werden konnte. Ein Wagenrad? Direkt damit verbunden war eine Raute.

An einigen Stellen war die Haut zerrissen und gab den direkten Blick auf den darunter liegenden Schädelknochen frei, besonders am Hinterkopf, wo die Schädeldecke ein etwa nussgroßes Loch aufwies, von dem aus sich Risse über die gesamte Schädeldecke zogen. Zweifellos eine schwere Verletzung durch einen furchtbaren Schlag, der durchaus bereits allein zum Tode hätte führen können. Und da war natürlich noch der Schnitt am Übergang zum Hals, wo der Schädel sauber abgetrennt worden war. Der Gerichtsmediziner hatte sich die Haut an dieser Stelle genau angesehen. Die Schnittkanten waren so glatt wie mit einem Chirurgenmesser geschnitten. Insgesamt machte der Kopf einen relativ gut erhaltenen Eindruck und da war Zweipfennig an der Kardinalfrage, die er immer noch nicht beantwortet hatte. Wie alt war die Leiche oder besser, wann war der Mann enthauptet worden?

Das Alter von Leichen zu bestimmen, ist oft sehr schwierig. Wenn das Leben aus einem Körper flieht, wirkt die Umwelt ungehemmt auf das organische Gewebe ein. Da der Körper zum weit überwiegenden Teil aus Wasser besteht, steht meist an erster Stelle die Austrocknung - es sei denn, der Körper liegt im Wasser. Das war hier aber nicht der Fall. Dann greifen normalerweise die Verwesungsprodukte von innen an und von außen nehmen sich kleine Lebewesen wie Fliegen, Maden oder Käfer ihr Teil. Auch das war hier kaum bis gar nicht der Fall. Und das deutete darauf hin, dass das Umgebungsmilieu ein Mikrobenwachstum nur sehr eingeschränkt erlaubt hatte. Die besterhaltenen Leichen waren Moorleichen und hier schien ein ähnlicher Fall vorzuliegen. Doch wie bestimmt man das Alter einer Moorleiche? Zweipfennig fühlte sich unsicher. Ein solcher Fall trat vielleicht einmal in einem Gerichtsmedizinerleben auf - oder gar nicht. Und wenn er auftrat, dann war es normalerweise eher ein Fall für die Archäologen.

Er rekapitulierte seine Arbeit an der Katzensteiger Mühle. Eine sogenannte Sauerwiese war der Fundort, in etwa zwei Meter Tiefe. Sauerwiesen waren ein Übergangsstadium zum Moor und hatten durch das saure, bakterienfeindliche

Milieu gute Konservierungseigenschaften. Wülfing hatte von einem zum Ende des Zweiten Weltkriegs vermissten amerikanischen Flieger gesprochen. Das waren fast 60 Jahre - das konnte sein oder auch nicht. Die langen Haare sprachen gegen einen Piloten. Aber was sollte er spekulieren? Er ging wie gewohnt vor, nahm das Zahnschema auf und notierte alle Daten auf einer Karteikarte, dann tippte er schnell einen kurzen Bericht. Ob es der amerikanische Flieger war, ließe sich anhand des Zahnschemas sicher schnell ermitteln. Eine Altersbestimmung anhand des organischen Materials gab er noch nicht in Auftrag, denn kostenträchtige Untersuchungen musste die Kripo genehmigen. Deshalb wurden sie erst dann gemacht, wenn andere Mittel nicht weiter führen. Herberts Etat war mal wieder etwas kleiner als im Vorjahr und das Jahr war noch lang. Und wie er ihn kannte, würde er vorsichtig damit umgehen. Er gehörte definitiv nicht zu den Leuten, bei denen am Ende vom Geld noch so viel Monat oder Jahr übrig ist. Die Tätowierung? Ein solches Symbol kannte er nicht. Es war schon spät, als Zweipfennig nach Hause ging. Am Wochenende würde er mal wieder so richtig lang ausschlafen, nahm er sich vor.

*

"Eine Bekannte besuchen?" Linda kaut mit vollem Backen an ihrem mit Butterkäse überbackenen Toast, "Du hast wieder eine neue Freundin, gib es zu." Seit ich Butterkäse zu Naschkäse umgetauft habe, hat sich der Käsekonsum meiner Sprößlinge mindestens verfünffacht. Nur die Propeller-Pizza mit symmetrisch angeordneten Fischstäbchen mögen sie nach anfänglicher Begeisterung nicht mehr.

Dieser Meinung schließt sich auch Dominik an, der mit zunehmender Schnelligkeit aus viel Zucker und noch mehr Werbung bestehende Honigpops in sich hinein löffelt. "Hat sie denn wenigstens Kinder?"

"Nein", antworte ich wahrheitsgemäß und Dominiks Miene verdüstert sich zusehends. Erst als ich erkläre, dass wir Herbert wiedersehen können und außerdem dort ein großer Bagger Leichen ausgräbt, ist etwas Interesse bei meinen beiden Lieben geweckt. Auch wenn ich makaber finde, Kinder so zu motivieren. Auch das Zusammentreffen von Flocki mit den Katzen dürfte für einige Erheiterung sorgen. So sind wir dann schon bald unterwegs zur Katzensteiger Mühle, wo uns Elke am Hoftor begrüßt. Wie immer, wenn ein weibliches Wesen in meine Nähe kommt, drängt sich Linda dazwischen und Flocki springt an Elkes Beinen hoch, um die unvermeidlichen Streicheleinheiten einzufordern. Dann erspäht sie Elkes alte Katze Lisa an der Wohnungstür und rennt laut bellend auf sie zu. Lisa allerdings bleibt ungerührt sitzen und sträubt nur ihr Fell. Worauf Flocki ganz unmerklich ihre Laufrichtung ändert und schnurstracks an der Katze vorbei in den Hof läuft, ganz so, als hätte sie nie eine Katze gesehen und sowieso in den Hof laufen wollen. Ein geschickt verpackter Rückzug ist manchmal halt der bessere Teil der Tapferkeit, bei den Menschen ist das auch nicht anders.

Elke hat schon gefrühstückt und so inspizieren wir erst einmal die Gebäude, schauen aber nicht bei Kalu herein, dessen Eingangstür nach wie vor verschlossen ist. Elke sieht meinen fragenden Blick und antwortet, dass er wohl immer noch nicht da sei. "Dein Freund, der Kommissar, hat auch schon nach ihm gefragt, aber er ist nicht da."

"Merkwürdig, ist er schon öfter mal länger weg geblieben?"

"Du fragst schon wie der Kommissar persönlich. So genau kann ich das nicht sagen, schließlich wohne ich ja noch nicht lange hier." Sie wirft einen Blick auf meine beiden Kinder, deren Miene steigende Langeweile verrät, während Flocki ihre Schnauze in jede erreichbare Hofecke steckt und dann mit einer stattlichen Sammlung an Spinnweben in den Schnauzhaaren zurück kommt. Es wird Zeit, dass wir aufbrechen, zumal hinter dem Haus ein Motor losdröhnt. Das wird der Bagger sein und Dominik will sofort dahin, während Linda auf dem Haarberg ein Pferd erspäht hat und es sofort in Augenschein nehmen muss. So teilen wir uns - Elke geht mit Linda seitlich vom Emblem der Straßenbauer den Hang hinauf und Dominik folgt mir mit Flocki ums Haus, dem Lärm auf der talaufwärts gelegenen Seite entgegen.

Dort haben die nun schon seit Tagen über Null Grad liegenden Temperaturen die ehedem hart gefrorene Wiese in einen Morast verwandelt, in dem eine Handvoll Leute mit lautem Rufen und Fluchen hin und her laufen. Ich erkenne Herbert und seinen neuen Kollegen Hessinger, dazu wohl einige Leute von der Spurensicherung und natürlich die Bauarbeiter mit ihren Overalls. Derzeit wird offensichtlich versucht, einen alten Erntewagen, auch Rolle genannt, aus der Bahn des Baggers zu ziehen. Das gestaltet sich nicht einfach, weil selbst der allradgetriebene Fendt auf dem rutschigen Boden kaum voran kommt. Schließlich, mit viel gutem Zureden, schafft er es dann doch und der Bagger kann seine Schaufel endlich wieder in die Erde senken. Nun scharen sich alle um den Aushub wie die Kinder bei der Bescherung um den Weihnachtsbaum. Schaufel um Schaufel kommt hoch und mit jeder Schaufel wird Herberts Gesicht länger, denn es tauchen keine weiteren Knochen und Relikte mehr auf. Muss er jetzt das ganze Gebiet um die Katzensteiger Mühle herum aufgraben? Ich gehe mit Dominik ein Stück näher, während Flocki an der Mauer entlang schnüffelt und Duftmarken setzt.

Hier ein Tröpfchen und da ein Tröpfchen - ob es die Katzen wirklich ärgern wird? Immerhin hält unser Taunus-Flokati respektvollen Abstand zum lärmenden Bagger. Kika, unsere Hündin vor Flocki, war da nicht so zart besaitet gewesen und hatte mit wildem Gebell alles angegriffen, was Lärm machte oder auf sie zu kam.

Ihre Technik war atemberaubend gewesen: Zunächst hatte sie scheinbar gleichmütig gewartet, bis das Objekt nahe genug war. Dann sprang sie mit einem Riesensatz mitten auf die Straße, stellte sich quer zur Fahrtrichtung und bellte nach Leibeskräften. Mehr als einen Schulbus oder Trecker hatte sie so zu Vollbremsungen oder waghalsigen Ausweichmanövern gezwungen und auch Jogger waren nicht sicher vor ihr gewesen. Sie hätte auch wirklich gefährlich ausgesehen, wenn sie nicht nur drei Kilo schwer gewesen wäre. Und immerhin hatte sie ihre gefährlichen Spiele fast zehn Jahre überlebt. Es war indes kein Bus oder Trecker, der ihrem Leben ein Ende gesetzt hatte, sondern ein paar Jugendliche hatten sie mit ihren Kadetts auf dem Weg in die Disko überfahren. Dann kam Flocki und jetzt war sie auch schon über zehn Jahre alt. Vorsicht kann das Leben verlängern.

“Was meinst du damit?”, Herbert dreht sich fragend nach mir um. “Vorsicht kann das Leben verlängern?”

“Ich habe nur laut gedacht. Wie lange werdet ihr noch graben?”

“Wenn wir weiterhin nichts finden, hören wir heute Nachmittag auf.”

“Rechtzeitig vor der Sportschau?”

“Ja - Fußball kehrt bald wieder ins Erste zurück”, Herbert grinst genüsslich. “Der Mitbewohner Deiner Freundin scheint auch noch nicht wieder im Lande zu sein, scheint mir.”

“Ich habe nichts bemerkt. Allerdings treiben sich auch andere rollige Kater hier herum.” Im Hintergrund marschiert wie eine Diva ein großer, dicker Kater mit kurzem Schwanz herum, mit freudigen Sprüngen von Pfurzel begrüßt, die durch eine Nebentür zum Mühlengebäude durchgeschlüpft ist. Voller Inbrunst gibt der Kater darauf hin seine Visitenkarte mit einem üppigen Strahl auf die Türlaibung ab, interessiert aus nächster Nähe von Pfurzel beobachtet.

“Weg du Spritzer!” tönt es plötzlich von links und ich erkenne Elke, die mit Linda im Schlepptau über die Straße auf den Kater zurennt, der erschreckt Reißaus nimmt. Auch die Baldriankatze ist schnell wieder unter der Tür hindurch ins Gehöft verschwunden.

“Wer erzählte mir da was von Landleben und Baldrian?”, kann ich mir etwas Spott nicht verkneifen, ernte aber nur einen vernichtenden Blick. “Wie war es bei den Pferden?”

“Das schönste Pferd heißt Nipina”, berichtet Linda stolz, “und ein süßes Pony, das Mexiko heißt, ist auch noch dabei. Ich will damit reiten, Papa, bitte, Papa bitte.” Sie schaut mich mit diesem Blick an, der kurzfristige Ruhe für den Fall der Zusage, aber unendlich lange Motzperioden für den Fall der Absage beinhaltet. Nach einer Entscheidung ist mir nicht zu Mute und Elke rettet die Situation mit einem “Kommt doch rein, ich mache einen Tee.”

Sie öffnet die Tür und wir folgen ihr durch das Halbdunkel des Mühlengebäudes in ihre Wohnung, wo sie gleich einen Tee aufsetzt und den Kindern eine Pakkung Gebäck hinstellt. Dann nimmt sie eine Flasche Essigreiniger und einen Wassereimer und verschwindet mit einem “Bin gleich wieder da!” nach draußen. Keine fünf Minuten später ist sie wieder da und reicht mir triumphierend ein Blatt Papier.

“Schau mal, was ich gefunden habe! Kannst du mir das übersetzen?”

Ich nehme das gefaltete karierte Papier in die Hand. Es ist feucht von der Nacht, aber die Nässe hat den Bleistift nichts anhaben können. Eine Spinnwebe hängt dran. Auf der Außenseite steht in krakeliger, hastiger Schrift

Got out, under fire. Hiding

Auf der Innenseite steht wesentlich mehr. Hier ist die Schrift bemüht sorgfältig, wenn auch etwas ungelenk:

Belgium, 45, march 13

My sweetest darling,

thanks for your letter. It is good to know, that everything is all right. With me, I can´t tell you details, but we are on a good way. On a very good way. I feel fine, have a good room and meals are better now.. How are you? How are your parents? Soon I´ll be back and we will get married, my love.

I love you

Chewy

“Belgien, 13. März 1945”, beginne ich zu übersetzen, als Herbert das Blatt mit spitzen Fingern packt und mir mit einem knappen “Fingerabdrücke” aus der Hand nimmt. Elke schaut mich fragend an und auch Dominiks und Lindas Gesichter sind wie zwei große Fragezeichen.

“Ein Liebesbrief von einem Toten”, erläutere ich, “und ein dramatisches Dokument eines Absturzes.”

“Mehr als 50 Jahre, nachdem er geschrieben wurde”, Herbert hat das Papier inzwischen in einer Plastiktüte verpackt und schaut es sich nun genau an, “in einem erstaunlich guten Zustand. Nicht vergilbt, nicht ausgeblichen, keine Wasserflecken, keine mechanischen Beschädigungen. Wo hast du es gefunden, Elke?”

“Direkt neben der Tür, unten an der Mauer. Als ich die Markierung des Katers von der Türlaibung abgewaschen habe, fiel es mir auf.”

“Wenn es in einem solch guten Zustand ist, kann es dort nicht lange gelegen haben. Vielleicht hat es jemand dorthin gelegt? Wir sehen uns die Stelle einmal genau an”, er greift sich ein Plätzchen und steht ruckartig auf. Das Jagdfieber hat ihn wieder gepackt. Die Kinder wollen lieber im Warmen weitere Plätzchen vertilgen und so stehen wir kurz danach zu dritt an der Tür, neugierig beäugt von der Baldrian-Katze, der der deutliche Essiggeruch offensichtlich gar nicht behagt.

Elke zeigt dem Hauptkommissar die genaue Fundstelle, aber so sehr wir uns auch anstrengen, es ist nichts Ungewöhnliches genau dort zu sehen. Die uralte Holztür scheint - bis auf den Essiggeruch - unverändert. Sie ist in einem längst verblichenen Rot gestrichen und mit einfachen Holzornamenten versehen. Die Türlaibung ist aus Sandstein, was darauf schließen lässt, dass die Erbauer der Mühle durchaus wohlhabende Leute waren. Die Mauer ist aus Rhyolith-Bruchsteinen, dem für Rheinhessen typischen Lavagestein mit seiner wunderschön blass- bis zinnoberroten Farbe. Die gut behauenen Steine sind mit Mörtel verfugt, der im Laufe der Jahre teilweise herausgebröckelt ist. Nichts Ungewöhnliches also auf den ersten Blick, kein Behälter, in dem der Brief die Jahrzehnte hätte überdauern können.

Herbert tritt einen Schritt zurück und lässt seinen Blick auf die Wand streifen. Eine ovale Mauerverfärbung sowie ein rostig gefärbtes Loch im Mörtel nur wenige Zentimeter neben der Tür erregen seine Aufmerksamkeit. Jetzt fällt es auch mir wieder ein: Hier hatte doch noch vor wenigen Tagen ein Emailschild gehangen. Maggis Brühe extrafein oder so. Was hatte das wieder mit dem Brief zu tun?

Als ich Herbert von den Geräuschen in der Nacht erzähle, schaut er genauer auf der Zufahrt nach Reifenspuren, findet aber nichts.

“Da hat wahrscheinlich ein Schilderdieb zugeschlagen, Ronni.”

“Vielleicht hat er dabei den Brief verloren?”

“Glaube ich zwar nicht, denke einmal an die Spinnweben. Die bilden sich nicht, wenn man Papier in der Jackentasche mit sich trägt. Dennoch kann ich es nicht ausschließen. Mal sehen, was die Fingerabdrücke hergeben.”

Inzwischen ist es Mittag geworden und die Sonne hat sich langsam durch den zähen Nebel durchgekämpft. Wülfing ruft die Leute von der Spurensicherung herbei und lässt sie den Fundplatz des Briefes genau aufnehmen und gibt ihnen die Tüte. Auch sein Kollege Hajo kommt herbei und berichtet, dass bisher keine neuen verwertbaren Spuren aufgetaucht seien, lediglich etwa zweihundert Meter Richtung Neu-Bamberg schillere es ölig im Graben. Vielleicht sei das der Absturzort der Maschine, was ja auch der Auskunft der Amerikaner entsprechen würde. Natürlich könnte man da auch baggern, aber fiele das wirklich ins Ressort der Kripo?

Herbert entscheidet, zunächst keine weiteren Kosten zu verursachen. Wenn es um den Hausanschluss ginge, würde der Bagger ohnehin noch einiges aufwühlen. Auf Kosten des Auftraggebers und nicht seines Etats. Er geht zu den Bauarbeitern und erklärt ihre Arbeiten im Auftrag der Kripo vorläufig für beendet. Sekunden später verstummt der Baggerlärm und die Arbeiter verschwinden exakt hälftig Richtung Wöllstein und Neu-Bamberg.

“Wochenende!” verkündet Herbert der versammelten Mannschaft im Ton eines Herdenführers, der sich allgemeiner Zustimmung sicher ist und tatsächlich stehen die Leute der Kripo den Arbeitern in nichts nach, wenn es um den schnellen Übergang in die Freizeit geht. Nur Herbert und Hajo Hessinger sind noch da und ich frage, wie es weitergeht.

“Zunächst einmal warten wir die Ergebnisse ab”, antwortet Herbert, “und dann sehen wir weiter.”

“Dann gehen die Anschlussarbeiten am Montag weiter?”

“Ich denke schon. Willst du etwas für Deine Holde tun?”

“Ja, die Elektrik ist am wichtigsten.”

“Gute Idee, und sage mir Bescheid, wenn dieser Kalu auftaucht. Ich kann einen möglichen Zeugen schlecht zur Fahndung ausschreiben.”

Ich verspreche ihm das und während die beiden in ihrem Dienstwagen Richtung Wöllstein entschwinden, geht Elke, gefolgt von der vorwitzigen Katze, ins Haus. Die Sache mit dem Schild macht mir noch keinen rechten Sinn und so gehe ich noch einmal ums Gehöft. Tatsächlich entdecke ich noch zwei weitere Flecken an der Außenmauer, die ebenfalls von Schildern stammen könnten und schaue auch dort einmal im Gras nach, finde aber nichts. Immerhin ein Schild ist noch da, verdeckt von den dürren Zweigen eines Holunderbusches. Kathreiner’s Malzkaffee steht darauf. Es ist in einem recht guten Zustand und nur an den Befestigungsöffnungen, durch die lieblos zwei Nägel getrieben wurden, rostig. Und mir fällt auf, dass es stark nach außen gewölbt ist. Mir kommt eine Idee und ich hole schnell im Auto meinen kleinen Werkzeugkoffer mit der Kombizange. Vielleicht ist etwas hinter dem Schild verborgen?

Die rostigen Nägel lassen sich leicht entfernen und dann habe ich das Emailschild in den Händen. Die Steine dahinter haben eine leicht andere Färbung als die umgebende Mauer und natürlich ist der Hohlraum ideal für eine größere Spinne, die blitzartig Reißaus genommen hat. Aber sonst ist darin nichts zu sehen.

Auch dieses Schild dürfte den unbekannten Sammler interessieren, der es wahrscheinlich nur bisher nicht bemerkt hat. Vielleicht kann man ihm damit eine Falle stellen ...

*

Manchmal genoss Hauptkommissar Herbert Wülfing die Schreibtischarbeit, manchmal verabscheute er sie. Insbesondere, wenn er sinnlos mit Papierbergen kämpfte, die ihn keinen Millimeter weiter brachten. Heute mochte er sie, denn das Papier, das er auf dem Schreibtisch vorgefunden hatte, brachte ihn auf den ersten Blick weiter als die Matscherei auf der Mühlenwiese vom Wochenende. Auch sein Kollege Hajo Hessinger stöberte zufrieden in Zweipfennigs Untersuchungsbericht des Schädels und in den Seiten der Spurensicherung. Der Schädel gehörte zu einem männlichen Toten, der gewaltsam zu Tode gekommen war. Durch die besondere Art der Verwesung in der morastigen Wiese ließ sich der Todeszeitpunkt nicht ohne weiteres festlegen, es waren jedenfalls viele Jahre. Für eine grobe Schätzung benötigte der Gerichtsmediziner noch Zeit und eine schnelle, genauere Untersuchung des Todeszeitpunkts würde aufwändig sein und entsprechende Kosten verursachen. Würde Wülfing das in Zeiten leerer Kassen der öffentlichen Hand befürworten? Der Etat war schon stark beansprucht und das Jahr noch lang. Kürzlich hatte er einen Fernsehbericht über den Zustand der Gerichtsmedizin gesehen. Aus Kostengründen sollten viele Gerichtsmedizinische Institute geschlossen werden, sogar von so großen Städten wie Aachen. Dabei war die aktuelle Situation schon erschreckend genug. Von 260 nachuntersuchten "natürlichen" Todesfällen hatten sich nicht weniger als 90 im Nachhinein als Verbrechen entpuppt.

Allzu schnell schrieben unerfahrene Mediziner Herzversagen als Todesursache auf den Totenschein, wenn einem erfahrenen Gerichtsmediziner längst die merkwürdigen Hautabschürfungen oder Mikroblutungen der Netzhaut aufgefallen wären. Der Spruch "Wenn auf jedem Grab, in dem ein Verbrechensopfer liegt, eine Kerze brennt, wären unsere Friedhöfe nachts hell erleuchtet" hatte nach wie vor seine Gültigkeit. Und die hohen Aufklärungsquoten bei Kapitaldelikten?

Einerseits die Bestätigung, dass er und seine Kollegen eine gute Arbeit leisteten. Andererseits aber nur etwas für die Statistik, denn viele nur scheinbar natürliche Todesfälle kamen erst gar nicht zur Kripo. Und wenn sie denn kamen, fehlte der Etat für umfassende Untersuchungen, die die Arbeit so erleichtert hätten. Jede Obduktion kostete Geld und weiter gehende Altersbestimmungen erst recht.

Der Hauptkommissar winkte ab. Der Fall würde und müsste sich auch so lösen lassen. Was gab es noch an Informationen? Das Alter zum Zeitpunkt des Todes hatte etwa zwanzig bis dreißig Jahre betragen, der Gesundheitszustand war gut gewesen, wie das normale Knochenwachstum des Schädels und die unplombierten Zähne zeigten. Das alles passte auf den vermissten Piloten. Was nicht passte, waren die Reste der langen Haare und auch des Barts. Und dann diese Tätowierung. Sie erinnerte ihn irgendwie an Tätowierungen von Neonazis, die ihre blankrasierten Schädel mit allerlei mythologisch-grafischem Unrat verzierten. Allerdings war diese hier wesentlich kleiner und die zwei miteinander verwobenen Symbole waren ihm neu, wobei er kein Experte auf diesem Gebiet war.

Wülfing hatte ein festes Bild eines typischen amerikanischen GIs, geprägt in seiner Jugend in Nachkriegsdeutschland. Und das war in einer Hinsicht eindeutig: Stoppelschnitt oder Glatze war die Frisur, die die Männer aus dem Land der unbegrenzten Möglichkeiten bevorzugten. Oder war es gar vorgeschrieben? Die amerikanischen Behörden würden die Fragen schnell klären können. Hajo stellte schon die Anfragen an die Amerikaner zusammen und schickte sie zusammen mit dem Zahnschema aus der gerichtsmedizinischen Untersuchung zusammen los. Und er fügte auch eine Kopie des gefundenen Briefes bei, das Original würde per Post folgen. Es war kurz vor zehn Uhr, als das Fax an das DoD, das Department of Defence, im Pentagon in Washington ging. Mit einer Antwort rechnete Wülfing frühestens am Abend, denn durch die unterschiedlichen Zeitzonen war an der Ostküste der Vereinigten Staaten erst vier Uhr am Morgen. Diese Sache kam gut in Fluss und Wülfing war sich sicher, dass er so nebenbei das Schicksal eines lange Vermissten würde klären können.

“Und was machen wir mit unserer Leiche?”, platzte Hajo in seine Gedanken. Recht hatte er. Was den Toten aus dem Wohnwagen betraf, waren sie noch nicht viel weiter. Immerhin hatte der Polizeizeichner inzwischen aus den Fotos der Leiche eine sehr gute Zeichnung gemacht, die geradezu lebensecht wirkte. Ein alter Mann, aber durchaus nicht gebrechlich, so wirkte das Bild auf Wülfing und auch Hajo stimmte dieser Einschätzung zu. Glatt rasiert müsste er zum Todeszeitpunkt gewesen sein, denn es waren nur kurze Bartstoppeln vorhanden, gerade so lang, wie sie in der kurzen Wachstumsperiode nach dem Tod eines Menschen nachwachsen. Auch die Fingernägel entsprachen in ihrer Länge diesem Faktum. Das alles hatte der Zeichner berücksichtigt und die Stoppeln vollständig getilgt, so dass ein glattrasiertes Gesicht den Betrachter ansah.

Auch kam Wülfing dieser Kalu nicht aus dem Kopf. Wieso verschwand ein alter Mann so plötzlich? Recht fit musste er sein, denn er fuhr nach Auskunft von Ronnis Freundin noch ein Auto. Doch wo sollte er wohnen? Wenn er nicht bald auftauchte, würde er einen Durchsuchungsbefehl für die Mühle beantragen. Heute wollte er aber mit seinem Kollegen einmal die älteren Einwohner von Neu-Bamberg und Wöllstein nach ihren Erinnerungen an die letzten Kriegstage befragen. Vielleicht kannte ja jemand den Toten? Die Zeichnung würde er erst einmal herum zeigen und noch nicht in einer Zeitung veröffentlichen lassen. Aus ermittlungstaktischen Gründen, denn sonst hatte der Täter möglicherweise Zeit, noch vorhandene Spuren zu verwischen.

*

Die Pubertät ist ein völlig normaler Lebensabschnitt, den jeder gut übersteht, nur nicht die Eltern des Pubertäters. Und ich habe gleich zwei davon, die zeitgleich pubertieren, denn Mädchen sind früher dran und Jungen später. Es passt perfekt, denn Linda ist zwölf und Dominik vierzehn. Leider war so der Sonntag des Vaterwochenendes doch recht stressig geworden und ich zu laut. Nachher tat es mir wieder leid, aber nun sind meine beiden Nervensägen wieder zwei Wochen weg. Um auf bessere Gedanken zu kommen, schaue ich nach dem Wegbringen der Kinder immer beim Table Ronde in Mainz vorbei. On parle francais - ich versuche es zumindest. Mit dabei ist auch Henri, ein technisch wie sprachlich äußerst versierter Ingenieur und Übersetzer, mit dem ich unter reger Anteilnahme der übrigen irgendwo im Niemandsland zwischen teilweise verschüttetem Schulfranzösich und technischen Spinnereien meine Falle für den Schilderklau stricke.

“On n’a pas d’électricité là?”, Henri bleibt sachlich, “une batterie suffit. Un contact ...”

“ ... et une ... wie nennt man eine Sirene auf Französisch?”, versuche ich den Satz zu vollenden und rufe das Gelächter der anderen hervor, insbesondere von Claude und Bärbel. Und natürlich lästert Madeleine über meine Sprachgewandtheit mit einem “Ronni écoute toujours Bahnhof” und erntet die nächsten Lacher.

Doch nach einer halben Stunde intensiven Brütens in der Martinsklause haben Henri und ich auf dem Papier eine kleine Falle entwickelt, mit der wir den Schilderklau erwischen müssten. Vielleicht wirkte dabei die Nähe zum Naturhistorischen Museum befruchtend, vor dem die weltweit einzigartig genau gehende Sanduhr ihr Kunststoffgranulat umwälzt. Der zunächst eingesetzte Sand war leider zu klumpig geworden und an eine Genauigkeit war von vornherein nicht zu denken. Daher löst in der neuesten Version eine eingebaute Funkuhr über einen Elektromotor die Drehung der “Sandbehälter” aus. So kann man das Prinzip einer Sanduhr auch einmal umkehren. Unsere kleine Konstruktion ist da wesentlich simpler und ungenauer. Aber sie wird, so denken wir, ihren Zweck erfüllen.

Zufrieden fahre ich nach Hause, zwischen den düsteren Gerichtsgebäuden an der Diether-von-Isenburg-Straße und der erst kürzlich stillgelegten Justizvollzugsanstalt hindurch, eine Strecke, die Beklemmung mit Faszination verbindet. Die alten Fassaden wirken in der Nacht noch bedrohlicher als am Tag und die zwei Seufzerbrücken, die das Gerichtsgebäude auch baulich direkt mit dem Knast verzahnen, schließen die Straße in beide Richtungen optisch ab. Alles ist dunkel, nur eine Polizeistreife biegt kurz vor mir zum Wirtschaftsministerium ab. Gerade laufen die Prozesse gegen die Hells Angels und die Polizeipräsenz ist nach Zeitungsberichten erheblich erhöht worden. In recht kurzen Abständen fahren auch nachts die Streifenwagen der Polizeiinspektion Innenstadt um den Block. Als ich zur Christuskirche in der Kaiserstraße abbiege, glaube ich für einen kurzen Moment im Rückspiegel meines Autos einen Lichtschein in einer der Brücken zu sehen, aber das war sicher nur eine Spiegelung der Straßenlaternen gewesen.

Nächste Woche werde ich hinter die über 100 Jahre für Außenstehende verschlossenen Mauern sehen können. Für einen Bericht für den Mainzer habe ich von der LBB die Genehmigung bekommen, mich im leeren Gebäude frei bewegen und fotografieren zu dürfen.

Eine halbe Stunde später bin ich zu Hause und springe am nächsten Morgen frohgemut aus dem Bett. Aktuelle Arbeit habe ich keine und so entschließe ich mich, Elke zu überraschen. Wenn sie nach Hause kommt, will ich den ersten Teil der Elektrik bereits gelegt haben - die Hauptverteilung. Leitung statt Blumen sozusagen, zumal sie Schnittblumen nicht mag. So kaufe ich mir im Bauhaus in Bad Kreuznach und dem Globus Baumarkt in Gensingen alles Notwendige für den ersten Schritt zusammen, NYM-J 5x2.5 Leitungen für Feuchträume, Kabelkanäle sowie Schrauben und Dübel. Dazu kommen mein Bohrhammer und eine Kabeltrommel, denn Kalus Generator soll den Strom liefern. Wenn er sowieso nicht da ist, sollte das kein Problem sein.

Als ich die Katzensteiger Mühle erreiche, ist es kurz vor Mittag. Die Morgennebel haben sich gehoben und die Sonne taucht die dampfende Wiese in ein gleißendes Licht. Der Frühling rückt näher. Der Graben reicht nun bis unmittelbar an die Begrenzungsmauer der Mühle heran und hat ein Bruchstein-Fundament freigelegt, das nun die Arbeiter mit Baggerunterstützung durchbrechen. Es ist offensichtlich sehr breit und so ineinander verzahnt, dass Flüche die Konversation bestimmen. Damit steht der Durchbruch auf für den Elektro-Hausanschluss fest und ich kann loslegen. Ich gehe durch die Nebeneingangstür, die Elke wohl für die Bauarbeiten offen gelassen hat. Den Generator gibt es noch, aber der daneben stehende Kanister ist leer. Also muss ich erst einmal bei der Aral Tankstelle in Wöllstein Diesel nachtanken, bevor ich loslegen kann.

Um eins ist endlich das Material im Hof, die Kabeltrommel ausgerollt, der Generator brummt und mein Bohrhammer rattert los in alte Bruchsteinwände. Der rötliche Rhyolith ist nicht nur ausgesprochen schön, sondern auch hart und setzt meinem Bohrer kräftig zu. Ein sehr hartes Lavagestein, dem auch mehr als 200 Millionen Jahren nach seiner Entstehung die Verwitterung nicht viel anhaben kann. Dennoch komme ich gut voran und habe gegen vier schon die Kabelkanäle gesetzt. Eine weiße Kunststoffrinne zieht sich nun in hochwassersicherer Höhe von dem Gewölbekeller an der Außenmauer des Gehöfts über die Hofmauer bis zur Trennwand von Mühlengebäude und Elkes Wohnung. Inzwischen haben die Arbeiter auch den Durchbruch durch die fast einen Meter dicke Mauer geschafft und lassen einige Flaschen Bier kreisen. Bald wird Elke von der Arbeit kommen und ich habe den Ehrgeiz, die Leitung dann schon im Kanal zu haben. Im Sommer kein Problem, aber bei diesen Temperaturen verhält sich die Leitung ähnlich sperrig wie ein Maulesel mit einer Zentnerlast auf dem Rücken. Trotz der tiefen Temperaturen fange ich bald an zu schwitzen und fahre erschrocken herum, als mir jemand auf die Schulter klopft.

“Na, du Bauarbeiter”, begrüßt mich Herbert, der sich unbemerkt an mich heran geschlichen hatte, “hast du bei Deinen Bauarbeiten zufällig unseren Freund Kalu gesehen?”

“Danke für den Schreck”, tadele ich ihn, “aber leider Fehlanzeige. Warum fragst du?”

“Unser alter Freund entwickelt sich langsam zum Phantom. Die alten Leute in Neu-Bamberg erinnern sich, dass er wohl gegen Ende des Zweiten Weltkriegs in die Mühle eingezogen ist, aber nur selten zu sehen war. Mal kam er mit seinem Auto hierher und fuhr weiter, sonst mit einem alten Rad. Mal im Anzug mit offen stehendem Hemd oder völlig abgerissen in der Feldkluft. Die letzten Jahre war er kaum noch da gewesen, höchstens ist er mal mit seinem Fiat durchgefahren in Richtung Wonsheim. Das Gesicht des Toten kommt wenigen auch bekannt vor, aber zuordnen kann es niemand. Was erwartet man auch von alten Leuten so alles.”

“Du wirkst müde und frustriert.”

“Ich und frustriert? Ronni, wir kommen verglichen mit anderen Fällen gut voran, wirklich. Hast du vielleicht im Zuge Deiner Bauarbeiten einen Eingang in Kalus Gemächer gefunden, rein zufällig, meine ich.”

"Nein, auch seine Scheune, in der sein Auto gestanden haben muss, ist mit einem riesigen Schloss abgesperrt und scheint auch leer zu sein. Ich habe mal durch die Ritzen im Tor gespäht. Kein Problem mit einem Dietrich, aber ..."

"Ich weiß, ich weiß", Herbert stellt sich ein wenig abseits und telefoniert per Handy. Ich verstehe etwas von "Eile" und "morgen". Dann ein überraschtes "Bist du sicher?" und schließlich kommt er wieder zu mir.

"Ich muss ins Büro. Wenn du etwas bemerkst ..."

"Klar, Herr Kommissar."

Mit einem kurzen Handschlag verabschiedet er sich und geht auf Hessinger zu, der an der Seitentür auf ihn wartet. Kurz danach hört man die Motorengeräusche Richtung Wöllstein verklingen. Was hat die beiden so schnell ins Büro gelockt?

Ich versuche mich weiter konzentriert als Metallschlangenbändiger und bekomme auch tatsächlich mehr schlecht als recht die widerspenstige Leitung in die Kabelkanäle gezwängt, bis ich Autogeräusche vor dem Tor höre. Schnell lasse ich alles fallen, um Elke zu begrüßen. Mit einem "Hallo Schatz" reiße ich das Tor auf - und schaue in die grinsende Fratze dieses unsäglichen Farbenbruders. "Hallo Ronni-Schatz!"

*

"Man kann den Amerikanern nachsagen, was man will", brummte Wülfing und reichte das Fax auf seinem Schreibtisch an Hessinger weiter, "aber um ihre Leute kümmern sie sich mit allen Mitteln. Auch noch nach ihrem Tod, egal wie lang es her ist."

"Mit einem geradezu atemberaubenden Tempo", bestätigte Hessinger, der die Zeilen schnell überflogen hatte. Es war die Antwort auf ihr gestriges Fax. Das Verteidigungsministerium bedankte sich für die Arbeit, teilt aber mit, dass das Zahnschema nicht zum vermissten Bill Monahan gehöre. Die Tätowierung kenne man nicht, könne dies aber auch nicht ausschließen. Den Brief allerdings halte man für authentisch und warte jetzt auf das Eintreffen des Originals, um es dem vorgesehenen Empfänger zuleiten zu können, den man derzeit ermittle. Monahans Eltern seien inzwischen unbekannt umgezogen, aber einige Kollegen seiner Fliegerstaffel könnten sicher den Kontakt herstellen. Man bitte darum, weiterhin auf dem Laufenden gehalten zu werden. Möglicherweise habe sogar einer seiner Staffelkameraden den Wunsch, zur Mithilfe bei der Suche nach Europa zu kommen.

“Wie lange würde so etwas in Deutschland dauern?”, fragte Hessinger in die Luft und gab sich selbst die Antwort. “Wochen, wenn nicht gar Monate.”

“Haben sich Deine Kollegen vom BKA schon zum Alter des Kopfes gemeldet?”

“Nein, ich weiß nicht mehr als du. Morgen werde ich nachfragen.”

“Vom Einwohnermeldeamt habe ich auch noch nichts gehört. Vertagen wir uns.”

Als beide schon zur Tür raus waren, ratterte auch das Fax los. Ein Richter hatte Überstunden gemacht und schickte den beantragten Durchsuchungsbefehl für die Katzensteiger Mühle, insbesondere die Räumlichkeiten eines gewissen Kalu. Wegen Verdachts auf Mordbeteiligung. An einem Unbekannten, dessen Leiche im Wohnwagen aufgefunden worden war.

*

Ich bin so verblüfft, dass ich zunächst gar nicht weiß, wie ich reagieren soll. Elke rettet die Situation, stellt sich vor Beule und drückt mich kurz zur Begrüßung. Wieso kommt sie mit ihrem Farbenbruder? Sie bemüht sich, die Situation zu entspannen und kommt schnell in den Hof.

“Was machst du denn schon hier?”, sie schaut umher und sieht den nagelneuen Kabelkanal auf der alten Mauer. “Das musst du doch nicht machen, wirklich.”

Beules Gesicht verfinstert sich und er presst ein “Schön gerade. Passt gut zur Mauer” hervor. Dann macht er auf dem Absatz kehrt und verschwindet durch das Hoftor nach draußen. Bautz! knallt die Tür zu und Elke und ich sind endlich allein.

“Könnt ihr hormongesteuerten Triebtäter denn nicht einmal miteinander auskommen?”, wehrt sie ab, als ich den Arm um sie legen will.

“Offensichtlich nicht, wir sind halt nur Männer.”

“Eine billige Ausrede.”

“Die schlimmsten Streitigkeiten habe ich bisher zwischen Frauen erlebt”, verteidige ich das starke Geschlecht.

“Na ja, hast schon recht. Lass uns jetzt nicht streiten. Zeig mir mal, was du alles gemacht hast. Auf Beules Hilfe müssen wir kurzfristig wohl verzichten, aber der kriegt sich wieder ein.”

“Und wenn schon ...”, beginne ich meinen Kommentar, doch sie hält mir den Finger auf den Mund.

“Sei still, sonst schicke ich dich auch nach Hause. Ich brauche nach der Arbeit auch etwas Erholung. Also zeig mir mal, wie du es dir vorgestellt hast.”

Wir folgen der Leitung vom Mauerdurchbruch nach Neu-Bamberg hin bis zum geplanten Übergang vom Mühlengebäude in ihr Haus. Sie meckert zwar ein wenig über die geraden Kabelkanäle, die so gar nicht zur Natursteinmauer passen, aber welche Alternative hätte man? So ist sie schließlich einverstanden.

“Dann bleibt der Durchbruch von der Mühle in meine Wohnung. Wäre was für Beule gewesen. Strom, Wasser, Abwasser ... am besten auch noch Telefon und Satellitenfernsehen”, ein hoffnungsvoller Blick aus hoffnungslos himmelblauen Augen, “Kannst du das alles?”

“Im Zweifelsfall schon, aber das kostet eine Menge Zeit.”

Sie versteht den Wink mit dem Zaunpfahl. “Ronni, ich habe mir Gedanken über uns gemacht. Bitte lass uns nachher darüber reden, nach dem Abendessen.”

“Und die Mauerdurchbrüche?”, gebe ich zu bedenken, “Leitungen in die Küche, ins Bad und so weiter.”

“Da weiß ich auch schon jemand, der dir besser gefallen wird als Johannes. Meine Freundin Christiane hat einen großen Bohrhammer und packt auch mit an. Lass uns jetzt mal zu Abend essen, ich bin fix und fertig.”

Nach dem Essen kuscheln wir uns auf dem Sofa aneinander, was die alte Katze dazu bringt, die kleine Stinke-Katze von Elkes Schoß zu vertreiben und sich dort breit zu machen. Endlich schüttet mir Elke ihr Herz aus, von ihrem Wunsch nach Einsamkeit und Zweisamkeit, ihren hochfliegenden Plänen, von denen sie allzu gut weiß, dass sie wohl nicht zu realisieren sind. Als wir in ihr Bett gehen, erzählt sie mir auch von ihrem Wunsch, mit mir zusammen zu sein. Einem Wunsch, den sie von Anfang an verspürte, aber nicht sofort einzuordnen wusste und der fast unter der Rivalität mit Beule begraben worden wäre. Nie hätte sie mich um die Arbeiten gebeten, wenn sie dieses Gefühl nicht gehabt hätte und auch jetzt stellt sie mir noch frei, nur zu ihr zu kommen und gar nichts zu arbeiten.

Nach so viel kopflastiger Kost tut es gut, den anderen einfach zu streicheln, nachdem wir lachend die kleine Baldrian-Katze aus dem Schlafzimmer gejagt haben, die es sich nach der Vertreibung vom Schoß schnell dort in den weichen Kissen bequem gemacht hatte. Es ist eine wunderschöne Nacht, zum erstenmal seit vielen Tagen sternenklar und klirrend kalt. Mit einer dicken Wintermütze schütze ich mich gegen die Kälte, denn Elke schläft nur bei offenem Fenster, auch bei Minusgraden. Als wir am nächsten Morgen aufwachen und gemeinsam frühstücken, bekommen wir plötzlich Besuch. Vor dem Tor stehen Herbert und Hajo. Mit einem Durchsuchungsbefehl.

*

“Morgen Ronni, mal wieder Recherche am Tatort?”, begrüßt mich Herbert gut gelaunt und auch Hajo Hessinger grinst vielsagend über meine Schulter zu Elke, die schnell einen dicken Bademantel über ihren roten Pyjama mit den weißen Halbmonden gezogen hat und mit einem “Kommt ruhig rein” ins Warme verschwindet. Gut, dass Frauen nicht neugierig sind. Ich bin schon angezogen und lasse die beiden sofort hinein, die von drei Kollegen der Spurensicherung gefolgt werden, die schon in den letzten Tagen im Matsch der Wiese herum stapften. Ob Kalu wieder da ist? Nein, es sieht nicht so aus. Die Tür zu seiner Wohnung ist nach wie vor verschlossen und nachdem Fingerabdrücke genommen sind, betätigt sich Hessinger als Einbrecher. Mit einem starken Draht fingert er in das alte Schloss und in weniger als einer Minute ertönt ein kratzendes, schabendes Geräusch, doch die Tür rührt sich noch nicht.

“So, jetzt noch wenig gut zureden”, meint der Oberkommissar und mit einem energischen Ruck hebt er die Tür an und zieht sie nach außen. Sie öffnet sich, aber nur einen Spalt breit. Dann kommt ein metallisches Anschlagen.

Hessinger lugt durch den Türspalt. “Mist, ein Türriegel”, er biegt seinen Draht herum und versucht, den Riegel zurück zu drücken, doch es gelingt ihm nicht. “Sollen wir die Tür aufbrechen?”

“Nein, versuchen wir es mal am Scheunentor. Er muss ja einen anderen Ausgang genutzt haben, als er das Gehöft verlassen hat.” Herbert steuert mit festem Schritt das Tor der an Kalus Haus angebauten Scheune an. An der im Scheunentor eingelassenen Tür, deren Griff nach oben gebogen ist, tritt Hessinger wieder in Aktion. Nach wenigen Sekunden dreht sich der Dietrich im Schloss und mit etwas Anheben und Ziehen öffnet sich die in das alte Holztor eingelassene Tür knarrend nach innen.

Im Innern ist es dunkel, das noch recht spärliche Licht am frühen Morgen zeichnet ein diffuses Trapez auf den Boden, in dessen Staub sich etliche Spuren hinter der Tür abzeichnen. Das ist zunächst einmal der Job der Spurensicherung und ich trete mit Herbert und Hajo, mit dem ich inzwischen auch per du bin, ein paar Schritte zurück in den Hof. Elke hat sich inzwischen in ihre Standard-Kleidung Jeans und Pullover geworfen und kommt dazu. Sie drückt mir eine große Kanne Tee samt Pappbechern in die Hand, dann einen Kuss auf die Wange und verschwindet mit einem “Muss zur Arbeit. In der Küche steht noch Deine Tasse” zum Hoftor. Während die Spurensicherer ein Foto des Bodens nach dem anderen schießen, verteilt Hajo die Pappbecher und schenkt den Tee ein.

“Hast du in der letzten Nacht etwas Ungewöhnliches bemerkt?”, fragt mich Herbert und umfasst den heißen Teebecher mit seinen Pranken, was mir eindeutig zu heiß wäre. Ältere Menschen haben kein so starkes Wärmeempfinden, aber das sage ich natürlich nicht.

"Nein, nichts. Aber vielleicht habe ich bald Erfolg."

"Wie meinst du das?"

"Der Brief des amerikanischen Fliegers ..."

" .... wir haben ihn bereits per Fax in die USA geschickt ..."

"... lag unter einer dunklen Stelle an der Wand. Du erinnerst dich?"

"Ja klar, Ronni. Und?"

"Hinter einem Holunderbusch ist noch ein Schild. Dahinter war nichts, aber theoretisch hätte man dort ein ganzes Bündel Briefe verstecken können."

"Du meinst, da seien noch mehr Briefe im Umlauf?", murmelte Herbert nachdenklich. "Monahan hat den Brief im Schild versteckt ..."

"Weil er auf der Flucht war. Und dann verschwand er. Aber dass hier noch mehr Briefe zu finden sind, glaube ich nicht. Der Pilot hatte andere Sorgen als Briefe zu schreiben, er musste überleben. Und auch das ist ihm nicht gelungen. Die Entfernung vom Absturzort zu seinem Skelett ist sehr klein."

"Und dass mehr als fünfzig Jahre später jemand ums Leben kommt, der möglicherweise Kontakt zu ihm hatte?"

"Wie war das mit der Henne und dem Ei?", Herbert läuft zu Hochform auf, "Nein, mein lieber Amateur-Kollege, wir fanden den Piloten nur deshalb, weil wir den Toten aus dem Wohnwagen fanden und nicht umgekehrt."

"Und Kalus Verschwinden?"

"Denke ganz einfach: Kann nur direkt mit dem Wohnwagen-Toten zu tun haben. Und dennoch kann natürlich eine Verbindung zum Piloten da sein, nur ist sie nicht ursächlich für unseren Ausgangsfall."

Ein Ruf ertönt und dann entriegelt Hajo das Scheunentor, wie man dem lauten metallischen Quietschen entnehmen kann. Es knarrt es in den Angeln und verwindet sich, als wollte es verhindern, dass jemand ungehindert in das Gebäude hinein schauen kann, aber schließlich drückt es Hajo unnachgiebig nach innen. Das schwere Holztor schleift über kleinere Bodenunebenheiten und sitzt schließlich an der Wand auf dem Boden auf. Die Scheune scheint auf den ersten Blick einheitlich grau zu sein, erst langsam schälen sich Einzelheiten heraus.

Aus dem gestampften Boden erheben sich die schweren dunklen Balken, die das Dach und einen mit Strohballen voll geschichteten Zwischenboden tragen. Auch auf der Seite sind einige Ballen aufgeschichtet. Die Rückwand aus Rhyolith-Bruchsteinen hat keine Fensteröffnungen und bildet auch die Außenmauer des Gehöfts. Seitlich zur Kalus Wohnung hin geht ein halb in die Erde gesetzter Gewölbekeller ab, in dessen Rückwand eine einfache Tür eingelassen ist. Die

Spurensicherer sind gerade auf der gegenüber liegenden Seite und schieben Stroh zur Seite, das von einem aufgegangenen Ballen im Zwischenboden herunter gefallen war. Dabei kommt zunächst ein verbeultes graues Blech zum Vorschein und darunter eine Autotür, dann eine kurze Motorhaube. Herbert bedeutet mir, an der Tür zu warten und geht in die Mitte der Scheune, wo feiner Staub den Boden bedeckt und Fußabdrücke und Reifenspuren präzise aufgenommen hat. Er geht in die Hocke und schaut gegen das Tor, so dass im Gegenlicht das Relief der Spuren deutlicher zu sehen ist.

"Interessant, interessant", murmelt er und dann mit deutlicher Stimme, "Hajo, hier stand der Puck!"

Hajo löst sich von den Spurensicherern und lässt sich von Herbert die Spuren erläutern.

"Das ist der Puck und da die Spuren von Kalus Auto. Deutlicher geht es wohl nicht. Wir haben einen dringend Tatverdächtigen.", schnaufend richtet sich Herbert wieder auf.

"Woher weißt du, dass es ein Puck war?"

"Reifengröße, Abstand der Räder, mein Lieber. Sogar die Original-Reifen hat er noch drauf!", er schüttelt den Kopf. "Kann nicht viel damit gefahren sein. Aber der Gummi dürfte längst spröde sein. Vielleicht ging bei der letzten Fahrt ein Reifen kaputt."

"Das passt, daher also der fehlende Reifen. Hast du auch schon eine Ahnung, welches Auto dieser Kalu fährt?"

"Die Anfragen ans Einwohnermeldeamt und die Zulassungsstelle sind seit Freitag draußen. Vielleicht liegen die Daten schon im Büro. Was liegt da unterm Stroh?"

"Es piekst ein bisschen und macht uns froh", reimt sich Hajo zurecht.

"Zeig!"

Fünf schnelle Schritte später ist Herbert im Stroh und ich folge neugierig seinen Fußstapfen, auch wenn Stroh und Staub schon verdächtig in meiner Nase piek-sen. Seinem Gesichtsausdruck nach weiß der Liebhaber alter Gefährte offensichtlich nicht, ob er lachen oder weinen soll. Was da mit eingedrücktem Dach und heraus gerissener Rücksitzbank liegt, ist ein Goggomobil, scheinbar im wesentlichen noch komplett, wenn auch in wirklich schlechtem Zustand. Eines der ersten Autos nach dem Krieg mit einem lärmenden und stinkenden Zweitaktmotor, dem Kofferraum vorn und Motor hinten. Schon ein richtiges Auto mit vier Sitzen in der Nachkriegszeit, als alles noch ein wenig kleiner und preiswerter war.

Herbert zeigt mir stolz einige Details. Die zwei Türen öffnen nach hinten "wie beim Rolls Royce!" und öffnen sich zu fast 180 Grad, "ein unerreichter Wert." Die kompakte Bauweise würde die wichtigsten Parkplatzprobleme heutzutage lösen und die 120 auf dem Tacho würden gut auf unsere stauverseuchten Autobahnen passen. "Und der Blinker seitlich neben der Fahrertür ist heute auch fast wieder modern", stellt er munter fest und kniet sich neben den Reifen. "Continental 4.40 - 10" kritzelt er auf seinen Notizblock.

Die Kriminaltechniker sind inzwischen fertig mit den Fotos und haben das Stroh so weit zur Seite geschafft, dass auch die platten Reifen zu sehen sind. Dazu kommt eine selbstgebastelte Anhängerkupplung, mit der wohl der Wohnwagen zunächst gezogen wurde. Doch welches Auto ist es heute?

Wülfing läuft noch einmal zu den Autospuren und schnüffelt dann an einem alten Benzinkanister, der neben dem Goggomobil liegt.

"Zweitakt-Gemisch, war damals üblich. Robuste Motoren mit hoher Leistung. Allerdings sind Zweitakter selten heutzutage, nur noch manche Mofas und ganz wenige, leistungsschwache Autos laufen so. Das passt zu den schmalen Reifenspuren. Aber für den Puck mit seinen 300 kg reichen auch 30 PS. Der ist ja auch was anderes als die rollenden Luxusheime heutzutage."

Er bemerkt mich jetzt erst richtig und bedeutet mir, zurück zu bleiben, um nicht eventuelle Spuren zu verwischen. Dann geht er mit Hajo den Kriminaltechnikern nach, durch den mit Kalksteinen gemauerten Gewölbekeller in Kalus Wohnung. Die neugierige Baldrian-Katze schlüpft zwischen den Beinen der Männer hindurch mit hinein.

Unwillkürlich kommt mir ein Sticker aus meiner Studentenzeit in den Sinn. Ein paar Polizisten schauen darauf dümmlich aus der Wäsche und daneben steht "Wir müssen leider draußen bleiben". Der Sticker durfte auf keiner WG-Tür fehlen und auch heute noch gibt es Liebhaber dafür.

So nutze ich die Zeit dazu, ein paar Leitungen mehr in die Wand zu legen und den Durchbruch vom Mühlengebäude zu Elkes Wohnung zu schaffen. Von Herbert ist bis zum Mittag nichts zu sehen, nur die Stinke-Katze kommt kurz nach zwölf mit einer Kollektion verschiedenster Spinnwebentypen in den Schnurrhaaren in die Küche und verlangt gebieterisch nach ihrem Katzenfutter. Worauf natürlich der alten Katze einfällt, dass sie just kurz vor dem Verhungern steht. Eine Dose Kitekat später ist endlich wieder Ruhe im Haus und während ich mir ein paar Spiegeleier und Speck in die Pfanne haue, höre ich ein "Aha, dachte ich mirs doch" von draußen. Von der Eingangstür sehe ich, wie in Kalus Wohnung ein Fenster geschlossen wird.

Kurz danach kommt Herbert mit seinen Kollegen aus dem Scheunentor heraus. Leider schließt er es wieder ab. Er verabschiedet sich nur kurz von mir und meint, dass es morgen wahrscheinlich wieder eine PK geben würde. Dann ist er weg und ich mit meiner Arbeit wieder allein. Bis Elke kommt, will ich die Leitung für die Hauptverteilung gelegt haben. Dazu muss ich im kleinen Gewölbekeller unter der Treppe die Wand zum Mühlengebäude durchbrechen. Es geht erstaunlich einfach, denn einige Steine scheinen nur lose in die Wand eingefügt zu sein. Nachdem ich drei Steine heraus gezogen habe, öffnet sich ein kleiner Hohlraum in der Wand. Mit meinen Arbeitshandschuhen habe ich keine Angst vor Spinnen und greife beherzt hinein. Wenig später habe ich einen muffig riechenden Overall in der Hand. Der grünlich-bräunliche Stoff weist am Bein dunkle Flecken auf. Der Aufnäher auf der Brustseite ist nicht mehr gut zu lesen, aber ich weiß ja, nach welchem Namen ich suchen muss: Monahan. Bill Monahan.

*

Das sah ja gut aus. Alle Erkenntnisse liefen auf einen Verdächtigen hin und bald würde man ihn haben. Wülfing sortierte genüsslich die Papiere auf seinem Tisch und die Mosaiksteinchen in seinem Kopf.

Da war zunächst die Mitteilung des Einwohnermeldeamts Wöllstein über den Karl Maier, gemeldet in der Katzensteiger Mühle seit 1945, ein Flüchtling aus dem Osten. Leider waren keinerlei Bilder oder Ausweispapiere in der Wohnung, was ebenfalls dafür sprach, dass dieser Kalu seine Abreise sorgfältig geplant hatte. Dagegen sprach der mit alten, teilweise abgetragenen Anzügen und verschlissenen Hosen und Flanellhemden vollgestopfte Kleiderschrank. Der Rest der Wohnung hatte in seiner Ausprägung niedrigstem Junggesellen-Standard entsprochen mit einer homogenen Duftnote nach Schweiß und leichtem Moder in allen Räumen. Die Tapeten hatten sich teilweise von den Wänden gelöst, offensichtlich bereits vor einigen Jahren.

Überall in der Wohnung fanden sich etliche Fingerabdrücke der Wohnwagenleiche, die anderen müssten mit höchster Wahrscheinlichkeit zu Kalu gehören. Zwar hatte niemand bemerkt, dass dort ein zweiter Mann gewohnt hatte, aber vielleicht war er ja nur eine kurze Zeit dort gewesen. Ein Saufkumpan vielleicht? Im Suff in Streit geraten und im Bad so lange getunkt, bis er ruhig war? Das wäre nicht das erste Mal, unter Alkohol rasten manche Leute völlig aus.

Inzwischen hatte sich eine alte Dame bei der Polizei gemeldet, die glaubte, einen Teil des Schmucks wieder erkannt zu haben. Er sei ihr nach dem schweren Bombenangriff vom Dezember 1944 aus ihrer teilzerstörten Wohnung in der Kaiserstraße gestohlen worden. Sie hatte ihn durch den sehr kurzfristigen Alarm nicht mehr in den Luftschutzkeller mitnehmen können und war nach dem Angriff zunächst im Keller verschüttet gewesen. Dadurch war sie erst spät wieder zu ihrer größtenteils zerstörten Wohnung gekommen.

Das Sozialamt der Verbandsgemeinde Wöllstein hatte geschrieben, dass in der Katzensteiger Mühle ein gewisser Karl Maier gemeldet war, der Sozialhilfe inklusive Wohnungsgeld und einer kleinen Rente überwiesen bekomme, da er einen festen Wohnsitz habe. In der Kartei war er als dort allein lebend registriert.

Bei einem Besuch eines Sozialarbeiters 1999 war nichts Ungewöhnliches aufgefallen. Auch dort hatte man keine Fotos über diesen Kalu, aber das war auch nicht zu erwarten gewesen. Somit waren die Einzigen, die Kalu in jüngster Zeit gesehen hatten, Ronni und seine Elke. Seine Elke? Der Hauptkommissar musste schmunzeln, denn allzu oft war die Begeisterung über die neue Partnerin bei seinem Freund irgendwann der Ernüchterung gewichen. In jedem Fall musste er sie beide kommen lassen, damit er wenigstens ein Phantomfoto für seine Fahndung hatte. Die Fingerabdrücke auf dem zerschnittenen Hydraulikschlauch waren identisch mit vielen Fingerabdrücken in Kalus Wohnung, also dürfte dieser den Schlauch angeschnitten haben.

Die Zulassungsstelle hatte erwartungsgemäß keine Unterlagen mehr über für den täglichen Verkehr zugelassene Wohnwagen der Marke Eriba Puck. Lediglich die Oldtimer-Fans pflegten ihre Caravans liebevoll und fuhren mit Tageszulassungen zu ihren Treffen. Die alten Daten wurden nach 10 Jahren aus der Kartei gelöscht. Es gab auch keine Unterlagen zu einem Auto dieses Kalu. Dem Sozialamt gegenüber hatte er kein Auto angegeben und bei der Zulassungsstelle in Bad Kreuznach war er nicht bekannt und folglich auch kein auf ihn zugelassenes Auto registriert. Blieb noch das Auto, mit dem er offensichtlich den Wohnwagen gezogen hatte. Das alte Goggomobil hatte noch ein Binger Kennzeichen besessen, aber diese Zulassung gab es längst nicht mehr und Daten über das Goggomobil oder ein neueres Auto von Kalu hatte die Zulassungsstelle in Bad Kreuznach auch nicht. Die Reifen des ziehenden Autos waren 135er, also musste es ein wirklich kleines Gefährt sein. Vielleicht ein alter Polo oder ein Fiat 126 beispielsweise.

Zwei Reifenprofil-Spuren im Scheunenstaub und am sichergestellten Wohnwagen waren nach den Feststellungen der Spurensicherung identisch, was Wülfing ohnehin vermutet hatte. Und bei der Hausdurchsuchung war unter anderem eine fast leere Flasche Fichtennadel-Badeshampoo zum Vorschein gekommen, die gerade im Labor untersucht wurde. Eine dazu passende Badewanne hatte sich nicht weit davon befunden. Wenn es zum Prozess kommen würde, wäre die Last der Indizien erdrückend. Es war eigentlich alles klar bis auf drei Punkte. Welches Motiv hatte dieser Kalu, den unbekannten Toten umzubringen? Wer war der Tote? Und vor allem: wo war Kalu?

Mit einem leichten Zischen spuckte das Normalpapierfax eine Seite aus - mit Briefkopf des DoD, des Verteidigungsministeriums. Hajo schaute auf die Uhr. Sechzehn Uhr in Mainz minus acht Stunden - da hatte jemand schon um acht in Washington seinen Dienst begonnen. Sekunden später hielt er das Fax in Händen. Da wurde gefragt, ob die deutschen Behörden die Suche nach Bill Monahans remains fortsetzen würden. Ein Veteranenverein, der sich um die Aufklärung des Schicksals amerikanischer Vermisster kümmere, habe seine Hilfe angeboten.

Als Hessinger seinem Kollegen diesen Inhalt übersetzt hatte, lehnte sich Wülfing erst einmal in seinem Stuhl zurück. Wenn er rauchen würde, hätte er sich jetzt eine Zigarette oder, besser, eine Pfeife angesteckt. Aber er rauchte nicht, weil es ungesund ist und er das Herumkauen an stinkenden Tabakstängeln einfach affig fand. So fasste er seine überdimensionierte Kaffeetasse vom vorgezogenen Ausstand mit dem längst kalten Espresso mit beiden Händen und überlegte. Es wäre auch zu schön gewesen, wenn er diesen Fall einfach so im Vorbeigehen hätte lösen können. Damit hatte er nun schon ein zweites Mordopfer, das er bisher nicht identifizieren konnte. Und vielleicht bald ein paar amerikanische Abenteurer vor Ort, die ihr ganz privates Abenteuer in good old Germany erleben wollten. Trotz der hohen Einwandererzahlen aus andern Ländern waren immer noch etwa 35 Prozent der Amerikaner deutscher Abstammung.

“Was meinst du dazu?”, fragte er seinen Kollegen, dessen Denkerstirn, von Haaren gänzlich unverdeckt, sich bis zu den Ohren zog.

“Irgendwie haben wir jetzt drei Fälle. Was meint eigentlich Zweipfennig? Er ist uns noch das Alter des Schädels schuldig.”

“Gute Idee, ich rufe gleich mal an.”

Als Wülfing in der Gerichtsmedizin anrief, war Zweipfennig nicht am Platz, sondern er “schnitt”, wie seine Sekretärin sagte. Also eine Obduktion. Sie versprach, ihm einen Zettel mit der Bitte um Rückruf hinzulegen.

“Schade, dass wir kein Foto von diesem Kalu haben”, nahm Hessinger den Faden wieder auf, “das könnte uns in jedem Falle weiter helfen. Wann kommen dein Freund Ronni und seine Elke fürs Phantomfoto? Äh, wie heißt Elke eigentlich mit Familiennamen?”

“Vogel, ein guter rheinhessischer Name. Ich rufe heute Abend an, dann sollten beide da sein.”

Und schon kam das nächste interne Fax aus der Kriminaltechnik. Der Gaschromatograph hatte Lungenflüssigkeit des Toten und die Fichtennadel-Probe aus Kalus Wohnung für teilweise identisch befunden. Das erhärtete den dringenden Tatverdacht für Kalu weiter, denn der Tote musste mit sehr großer Wahrscheinlichkeit in Kalus Wohnung und damit in seinem Beisein gestorben sein.

Kaum hatte Wülfing das Fax an Hessinger weiter gegeben, klingelte das Telefon - der erwartete Anruf aus der Gerichtsmedizin.

"Hallo Herr Doktor", meldete sich Wülfing, der die Nummer des Anrufers am Display abgelesen hatte.

"Hallo Herr Hauptkommissar", kam es etwas verblüfft vom anderen Ende der Leitung, "Sie wollen sicher wissen, ob es Neuigkeiten zum Schädel gibt. Ehrlich gesagt: Ich bin nicht viel weiter gekommen. Knochenschnitte und Analysen des Fettgewebes habe ich gemacht, kann daraus aber keine definitive Liegezeit ermitteln, noch nicht einmal eine ungefähre."

"Irgendwie muss es doch gehen."

"Alles eine Zeit- und Geldfrage. C14-Analysen oder das neueste, Blei-Isotopenanalysen, kosten richtig Geld. Haben Sie einen Etat dafür? Ich kann nur spekulieren. In jedem Fall sind es viele Jahre. Ob zehn, hundert oder tausend, das ist..."

"Ich weiß, eine Preisfrage", knurrte Wülfing ins Telefon, "aber vielen Dank für Ihre Arbeit. Wir überlegen noch, ob sich der Aufwand lohnt."

Wülfing und Hessinger diskutierten noch lange darüber, ob dieser Schädel, der irgendwo zwischen einer Moor- und Wachsleiche anzusiedeln war, einen solchen Aufwand rechtfertigen würde. Wachsleichen gab es bereits genug auf dem Mainzer Hauptfriedhof unterhalb der Universität. Die Bakterienkapazität des Bodens war überfordert und Leichen lagen auch nach vielen Jahren noch scheinbar unversehrt im Boden. Mehr als einmal hatte das bei Exhumierungen und Umbettungen für unangenehme Momente gesorgt. Besonders peinlich: Das Krematorium funktionierte nicht richtig und so entfiel dieser Weg der Leichenbestattung vorerst auch.

Die beiden Ermittler kamen übereinstimmend zum Schluss, dass sie erst einmal die Ergebnisse der weiteren Ermittlungen abwarten würden. Die zusätzlichen Baggerstunden rund um die Schädel-Fundstelle waren schon nicht billig gewesen. Um sechs machte Oberkommissar Hajo Hessinger Feierabend und wenig später zog Hauptkommissar Herbert Wülfing die Tür hinter sich zu. Genau in diesem Moment klingelte das Telefon.

*

Nachdem ich den Overall in der Hand habe, lege ich ihn erst einmal zur Seite und überlege, ob ich Herbert sofort anrufen oder weiter arbeiten soll. Ich entscheide mich für letzteres, auch in der Hoffnung, noch mehr zu finden oder zumindest meine Leitungen durch die Wand zu bekommen. Zwar finde ich tatsächlich nichts weiteres mehr, aber als ich Elkes Auto höre, ist die Leitung durch die Wand und auch der Verteilerkasten unter der Treppe fest im Fachwerk verankert. Wenn ich meiner Ratgeberin Jana davon erzählen würde, würde sie mich sicher einen Trottel schimpfen. Denn Frau will sicher nicht von einem V-Mann empfangen werden möchte: Verschwitzt, verdreckt und verspätet.

Die Wirklichkeit straft indes die Theorie Lügen. Elkes interessiert sich sehr für die Arbeitsfortschritte und ihre Ängste wegen der noch frei herum hängenden Leitungen zerstreue ich mit überzeugender Miene. Schon in zwei Tagen will das EWR, das Elektrizitätswerk Rheinhessen, vormittags den Hausanschluss setzen, hatte einer der Arbeiter gesagt. Dann fällt ihr der alte Overall auf und sie ermahnt mich, sofort Herbert anzurufen. Ich lasse es fünfmal klingeln und will schon wieder auflegen, als sich Herbert meldet.

“Was hast du Dringendes?”, offensichtlich hat er inzwischen meine Handy-Nummer schon fest im Kopf.

“Die Hinweise auf den amerikanischen Piloten verdichten sich. Ich habe seinen Overall bei einem Wanddurchbruch entdeckt.”

“Interessant. Aber der Schädel gehört nicht zu ihm ...”

“Bist du sicher?”

“Das Zahnschema passt nicht. Unser Pilot bekam schon alle Weisheitszähne gezogen, als er zum Militär kam. Gute Zähne waren da ohnehin wichtig. Bei den sehr schnellen Luftdruckschwankungen in den noch ohne Druckkabinen ausgerüsteten Kampfflugzeugen wären schlechte Zähne mit Lücken oder schlechten Füllungen ein enormes Risiko gewesen. Die Haare passten sowieso nicht, viel zu lang.”

“Soll ich dir den Overall bringen?”

“Nein, das ist Sache der Spurensicherer. Lass ihn mal da liegen und rühr ihn nicht an. Wir kommen morgen Nachmittag.”

Damit verabschiedet sich Herbert in den Feierabend und der Abend gehört Elke und mir. Denke ich mir, aber weit gefehlt. Denn kurz danach höre ich wieder ein dumpfes Motorgeräusch vor dem Tor und meine Befürchtungen bewahrheiten sich, als Beule durch die Tür kommt. Elke meint noch, dass wir doch gemeinsam schneller beim Hausbau voran kommen würden, aber das ist wohl eine Fehleinschätzung. Ich traue diesem Burschen nicht über die blankpolierte Motorhaube und da fällt mir etwas ein.

Zwar sitzen wir noch ein wenig zusammen und Elke zeigt Beule meine Tagesleistung, aber dann fahre ich nach Hause, während die beiden bei einer Flasche Rotwein Erinnerungen aus Studentenzeiten austauschen. Vor allem vom

Corporationenball, wo Elke als eine der wenigen Frauen in den Ingenieurwissenschaften sicher eine Attraktion war. Als ich gehe, ist Elke zwar traurig, will aber auch Beule nicht rauswerfen. Das ist also der Dank für meine Arbeit an dem alten Gemäuer! Doch ich habe eine Überraschung für diesen Farbenbruder im Kopf, die ich noch am selben Abend umsetzen will. Die Geschäfte haben ja noch bis acht Uhr auf und so kaufe ich kurz vor Toresschluss noch einige Elektronikteile bei Schmidt und Conrad Elektronik in Mainz.

Endlich zu Hause, lockt mich nach einer ausgiebigen heißen Dusche der Basteltisch. Denn das dumpfe Motorgeräusch des Schilderdieb-Fahrzeuges ähnelt Beules Asphaltradierer doch ungemein. Und so bin ich sehr motiviert, eine wirklich ausgefallene Lösung zu finden. Der wird mir nicht so leicht davon kommen. Schade, dass Kalu nicht da ist. Der würde dem Schilderdieb vielleicht mal seine Flinte unter die Nase halten. So etwas ähnliches habe ich auch vor. Mein Basteltisch füllt sich mit Bauteilen, die Luft mit dem weihrauchähnlichen Geruch von schmelzendem Lötzinn und mein Herz mit Vorfreude und Schadenfreude.

Nach Mitternacht ist meine Überraschung fertig. Zufrieden und müde gehe ich ins Bett und schlafe mal wieder richtig aus. Elke hatte mir zum Abschied ins Ohr geflüstert, dass sie am folgenden Nachmittag frei habe und etwas vom Überstunden-Ausgleich erzählt.

*

Im Fernsehen hilft Kommissar Zufall immer dann weiter, wenn sich eine Sache festgefahren hat. Das kann ein Zeichen dramaturgischer Schwächen sein, ist aber wesentlich wirklichkeitsnäher als hochgeistige Konstrukte. So war der schnukkelige kleine Wohnwagen in der Garage schon vielen Mitarbeitern beim BKA aufgefallen und es gab auch schon Anfragen, was denn mit dem Gefährt nach Abschluss der Ermittlungen geschehen solle. Und da war auch eine Mitarbeiterin von der Bußgeldstelle, der eben dieser Wohnwagen vor nicht allzu langer Zeit durch Missachtung einer roten Ampel schon einmal aufgefallen war. Er war gegen Mitternacht von Mittwoch auf Gründonnerstag von der Fotoampel an der Kaiserstraße geblitzt worden - ohne Nummernschild. Das Zugfahrzeug war ein Fiat 126 gewesen, mit dem Kreuznacher Nummernschild KH-J 560. Dem Besitzer hatte man dann auch unverzüglich von der Polizei einen Bescheid zustellen lassen, gegen den er sich energisch verwahrt hatte. Sein Auto sei ein Jaguar und keine "Schuckelbüchse" hatte er das Foto kommentiert, das ihm die Polizisten vorgelegt hatten. Auch war nun wirklich keinerlei Ähnlichkeit zwischen diesem gut aussehenden Endvierziger, der tatsächlich den Künstlernamen "Föni von

Winterstein" in seinen Personalausweis eingetragen hatte, und dem Fiat-Fahrer festzustellen. Der klammerte sich auf dem Foto wie in der ersten Fahrstunde ans Lenkrad, den Bart auf das Lenkrad gelegt und den Blick stur geradeaus. Gerade so, als wollte er mit dem Kopf durch die Scheibe fahren und den Rest des Wagens samt Caravan mitziehen.

Wülfing ließ sich die Fotos von Hessinger einscannen, auf dem Rechner vergrößert darstellen und suchte mit seinem Kollegen nach weiteren Anhaltspunkten. Zunächst einmal musste das Gespann ziemlich langsam bei Rot über die Kreuzung gefahren sein, denn zwischen den beiden Fotos hatte es nur ein paar Zentimeter zurück gelegt. Geschätzt dürften es kaum mehr als dreißig Kilometer pro Stunde gewesen sein. Dann hing der Puck etwas seitlich in Richtung Christuskirche, der Kamera im "Starenkasten" entgegen gesetzt. Sicher hatte er noch beide Räder, sonst hätte er nicht gezogen werden können. Aber ob der andere Reifen zu diesem Zeitpunkt schon defekt war? Denn das Rad genau auf dieser Seite fehlte bei dem aufgefundenen Wohnwagen.

"Angenommen, es ist so", räsonierte Wülfing in seine üppig sprießenden Bartstoppeln, "dann ist er nicht mehr weit gefahren", vollendete Hessinger den Satz. "Und wenn wir diesen Zeitpunkt hier als Beginn der letzten Fahrt des Caravans ansehen, sagt uns der höchste Pegelstand vom Wasser- und Schifffahrtsamt, wann ungefähr er startete. Dann brauchen wir nur noch die Strömungsgeschwindigkeit und den Wasserstand analysieren und wissen recht genau, wo denn die muntere Flussfahrt begann."

"Weit wird er sowieso nicht mehr mit dem defekten Reifen gefahren sein."

"Wohl wahr, aber mehr Informationen schaden gewöhnlich nicht. Das ist doch was für das naturwissenschaftliche Genie, oder?"

Hessinger raufte seine nicht vorhandenen Haare, denn diese Aufgabenverteilung hatte ihn in der Zusammenarbeit mit seinem älteren Kollegen von Anbeginn an verfolgt. Aber was sollte er machen? Herbert war prinzipiell ein angenehmer Kollege, der auch mal den ganzen Tagesstress von sich fallen lassen konnte. Auch wenn er natürlich gerade heute lieber der strahlenden Sonne direkt nach draußen gefolgt wäre.

Während sich der Oberkommissar mit der windschnittigen Frisur die Daten vom Wasserschifffahrtsamt geben ließ, telefonierte der Hauptkommissar persönlich die Reifendienste der Umgebung ab. Wenn Kalu einen Reifen demontiert hatte, musste er dies getan haben, um ihn reparieren zu lassen. Aber wo? Seufzend wählte er sich durch die Reifenhändler in Mainz und Wiesbaden auf der Suche nach der heute ziemlich ungewöhnlichen Reifengröße 4,40 x 8, die es natürlich nicht mehr gab. Heute würde man sie durch Reifen der Dimension 145x10 ersetzen, hörte er. Aber auch die sei ungewöhnlich und müsste daher bestellt werden. Welcher Schaden denn am Reifen sei? Ob es nicht ein Schlauch täte?

Kurz vor Mittag kam die Sachbearbeiterin von der Bußgeldstelle noch einmal vorbei und brachte noch ein Foto von dem ominösen Fiat 126, diesmal ohne Hänger. Er war zwei Tage später, in der Nacht von Freitag auf Samstag kurz vor Mitternacht, wahrscheinlich von der Großen Bleiche kommend, in der Bauhofstraße mit 63 geblitzt worden und dann am Wirtschaftsministerium nach rechts abgebogen. Dann hatte sich seine Spur verloren.

"Kalu ist noch in der Stadt", stellte Hessinger fest, der interessiert das Foto mit angesehen hatte, "und drückt mächtig auf die Tube."

"Nur: Wo ist er?", brachte es Wülfing auf den Punkt, "im ganzen Gerichtsviertel gibt es nur offene Parkplätze und keine Hinterhöfe, die der Öffentlichkeit zugänglich wären. Die Tiefgarage war nachts zu und die würde er auch nicht benutzen. Und natürlich können sich die Reifendienste nicht an einen solchen Mann oder Reifen erinnern. Es ist wie verhext. Hat er vielleicht Freunde hier? Vielleicht hilft uns die Fahndung weiter. Hast du etwas heraus bekommen?"

"So ganz genau geht es nicht, aber nach den Hochwasserdaten stieg das Wasser am Gründonnerstag stündlich um mehr als fünf Zentimeter und erreichte seinen Höchststand in der Nacht zum Karfreitag. Danach stagnierte es und ging ab Fastnachtssonntag langsam und Rosenmontag dann schneller zurück. Die Fließgeschwindigkeit ist stark unterschiedlich, gerade bei Hochwasser. In der Strommitte können es mehr als zwanzig Stundenkilometer sein, am Rand vielleicht nur Spaziertempo. In einem Tag könnte so ein Caravan in der Strommitte leicht mehr als hundert Kilometer zurück legen! Allerdings sollte er nach einem Tag schon ziemlich tief im Wasser hängen, selbst dein Puck und irgendwann untergehen. Die Astspuren am Caravan deuten auf Uferbereiche hin, aber selbst da könnten von Gründonnerstag - gehen wir mal davon aus, dass er da den Puck abstellte - bis zum Anlanden am Mäuseturm leicht fünfzig Kilometer oder mehr dazwischen liegen. Mir scheint es Erfolg versprechender, ihn den Caravan nicht allzu weit von der Fotoampel an der Kaiserstraße weg abstellen zu lassen."

"Scheint mir auch so", brummte Wülfing bestätigend, "diese Rheinseite scheidet aus, weil dicht bebaut, das hätten die Anwohner längst gemeldet. Aber drüben auf der Maaraue, hinter dem Bahnhof Kastel, an der Reduite oder am Kasteler Ufer Richtung Kaiserbrücke wäre die Gelegenheit günstig. Teilweise verwilderte Grundstücke, genügend Parkplätze, befestigt oder wild."

"Der kürzeste Weg wäre die Brückenabfahrt direkt runter zur Reduite, noch bevor man in den Kreisel kommt. Auf der linken Seite die Rückseite des Kasteler Bahnhofs und rechts die Reduite, in der sich um diese Jahreszeit und bei diesem Wasserstand sicher keiner mehr rumtreibt."

“Das passt. Und wir bekommen ja noch Kalus Phantomfotos. Nehmen wir unseren Zeichner doch einfach ins Appelbachtal mit. Der hat ja neuerdings ein Notebook.”

“Ist keine schlechte Idee. Leute können sich in ihrer gewohnten Umgebung wesentlich besser an Gesichter erinnern als in unserem Bau.”

“Genau. Gehen wir in die Kantine und fahren dann gemeinsam raus.”

“Und die PK?”

“Sollten wir nutzen, um Kalus Phantombild zu veröffentlichen. Lassen wir das heute mal sein, sagen wir übermorgen. Nein, das geht nicht, Samstags kommt niemand. Streichen wir erst einmal die PK und die Zeitungen bekommen die Zeichnung dann per äh ...”

“Email”, ergänzte Hessinger.

*

Nach einer Portion Maultaschen zu Mittag rollt mein alter Passat gegen zwei Uhr auf der Zufahrt zur Katzensteiger Mühle aus. Elke muss ein paar Minuten vor mir gekommen sein, der Motor ihres Polos knackt noch ein wenig. Unsere Begrüßung fällt heute leidenschaftlicher aus, denn mein Wegfahren am Vorabend hat sie schon ein wenig geschockt. Was haben die beiden danach noch gemacht?

“Keine Sorge, Beule kommt heute nicht”, versucht sie meine Gedanken zu lesen, “morgen kommt dann Christiane mit ihrem großen Bohrhammer und macht die Mauer- und Deckendurchbrüche. Wenn wir dann eine Steckdose haben.”

“Aber klar. Doch heute Nachmittag will Herbert erst einmal den Overall begutachten.”

“Ich will dir nicht die Laune verderben, aber Samstag kommt Johannes und mauert.”

“Kein Problem”, gebe ich mich großzügig, was Elke mit einem zweifelnden Lächeln registriert.

Nachdem sie die beiden Katzen versorgt hat, die nach der Intensität ihres gemeinsamen Katzenkonzerts kurz vor dem Hungertod stehen, macht sie sich einen Salat und stellt schon einmal eine große Kanne Tee samt Tassen auf den Wohnzimmertisch. Dann warten wir gemeinsam auf das Eintreffen der Kripo. Lang müssen wir nicht warten. Kurz nach drei kommt Herbert mit Hessinger und zwei weiteren Kollegen, die er als Oberkommissar Wolf und den Zeichner vorstellt. Zunächst inspiziert er den Raum unter der Treppe und den Overall.

“Die dunklen Flecken sind Blut”, stellt er auf einem Blick zu mir fest, “Du hättest nicht einfach weiter arbeiten sollen. Vielleicht hast du wichtige Spuren zerstört.”

Er packt den Overall sorgfältig in einen Plastiksack und der Kriminaltechniker beginnt unter der Treppe mit seiner Arbeit. Erst fotografiert er den Fundort, sucht dann mit einer Handlampe weiter und rüttelt versuchsweise an den anderen Steine an dieser Stelle der Wand. Derweil gehen wir ins Wohnzimmer, wo der Zeichner sein Notebook auspackt. Er zeigt uns erst einmal die eingescannten Fotos von Kalus Rendevous mit der Fotoampel und der Radarkontrolle und startet dann eine Frageliste.

“Bevor wir beginnen: Ist das der Mann, der hier wohnte? Dieser Kalu?”

Nachdem Elke und ich bejaht haben, gehen die Fragen weiter: Größe (etwa 1,60 m), geschätztes Gewicht (80 kg), Haare (weiß, lang, wild), Bart dito, besondere Merkmale: größere Pigmentflecken an der linken Schläfe.

“OK, die Schuhgröße haben wir von der Untersuchung seiner Wohnung und die Kleidergröße auch”, fasst der Zeichner zusammen, der sich lieber mit seinem Beruf als seinem Namen ansprechen lässt. Jetzt startet er einen leeren Gesichtsumriss und schaut uns erwartungsvoll an.

“Nur keine Hemmungen, meine Damen und Herren. Ich baue schon einmal die Daten aus unseren Fotos ein, dann ist es für sie leichter.”

Mausklick für Mausklick entsteht ein Gesicht, dass Kalu schon sehr ähnelt. Auch die Pigmentflecken sind schon berücksichtigt. Dennoch fehlt etwas, ein Eindruck, den auch Elke teilt.

“Da war noch was”, stellt sie fest, “wenn ich nur wüsste, was.”

“Der Geruch?”, spotte ich und sie sendet mir einen strafenden Blick.

“Das gehört zur Landluft. Nein, im Gesicht ... ich hab’s!”, sie deutet mit dem Finger auf den Bildschirm des Notebooks. “Hier ... hier hat er eine längere Narbe, die von seinen Haaren meist verdeckt wird!”

Ich denke an mein erstes Zusammentreffen mit Kalu zurück, sein Gefuchtel mit der Flinte und da kommt es mir wieder.

“Am Mittelfinger der linken, nein der rechten Hand, fehlt eine Kuppe.”

Der Zeichner ist es zufrieden und gibt alles mit seiner kleinen Tastatur ein. Auch Herbert und Hajo sind zufrieden und schütten sich schon die zweite Tasse Tee ein. Es wird still im Raum, jeder hat eine warme Tasse in den Händen und hängt seinen Gedanken nach. Schließlich kommt der Kriminaltechniker Wolf vorbei. Er hat seine Untersuchungen abgeschlossen und zwei durchsichtige Kunststoffbeutel dabei - mit den Mauersteinen und dem Overall. Elke schüttet ihm noch eine Tasse Tee ein und wir tauschen ein paar belanglose Worte, bevor die Kripo-Karawane wieder nach Mainz aufbricht. Nachdem das Motorengeräusch draußen verstummt ist, schmiegt sich Elke auf dem Sofa an mich.

“Endlich allein.”

“Wir werden noch Besuch in den nächsten Tagen bekommen”, dämpfe ich ihre Erwartungen, “das war erst der Aufgalopp.”

“Wieso?”

“Jetzt haben die noch etwas von diesem Piloten gefunden - also muss er ganz in der Nähe umgekommen sein. Jedenfalls ist das sehr wahrscheinlich. Und so geht die Sucherei los.”

“Ob Kalu noch einmal wiederkommt? Irgendwie hatte ich mich an das knorzige Bäuerlein gewöhnt.”

“Wie an Pfurzel?”, passend meinen Worten dreht sich der kleine Mäusejäger mit der unnachahmlichen Duftnote auf Elkes Schoß und lässt sich dann einfach plumpsen.

“Genau. Beide haben ihre kleinen Fehler und das gehört zum Leben.”

“Tja, ich glaube nicht. Die suchen ihn als dringend Tatverdächtigen in Verbindung mit der Wohnwagenleiche. Jetzt haben sie die Zeichnung und senden sie per Fax an alle Zeitungen, sobald sie im Präsidium sind. Morgen ist Kalu ein bekannter Mann und das wird ihm nicht verborgen bleiben, wenn er hier in der Nähe ist. Doch ich möchte heute erst einmal ein paar Steckdosen montieren, damit Christiane morgen loslegen kann.”

“Genau, das wäre prima. Morgen früh kommt das EWR und setzt den Zähler. Dann muss ich da sein.”

Also hole ich das Material aus dem Auto und auch meine Überraschung für den Schilderdieb. Es würde mich ja zu sehr freuen, wenn ich Beule erwischen würde. Elke bringt den Generator in Gang und ich setze mit meiner Bosch unter beträchtlicher Staubentwicklung eine Dose unterhalb des Verteilerkastens in die aus Kalksteinen gemauerte Wand. Noch ein wenig Gipsputz dazu, etwas Warten und fertig ist die erste vorschriftsmäßige Nachkriegs-Steckdose in dem alten Gemäuer. Die Leitung verbinde ich mit der ersten Sicherung im Verteilerkasten. Morgen wird mir der Elektriker sicher den Gefallen tun, diese Sicherung anzuschließen und schlagartig wird die Elektrizität in Elkes Wohnung einziehen. Mit Herd, Kühlschrank und allem drum und dran. Ein wenig Komfort ist auch auf dem Lande nicht zu verachten.

Doch ich möchte auch noch meine Überraschung an den Mann bringen und zeige Elke meine kleine Erfindung. Sie besteht im wesentlichen aus einer auf einer kleinen Leiterplatte montierten Sirene sowie einer Batterie und einem Kontaktschalter, der über ebenfalls auf der Leiterplatte angelötete Kontakte mit der Sirene verbunden ist. 115 dB(A) Schalldruck bringt dieses Wunderwerk und Elke kommt gern mit nach draußen, um es hinter dem letzten verbliebenen Schild einzubauen. Einen herausgefallenen Nagel ersetze ich durch eine lange Schraube mit Dübel. Nachdem wir den Holunderbusch ein wenig gekürzt haben, ist Kathreiners Malzkaffee wieder gut sichtbar und müsste jedem Schilderdieb ins Auge stechen. Elke überlegt lachend, ob sie vielleicht noch “Klau mich” und einen Pfeil auf ein Stück Pappe schreiben und daneben hängen sollte. Vielleicht werden wir schon diese Nacht den Schilderdieb fangen. Nach den Anstrengungen des Tages schlafen wir beide sehr schnell ein. Der nächste Tag würde viele neue Dinge bringen, vom Elektriker über Christianes Besuch bis hin zur spannenden Frage, wo denn nun der verschwundene Flieger sein könnte.

Doch es blieb eine ruhige Nacht, denn außer einer heftigen Katzenkeilerei, wahrscheinlich wegen und mit Pfurzel, war nichts zu hören. Der Schilderdieb hatte offensichtlich eine Pause eingelegt.

*

Keine Pause legten die Vier vom Valenciaplatz ein, als sie wieder in den schmucklosen Bau in der Neustadt zurück kamen. Der Zeichner komplettierte die Daten und verband sie mit der Phantomzeichnung zu einem elektronischen Steckbrief, den er direkt an Herbert Wülfing schickte. Michael Wolf untersuchte die Steine und den Overall genau. Wie Wülfing schon angenommen hatte, war es Blut, das von der Innenseite durch den Stoff des Overalls gedrungen war, Blut der Blutgruppe Null Rhesus Positiv, was exakt der Angabe auf der Hundemarke des abgestürzten Piloten entsprach. Auch auf den Steinen fanden sich Blutpartikel derselben Blutgruppe, aber Wolf konnte unter dem optischen Mikroskop nicht das erkennen, wonach er suchte. So schaltete er das Rasterelektronenmikroskop ein und musste erst einmal warten. Denn Elektronenmikroskope mit ihrer hohen Auflösung waren auch besonders empfindlich gegen Vibrationen und Erschütterungen und verfügten daher über eine aufwändige Luftfederung, die sich erst einmal aufbauen musste.

Die Zwischenzeit nutzte er und schlug vorsichtig mit einem spitzen Meißel kleine Stücke der Kalksteine ab, auf denen sich Blutspuren befanden. Diese Stücke bedampfte er in der Sputter-Einrichtung mit Gold, weil Rasterelektronenmikroskope eine leitfähige Probenoberfläche benötigen. Auch müssen die Proben fest auf dem Probenträger haften, damit sie nicht im evakuierten Innern des Gerätes herumvagabundieren und es unbrauchbar machen. Nach fünfzehn Minuten war er mit der Probenaufbereitung fertig und auch das Rasterelektronenmikroskop ruhte inzwischen stabil auf seinen Luftpolstern. Vorsichtig schob der Kriminaltechniker den Probenhalter mit den Kalksteinstücken in die Probenkammer und evakuierte sie. Die Untersuchung konnte beginnen.

Bei einer 100-fachen Auflösung schieden bereits zwei der drei präparierten Bruchstücke aus. Auf ihnen lagen die Blutspuren nur oberflächlich auf. Bruchstück Nummer drei sah dagegen viel versprechend aus. Wolf stellte den Blutfleck in den Mittelpunkt des Bildes und fuhr mit der Vergrößerung hoch, 300-fach, 500-fach, 1000-fach. Die Oberfläche des Kalksteins mutierte zu einer zerklüfteten Gebirgslandschaft, in der sich riesige Schnecken ineinander schmiegten. Das waren die Hydrobien, wenige Millimeter große Schnecken und wesentlicher Bestandteil der rheinhessischen Kalksteinablagerungen aus der Zeit des Tertiärmeeres.

Doch der Kriminaltechniker suchte etwas anderes und als er eine 3000-fache Vergrößerung eingestellt hatte, hatte er es gefunden. Von den wie eingedellte Kuchen aussehenden Erythrozyten spannten sich fadenförmige Fibroblasten zu einzelnen Hydrobien im Kalk. Die Folgerung war klar: Als der Overall in das Wandversteck gepackt worden war, war zumindest ein Teil des Blutes noch frisch. Also konnte der Pilot noch nicht lange tot gewesen sein - oder gar noch leben. Das teilte er gleich telefonisch Hajo Hessinger mit, der überlegte, ob er die neuen Erkenntnisse gleich in die Staaten faxen sollte. Er entschied sich nach Absprache mit seinem Kollegen dafür, auch wenn er ein paar Hobby-Forscher in großflächig karierten Jacken und Hosen auf der Katzensteiger Mühle zum jetzigen Zeitpunkt lieber vermeiden wollte. Auf der anderen Seite des Schreibtischs stellte Herbert Wülfing die Unterlagen für die Fahndung zusammen und war sich sicher, dass er bald Kalu erwischen würde. Er war noch in Mainz, das hatte er im Gefühl.

Wenn es eine Videoüberwachung an der Theodor-Heuss-Brücke gäbe, Wülfing war sich sicher, würde darauf Kalu gleich zweimal zu sehen sein. Einmal wie er den Puck mit einem platten Reifen hinter sich herzieht. Und einmal, wie er mit seinem Mini-Fiat den reparierten Reifen zum Wohnwagen zurück fährt, der aber nicht mehr da ist. Das würde bedeuten, dass er zwischenzeitlich nicht mehr nach dem Wohnwagen geschaut hatte. Wenn er gewusst hätte, dass der Wohnwagen ohnehin weg war, wozu sollte er dann noch den Reifen holen?

Wohin würde er mit dem Reifen fahren, nachdem er das Verschwinden des Wohnwagens feststellen musste? Zurück nach Hause, ja. Ronni hatte einen hoch aufheulenden Motor in der Nacht von Rosenmontag auf Faschingsdienstag gehört, das könnte Kalu gewesen sein. Aber dann - wo war er dann geblieben? Das jüngste Foto zeigte ihn mit seinem roten Straßenschreck wieder in der Nähe der Kaiserstraße, in der Nacht von Dienstag auf Mittwoch. Was machte er seitdem in

Mainz? Warum kam er nicht mehr zurück in die Katzensteiger Mühle? Wo hatte er eigentlich den Wohnwagen mit der Leiche hinbringen wollen?

Der Hauptkommissar stellte sich vor den Mainzer Stadtplan, der, auf einer ausgedienten Präsentationstafel an der Wand neben der Tür angebracht war, direkt oberhalb der Kaffeemaschine. Der Plan wellte sich schon ein wenig von dem Wasserdampf aus den frisch gebrühten Tassen und war von der Sonne ausgebleicht. Während das Blau noch gut erhalten war, wurde Rot nur noch von zinnoberfarbig angehauchten Resten vertreten. Gelb fehlte inzwischen und so waren die ursprünglich gelb markierten Autobahnen teilweise verschwunden. Der Ring um Mainz, die A60 sowie die A643 mit dem Zubringer nach Wiesbaden, waren nur noch an ihren schwarzen Umrandungen zu erkennen. Das brachte Wülfing auf eine Idee.

Wenn dieser Kalu im Krieg Schmuck gestohlen hatte, aus zerbombten Häusern oder gar aus intakten Häusern, die wegen der Luftangriffe evakuiert worden waren, dann hatte er damals zumindest zeitweise in Mainz oder der näheren Umgebung gelebt. Denn damals waren - ganz anders als heute - Transporte schwierig gewesen, weil die Bahnstrecken tagsüber von den Alliierten zerstört und nachts von Kriegsgefangenen wieder aufgebaut wurden, ein typisches Beispiel war hier der Bahnhof Bingerbrück.

Autos in Privatbesitz? Fehlanzeige. Wo hatte Kalu damals gelebt? Vielleicht hatte er heute noch einen Raum aus dieser Zeit? Er brütete noch lange über der Karte und ging in Gedanken die in Frage kommenden Gebäude ab, konnte sich aber einfach keinen Reim darauf machen. So stellte er eine Anfrage ans Einwohnermeldeamt und drängelte. Doch die alten Meldelisten waren längst ausgelagert worden und so musste Wülfing warten.

Hessinger dagegen hatte ein Erfolgserlebnis. Einer plötzlichen Eingebung folgend, telefonierte er auf der Suche nach dem defekten Reifen auch die Schrottplätze und Autoverwerter der Gegend ab. Denn auch diese Unternehmen haben gebrauchte Reifen und folglich auch Montage-Möglichkeiten. Und tatsächlich war schon erste Versuch ein Treffer. Die Autoverwertung Noha in Budenheim erinnerte sich an einen etwas verwirrt wirkenden alten Herren mit üppigen weißen Haaren und Bart, der an Weiberfastnacht einen arg lädiert aussenden kleinen Reifen angebracht hatte und diesen sofort repariert haben wollte. Leider war der Reifen dermaßen verzogen, dass er nicht einfach mit einem Schlauch repariert werden konnte. Einen passenden Ersatzreifen hatte man nicht da gehabt und was noch schwerer wog: Die Felge war durch zu langes Fahren mit defektem Reifen beschädigt; eine neue musste her. Der Mann hatte herum gepoltert, dass es wichtig und dringend sei und das früher gar kein Problem gewesen sei, habe dann aber ein neues gebrauchtes Komplettrad zum Pauschalpreis von dreißig Euro bestellt. Das habe er auch, wieder mit heftigem Geschimpfe über den Wucherpreis, vorab bezahlt und es sei gelungen, dies bereits einen Tag später zu besorgen, am Faschingssamstag. Allerdings habe der Auftraggeber es bis heute nicht abgeholt. Hessinger war frohen Mutes, denn die heiße Spur blieb wohl temperiert.

“Haben Sie noch das alte, defekte Rad?”

“Das haben wir in den Altreifencontainer gegeben. Wird nächsten Montag abgeholt”, meinte die Chefin.

“Kann man es dort heraus fischen?”

“Im Prinzip ja. Aber bringen Sie sich einen Overall mit.”

Während Wülfing die Fahndung nach Kalu mit dem neuen Phantomfoto startete, fuhr Hessinger nach Budenheim und besuchte den Autoverwerter, der ganz im Gegensatz zu früher üblichen Schrottplätzen einen ausgesprochen aufgeräumten Eindruck machte. Zunächst sah er sich das von Kalu bestellte Rad an, das neben der Treppe zum Büro in einem Regal lagerte. Mit Kreide hatte jemand “Bezahlt!” darauf geschrieben. Er ließ das Rad dort und bat darum, ihn sofort zu benachrichtigen, wenn jemand das Rad abholen wolle. Obwohl er sich nicht vorstellen konnte, was Kalu noch mit dem Rad wollte, wo ihm der ganze Wohnwagen abhanden gekommen war.

Auch im Werkhof war es geradezu vorbildlich aufgeräumt. Auf großen Regalen lagerten ganze Motoren und komplette Schrottautos wurden mit dem Gabelstapler übereinander einsortiert. Dazu drückte der Staplerfahrer mit der Stapelgabel zunächst die Frontscheibe ein. Kaum hatte sich Hessinger von dem hässlichen Geräusch knirschenden Glases erholt, bohrte sich die Stapelgabel in die Fahrgastzelle, was in Hessinger wiederum Erinnerungen an einen üblen Unfall auf der Autobahn hervor rief. Schließlich hob der Stapler-Fahrer das Auto am Dach hoch und stapelte es über die anderen. Vor seiner Laufbahn in der Kripo hatte der Oberkommissar in der Verkehrspolizei allzu oft Unfälle aufnehmen müssen und auch einige mit erlebt. Diese Erinnerungen belasteten ihn auch noch jetzt und er konzentrierte sich daher lieber auf die Altreifenfraktion, wobei für Reifen und Felge getrennte Container zuständig waren.

Er hatte kleine Container mit vielleicht 50 Reifen erwartet, aber nicht große Container mit vielleicht dreihundert Reifen und Felgen. Ob er den Job lieber seinen Kriminaltechnikern überlassen sollte? Die würden sich bedanken. Also ging er zum Auto, zog seinen alten Overall über und kletterte in den Altreifen-Container. Und er hatte Glück: Bereits im oberen Drittel fand er einen kleinen, merkwürdig verzogenen Reifen. Die Felge dazu hatte er bald im Nachbar-Container gefunden, denn sie wirkte neben den Felgen moderner Fahrzeuge wie ein Spielzeug. Äußerlich schien sie fast unversehrt, aber der Wulst, der den Reifen hielt, war teilweise verbogen und vom Abrieb auf dem Asphalt blank geschliffen.

Es war schon sieben Uhr abends, als er mit seinen beiden Beutestücken den Autoverwerter verließ. Hinter ihm schloss die Besitzerin das Stahltor ab.

*

“Sechs Uhr, Zeit zum Aufstehen!” Schlaftrunken sehe ich durch meine noch halb geschlossenen Augen, wie Elke auf mir sitzt und sich zu mir runterbeugt, um mir einen seitlichen Zungenkuss zu geben, wohl wissend, dass es mich wahnsinnig kitzelt. Ich versuche mich unter ihr heraus zu winden, doch sie klammert sich mit viel Erfahrung an mich und erst unter Aufbietung aller Kräfte kann ich sie hoch heben und dann zur Seite werfen. Schnell will ich mich auf sie rollen, doch genauso schnell ist sie aus dem Bett gerollt und steht mit einem breiten Grinsen daneben.

“Aufstehen, Putt, putt, puuuut!”, lockt sie mich wie eine Henne ihren Nachwuchs, lacht noch einmal und verschwindet ins Bad, wo sie sich munter aus der Waschschüssel bedient. Eiskaltes Wasser zum Morgen, nein danke! Eine der ersten Sachen, die ich hier installieren werde, ist eine richtige Dusche mit warmem Wasser. Allein diese Vorstellung macht mich jetzt glockenhellwach.

Kurze Zeit danach sitzen wir beim Frühstück, doch mit einem gemütlichen Morgen ist es nichts. Punkt sieben klopft der EWR-Elektriker mit einem weißen Astra Caravan vor dem Tor und bugsiert einen großen schwarzen Koffer durch die Tür. Eine Einladung zu einem Kaffee lehnt er dankend ab und nimmt sich erst einmal den Hauptverteiler unter der Treppe vor. Ein paar Handgriffe später liegt das Innenleben des Kastens vor ihm und mit sicherer Hand setzt er Panzersicherungen, Etagen-Vorsicherungen und zieht schließlich, wie erhofft, eine Leitung auf meine Sicherungsreihen. Danach geht er zum Hauptverteiler und ich schließe in freudiger Erwartung einen Halogenstrahler an meine erste Steckdose an.

Kurz nach acht ist es dann so weit: Die blendende Helligkeit der Halogenleuchte taucht das Treppenhaus in ein gespenstisch grelles Licht und lässt die Unebenheiten der Wand durch Schlagschatten deutlich hervortreten. Elke und ich stimmen ein kleines Freudengeheul an und am liebsten würde ich natürlich mit ihr noch einmal im Bett verschwinden, doch sie windet sich mit einer schnellen Bewegung aus meinen Armen, als der Elektriker wieder an der Wohnungstür klopft. Er lässt sich den Anschluss bescheinigen und ist schon wieder zum nächsten Kunden unterwegs. Elke aber verschwindet auch und kommt kurz danach mit einem großen Putzeimer und einem Mikrofaser-Bodenaufnehmer wieder.

“Das ist ja so schmutzig hier. Wenn Christiane das sieht, bekommt sie einen Schock!” Sie wienert in der Küche los und lässt sich nicht von ihrer Vorstellung ab bringen, die Wohnung bis zum Eintreffen ihrer Freundin auf Hochglanz zu bringen. Erschreckt nehmen die Katzen Reißaus und beobachten vom Sofa aus ihren gemeinsamen Feind, den Bodenwischer, mit gesträubten Haaren und zukkender Schwanzspitze. Lediglich Pfurzel attackiert einmal kurz das über den Boden wischende “Fellbündel” und hüpft nach dem Kontakt mit dem Wasser auf allen Vieren zurück aufs Sofa, um sich die Pfoten in aller Ausgiebigkeit zu lecken.

Welchen Sinn Elkes Putzattacke tatsächlich macht, ist mir schleierhaft, denn schließlich will ihre Freundin nachher die Wanddurchbrüche machen und das wird gewaltig stauben. Auf jeden Fall ist sie vollständig im Meister-Proper-Land abgetaucht und es stellt sich die Frage, was ich denn machen soll, bis dieser Anfall nachgelassen hat. Die letzte Nacht war mild und nur langsam heben sich die Nebelfetzen aus dem feuchten Talgrund. Eine Inspektion meiner Schilderdieb-Falle bringt nichts Neues, außer einer bemerkenswert großen Gartenkreuzspinne, die ein Netz zwischen Schild und Dachtraufe gesponnen hat, auf dem nun Tautropfen wie eine Perlenkette hängen. Mit ihrem kugelrunden Körper von sicher mehr als drei Zentimeter Durchmesser ist die Spinne sicher eine Abschreckung bei Tag, aber unser Dieb kommt ja lautlos bei Nacht. Soll sie ihn ruhig beißen.

Das Wappen der Reichsarbeitsdienst-Abteilung bringt mich wieder auf den verschollenen Piloten. Der sollte sich gut als Aufhänger einer ganzen Serie über die Ereignisse der letzten Kriegstage eignen. Die Zeit ist reif. Kurz nach dem Krieg wollte niemand über die unsägliche Periode der Naziherrschaft sprechen und auch Osthofen hatte mit dem dortigen Konzentrationslager, das von Anna Seghers beschrieben und hervorragend verfilmt worden war, eine Last aufgebürdet bekommen. Auch deshalb, weil in der Justiz alte Nazi-Seilschaften ungeniert ihre Fäden zogen. Das hatte dazu geführt, dass ihre Kollegen und andere Parteigänger aus der braunen Zeit zwangsläufig straffrei ausgingen und vollständig rehabilitiert wurden, Nazi-Opfer aber meist keine Entschädigung bekamen oder gar teilweise weiter verfolgt wurden. Im neuen Millennium hatten sich die Letzten dieser unsäglichen Juristen in den üppig dotierten Ruhestand verabschiedet und von daher war der Weg für neue Ermittlungen frei.

Den Mann und die Frau auf der Straße hatten oft Scham oder traumatische Kriegserlebnisse sprachlos gemacht. Mitunter löste sich erst kurz vor dem Tod die Zunge und neue schreckliche Geschehnisse kamen zum Vorschein. Vielleicht konnte mir das hier weiter helfen? Es musste doch hier noch andere Personen als diesen Kalu gegeben haben. Herbert hatte zwar davon gesprochen, dass sich in Neu-Bamberg niemand so recht an den Absturz des Fliegers erinnern konnte, aber vielleicht hatte er nur an der falschen Stelle gefragt. In jedem Fall war die Zeit reif für die Aufarbeitung des Themas. Eine Chance für einen freien Journalisten, wenn der denn eine Zeitschrift für einen Bericht oder gar eine ganze Fortsetzungsfolge begeistern konnte.

Ich beschließe, mich genauer in die Rolle des abgestürzten Fliegers zu versetzen. Er war in der Wiese herunter gekommen und hatte sich vielleicht zunächst zur Mühle orientiert, die das nächste Ziel war. Heute waren keine Häuser zwischen der Junkermühle und der Ölmühle, außer der Katzensteiger Mühle selbst und dem Häuschen an den Fischteichen dahinter. Das aber war sicher erst in den letzten Jahren entstanden. Aber wie war es in den letzten Jahren des Krieges gewesen? Sicher war damals die Bahnstrecke von Wöllstein nach Neu-Bamberg noch in Betrieb gewesen, deren Trasse heute einen wunderschönen Radweg am Eingang des Appelbachtals bildet. Vielleicht hatten hier Bahnhäuschen oder kleinere Scheunen gestanden?

Direkt am Emblem der Straßenbauer ist der Fels steil, aber einige Meter weiter Richtung Neu-Bamberg schlängelt sich ein ausgetretener Pfad bergan. Immer noch streichen Nebelfetzen um meine Beine und das dürre, alte Gras streift seine Feuchtigkeit an meinen Hosenbeinen ab. Auf halber Höhe halte ich inne. Schemenhaft liegt die Katzensteiger Mühle unter mir, davor die Wiese und dann die Junkermühle am Ortseingang nach Neu-Bamberg. Der Boden ist felsig und nur eine dünne Verwitterungskrume nährt die Gräser und Büsche am Hang. Gebäude oder Gebäudereste kann ich nicht erkennen. Dann bin ich oben. Auch hier zunächst Büsche und dann Weinberge, begrenzt von einigen Mauern und einem Gebilde, das ich nicht recht einzuordnen weiß. Auf den ersten Blick sieht es aus wie eine Mauer aus dem typischen rheinhessischen Kalkstein, aber beim Näherkommen schält sich eine Art Podest mit einer breiten Treppe aus dem Dunst. Was mag das sein? Das Fundament einer längst verschwundenen Kapelle? Die Steine machen den Eindruck, dass sie schon sehr alt sind, vielleicht ein paar hundert Jahre. Neugierig gehe ich auf das Podest und finde drei Grabplatten von Mitgliedern der Familie Wirth aus Wöllstein.

1938 als Datum - das dürfte also im Krieg bereits bestanden haben. Ein mögliches Versteck, trotz oder gerade wegen der prominenten Lage? Allerdings ergibt auch ein Rundgang keinen Hinweis auf einen Eingang in dieses Bauwerk. Also suche ich weiter und gehe auf ein kleines Wäldchen zu, an dessen Rand eine Art Wand zu sehen ist. Ein altes Häuschen? Doch die Wand gehört zum völlig verrosteten Teil eines alten Eisenbahnwaggons, der mit Bimssteinen gegen das freie Feld abgemauert wurde, vielleicht ein Unterschlupf gegen Regen. Doch waren diese Objekte schon zum Zeitpunkt des Absturzes da? Oder gab es andere inzwischen verschwundene Hütten, in denen sich der Pilot hatte verstecken und seinen Häschern zeitweilig entkommen konnte? In denen er Spuren hinterlassen hatte? Wurde er hier heimlich verscharrt? Wie kann man das so viele Jahre später heraus finden? Die ganze Gegend kann man schließlich auch nicht umgraben. Ich komme nicht recht weiter und beginne den Rückweg. Wo kann ich Material über diese abgelegene Gegend in den letzten Kriegstagen 1945 finden?

Langsam setzt sich die Sonne durch und versetzt das Appelbachtal im Gegenlicht in eine zauberhafte Stimmung, aus der die Neu-Bamberger Burg heraus ragt. Nicht wenige vergleichen die Rheinhessische Schweiz mit der Toscana. Ich lasse das Bild noch ein wenig auf mich wirken und dann vom langsam wachsenden Hunger den Hang herunter zu Elke führen.

Dort steht inzwischen ein recht ramponiert aussehender Renault Nevada vor dem Hoftor, in dessen Kofferraum sich ein ganzes Bündel an Werkzeugen stapelt und auch ein Kunststoffkoffer mit einem 10kg-Bohr- und Meißelhammer. Diese Christiane scheint ja gut ausgestattet zu sein und ausgesprochen mitteilsam, denn von drinnen klingt eine muntere Unterhaltung. Wenn Frauen sich unterhalten, wird mann leicht rot und so mache ich mich erst einmal mit einem kräftigen Räuspern bemerkbar, bevor ich durch das offene Hoftor gehe. Die beiden hellen Stimmen lassen sich davon nicht beirren und als ich hinein komme, sitzen die beiden fröhlich schwatzend bei einer dampfenden Tasse Tee und lachen sich über die Haltungsregeln für ein Männlein schier kaputt.

Christiane ist sehr hübsch und ihre blauen Augen passen nicht nur hervorragend zu den blonden Haaren, sondern auch zu dem reichlich ramponierten, aber frisch gewaschenen Overall. Ihre Füße stecken in derben Arbeitsschuhen und ihre Hände verraten eine zupackende Natur. Sie mustert mich kurz und taucht dann wieder in ihr Gespräch mit Elke ein.

“Ein wenig Freigang beugt Depressionen vor” ist der aktuelle Punkt in der Sammlung weiblicher Weisheiten über Männer und sorgt für einen Heiterkeitsausbruch. Meine kleinen Entdeckungen auf dem Haarberg scheinen nicht zu interessieren und auch die rheinhessische Wortschöpfung feiert fröhliche Urständ. Denn die nächsten Themen sind die Quantenregelung für Frauen, wobei damit wohl die Quotenregelung gemeint ist und Veranstaltungen in der Bellheimer oder Eckelsheimer Kirche mit einer Gruppe, die Pissoir heiße, Christiane ist sich da nicht so sicher. Das - so wirft Elke ein - sollte doch wohl die Beller Kirche sein und beide lachen sich über mein verdutztes Gesicht kaputt, denn der Veranstaltungszettel auf dem Tisch weist als Bandname Pisco Sour aus.

“Da bist du mit Deinem Seramon am Ende”, setzt Christiane in meine Richtung nach, was die beiden danach vor Lachen schier vom Sofa haut.

Irgendwie werde ich das Gefühl nicht los, hier überflüssig zu sein und stöbere zur Abwechselung in Elkes Bücherregal. Neben einer Unmenge an Büchern über Bauen, Gartengestaltung und Kochen finde ich drei Heimatjahrbücher und ein Buch über Mühlen in Rheinhessen, alle mit dem Vermerk des Weingutes Zimmermann, der die Mühle gehört. Ich blättere darin rum und finde in einem Jahrbuch von 1923 eine Karte von Fundstellen aus keltischer und neolithischer Zeit, also der Jungsteinzeit in Siefersheim. Das ist die Karte, die ich bereits in Fotokopie gesehen hatte. Warum sollte Elke sie kopieren? Hatte Beule die Kopie gemacht, um mit dem Vorwand von Bauarbeiten gezielt nach archäologischen Funden zu suchen? Sowohl auf dem Galgenberg als auch auf der Hexenkanzel sind schon sehr viele Dinge gefunden worden, denn Rheinhessen ist schon seit Hunderttausenden von Jahren von Menschen besiedelt.

Auf dem einzigen freien Platz in dem sonst voll gestopften Bücherregal liegt ein bereits halb in Geschenkpapier eingepacktes Buch. “An den lieben Papa zum 61.ten Geburtstag” steht auf der daneben liegenden Karte und das Präsent ist “Flieger über Rheinhessen” von Heinz Leiwig. Auf dem Titel prangt ein Luftbild aus dem zweiten Weltkrieg. Warum bin ich nicht gleich darauf gekommen? Sofort nehme ich mir mein Handy und telefoniere im Flur, abgeschottet von den schwatzenden Freundinnen, mit meinem Studienkollegen Wolfgang. Er hat nach dem Studium die Geologie zu seinem Beruf gemacht und kennt sich bestens aus.

“Karten und Luftbilder bekommst du beim Landesamt für Vermessung und Geobasisinformation in Koblenz. Die haben fast alles, was es an Karten und Luftbildern über Rheinland-Pfalz gibt.”

“Auch hoch auflösende Aufnahmen, auf denen man beispielsweise Erdbewegungen oder Gräber sehen kann?”

“Sicher, aber die kosten natürlich Geld. Es gibt noch ein Luftbildarchiv in Worms vom Kampfmittelräumdienst, aber die geben die Bilder nicht heraus. Wenn du eine Frage hast, fragst du nach Blindgängern im Planquadrat XYZ und die teilen dir dann schriftlich mit, ob sie was gefunden haben oder nicht. Kostet auch Geld, aber ist ja auch notwendig bei Bauvorhaben.”

“Wie lange dauert das?”

“Wenn ich etwas brauche, faxe ich es denen und dann kommt es in wenigen Tagen. Wenn du es schneller brauchst, fahre doch einfach dort vorbei.”

“Geht das?”

“Aber klar. Die haben jeden Tag bis sechzehn Uhr geöffnet und sind auf Besucher eingerichtet.”

“Danke, Wolfgang. Bin schon weg.”

*

“Glaubst Du, dass der noch den Reifen abholen kommt?”, schloss Hessinger seinen Bericht vom Besuch der Autoverwertung ab.

“Schwer zu sagen”, murmelte Wülfing und schaute auf die Uhr. “Bald hat die Autoverwertung Feierabend. Die Fahndung ist raus, aber natürlich hat sich noch nichts getan. War ja auch nicht anders zu erwarten.”

“Also müssen wir erst einmal warten. Denkst du, was ich denke?”

“Machen wir Feierabend und belasten unser Überstunden-Konto nicht weiter. Außerdem: Was will er noch mit dem Reifen? Der Wohnwagen dafür ist ihm ja abhanden gekommen.”

“Dann also bis morgen in neuer Frische.”

Der Pförtner wunderte sich zwar, als die beiden einmal pünktlich Feierabend machten, sagte aber nichts. Auch Noha in Budenheim machte pünktlich Feierabend und die Chefin schloss das Tor kurz nach vier. Den abholbereiten Reifen ließ sie dort liegen, wo er war.

*

Mit dem Anstieg in den Hunsrück verändert sich das Wetter, und die teilweise aufgelockerte Bewölkung verdichtet sich immer mehr. Die Leuchtschilder auf der A61 zeigen schon im Trollbachtal wegen Nebels eine Geschwindigkeitsbegrenzung auf 100 Kilometer pro Stunde an und es wird nicht besser. Hinter der Abfahrt Laudert sinkt die Sicht auf weniger als 100 Meter und die nur schemenhaft zu sehenden Rotoren der Höhenwind- und Südwind-Windkraftanlagen nahe dem Parkplatz Marienau quirlen mit behäbiger Wucht den immer dichter werdenden Nebel. Danach geht es wieder bergab und der Nebel lichtet sich, bis am Ortsrand Koblenz endlich die Wolkendecke aufreißt. Über die Karthause geht es steil hinunter zur Mosel nach Moselweiß, wo das LVermGeo residiert. Die merkwürdige Abkürzung des Landesamts für Vermessung und Geobasisinformation hatte mir eine Frau Karina vom Kundenservice am Telefon mitgeteilt und versprochen, bereits einige der gewünschten Karten aus dem Fundus heraus zu suchen. So war ich dann nach einer Portion gebackenem Camembert aufgebrochen, während Christiane schon den Bohrhammer ins Haus geschleppt hatte und auch Elke in Bauarbeiter-Kluft geschlüpft war.

Nun also stehe ich vor einem großen Verwaltungsgebäude, das interessanterweise eine reichliche Palette an kostenlosen Parkplätzen vorrätig hält. Auch ein Audi steht da, der mir so merkwürdig bekannt vorkommt. Was macht Beule hier?

Hinter der Eingangstür begrüßen mich erst einmal zwei nette Damen an der Information, die auf meine Bitte Frau Karina rufen. Kurz danach kommt sie um die Ecke, im Arm einen riesigen Stapel an Karten, hinter dem sie fast verschwindet. Sie geht mir vor ins Auslegezimmer und breitet ihre Schätze eifrig aus.

"Wie war noch der Name? Neu-Bamberg? Hier ist die Anschlusskarte nach Wöllstein. Messtischblatt, 1:25000. Stand 2000."

Ich studiere die Karte und finde tatsächlich das Bauwerk der Wirths auf dem Berg eingezeichnet, ebenso die Katzensteiger Mühle und sogar der Radweg auf der ehemaligen Bahntrasse. Aber wie war das zu Kriegsende?

Sie zieht die preußische Generalstabskarte von 1847 hervor, doch der Maßstab von 1:86400 ist zu grob für die Festlegung kleinerer Gebäude. Immerhin ist das Appelbachtal rund um die Katzensteiger Mühle als Feuchtwiese eingezeichnet, ebenso die drei Mühlen, und auch der Hohlweg von Siefersheim über den Katzensteg ist klar markiert. Den Abschluss bildet schließlich eine mittelalterliche französische Karte, in der Frei-Laubersheim als Cappeflauverschem bezeichnet ist. Daher stammt also der Dialektname "Kappeslawerschem", dem der Kappeskopf im Ortswappen entspricht. Kurzerhand kaufe ich alle Karten. Zum einen als Studienobjekt und zum anderen als vorzügliche Wanddekoration.

Meine Fragen sind so allerdings noch nicht gelöst und ich bin gespannt auf die Luftbilder. Da, so wird mir erklärt, gibt es aus regelmäßigen Befliegungen flächendeckende Aufnahmen von Rheinland-Pfalz digital in hoher Auflösung. Auf einem 21-Zoll-Monitor zoome ich mir den aktuellen Ausschnitt von der Katzensteiger Mühle und der Umgebung an. Bereits auf den ersten Blick fallen mir Bodenverfärbungen auf, die ich zu Hause in Ruhe studieren möchte und auch das Bauwerk auf dem Haarberg ist deutlich zu erkennen - es hat die Form eines Weinkelches! Da bei Luftbildern der Preis nach Fläche geht, lasse ich nur einen Ausschnitt auf CD brennen, der ein Quadrat mit etwa einem Kilometer Kantenlänge um die Mühle beschreibt.

Noch interessanter aber dürften die Luftbilder aus dem zweiten Weltkrieg sein: Herr Dino mit seiner munteren Fliege zum Anzug übernimmt diesen Teil der Führung. Es geht in die Luftbildauswertungsstelle, denn "diese Luftbilder sind noch nicht digitalisiert". Ob es überhaupt Luftbilder aus den letzten Kriegstagen von diesem Gebiet gibt? Dino ist sich nicht sicher, denn flächendeckende Befliegungen gab es damals noch nicht, aber Amtsinspektor Labo würde auch schwierige Probleme lösen. Denn Luftbilder wurden wegen der hohen Kosten früher nur bei dringendem Bedarf gemacht. Als wir an der Tür anklopfen, kommt von innen ein "Herein". Ich öffne die Tür und bin wie vom Donner gerührt.

Mir gegenüber steht Beule, der offensichtlich gerade gehen will. Er hat eine Papierrolle in der Hand, aus der einige Blätter heraus schauen und versucht im ersten Moment, sie vor mir zu verstecken. Das macht natürlich wenig Sinn und so behält er sie recht verkrampft in seiner rechten Hand.

"Hallo Ronni", kommt es verblüfft von seiner Seite, "was tust du denn hier?"

"Recherche, reine Recherche. Und du?"

"Ich auch. Ich muss jetzt gehen."

Er drückt sich an mir vorbei zur Tür hinaus und ich gehe mit Dino hinein.

"Hallo Helmut", der große Mann hinter dem Tresen begrüßt kurz seinen Arbeitskollegen und wendet sich dann an mich, "Sie brauchen nicht zufällig möglichst alte Luftbilder aus dem Appelbachtal?"

"Woher wissen Sie?"

"Der Herr vor Ihnen wollte welche und da Sie ihn kannten ..."

Ich bin verblüfft, fasse mich aber schnell.

"Ja, das ist ein guter Bekannter von mir. Schade, dass er so schnell weg musste. Können Sie mir sagen, welche Luftbilder er mitgenommen hat?" Labo schaut kritisch und ich setze schnell hinzu "Nur damit wir nichts unnötig doppelt kaufen. Jeder spart, die Konjunktur ist nicht die beste."

"Ja, wenn das so ist", hellt sich seine Miene auf, "er hat eine Aufnahme von 1937 als Kontaktabzug gekauft. Sehen Sie hier", er schiebt ein großes Negativ über den Leuchttisch zu mir und reicht mir eine Lupe.

Zunächst habe ich Probleme, mich auf dem quadratischen Filmnegativ mit seinen etwa 20 cm Kantenlänge zurecht zu finden. Der Ausschnitt hat sein Zentrum etwa bei Volxheim und reicht auf der Kreuznacher Seite bis zum Bonnheimer Hof, auf der Wöllsteiner Seite bis zur Ölmühle. Die Orte sind gegenüber heute teilweise grotesk geschrumpft und ich kann sie nur anhand der auch heute noch weitgehend unveränderten Straßenverläufe identifizieren. Von Wöllstein fehlt mit dem Neubaugebiet fast die Hälfte, während Volxheim nur ein wenig angeknabbert wirkt. Der Bonnheimer Hof und die Ölmühle wirken unverändert, die Katzensteiger Mühle und Neu-Bamberg fehlen auf diesem Negativ völlig. Was will Beule mit diesem Luftbild? Einen Bezug zu Elkes Ausbauarbeiten kann ich nicht erkennen.

"Leider ist auf den Bildern nicht die Katzensteiger Mühle zu erkennen", sage ich enttäuscht, "gibt es keine anderen Luftbilder dazu?"

"Das fragte ihr Kollege auch, aber ich fürchte nein, aber wir können es gern noch einmal mit dem Befliegungsraster versuchen." Labo breitet einen gefalteten Plan mit einer zunächst unüberschaubaren Vielfalt an Strichen und Bezeichnungen auf dem Tresen aus. Die Striche bezeichnen die Flugrouten, in den

Kriegsjahren offenbar vor allem im Zick-Zack, und die Kreise geben den Bildmittelpunkt des jeweiligen Fotos an. Nachdem er den Plan über eine Landkarte gelegt hat, werden die Zusammenhänge klar.

Zunächst fällt auf, dass sich die Aufnahmen ab 1943 auf die Städte konzentrieren, beispielsweise sind Bad Kreuznach, Worms und Mainz in den letzten Kriegsjahren offensichtlich fast wöchentlich fotografiert worden, wohl um die Wirkung der Bombardements zu dokumentieren und neue Ziele zu suchen. Während sich also die Befliegungslinien über den Städten geradezu bündeln, wird es auf dem Land sehr dünn. Und im Appelbach noch dünner: Keine Linie führt zwischen Neu-Bamberg und Wöllstein hindurch. Meine Enttäuschung ist mir anzumerken, doch Labo überprüft konzentriert den Plan und fährt einige Linien mit dem Finger nach. Eine Linie führt immerhin in der Nähe von Siefersheim vorbei, Richtung Wörrstadt. Der Bildausschnitt wird zwar normalerweise nicht bis ins Appelbachtal reichen, aber man kann es ja einmal versuchen. Der Amtsinspektor schreibt ein paar Zahlen auf, holt aus seinem Aktenschrank eine braune Hängemappe, zieht daraus einen ganzen Packen und legt ihn mit einem "Versuchen wir's mal, wenn Sie Zeit haben. Ihr Kollege hatte es zu eilig" auf den Tresen. Die Negative haben unterschiedliche Formate von etwa 10 bis 20 Zentimeter Seitenlänge und einige sind leicht fleckig. Sie kamen erst in den letzten Jahren nach Koblenz, erklärt mir Herr Dino, und stammen aus englischen oder amerikanischen Beständen. Das Copyright liege auch noch dort, so dass vor Veröffentlichung die Genehmigung der University of Keele, Großbritannien, eingeholt werden müsse und auch eine Gebühr erhoben würde. Die Zuordnung sei erst vor einigen Wochen abgeschlossen worden.

Inzwischen hat Labo aus dem Stapel zwei Negative gezogen, die er mir mit den Worten gibt "Können Sie die zuordnen? Sie sind von einer Befliegung am 18. April 1945." Ich raffe alle meine Landschaftskenntnisse zusammen und erkenne schnell, dass das erste Negativ den weiteren Verlauf des Appelbachtales von der Weidenmühle bis Hof Iben wiedergibt. Die gewundene Straße von Neu-Bamberg nach Wonsheim, am Galgenberg entlang, ist sehr markant.

Das zweite Negativ 5118 aus der Befliegung ALK994 im Maßstab 1:8900 verwirrt mich zunächst. Es stimmt einfach nicht mit dem Kartenausschnitt überein, der die Negativ-Nummer zugeordnet ist. Die Nummer selbst ist richtig und fest im Filmmaterial einbelichtet, daran kann es also nicht liegen. Wie lässt sich das Bild am schnellsten zuordnen? Durch Reduktion auf die wesentlichen Strukturen. Hier bestimmt eine gabelförmige Straßenführung mit drei Orten das Bild, am Rand ist ein Taleinschnitt zu sehen. Mit meinen Ortskenntnissen und Labos Findigkeit haben wir das Rätsel in wenigen Minuten geknackt.

Der Bildmittelpunkt war falsch ins Befliegungsraster eingetragen worden. Statt einiger Kilometer östlich von Siefersheim flog der Luftbildfotograf fast direkt

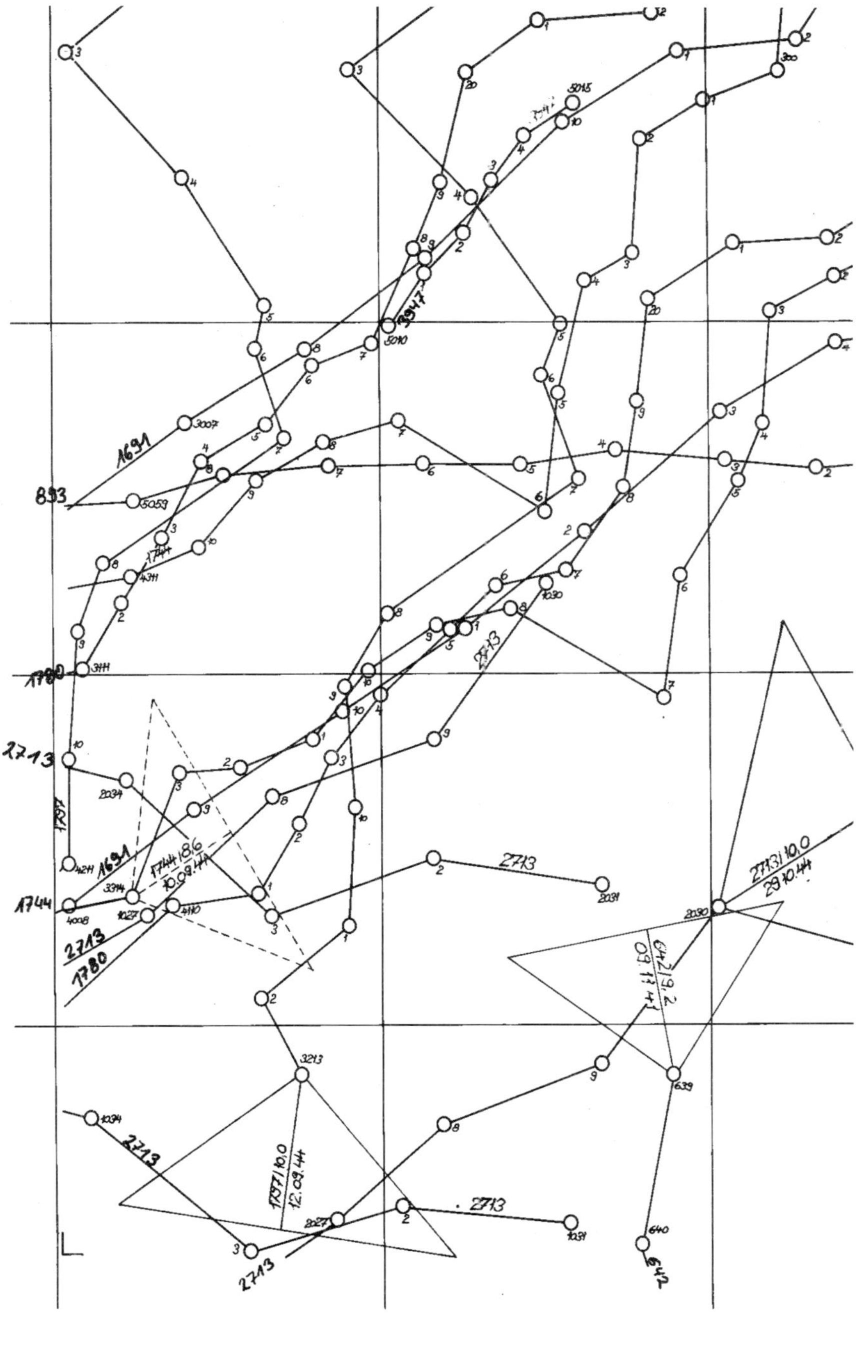

über Siefersheim und dokumentierte so Wonsheim, Stein-Bockenheim und Eckelsheim. Ganz am Rande - und das ist wörtlich zu nehmen - kam auch das Appelbachtal mit der Katzensteiger Mühle aufs Bild, sogar ein kleiner Teil des Hangs zum Haarberg.

Dieses Bild brauche ich unbedingt und so lasse ich mir einen Kontaktabzug machen. Zusammen mit den Karten habe ich erst einmal reichlich "Futter" für die nächsten Suchaktionen um Elkes Domizil. Es ist schon längst Feierabend, als ich das Landesamt verlasse und zum Auto gehe. Vor dem Haupteingang hat sich gerade eine Frauen-Jogging-Gruppe um Frau Karina versammelt, die kurz danach los läuft. In ihrem bunten Laufdress setzen sie schöne Farbakzente zwischen den nüchtern und kalt wirkenden Fassaden des Behördenzentrums. Die Rückfahrt nach Mainz führt wieder durch die Nebelsuppe im Hunsrück. Die Stimmung ist so merkwürdig, wenn die Konturen der Landschaft verschwimmen und nur der Kontakt zur Straße und die Fahrgeräusche die Gewissheit übermitteln, dass es vorwärts geht.

Das nasskalte Wetter hatte auch im Gerichtsviertel die Büros schnell nach Feierabend geleert. Nur die Polizeistreife fuhr ihren Routineweg zwischen Kaiserstraße und Große Bleiche, zwischen den Ministerien und dem grauen Gerichtsblock. So fiel niemand auf, dass mit viel Zweitakt-Getöse ein kleiner Fiat, dessen ursprünglich kräftig rote Farbe längst zu einem matten, schmutzigen Zinnober mutiert war, die Diether-von-Isenburg-Straße zwischen dem Amtsgericht und der ehemaligen JVA entlang fuhr und zur Kaiserstraße hin abbog. Dort hielt der Wagen an und der Fahrer wischte die beschlagenen Scheiben mit dem Ärmel seiner Jacke ab. Danach fuhr er wieder mit auf dem nasskalten Untergrund quietschenden Reifen an und folgte der Rheinallee bis zum Mombacher Kreisel, wo er nach Budenheim abbog. Vor dem Hoftor der Autoverwertung Noha stieg ein recht kleiner Mann aus, ein "Uffgestumpter", wie die Määnzer und Rhoihesse sagen, und drückte sich mit erstaunlicher Behändigkeit zwischen dem Tor und dem anschließenden Maschendrahtzaun durch.

Kurze Zeit später hatte er einen kleinen Reifen, der neben der Treppe zum Büro lagerte, unter dem Tor hindurch geschoben und war auch selbst wieder aus dem Gelände heraus. Er warf den Reifen auf die Rücksitzbank und startete wieder den Motor, als die Chefin wieder zurück in ihren Betrieb kam, weil sie die Kaffee-Maschine nach Feierabend nicht ausgeschaltet hatte. Als sie vor das Tor rollte, fuhr der rote Fiat Richtung Innenstadt los. Das machte sie stutzig, denn vor Einbrechern war sie auf der Hut. Auf den ersten Blick sah alles normal aus, nur eine Kleinigkeit war anders als beim Feierabend. Was konnte das sein? Schnell kontrollierte sie die Türen und Tore zum Büro, den Werkstätten und Containern, in denen die Ersatzteile lagern. Alle Türen waren verschlossen und so ging sie ins Büro, um endlich die Kaffeemaschine auszuschalten. Als sie wieder raus kam, sah sie, was sie gestört hatte: Im Reifenregal fehlte der kleine Wohnwagen-

Reifen. Sofort rief sie bei Hauptkommissar Wülfing an, der ihr seine Privatnummer gegeben hatte.

Der wiederum löste sofort eine Ringfahndung aus. Binnen fünf Minuten waren alle Ein- und Ausfallstraßen von Mainz und die wichtigsten Kreuzungen von Polizisten in ihren grün-weißen Autos überwacht. Der Verkehr war sehr spärlich, denn die Geschäfte hatten schon geschlossen und die meisten Pendler längst zu Hause. So fiel der rote Fiat in der Goethestraße einem Polizisten aus Mombach auf, der nach Feierabend mit seinem Fahrrad nach Hause fuhr. Er informierte seine Kollegen an der Einmündung Große Bleiche/Rheinstraße und die gaben das per Funk an die anderen Streifen durch. Von allen Seiten näherten sich nun die Streifenwagen der Neustadt Gerichtsviertel und auch Hauptkommissar Wülfing und Oberkommissar Hessinger waren mit ihrem Dienstwagen, dem Mondeo, dabei.

“Gleich haben wir ihn”, Hessinger bog mit quietschenden Reifen in die Kaiserstraße ein und stellte sich an die Kreuzung Hindenburgplatz. Auch die Kreuzung Bauhofstraße / Große Bleiche war bereits mit einem Streifenwagen bestückt, ebenso die Boppstraße. Dennoch blieb die Neustadt mit ihren vielen Ein- und Ausfahrten kaum zu überwachen. Zumindest, wenn man sich nicht an die Verkehrsregeln hielt. Das war auch Hessinger klar, aber den alten Mann mit seinem relativ langsamen Auto sollten Sie erwischen können.

Als nach fünf Minuten immer noch kein Fiat zu sehen war, wurden die beiden Ermittler langsam unruhig und fragten bei den anderen Wagen nach. Doch auch dort war der kleine rote Wagen noch nicht gesehen worden. Wo in diesem Straßen- und Hinterhof-Gewirr rund um den Gartenfeldplatz war er? Wülfing beschloss, die anderen Wagen an ihren Standorten zu belassen und die Neustadt selbst zu durchfahren. Die Parkplätze waren restlos belegt, dort würde Kalu keinen Platz gefunden haben. Mehr als einmal musste er Hessinger ermahnen, nicht zu schnell über die erhöhten Kreuzungsbereiche zu fahren, weil sein Rücken von den Schlägen der Straßenschwellen schmerzte. Sie kämmten die Straßen systematisch Richtung Rhein durch und waren gerade am Sömmeringplatz, als sie den Wagen sahen. Er tuckerte ganz gemächlich durch die Wallaustraße Richtung Kaiserstraße. Hessinger schaltete sofort das Blaulicht ein und gab Gas, während Wülfing die anderen Streifenwagen-Besatzungen informierte und zur Rheinallee und Kaiserstraße beorderte. Aber auch der rote Fiat gab Gas, schlitterte auf dem Asphalt in die Raimundistraße und fuhr mit vollem Tempo durch die Absperrung hinter den Stadtwerken. Der Fiat passte durch, doch der Mondeo nicht. Fluchend wendete Hessinger den Wagen und raste die Frauenlobstraße herunter. An der Kaiserstraße kam er gerade noch rechtzeitig, um den Fiat aus der Raimundistraße heraus und in die Albinistraße herein fahren zu sehen. Alle Verkehrsregeln missachtend, setzte er nach, während Wülfing auf dem Beifahrersitz abwechselnd Stoßgebete in den Himmel schickte und an seinen armen Rücken dachte. Dann waren sie in der Straße und Hessinger hatte mal wieder das dejà-vu-Erlebnis. Auch hier hatten die Stadtplaner eine Durchfahrtssperre eingebaut, die Platz genug für den Fiat ließ, aber zu eng für den Mondeo war.

Wieder machte Hessinger eine 180-Grad-Wende und fuhr über die Rheinallee in die Diether-von-Isenburg-Straße, doch es war offensichtlich zu spät. Der Fiat war verschwunden und tauchte auch in der nächsten Stunde nicht mehr auf, obwohl die Streifenwagen alle Straßen absuchten. Das erschien Wülfing, der sich seinen schmerzenden Rücken rieb, und Hessinger gleichermaßen unverständlich. Schließlich gab es im Gerichts- und Ministeriumsviertel jede Menge videoüberwachte Eingangsbereiche und Tiefgaragen-Einfahrten. Wohin sollte das Auto entkommen? In Mainz musste es noch sein. Wülfing hob die Ringfahndung nach einer Stunde wieder auf und ließ sich von seinem Kollegen nach Hause fahren. Dabei musste das Objekt der Begierde ganz in der Nähe sein, wahrscheinlich irgendwo in einem Rechteck, dass von der Großen Bleiche und der Kaiserstraße begrenzt wurde, der Rheinstraße und der Bauhofstraße. Ein Viertel mit ganz alten und ganz neuen Gebäuden, dicken Mauern und hohen Toren und mit einem gemeinsamen Merkmal: Dass es tagsüber belebt und nachts fast menschenleer war. Mit ganz wenigen Ausnahmen.

Es war der Tag, bevor Dick Hobson kam.

*

Die Rückfahrt von Koblenz war ausgesprochen anstrengend und so bin ich froh, als ich endlich wieder zu Hause bin und meine Mitbringsel auf dem großen Arbeitstisch ausbreiten kann. Zunächst lade ich die aktuelle Luftbildaufnahme mit ihren stolzen 180 Megabyte in den Rechner und danach scanne ich den Kontaktabzug. So kann ich beide auf dem Monitor übereinander legen und Unterschiede besser erkennen. Der Weinkelch auf dem Haarberg mit seinen Grabplatten ist auf dem neuen Luftbild perfekt zu sehen, aber auf dem Foto vom April 1945 nicht zu erkennen. Zwar hat das alte Negativ nicht die Qualität der neuen Digitalaufnahmen, aber die Struktur sollte groß genug sein, um erkannt zu werden - wenn sie denn da war. Nur vage zu erkennen ist ein dunkler Fleck in der Wiese zwischen der Katzensteiger Mühle und Neu-Bamberg. Das könnte das Wrack der abgeschossenen Maschine sein, aber für dieses Detail ist das Luftbild nicht scharf genug. Rund um die Katzensteiger Mühle ist noch nichts von den heutigen Fischteichen zu erkennen, auch die Hütte der Angelfreunde nicht. Klar heraus sticht der Hohlweg nach Siefersheim, der ein geradezu biblisches Alter haben muss. Denn das Luftbild verdeutlicht in Verbindung mit den Höhenlinien der Karte, dass es die kürzeste und am wenigsten steile Verbindung vom Appelbach auf die fruchtbare Ebene rund um Siefersheim ist.

Sie ist auch in den ältesten Karten genau so eingezeichnet, wie sie heute läuft. Ein anderer möglicher Fluchtweg des abgeschossenen Fliegers, denn der Haarberg schien mir nicht so günstig als Versteck geeignet zu sein? Ich werde mir morgen die nach Siefersheim gelegene Seite des Appelbachtals einmal genauer ansehen. Oder sollte ich trotz des Nebels noch zur Katzensteiger Mühle fahren? Da wäre Elke und vielleicht schnappt meine kleine Schilderfalle ja gerade heute zu. Frei nach Edgar Wallace kitzelt ein solches Wetter geradezu kriminelle Eigenschaften hervor und es wäre doch schade, wenn morgen früh nicht nur das letzte Schild weg wäre, sondern meine Elektronik noch dazu.

Also packe ich meine Karten zusammen, spiele die Luftbilder auf mein Uralt-Notebook, schwinge mich doch wieder ins Auto und suche mir im Schneckentempo meinen Weg über den Wissberg und Sprendlingen bis ins Appelbachtal. Die Mauer der Katzensteiger Mühle taucht fast unvermittelt aus dem dichten Nebel auf und nur Elkes Auto ist da. Sie sitzt bei Kerzenlicht im Wohnzimmer und freut sich, als sie mich sieht. Vielleicht ist es ihr doch zu einsam, allein in diesem alten Gehöft? Zugeben würde sie es sicher nicht. Bei einem guten Rotwein löst sich die Stimmung immer mehr und auch die Katzen haben es sich friedlich auf dem selben Sofa bequem gemacht - natürlich an entgegengesetzten Enden.

Da ist sie wieder, diese mystische Stimmung. Das Licht der Kerzen in den Augen einer schönen Frau, das leichte Knarren der uralten Balken, das Prasseln der Scheite im Ofen, der stete leichte Zug durch die alten Türen und der Blick nach draußen in die Dunkelheit wie auf eine dunkle Wand, die mit ihrer Nässe einen leichten Film auf die Fenster legt. Wir sitzen noch lange da und gehen erst nach Mitternacht ins Schlafzimmer mit dem notorisch aufstehenden Fenster. Die Bettwäsche fühlt sich kalt und klamm an und beim Kuscheln rutscht immer wieder ein Fuß unter der zu kleinen Bettdecke ins Freie, was meiner Begeisterung einen deutlichen Dämpfer versetzt.

Eine rechte Entspannung will sich so nicht einstellen und schließlich gehe ich doch wieder hinunter ins Wohnzimmer schlafen, was mir erneut ein verächtliches "Pienzchen" von Elkes Seite einbringt. Ob das auf Dauer etwas mit uns werden kann? Doch auch im Wohnzimmer wälze ich zunächst einige alte Zeitschriften, bevor ich endlich in einen traumlosen Schlaf wegsacke.

Ein ohrenbetäubendes Pfeifen weckt mich wie eine Faust, die auf meine Ohren schlägt. Schlaftrunken schaue ich auf mein Handy. Es ist Samstag, der 15., und zwar drei Uhr fünfzehn. Morgens! Sind draußen die Aliens gelandet oder woher kommt dieses unerträglich schrille Pfeifen? Dann ertönt ein Anlassergeräusch und mit einem dumpfen Fauchen startet ein Motor. Schlagartig fällt es mir wieder ein: Die Alarmanlage ist los gegangen und die irre Diode von Conrad Elektronik Modell “Trompete von Jericho” sondert batteriegetrieben ihre 115 dB(A) ab. Am Fenster ist außer dichtem Nebel nichts zu sehen. Schnell springe ich in meine Hose und renne hinaus in den Hof. Hier ist die Sicht noch recht gut und geschätzte viereinhalb Sekunden später bin ich vor dem Tor. Gerade noch rechtzeitig, um zwei Rücklichter Richtung Neu-Bamberg verschwinden zu sehen.

Ob das Beule war? Kalu kann es wegen des Autogeräusches nicht gewesen sein und wenn der Emailschilder hätte sammeln wollen, hätte er sich über Jahre selbst bedienen können. Das Malzkaffee-Schild hängt jedenfalls nur noch an der von mir in weiser Voraussicht verdübelten Schraube, während die alten, rostigen Befestigungsnägel komplett heraus gezogen worden sind. Auf dem Boden liegt meine kleine Alarmanlage und eine Sekunde später habe ich das ohrenbetäubende Pfeifen abgeschaltet. Ein richtiger Erfolg war sie leider nicht und der Schilderdieb wird wohl nicht wiederkommen. Andererseits tut mir Herbert sicher den Gefallen und lässt das Schild auf Fingerabdrücke untersuchen. Weil ich es nach dem Einbau der Alarmanlage mit Glasreiniger abgeputzt hatte, sollten sich nun die Fingerabdrücke gut abzeichnen. Beules Fingerabdrücke sollten sich bei passender Gelegenheit auf dem nächsten Weinglas finden lassen.

“Was ist denn? Komm endlich wieder ins Bett. Mein Gott, bist du kalt!”, Elke kuschelt sich schlaftrunken an mich, als ich wieder unter die Bettdecke schlüpfe. Ihr ist jetzt sicher nicht nach einem detaillierten Hab-den-Dieb-wieder-nicht-Bericht, sondern mehr nach Nähe. So schmusen wir uns gegenseitig in einen Tag, der sich nur durch die das Aufhellen des unverändert dichten Nebels zeigt. SWR1 im Radiowecker macht immerhin Hoffnung und spricht von einem atlantischen Tiefdruckgebiet, das Warmluft aus der Biscaya nach Mitteleuropa schleust. Die näheren Aussichten sind steigende Temperaturen, vereinzelte Schauer und böige Winde. Das verspricht immerhin bessere Sicht als diese Nebelsuppe, die einen auf Dauer trübsinnig machen kann. Hoffen wir, dass sich das Tiefdruckgebiet nicht allzu lange auf dem Weg nach Deutschland aufhält und dem Azorenhoch den Weg versperrt.

Während sich Elke um den Frühstückstisch kümmert, schleppe ich meine Karten und das Notebook aus dem Auto herein.

Als Elke die Karten und Luftbilder sieht, bekommt sie große Augen, muss aber schnell weg zur Arbeit. Da habe ich es doch besser und gehe gemütlich daran, Christianes Stemmarbeiten vom Vortag zu begutachten. Tatsächlich hat Elkes Freundin gute Arbeit geleistet, die Löcher sind groß genug für Strom, Wasser und vor allem Abwasser. Nur den Schutt hat sie liegen gelassen, womit meine nächste Aufgabe fest steht. Das trockene, staubige Lehm-Stroh-Gemisch verursacht mir einen dauernden Nießreiz und ich bin froh, als ich alles auf den großen

Schutthaufen im Hof entsorgt habe und an die frische Luft gehe. Wie das Radio meldete, kommt ein immer stärkerer Wind auf, der den Nebel vertreibt und Wolken über den Himmel jagt.

Kurz nach Mittag habe ich den Flur mit einer Lampe mit Bewegungsmelder versehen und die Küche verkabelt. Auch habe ich meine kleine Schilderfalle wieder aufgebaut und gleich mit einem 500-Watt Halogenstrahler mit Bewegungsmelder an die Außenwand montiert. Man kann ja nie wissen, wer da nachts herum schleicht. Dann schaue ich mir nach endlosen Ladezeiten die Luftbilder auf dem Notebook noch einmal genau an. Irgendwo muss sich doch eine Spur von Monahan finden. Das Wäldchen auf dem Haarberg ist auf der Aufnahme von 1945 nicht erkennbar, wohl aber eine starke Bebuschung am Hang zur Katzensteiger Mühle hin. Die Seite nach Siefersheim aber ist auch damals von vielen Büschen und Bäumen bestanden. Es scheint mir immer wahrscheinlicher, dass ein Flüchtling versuchen würde, in den Wald auf Siefersheimer Seite zu kommen. Aber wie würde er dorthin gelangen? Bei niedrigem Wasserstand kann man überall über den Bach, aber Mitte März ist Hochwasserzeit. Also muss er den Katzensteg als Übergang nutzen und dazu an der Katzensteiger Mühle vorbei, es gibt keine Alternative.

Angenommen, er hätte es geschafft, wo im Wald würde er sich verstecken? Von der Hexenkanzel dringt das Geräusch polternder Steine herunter und reißt mich aus meinen Gedanken.

*

"Hello Mister Wolfink, hello Mister Hissinger! Nice to come back to good old Germany! You found Bill?" Der Mann in seiner karierten Jacke und Hose sah so sehr nach Amerikaner aus, dass es Wülfing und Hessinger schon wie eine Karikatur vorkam. Er war etwa 60 Jahre alt, groß, sicher fast zwei Meter, schlank und hatte einen Händedruck, der verriet, dass er sportlich aktiv war. Und er war ziemlich hartnäckig, denn sonst stünde er jetzt nicht im Büro der beiden Beamten, die ihr Überstundenkonto weiter vergrößerten. Mit bedeutender Geste reichte er den beiden Kripobeamten eine Visitenkarte, auf der neben seinem Namen das Wappen der Legion of Valor mit Sitz in Santa Barbara in Kalifornien prangte.

"Nice to meet you", ergriff Hessinger das Wort, "but we have not yet found Mister Monahans remains."

"Maybe I can help you finding him, sowieso. My German is not as good as it was, aberr jezz gähen wir zum Stättele hinaus."

"Stättele?"

"Excuse, Mister Wolfink, just a famous title of the King, of Elvis. Muss i denn, muss i denn ..."

"... zum Stättele hinaus", vollendete Hessinger das Lied weiter, was ihm einen kritischen Blick seines Kollegen einbrachte.

"I was in Germany, end of the fifties, an iron soldier in Finthen", ergänzte Hobson, was Wülfing nur ein oberflächliches "Klingt interessant" entlockte.

Er wusste nicht recht, was er davon zu halten hatte. Zunächst hatte er es nachträglich bedauert, die Daten über den blutverschmierten Overall in die USA gefaxt zu haben. Wenn er zurück rechnete, konnte Hobson davon aber möglicherweise noch gar nichts gehört haben, denn das Fax war erst am Vortag rausgegangen und da war Hobson wohl schon im Flugzeug gewesen. Er musste die Reise bereits nach dem Fund der Hundemarke ins Auge gefasst haben. Weshalb so schnell? Eine Vermisstensuche nach mehr als 50 Jahren ist normalerweise keine Sache von wenigen Tagen.

Hessinger kam das wohl auch spanisch vor, denn er klapperte im Hintergrund schon die Internet-Adresse der Legion of Valor in seine Tastatur ein. Tatsächlich fand er eine üppig mit Bildern garnierte Darstellung der Aktivitäten dieser Gruppe mit einer für das Land der unbegrenzten Möglichkeiten typisch unverkrampften Verbindung unterschiedlichster Bereiche.

Da gab es den zweifellos lobenswerten Versuch, die Schicksale vermisster Soldaten, meist Flieger, zu klären. Schön säuberlich geordnet nach European War Theater, Pacific War Theater und so weiter. Die wörtliche Übersetzung ist Kriegsschauplatz und auch lange nach dem gegenseitigen Abschlachten ging das Theater mit dem Kriegstourismus weiter. Gesponsert von Sensationsgier und organisiert von geschäftstüchtigen Reiseunternehmern. Dann waren da die Plünderer alter Schlachtfelder, die Militaria-Sammler belieferten. Und schließlich versuchten Waffennarren noch nach fünfzig Jahren die Gründe für Sieg oder Niederlage zu ergründen. Offensichtlich sehr effektiv waren die direkten Verbindungen der Veteranen-Vereinigungen zu den aktiven Streitkräften. Ohne Kontakte zur Airforce hätte der Amerikaner nicht von dem Fund erfahren.

Zu welcher Kategorie zählte Hobson? Hessinger komplimierte den Amerikaner aus dem Büro und der meinte, dass man sich bald wieder sehen würde. "You are very freundlich, Herbert and Hans-Joachim. Now let´s have a look at my old friend Maria. I will stay in Ingelheim."

Dann waren die beiden Ermittler wieder unter sich.

"Das hat uns gerade noch gefehlt. Er will zunächst in Ingelheim bleiben", war Wülfings erster Kommentar, dem Hessinger nur zustimmen konnte. "Andererseits ist das mit Elvis natürlich interessant."

“Dachte ich mir’s doch”, seufzte übertrieben sein Kollege mit einem flehenden Blick zur weißgetünchten Decke. “Nicht zu vergessen, dass da noch jemand herum wühlt.”

“Du meinst Ronni?”

“Ja, der sucht doch immer nach einer Story.”

“Schon, aber der hilft uns auch”, gab Wülfing zu bedenken, “und vielleicht verarbeitet er den Amerikaner in einen Bericht.”

“Vermeiden können wir das sowieso nicht. Die laufen sich garantiert bald über die Füße. Und wer weiß - vielleicht erfährt er ja mehr als wir von diesem publicitygeilen Schlachtenbummler.”

“Hast du nicht auch Lust auf einen Tee bei Elke? Eigentlich müssten wir ja noch einmal in Kalus Wohnung sehen. Vielleicht haben wir ja beim ersten Mal etwas übersehen.”

Als die beiden Ermittler sich am frühen Nachmittag auf den Weg ins Appelbachtal machten, hatte Hobson mit seinem Leihwagen, einem Mercedes 190C schon einen kurzen Besuch bei den Iron Soldiers in Finthen gemacht und sich im Hotel “Multatuli” in Ingelheim eingemietet. Das war schon immer da gewesen, auch schon in den Fifties, den Fünfziger Jahren. Und der Blick war gleichermaßen atemberaubend, wenn auch Ingelheim und die Nachbargemeinde inzwischen weit ins Umland gewachsen waren und die Regenwolken als grauweißliche Fetzen an den Hängen des Rheingaus hingen und der Kamm zum Taunus nur zu erahnen war. Nach einem ausgiebigen Mittagessen saß er bei einer großen Cola im voll verglasten Restaurantbereich und stöberte im Telefonbuch von Ingelheim. Maria, wie war noch ihr Name? Winkeler. Er suchte, aber fand keinen Winkeler, wohl aber Winkler, allerdings ohne Straßennamen dahinter. Eine Maria war nicht darunter. Ihre Eltern sollten wissen, wo sie heute war. Wenn sie noch lebten - es erinnerte ihn wieder schmerzlich daran, dass auch er schon das sechste Lebensjahrzehnt angebrochen hatte - und noch da wohnten, wo er Elke früher abgeholt hatte. Denn auch sie konnte er im Telefonbuch nicht finden.

Die Erinnerung an die alten Zeiten wurde immer stärker. Die langen Spaziergänge in den Obstfeldern und Hohlwegen unterhalb des Bismarckturms waren mitunter herrlich spontan und erotisch gewesen. Ihre Eltern hatten davon natürlich nichts gewusst und waren aus Prinzip immer gegen die Liaison mit “dem Ami” gewesen. Und sie hatten gewonnen, denn als er nach drei Jahren zurück ging in die Staaten, war sie ihm nicht gefolgt, leider. Sie hatten sich noch geschrieben, doch schon ein Jahr später hatte sie ihm mitgeteilt, dass sie einen Installateur geheiratet hatte und das erste Kind unterwegs sei. Danach war der Kontakt abgebrochen.

Dennoch: Auch wenn das lange her war, würde sie ihn sicher erkennen. Doch der Besuch bei ihren Eltern musste warten, denn er war sehr müde. Die Zeitverschiebung machte ihm zu schaffen. Bevor er sich zu einem ausgiebigen Nachmittagsschlaf hinlegte, transportierte er noch drei große Koffer in sein Zimmer, denn seine Arbeitsgeräte wollte er lieber in seiner Nähe haben.

*

Nach einer Weile hört das Poltern der Steine auf und es kehrt wieder Stille in der Katzensteiger Mühle ein, nur unterbrochen von den gelegentlich vorbei fahrenden Autos auf dem Weg nach Wöllstein. Ich gehe einmal nachsehen, den Hohlweg hinauf und oben auf der Hexenkanzel entlang, dann Richtung Wöllstein herunter und die alte Bahntrasse entlang zurück. An der Hexenkanzel ist lockeres Gestein herunter gestürzt und mehrere große Brocken liegen mitten auf dem Weg. Die Abbruchstelle liegt nahe der oberen Kante des Taleinschnitts, das Gestein glänzt noch frisch im hellen Licht. Im Hintergrund höre ich einen Wagen wegfahren, wahrscheinlich vom Wanderparkplatz am Taleingang.

An den steilen Hängen der Hexenkanzel rutscht das lockere Gestein häufig ab, wie der schmale Schuttgürtel am Rand des Radwegs zeigt. Kurz vor zwei kommt Elke von der Arbeit und nach dem gemeinsamen Essen stöbern wir durch die Luftbilder und Karten. Ihr fällt noch ein kleiner, dunkler Fleck am Hang zum Haarberg unweit der heute dort befindlichen Gruft auf, der auf dem neuesten Luftbild nicht mehr enthalten ist. Nur ein Fehler im Filmmaterial oder mehr? Ich bin einfach noch zu unerfahren in der Auswertung von Luftbildern. So glaubte ich zunächst viele Bombenkrater auf dem Haarberg entdeckt zu haben, die sich bei näherer Betrachtung als Bäume entpuppten, deren Schlagschatten den Eindruck eines Kraters vermittelten.

Auch mit einer Lupe kommen wir nicht weiter und es ist Elke, die eine nahe liegende Lösung vorschlägt.

“Wie wäre es mit einem Besuch bei Familie Wirth in Wöllstein? Ich habe auf der Arbeit mal nachgefragt. Die waren mal die größten Winzer in Rheinhessen. Und die Grabplatten ...”

“Ja?”

“... gehören zu einer Gruft, wo früher einmal Mitglieder der Familie bestattet wurden. Aber das muss wohl vor dem Krieg gewesen sein.”

Eine Gruft? Auf dem höchsten Punkt eines Berges? Diese Familie scheint einen Sinn fürs Außergewöhnliche zu haben. Vor dem Krieg? Das könnte sein, denn auf einer Grabplatte habe ich Jahreszahl 1938 gelesen. Warum ist sie dann aber auf dem Luftbild von 1945 nicht zu erkennen?

“Die Telefonnummer habe ich auch schon heraus gesucht”, eifrig zückt Elke einen Zettel und wählt an ihrem Handy die aufnotierte Nummer. Nur ein paar Worte später schaut sie mich triumphierend an.

“Sie erwarten uns um vier zum Tee.”

“Und dein Papagei?”

“Was?”

“Dein Farbenbruder?”

“Himmel, den habe ich ganz vergessen, der wollte ja heute kommen.”

“Ei, ei, ei, wo bleibt er denn?”, spotte ich.

“Erspar mir Deine Gifterei”, ihr Ton wird schärfer, “Du hast mich doch, warum reicht dir das nicht? Warum immer diese blödsinnige Eifersucht? Lass es oder ich überlege es mir anders.”, demonstrativ wendet sie sich von mir ab.

Wir warten noch bis kurz nach drei und wollen gerade nach Wöllstein gehen, als wir das rhythmische Klappern eines Dieselmotors vor dem Hoftor hören und kurz danach Beule in merkwürdig steifer Haltung durch das Hoftor kommt. Er hat sich offensichtlich weh getan, auch wenn oberflächlich durch die Arbeitskleidung keine Verletzung zu sehen ist. Nachdem Elke das Tor geöffnet hat, fährt er mit einem Pickup samt Anhänger mit Minibagger in den Hof und hält vor der hinteren Scheune. Zwei polnische Arbeiter steigen aus und laden Gasbetonsteine, einen Betonmischer und säckeweise Fertigbeton ab. Einer fährt den Minibagger vom Anhänger in die Scheune. Elke bespricht sich noch kurz mit dem Kleinunternehmer und kommt dann zu mir.

“Beule schachtet jetzt aus und gießt ein Fundament. Er hat sich wohl den Fuß verknackst. Danach mauert er den Anschlussraum und den Installationsschacht im Haus ab. Doch lass uns jetzt gehen. Ich bin ja ziemlich gespannt auf eine Familie, die ihre Toten auf dem Gipfel eines Berges bestattet. Ist so etwas heute überhaupt erlaubt?”

Darauf habe ich auch keine Antwort und wir verlassen gemeinsam den Hof. Durch das offene Tor sehen wir noch, wie Johannes uns misstrauisch nachsieht, während das Geräusch des Baggers, gefolgt von einer Staubwolke, aus der Scheune dringt. Wir überqueren den Katzensteg und folgen dem Radweg nach Wöllstein. Das Anwesen der Familie Wirth in der Eleonorenstraße umfasst neben dem Wohnhaus auch eine Straußwirtschaft gegenüber dem Gemeindehaus, die an Wochenenden und bei gutem Wetter geöffnet ist. Wolfgang und Ulrike Wirth erwarten uns an der Haustür und führen uns in den Wintergarten, misstrauisch verfolgt von der ängstlichen Hündin Bonnie, einem interessanten Mix aus Labrador und Windhund.

Bei Tee, leckerem Apfelstrudel und einem trockenen Grauburgunder entspinnt sich schnell ein ausgesprochen munteres Gespräch. Ulrike Wirth ist eine veritable Kräuterkundlerin, manche sagen auch Kräuterhexe und Elke fragt ihr geradezu Löcher in den Bauch. Ich sehe schon, wie sie die ganze Mühle in eine blühende Kräuterfarm verwandeln will. Mir steht der Sinn mehr nach geschichtlichen Hintergründen und Wolfgang Wirth entpuppt sich als Experte der Wirthschen Familiengeschichte, der Fakten mit Geschichten verbindet und zunächst seinen Großvater plastisch schildert.

Von diesem stammt auch die Idee der Gruft und vor meinem geistigen Auge entsteht das Bild eines Familienpatriarchen, der allem und jedem seinen Stempel aufdrückt. So hatte er einen großen Teil des Haarbergs mit Erde überdecken lassen, um dort Wein anzubauen. Nach dem Krieg war er mit fünfzig Hektar Weinbergen wohl der größte Winzer in Rheinhessen.

“Er war schon ein außergewöhnlicher Mann”, erinnert sich der Winzer an seinen Großvater, “und er ist natürlich auch in der Gruft begraben.”

“Ich hörte, die Gruft sei leer und die Toten seien umgebettet worden?”

“Nein, die Inschriften auf den Grabplatten treffen zu. Es sind sogar noch zehn Plätze frei, falls dies genehmigt wird.”

“Und wie kommt man in die Gruft?”

Wirth lächelt. “Diese Frage stellen alle und tatsächlich ist es schwierig. Die Mauern sind sehr dick und von oben kommt man nur mit einem Kran ins Innere.”

“Also hätte sich im Krieg niemand darin verstecken können?”

“Nein”, er lacht, “bestimmt nicht. Denn die Gruft wurde erst 1957 erbaut.”

“Und das Häuschen im Wald?”

“Ein ausgebrannter und in fünf Teile geschnittener Eisenbahnwaggon aus dem Krieg. Hier haben wir sogar ein Bild im vollständigen Zustand.”

Er zeigt mir noch mehrere Bilder vom Bau der Gruft, der Aufschüttung der Erde, der Anlage der Weinbergsterassen und der Gegend allgemein. Vor allem die Junkermühle steht so merkwürdig einsam außerhalb von Neu-Bamberg. Nur ein größeres Haus befindet sich etwa fünfzig Meter daneben, am Ellerbach. Und da ist noch etwas: Auf einem Foto ist am Hang des Haarbergs eine kleine Hütte zu erkennen. Ist es der schwarze Fleck auf dem Luftbild aus dem Krieg? Ich zeichne die ungefähre Position in die Karte ein, die wir in weiser Voraussicht mitgenommen haben. Wenn Monahan sich da hatte verstecken wollen, musste er nicht an der Katzensteiger Mühle vorbei. Und eine noch so einfache Hütte ist sicher bequemer als ein Versteck im Wald auf der anderen Seite des Appelbaches, aber natürlich auch auffälliger. Ob wir den Platz wiederfinden und vielleicht weitere Spuren? Wir plaudern weiter und lassen uns den Apfelstrudel schmecken, als plötzlich mein Handy klingelt.

“Ronni, wo bist du?” Es ist Herbert, der mit seinem Kollegen in der Katzensteiger Mühle ist. Seine Stimme klingt etwas unruhig. “Komm bitte in die Mühle. Ich brauche Deine Hilfe.”

*

Das Durchsuchen der Wohnung eines Verdächtigen ist nur vordergründig eine rein technische Sache. Hier ein paar Fingerabdrücke, dort ein Urlaubsfoto oder ein verräterischer Kurzwahlspeicher im Telefon. Nein, zu den Eigenheiten von Herbert Wülfing gehörte es auch, in länger andauernden Ermittlungen noch einmal nach der ersten Durchsuchung mit der Spurensicherung ein zweites Mal in die Wohnung eines Verdächtigen zu gehen. Der Grund war, dass er sich im Laufe der Ermittlungen immer besser in den Verdächtigen hinein versetzen konnte und so bei der zweiten “Lese” oft etwas Wichtiges fand, das beim ersten Mal als belanglos übersehen worden war. Auch Hajo Hessinger war ähnlich gestrickt und lernte schnell von seinem älteren Kollegen. Es wäre indes gelogen, den neuerlichen Besuch der Mühle ausschließlich dienstlichen Belangen zuzuschreiben. Ein wenig war es sicher auch die heimelige Atmosphäre in Elkes Wohnzimmer, die Entspannung versprach.

So war denn auch ein wenig Enttäuschung bei den beiden Ermittlern zu spüren, als sie zwar das Hoftor geöffnet vorfanden, aber Elkes Wohnungstür abgeschlossen war. Aus der Scheune auf dem entgegen gesetzten Ende des Hofes drangen fremdsprachige Wortfetzen und in unregelmäßigen Abständen heulte ein Elektromotor an seiner Leistungsgrenze auf. Auf dem Abfallhaufen im Hof lag eine Diele und ein Arbeiter fuhr Schubkarre um Schubkarre trockenen Erdaushub auf die Spitze des Haufens und kippte ihn dort ab. In der Hofmitte stand ein Pickup, auf dessen breiter Sitzbank sich ein Mann lümmelte und die Spielberichte der Bundesliga im Radio hörte. Auf einem Anhänger war ein Takeuchi-Minibagger festgezurrt, eines dieser Geräte, mit dem man eine Standardtür von 90 Zentimeter Breite durchfahren kann.

In der Scheune schachteten zwei Bauarbeiter ein kleines Fundament für den Anschlussraum in der Scheune aus und waren nun dabei, den Beton zu mischen und zu gießen. Den Aushub fuhren sie mit einer Schubkarre auf den großen Dreckhaufen im Hof, eine wilde Mischung aus Erde, Steinen, verrotteten Holzstücken und verdorrtem Unkraut vom letzten Jahr, auf der kleine grüne Flecke bereits die keimende nächste Unkraut-Generation ankündigten.

Wülfing wechselte ein paar Worte mit dem Mann im Pickup und erfuhr, dass die Bauarbeiten in Elkes Auftrag für heute mit dem Gießen des Fundaments abgeschlossen seien und tatsächlich kamen die Arbeiter aus der Scheune und stiegen auf die lange Sitzbank des Pickup. Hessinger wollte bereits in Kalus Wohnung gehen, doch als er an die Tür kam, stockte er, denn das Klebesiegel war aufgebrochen. Er rief seinen Kollegen, der sofort kam.

“Da hat jemand die Wohnung betreten”, stellte Hessinger fest und strich sich nachdenklich mit der Hand über seinen breiten Mittelscheitel. “Vielleicht die Bauarbeiter?”

Er hielt mit Handzeichen den Pickup an, der gerade durch das Hoftor fahren wollte. Der Fahrer kurbelte die Fensterscheibe herunter.

“Was ist los?”

“Kriminalpolizei Mainz. Haben Sie oder Ihre Arbeiter diese Wohnung betreten?” Der Oberkommissar zeigte auf Kalus Wohnung und musterte kritisch den Fahrer und seine Arbeiter.

“Nein, wir haben in der hinteren Scheune ausgeschachtet. Frau Vogel hat uns beauftragt und kennt uns.”

“Wir brauchen trotzdem Ihre Personalien.” Hessinger ließ keinen Zweifel an seiner Entschlossenheit und die Arbeiter erbleichten. Derweil öffnete Wülfing mit angeborener Findigkeit durch geschicktes Verkanten das Tor zu der an Kalus Wohnung angrenzenden Scheune und untersuchte den dortigen Zugang, fand aber das Siegel unversehrt.

Die Arbeiter hatten keine Papiere dabei und so gab sich Hessinger zunächst mit dem Aufnotieren der Namen und den genauen Personalien des Johannes Trapp und der Telefonnummer zufrieden. Eine Benachrichtigung der Bauaufsicht würde folgen. Dann entließ er den Bautrupp und ging mit seinem Kollegen in Kalus Wohnung.

Hier schien alles auf den ersten Blick in der gewohnten Unordnung, allerdings lag seitlich neben der Eingangstür auf dem Boden ein rotes Blatt Papier mit einer handschriftlichen Aufzählung von Kleidung bis zu Shampoo in einer mit längst verlassenen Spinnweben verklebten Wandnische unter dem Fenster. Auch wenn der genaue Vergleich noch fehlte, war sich Wülfing sicher, dass die altdeutsche Schrift von Kalu stammte. Auf der anderen Seite des Blattes ein Speiseplan vom 2.12. bis 06.12.02, fein säuberlich mit einem Laserdrucker aufs rote Papier gebracht. “Die Kantine bietet an” und dann kam die Aufzählung leckerer Dinge vom Seelachsfilet in Kräuter-Senf-Soße mit Salzkartoffeln zu 3,40 Euro am Montag bis zu den Maultaschen mit Röstzwiebeln und Salat zu 3,30 Euro am Freitag.

“Bei der Zubereitung der Speisen wird Jodsalz verwendet”, las Hessinger ungerührt weiter. “Sozialverein der Mainzer Justizbehörden. Da hätten wir doch was.”

Er packte den Zettel sorgfältig in eine Plastiktüte und beide stiegen die steile Treppe hoch in den ersten Stock. Auch hier schien alles unverändert, bis darauf, dass ein Stuhl seitlich an den Kleiderschrank gerückt war. Hessinger stieg darauf und schaute auf den Schrank. Im fingerdicken Staub zeichnete sich ein rechteckiger großer Fleck ab.

“Da lag doch vorher ein Koffer, bilde ich mir ein!”

“Stimmt”, stellte Wülfing fest und öffnete die Schranktür, “und der Schrank ist leer.”

“Da hat Kalu wohl seinen Hausstand nachgeholt.”

“Scheint so. Wer sonst würde diese alten Klamotten noch holen. Fehlt noch was?”

Hessinger schaute noch im alten Vertiko neben dem Fenster, das ebenfalls leer geräumt war. Dabei fiel sein Blick auf den Dreckhaufen im Innenhof, der aus dieser Perspektive noch chaotischer aussah als vom Hof aus. Der Regen der letzten Tage hatte feine Partikel abgeschwemmt und der Regen spülte bereits die gröberen Partikel aus dem neuen, feinkörnigen Aushub heraus. Dazu zählte ein weißes Objekt inmitten von alten, dunklen Holzresten, das man leicht für einen von der Sonne ausgebleichten Ast halten konnte. Hessinger mit seiner Erfahrung aus der Spurensicherung aber nicht. Dort lag ein Knochen, wahrscheinlich der eines Menschen.

Beiden war klar, was das bedeutete. Dieser Bauunternehmer hatte ein Fundament gegossen und der Beton wurde langsam fest. Um diese Zeit ließen sich keine Bauarbeiter mehr auftreiben. Die Handy-Nummer des Bauunternehmers mit dem Bagger hatte er sich dummerweise nicht geben lassen. Ronni und Elke waren nur ein paar Kilometer weiter, aber nicht da. Wülfing fluchte vernehmlich und rief Ronni auf dem Handy an. Dann fing er mit seinem Kollegen an zu schuften. Erfreulicherweise hatten die Bauarbeiter wenigstens die Schaufeln da gelassen.

*

Es dämmerte bereits, als Hobson wieder aufwachte, sich in seinem Bett streckte und dabei am Kopf- und Fußteil gleichzeitig anstieß. Er brauchte ein wenig Zeit, bis er sich orientiert hatte und packte dann mit geübten Handgriffen seine Koffer aus. Die Kleidung deponierte er im Schrank und dann montierte er sorgfältig Griffe, Spule und Elektronik. Das Akkuladegerät hatte er bereits vor dem Nikkerchen eingeschaltet und es blinkte zum Zeichen, dass Ladevorgang abgeschlossen war. Der Amerikaner nahm die Akkus, setzte sie in Gehäuse und schaltete das Gerät ein. Die grüne LED am Kontrollkasten leuchtete und ein leichter Summton zeigte an, dass das Gerät betriebsbereit war.

Zufrieden schaltete Hobson wieder aus, zog sich an und studierte noch einmal die mitgebrachten Karten. Er verließ das Haus im leichten Regen, als die Glocke der Burgkirche sechs Uhr am Abend schlug.

Mit seinem Benz fuhr er schnurstracks nach Ingelheim herein und wurde von einem entgegen kommenden Autofahrer unter wildem Gehupe zum Stoppen und zur Umkehr gezwungen.

Tatsächlich war die Wackernheimer Straße vor 40 Jahren noch keine Einbahnstraße gewesen. So kehrte er wieder um und kurvte am Herstel vorbei bis zur Binger Straße und von dort Richtung Boehringer. Wie hieß die Straße, wo Maria wohnte, noch? Neuweg, ja Neuweg. An der Bahnhofskreuzung war eine große Baustelle, die Fahrbahndecke war aufgerissen und ein großer Bagger blockierte die Fahrspur stadtauswärts. Auch das neue Marktzentrum irritierte ihn, aber er folgte einfach der Bahnhofstraße bis zum Neuweg. Tatsächlich, auch das damals noch recht neue Haus, in dem Elkes Eltern ihre Wohnung hatten, war noch da. Er hatte damals Maria immer an dem Bruchsteingebäude in der Bahnhofstraße 23 getroffen, das damals ein gut geführtes Feinkostgeschäft war, aber jetzt offensichtlich zur Ruine verkommen war. Brandspuren und vernagelte Fenster und Türenöffnungen verunzierten das ehemals schöne Haus in seiner hervorragenden Innenstadtlage.

Er fuhr weiter Richtung Groß-Winternheim und parkte seinen Benz in der nächsten Seitenstraße hinter der Rüwekaut. Ob Marias Eltern noch an der alten Adresse wohnten? Er hatte Glück, tatsächlich fand er den Namen Winkeler auf dem Namensschild der nagelneuen Gegensprechanlage in Nummer 23. Hoffnungsfroh drückte er auf den Knopf, doch niemand öffnete. Nachdem er es dreimal versucht hatte, nahm er die benachbarte Klingel und tatsächlich öffnete sich an der anderen Hausseite ein Fenster und eine ältere Frau schaute neugierig heraus.

“Hallo, hallo. Wo wollen Sie hin? Ich kenne sie nicht.”

“Excuse me”, antwortete Hobson und schalt sich gleich einen Narren, dass er englisch sprach, “Frau Winkler, Herr Winkler there?”

“Herr Winkler?”, die Frau schüttelte den Kopf, “Herr Winkler nix da.”

“Frau Winkler?”

“Kommt später. Was wollen Sie?”

“I, isch bin ein Freund. Von Maria.”

“Dann kommen Sie später wieder. Um acht müsste sie wieder da sein.” Die Frau schloss das Fenster, blieb aber dahinter stehen und beobachtete Hobson, der schulterzuckend wieder in sein Auto stieg. Erst dann ließ sie die zurück gezogene Gardine wieder fallen. Bis acht Uhr hatte der Amerikaner noch Zeit. Er fuhr Richtung Bahnhof und stellte sein Auto an der Kaiserpfalz-Realschule ab. Mit wenigen Handgriffen hatte er seine Ausrüstung aus dem Transportkoffer geholt und ging durch die menschenleeren Straßen zur Baustelle. Unterhalb des Bahndamms ging er systematisch durch den ausgeschachteten Bereich. Er schwenkte das Gerät zunächst mit geübten Handbewegungen entlang des Wegesrands und orientierte sich dann zur Fahrbahnmitte hin. Das Gerät blieb stumm, doch Hobson ließ sich davon nicht irritieren. Unbeirrt ließ er die Spule weiter wandern und tatsächlich gab das Gerät kurz danach ein Signal ab, zunächst ein kurzes Piepsen. Sorgfältig dirigierte er die Spule, bis ein Dauerton kam. Er legte das Gerät zur Seite und fing an, mit einer kleinen Handhacke den Bahnschotter zur Seite zu schieben und darunter zu graben. Ein rostiger kleiner Klumpen kam zum Vorschein. Ungeduldig schlug er mit dem Hammer darauf und ein starker Knall ertönte.

*

Nachdem wir uns kurz von Ulrike und Wolfgang Wirth verabschiedet haben und die ängstliche Bonnie sich schnell wieder ihren Platz auf dem Sofa gesichert hat, gehen wir Hand in Hand den Weg am Appelbach entlang zurück. Es ist schon dunkel und der leichte Nieselregen saugt den Lichtkegel unserer Taschenlampe fast vollständig auf. Auf der ehemaligen Bahntrasse mit ihrer Bedeckung aus hellem Split geht es noch ganz gut, aber die dunklen Brücken vor und hinter der Ölmühle wirken gespenstisch. Unten gurgelt der Appelbach und oben geht man in fast völlige Dunkelheit hinein, zur Seite nur durch schwarze Metallgeländer gegen Absturz gesichert.

An der Hexenkanzel liegen einige größere Steine auf dem Weg, wahrscheinlich vom Regen der letzten Tage aus dem brüchigen Fels gelöst. Wir schieben sie ein wenig zur Seite und beeilen uns dann, zur Mühle zu kommen. Dort kommen uns Herbert und Hajo aus der hinteren Scheune entgegen. Während Herbert sich den krummen Rücken hält, läuft Hajo aufrecht. Beide wirken ziemlich abgeschafft und haben graue Flecken an den Hosen.

“Mit dem Auto wäre es ein wenig schneller gegangen, Ronni”, Herberts Begrüßung fällt ein wenig frostig aus.

“Was ist denn so eilig?”

“Du scheinst leider nicht so gut aufzupassen. Es war jemand in Kalus Wohnung - wahrscheinlich Kalu selbst. Dazu kommt ein neuerlicher Knochenfund im Ausschachtungsmaterial - vielleicht sogar von Deinen Bauarbeiten. Wahrscheinlich aber eher von diesem Johannes, der heute hier arbeitete.”

“Warum seid ihr so abgeschafft?”

“Frag lieber nicht, sonst darfst du weiter schaufeln.”

Hajo erzählt genüsslich von dem langsam abbindenden Beton. Ich kann es mir lebhaft vorstellen, habe ich doch auch gerade ein paar Pfosten für eine Überdachung an meinem Haus betoniert. Daher also die Flecken auf der Kleidung der beiden Kripobeamten.

“Beule kann das doch mit seinem Bagger schnell machen”, mischt sich Elke ein.

“Beule?”, Wülfing schaut verständnislos, “So heißt also der Bauunternehmer, der leider nicht erreichbar ist. Aber lassen wir das. Auf den ersten Blick liegen die Knochen doch schon lange hier. Da reicht es, wenn wir am Montag mit der Spurensicherung kommen. Und achtet bitte verstärkt auf nächtlichen Besuch.”

Hessinger wirft noch einen leicht anzüglichen Blick auf Elke und mich und dann verschwinden beide Richtung Wöllstein.

Knochenfund im Aushub? In der Dunkelheit ist auf dem großen Abfallhaufen im Hof nichts zu erkennen. Oder haben sie die Knochen schon mitgenommen? Elke und ich machen es uns im Wohnzimmer gemütlich. Wir schwatzen noch eine ganze Weile, während draußen der Nieselregen den Boden weiter aufweicht.

*

Zeitgleich mit dem Knall schoss eine Stichflamme aus dem Boden. Hobson zuckte erschrocken zurück und seine geblendeten Augen brauchten eine Weile, bis sie in der Dunkelheit wieder etwas erkannten. Als der erste Schreck nachließ, wurde ihm bewusst, dass ihm kalt war, denn er zitterte. Es roch angebrannt. Er war auf einen im Schotter eingegrabenen Blindgänger gestoßen und hatte diesen durch einen Schlag zur Explosion gebracht. Es war wohl nur eine Patrone gewesen, vielleicht aus einem Maschinengewehr. Dem Amerikaner war klar, dass er Glück gehabt hatte und beschloss, künftig vorsichtiger zu sein.

Ein Schuss mitten in der Stadt würde sicher auffallen und daher ging er durch den Matsch schnell zurück zum Auto. Dabei ließ er sein Gerät angeschaltet und als ein stärkerer Pfeifton ertönte, dachte er kurz daran, der Versuchung nachzugeben. Doch sein Schreck wirkte noch nach und er markierte die Stelle nur mit einem kleinen Haufen schnell zusammengeklaubter Schottersteine. Kurz vor acht war er wieder im Neuweg, doch niemand machte auf sein Klingeln bei Winkler auf, obwohl das bläulich-flackernde Leuchten der Vorhänge verriet, dass ein Fernseher angeschaltet war. Eine bleiernde Müdigkeit überfiel ihn nach den Strapazen des Tages und er fuhr sofort zurück in sein Hotel. Als er zurück in seinem Zimmer war und in den Spiegel sah, erschrak er. Es war auf der linken Seite rußgeschwärzt und die Augenbrauen waren angesengt. Er wusch sich schnell und schlief danach lang und traumlos.

Sonntag Mittag war er ausgeschlafen und wieder fast synchron mit seinem Zeitempfinden in den Vereinigten Staaten, wo es sechs Uhr morgens war, die Zeit, an der er gewöhnlich aufstand. Das Wetter hatte aufgeklart, doch immer noch bedeckten Wolken den Himmel. Immerhin war es trocken. Er fuhr wieder zum Neuweg und tatsächlich meldete sich eine zittrige, weibliche Stimme nach dem Klingeln. Marias Mutter erkannte ihn gleich wieder, doch öffnete ihm nicht die Tür.

“Dick, was willst du nach so vielen Jahren?”

“Frau Winkler, wie ist Maria?”

“Ach, sie ist verheiratet und hat vier Kinder. Große Kinder.”

“May I, äh, kann ich sie sehen?”

“Ich muss fragen. Geb mir Deine Telefonnummer.”

Er gab ihr beide Nummern, das Hotel und die Handy-Nummer und fragte dann.

“Wie ist Herr Winkler?”

Eine kleine Pause, dann “Warum? Weißt du nicht? Aber woher auch? Karl ist tot. Lass mich jetzt. Ich muss ausruhen.”

Die alte Frau schaltete die Sprechanlage ab.

Hobson blieb nichts anderes übrig, als sich in Geduld zu üben. Er ging wie beiläufig am Bahndamm entlang durch die Baustelle und fand seine Schottersteine unverändert. Allerdings parkte nur wenige Meter daneben eine Straßenbaumaschine mit irrwitzig langem Ausleger. Wenn die am Montag losfahren würde, wäre sein Fund verloren. Er musste noch diese Nacht tätig werden. Den verräterischen Tag wollte er zunächst der Suche nach Monahan widmen. Nach einem ausladenden Mittagessen in der Taverne Athen mit abschließendem Ouzo fuhr er nach Wöllstein und dann ins Appelbachtal. Seine alten Karten beschrieben das Tal und die Absturzstelle sehr genau, denn auch wenn Wöllstein und Neu-Bamberg seit dem Krieg erheblich gewachsen waren, fand er der Taleinschnitt zwischen Ölmühle und Junkermühle fast unverändert vor.

Das Tal wurde auf beiden Seiten von steilen Hängen begrenzt . Im lockeren Fels klammerten sich Ginsterbüsche mit ihren dürren, aber kräftigen Wurzeln in Risse und Spalten. Viele Spaziergänger nutzten das trockene Wetter für einen kleinen Ausflug in die Gastwirtschaften. Hobson erkundete zunächst das Terrain und mit seinem geschulten Auge fand er viel versprechende Ansatzpunkte. Als die meisten Ausflügler, ihre Bäuche mit Kaffee und Kuchen gefüllt, schon wieder auf dem Weg nach Hause waren, klopfte er an das Tor der Katzensteiger Mühle. Dort, so vermutete er, würde der Schlüssel zu einer Story liegen, mit denen er in den amerikanischen Medien bekannt werden würde.

*

Natürlich können wir es nicht lassen und schauen uns nach dem Frühstück vom oberen Fenster aus die Abraumhalde im Hof genauer an. Jetzt, bei hellem und trockenem Wetter entdecken wir auch sofort den weißen Knochen, der schräg aus dem wilden Gewirr von Bruchsteinen, Holzresten und Bodenaushub unterschiedlicher Färbung heraus schaut. Der Knochen ist nicht sehr groß und kann bei schnellem Arbeiten mit der Schaufel oder gar dem Bagger leicht im Aushub untergehen. Er liegt ganz oben und stammt offensichtlich vom letzten Ausschachten in der hinteren Scheune, direkt an der Außenmauer. Als wir dort nachsehen, bekommt Elke fast einen Wutanfall, denn Herbert und Hajo hatten in ihrem erzwungenen Arbeitstempo den Beton gerade neben das Loch für das Fundament geschaufelt. Die ganze schöne Arbeit ist dahin, Beule wird erneut anrükken müssen, wenn denn die Spurensicherung da war. Die Betonhaufen sind längst fest und auch der Boden des ausgeschachteten Bereichs ist noch mit einer dünnen Lage bedeckt. Die beiden müssen wie die Tiere gearbeitet haben und ich zweifle, ob Herbert am Montag wieder arbeiten kann, denn er ist immerhin fast sechzig.

Vielleicht löst sich damit wenigstens das Rätsel um den ausgebaggerten Schädel, denn mit dem ganzen Skelett ist sicher eine bessere Aussage über den Toten möglich. Als wir mit gemischten Gefühlen zurück ins Haus gehen, klopft es laut am Hoftor. Vor der Tür steht ein Mann, dessen Kleidung mich sofort an einen Amerikaner denken lässt.

“Hello, I am Dick Hobson. From LA, you know? Call me Dick”, lautet die überfallartige, typisch amerikanische Begrüßung, “You are living here?”, gebieterisch streckt der große Mann seine große Pranke zu Elke.

"I am looking for Bill. Shot down right here, as Mister Wolfink and this other man, the Kojak, told me."

Kojak? Aha, mit Hajo hat er also auch schon gesprochen. Aber warum schickt mir Herbert den Mann hierher? Und sagt mir vorher nichts davon? Zweifelnd schaue ich Elke an, doch die zuckt nur mit den Schultern und bittet den Besucher hinein.

"Nice to meet you. This is Ronni Sander, I am Elke Vogel."

Bei einem Hagebutten-Tee, dessen leicht säuerlicher Geschmack Hobsons auf Softdrinks geeichten Gaumen nicht so recht schmecken will, kommen wir schnell in eine angeregte Unterhaltung. Wir erkennen schnell, dass er sich offensichtlich vor der Reise detailliert über die Gegend informiert hat. Er erzählt noch viel von anderen Schicksalen, an deren Aufklärung er mitgearbeitet hat und unsere Achtung vor ihm wächst.

Als er einmal auf die Toilette geht, frage ich Elke, ob wir ihm vom neuesten Knochenfund erzählen. Doch Elke entscheidet sich dagegen und so lauschen wir nach seiner Rückkehr seinen nächsten Plänen, von denen er freigiebig erzählt. Die übrigen Wrackreste will er zunächst suchen und stolz spricht er von seinem "equipment", das er auch schon mitgebracht hat: Einem "metal detector, state of the art".

Das erscheint sinnvoll, denn die Metallteile eines Flugzeugs lassen sich so sicher schnell finden. Auf unsere Bitte holt er das Gerät aus dem Auto und demonstriert es uns am Blech einer alten Sämaschine in der hinteren Scheune, das er durch eine Wand hindurch aus etwa ein Meter Entfernung erkennen kann. Elke und ich sind sehr von dem offenen und freundlichen Besucher angetan und wir quatschen noch bis in den Abend hinein. Um kurz nach acht verabschiedet sich Hobson dann und verspricht am folgenden Tag wiederzukommen.

Seinen Metalldetektor verstaut er wieder in einem großen Hartschalenkoffer mit leicht abgewetzten Kanten, der passgenau mit Schaumstoff ausgelegt ist.

"Ein netter Kerl", meine ich zu Elke.

"Sieht so aus. Aber ..."

"Was aber?"

"Ich bin lieber vorsichtig. Es geht mir alles zu schnell. Und hast du dir sein Gesicht angesehen?"

"Mir ist nichts aufgefallen."

"Seine Augenbrauen waren angesengt und seine Augenlider leicht gerötet."

"Was bedeutet?"

“Er hat sich an irgend etwas verbrannt. Vielleicht ist es einfach nur eine Spinnerei von mir, aber es ist schon etwas ungewöhnlich.”

*

Als Hobson wieder in Ingelheim war, parkte er im Keltenweg vor der Notarztzentrale und ging mit seinem Metalldetektor, einem Plastikbeutel, einer Taschenlampe und einer kleinen Edelstahlhacke los. Es war inzwischen vollständig dunkel und kein Mensch war auf der Straße zu sehen. Der Regionalexpress von Mainz nach Bingen hatte bereits um 20.11 Uhr den Ingelheimer Bahnhof verlassen und so lag auch das Bahngleis ruhig da. Der trockene Tag hatte den tiefen Boden oberflächlich leicht abtrocknen lassen, was dazu führte, dass sich an Hobsons Gummistiefeln der Dreck in immer größerer Dicke festklebte. Fluchend schabte er die Erdschollen mit seiner Hacke ab und fand bald seine Schottermarkierung wieder. Er kontrollierte die Stelle noch einmal mit dem Detektor und fing dann an, vorsichtig die Erde zur Seite zu schaufeln. Bald fand er einen kleinen Klumpen, der den Detektor schrill pfeifen ließ. Zufrieden legte er ihn in den Beutel und klaubte danach noch drei weitere Dreckklumpen aus dem Boden, die offensichtlich ebenfalls Metall enthielten.

Sein Detektor meldete immer neue Objekte und er war so mit dem Ausgraben in der feuchten Erde beschäftigt, dass er zunächst gar nicht das Näherkommen einer Spaziergängerin bemerkte, die mit ihrem Mini-Hund von der Binger Straße in Richtung des roten Türmchens spazieren ging. Hobson sah den Hund erst, als der im Licht der dort üppigen Fahrbahnbeleuchtung zum Pinkeln einen Handstand oder besser Pfotenstand machte, um anderen Hunden mehr Größe vorzutäuschen. Der Frau wiederum kam der Mann komisch vor, der da am Sonntagabend in der Dunkelheit im Dreck herumwühlte und sie rief per Handy die Polizeiinspektion in der Bahnhofstraße an. Dort waren alle Streifenbesatzungen unterwegs, eine zu einer Messerstecherei im Familienkreis in Heidesheim und die andere zu einem Unfall mit Fahrerflucht in Gau-Algesheim.

Die ältere Dame war mit ihrem Chihuahua längst wieder auf dem Rückweg und trug ihren Liebling inzwischen unter ihrem Mantel nach Hause. Sie wunderte sich, dass der Mann immer noch dort herumwühlte, sah ein einsames Auto vor dem Bahnhof stehen, merkte sich die Nummer A-UA 1704 - diese Nummer ließ sich wirklich einfach merken - und rief erneut bei der Polizeiinspektion an. Hobson war die zweimalige Beobachtung durch die Ingelheimerin nicht entgangen, zumal der Minihund bei der Rückkehr wieder in seine Richtung gekläfft hatte. So ging er mit seinen Funden zurück zum Auto und fuhr gleich ins Hotel. Es war gerade rechtzeitig, denn der Wagen aus Gau-Algesheim kam kurz danach am Bahnhof an und die Beamten fanden nur noch einige frisch gegrabene Löcher. Das weckte ihren Argwohn und sie beschlossen, sich am Montag mit dem zuständigen Landesamt für Denkmalpflege in Verbindung zu setzen.

Im Hotel angekommen, spürte Hobson vor lauter Sammlerfreude seine Müdigkeit nicht mehr. Er legte die mit Erde verkrusteten Funde erst einmal in das Waschbecken seines Zimmers und ließ Wasser darüber laufen. Nacheinander kamen zwei deformierte Metallteile zum Vorschein, die er mit Kennerblick als Gewehrgeschosse, wahrscheinlich aus dem zweiten Weltkrieg, identifizierte. Das erschien logisch, lag der Ingelheimer Bahnhof doch an der auch heute noch meistbefahrenen Bahnstrecke Deutschlands und war im letzten Krieg Tieffliegerund Bomberangriffen ausgesetzt gewesen. Die verformten Bleiklumpen hatten keinen besonderen Wert und landeten in einer durchsichtigen Plastiktüte.

Die anderen Klumpen waren stärker verkrustet und gaben ihren Inhalt nicht so leicht frei. Ungeduldig drehte Hobson den Wasserhahn auf und rieb die Teile gegeneinander. Auch die nächsten beiden Klumpen entpuppten sich als Messinghülsen mit der typischen seitlichen Kerbe vom Abschuss in einem Maschinengewehr. Schließlich zerbrach auch der letzte, etwa tennisballgroße Klumpen, in mehrere Teile und, begleitet von einer bräunlichen Erdfahne, kullerten mit einem fröhlichen Klirren kleine Teile durch das Porzellanbecken in den Abfluss. Hobson schaltete sofort den Einhebelmischer ab und fluchte vernehmlich. Das Siphon war mit einer Porzellan-Verkleidung abgedeckt, die wiederum mit Schrauben an der Wand befestigt war. Was sollte er machen? Wenn er der Hoteldirektion sagen würde, dass er seinen Ehering im Waschbecken verloren hatte, würde diese sofort einen Installateur kommen und das Rohr demontieren lassen. Daran konnte ihm nicht gelegen sein. Das Werkzeug zum Öffnen hatte er aber auch nicht, das galt es am Montag so früh wie möglich zu kaufen.

Wann kam der Zimmerservice? Meist etwa um zehn Uhr. Bis dahin sollte er das Werkzeug gekauft, das Siphon demontiert und den Inhalt ausgeleert haben. Hobson beruhigte sich wieder und schaute sich die restlichen Teile des Klumpens an, die nicht herunter gespült worden waren. Es waren Tonscherben eines offensichtlich kleinen Gefäßes, was er am Krümmungsradius erkannte. Der Gefäßboden war noch komplett erhalten, wenn auch nur noch vereinzelte Zakken daran zu erkennen waren. An den Scherben hing noch fest anhaftende Erde, die angenähert kreisförmige Vertiefungen enthielt, etwas kleiner als heutige Münzen. Was aber einmal in dem Gefäß gewesen war, befand sich nun in einem kleinen, engen Rohr. Wenn es nicht schon in das Fallrohr geraten war. Wie auch immer: Er kam so ohne Weiteres nicht dran.

*

Irgendwo habe ich einmal von der Tragik einer Frau gelesen, die von der Stadt aufs Land zog und von der Stadt wieder eingeholt wurde. An der Katzensteiger Mühle rückt zwar nicht die Bebauung näher, aber dennoch geht es hier zu wie in einem Taubenschlag. Nach einer ruhigen, sternenklaren Nacht, die an exponierten Stellen sogar etwas Reif auf die noch dürren Gräser gelegt hatte, steht bereits kurz nach sieben die Kripo vor dem Hoftor. Während Elke zur Arbeit losfährt, beginnen zwei mir neue Mitarbeiter von der Spurensicherung an die Untersuchung des Abfallhaufens und zwei weitere untersuchen die Ausschachtung in der Scheune. Schon nach einer halben Stunde gesellen sich die zwei vom Abfallhaufen zu denen in der Scheune, wo daraufhin die Bohrhammer-Geräusche und Flüche an Intensität gewinnen.

Um zehn kommen dann endlich die beiden Ermittler. Hajo läuft sportlich wie eh und je, aber Herbert bietet ein Bild des Jammers. Mühsam schält er sich aus dem Auto, gebückt geht er die paar Schritte zum Tor, sich festhaltend und das Bein mit der Hand unterstützend, überwindet er die Schwelle der in das Tor eingelassenen Tür. Die Betonschaufelei vom Samstag war eindeutig zu viel für den Möchtegern-Pensionär gewesen. Wenn er sich in eines von Elkes Sofas niederlässt, kommt er nicht mehr hoch. So führe ich beide in die Küche und setze eine große Kanne Koffeinspender auf, denn die Spurensicherer haben die erste Portion bereits konsumiert.

“Ein merkwürdiger Mann, dieser Hobson”, beginne ich das Gespräch in der Hoffnung, mehr Infos aus den beiden heraus zu locken. “Was versprecht ihr euch von ihm?”

“Schwer zu sagen, Ronni”, Herbert wechselt mit einem leichten Seufzer die Sitzposition, “nähere Infos zum vermissten Piloten vielleicht.”

“Er scheint erstaunlich gut informiert und hatte seinen Militärdienst am Finther Flugplatz abgeleistet. Jetzt ist er wohl pensioniert und hat viel Zeit”, führt Hajo das Gespräch weiter. “Aber ich denke, ich sollte mal unsere Kollegen bei der Arbeit unterstützen.”

Er nimmt sich die mehr als halbvolle Kaffeekanne mit einem “Ich darf doch?” und geht nach draußen.

“Gibt es neue Ergebnisse von Kalu? Oder habt ihr ihn schon eingebuchtet?”

Mit diesen Fragen scheine ich ins Schwarze getroffen zu haben.

“Woher weißt du?”, kommt es zunächst verblüfft und dann ein “Aber wahrscheinlich bist du einfach gut im Raten. Also gut: Hajo will nicht so offiziell dabei sein, wenn ich dir Dinge sage, die nicht veröffentlicht werden dürfen. Ich vertraue dir und erwarte, dass du dich nicht verplapperst.”

Er macht eine Pause und schaut mich bedeutungsvoll an.

“Es gibt Neues von Kalu, jedenfalls denken wir das. Es sind nicht nur Dinge aus seiner Wohnung verschwunden - wer außer ihm sollte Interesse an seinen alten Klamotten haben? - sondern wir haben auch etwas gefunden, das wieder auf das Gerichtsviertel in Mainz hinweist. Dort, wo er bereits bei der letzten Fahndung verschwunden ist.”

“Und das Phantomfoto hat noch keine Ergebnisse gebracht?”

“Nein, nur ein paar Nichtsesshafte wurden gemeldet, aber da war die wichtigste Übereinstimmung wohl das verwilderte Äußere. Übrigens hat sich unser Zeichner noch einmal richtige Mühe gegeben und dieses Bild gezeichnet”, er zieht eine schwarz-weiße Zeichnung hervor.

Die Person darauf wirkt richtig lebendig, schaut ein wenig ernst. Ein jüngerer, drahtiger Mann mit schon vom Wetter gegerbter Haut und langem, wallendem Haar. Auf den ersten Blick ein Künstlertyp, was die Tätowierung an der Schläfe unterstreicht, die noch einmal rechts oben neben dem Kopf vergrößert dargestellt ist.

“Ein alternativer Künstler? Wer ist das?”

“Das ist der Mann zu dem Schädel, den wir fanden. Zumindest wie ihn sich unser Zeichner vorstellt.”

“Die Tätowierung - könnte das was naziartiges sein?”

“Wir haben schon mal bei den Geschichtswissenschaftlern nachgefragt. Ein keltisches Symbol, das Sonnenrad. Zwar in schlechter Qualität, aber durchaus identifizierbar. Die Raute direkt angehängt kannten die auch nicht. Eher ein Symbol für Handel, aber genaues weiß man nicht, weil die Kelten ihr Wissen nur mündlich innerhalb der Druidendynastien weitergaben.”

“Könnte also tatsächlich etwas aus dem Fundus heutiger Nazis sein. Der Nazi-Müller in Gonsenheim feiert auch regelmäßig die Sonnenwendfeier mit seinen Anhängern. Mit neckischen dazu erfundenen Spielchen - sogar bis zum Kekswichsen soll es gehen.”

“Kekswichsen? Was soll das sein?”, Herberts Gesichtsausdruck zeigt deutlich, dass er gewisse Zweifel an meinem Geisteszustand hegt.

“Nur was für harte Männer. Das männliche Jungvolk steht im Kreis um einen Keks herum und onaniert darauf. Wer als letzter kommt, muss den Keks dann essen.”

“Brrrr, nein danke! Aber dennoch passt unser Schädel nicht in das Nazi-Schema. Die haben sicher keinen mit langen Haaren in ihren Reihen. Sogar der Ex-Linke Rechtsanwalt Mahler hat mit dem Wechsel ins rechte Lager sein früher wallendes Haupthaar eingebüßt.”

“Stimmt, da hast du recht. Ein alternativer Künstler scheint mir da wahrscheinlicher. Vielleicht kann Kalu ja was darüber sagen. Und wenn ihr das ganze Viertel um die Diether-von-Isenburg-Straße durchsucht?”

“Unmöglich. Wir können nicht jedes Richter-, Staatsanwalt-, Sachbearbeiterzimmer, Privatwohnung oder Büro durchsuchen, ein ganzes Stadtviertel mit vier- bis fünfgeschossiger Bebauung.”

“Und mittendrin ein nach hundert Jahren vor kurzem stillgelegter Knast.”

“Der Umzug nach Wöllstein ist ja groß durch die Presse gegangen.”

“Du wirst es nicht glauben: Bereits morgen komme ich rein.”

“Und wie?”

“Die LBB Landes Liegenschaft- und Baubetreuung hat jetzt das Gebäude übernommen und sucht Investoren dafür. Da ist ein wenig Öffentlichkeit nicht schlecht. Sie waren sehr kooperativ. Normalerweise hast Du kaum eine Chance, weil die natürlich wichtigere Dinge zu tun haben, als Besucher durch ihre Immobilien zu führen. Aber für die Presse machen sie schon Ausnahmen.”

“Womit Du mal wieder zu exklusiven Fotos kommst.”

“Genau. Der Mainzer, für den ich das schreibe, ist halt immer am Ball. Wann kann man schon mal in ein solches Gebäude, wo sich der Frust von hundert Jahren niedergeschlagen hat? Ein wenig Räuberromantik sollte sich dort aufspüren lassen.”

“Halte dann bitte die Augen auf - vielleicht fällt dir etwas auf. Wir hatten gehofft, Kalu hier erwischen zu können, aber jetzt hat er wohl seine Sachen nachgeholt und braucht jetzt wahrscheinlich nicht mehr zu kommen. In der Stadt jemand zu finden, der sich versteckt, ist sehr schwer. Ich glaube allerdings nicht, dass er im Knast ist, weil es nicht so einfach ist, hinein zu kommen.”

“Aber er weiß sicher, dass er gesucht wird.”

“Ronni und Kollegen sei zwiespältiger Dank. Und nun schon wieder ein Fund von Leichenteilen in dieser Mühle, weitab von der nächsten Behausung. Was hat er damit zu tun? Lebt, oder vielmehr, lebte hier ein Massenmörder? Der Honka vom Appelbach, würdest du vielleicht für die Bild schreiben. Das fehlte uns gerade noch. Du kennst sicher die üble Geschichte vom Bosenhof.”

Da hat er natürlich recht. Der brutale Mord an den drei Frauen vielleicht fünf Kilometer Luftlinie entfernt hatte über ein Jahr hinweg die Schlagzeilen gefüllt. Ihnen waren die Kehlen durchgeschnitten worden und das überlebende Kind hatte seine eigenen Angehörigen im Blut gefunden. Die Täter, zwei Polen, waren inzwischen geständig gewesen, aber wer war der Auftraggeber? Inzwischen hatte das Kreuznacher Landgericht geurteilt und die Gefängnisse wieder etwas mehr gefüllt. Die Frauen wurden dadurch auch nicht lebendig. Eine furchtbare Tat, so nah an der Stadt Bad Kreuznach und dennoch hatte sie niemand verhindern können.

“Welchen Eindruck hast du von Hobson.”

“Eigentlich ganz positiv, aber Elke ist aufgefallen, dass seine Augenbrauen versengt waren.”

“Versengt? Wieso?”

“Wissen wir auch nicht. Jedenfalls haben wir es bei seinem Besuch hier am Sonntag gesehen.”

“Merkwürdig, als er bei uns im Amt war, fiel mir nichts auf.”

“Er will die Wrackreste des Flugzeugs mit einem Metalldetektor lokalisieren.”

“Vielleicht tut er uns damit einen Gefallen”, Herbert lehnt sich zurück und nimmt einen tiefen Schluck aus seiner Kaffeetasse. Wir sitzen noch eine ganze Weile still zusammen und man hört regelrecht das Arbeiten der Kombinationsrädchen in seinem Gehirn. Dann kommt Hajo wieder. Mit einer leeren Kaffeekanne, aber voller Neuigkeiten.

“Im Boden der Scheune liegt ein Skelett.”

“Unser Mann?”, Herbert wähnt sich ein wichtiges Stück weiter.

“Sieht nicht so aus”, erwidert Hajo trocken.

“Und warum?”

“Der Schädel ist noch dran.”

*

“Neunzehneuroundneunzigcent”, meinte eine Dame an der Kasse des Hela Baumarkts in Ingelheim und zeigte auf die grün leuchtenden Ziffern am Kassendisplay, “wollen Sie mit Karte bezahlen?”

Hobson verstand den schnellen Redefluss nicht vollständig und zückte einfacherweise einen Fünfzig-Euro-Schein, nagelneu und frisch aus dem Automaten der Deutschen Bank24 am Ingelheimer Bahnhof gezogen. Er steckte das Wechselgeld sorgfältig ein und ein paar Augenblicke später hatte er die Kasse passiert und war stolzer Besitzer eines kleinen Werkzeugkastens, zu dem auch eine Rohrzange gehörte.

Als er wieder in sein Zimmer kam, ließ er das Schild "Please don´t disturb" hängen. Die Reinigungskolonne war bereits im hinteren Teil des Hotelflurs unterwegs und hatte sein Zimmer erfreulicherweise ausgelassen. Der Pensionär versuchte sich mit dem neuen Werkzeug gleich als Klempner, wobei der beengte Einbauplatz, sein Alter und seine Körpergröße denkbar schlechte Voraussetzungen für den Job waren. Doch nach mehr als einer Stunde schweißtreibender Arbeit im klimatisierten Zimmer hatte er es geschafft und den Geruchsabschluss des Siphons ausgebaut. Vorsichtig schüttete er das darin befindliche Wasser in das Waschbecken und bemerkte zu spät, dass es ja nun keinen Übergang in den Abfluss mehr hatte. Das Wasser floss ungehindert auf den Boden und sickerte in den anschließenden Teppich.

Hobson legte den Tisch mit Papierhandtüchern aus der Toilette aus und legte das gebogene Rohr des Geruchsabschlusses darauf. Mit vor Spannung zitternden Fingern nahm er einen Schlitzschraubenzieher aus seinem Werkzeugset und kratzte damit im Rohr herum.

Zuerst fischte er ein ganzes Bündel von Haaren und Seifenresten heraus, bevor er ein rundliches, flaches Stück fand. Er machte weiter und fand noch zwei ähnliche Stücke, die beim Reiben eine bräunlich-rötliche Oberfläche zeigten.

Kurze Zeit später war er sich sicher, dass er antike Münzen gefunden hatte. Sie waren sehr klein, vielleicht wie ein 1-Cent-Stück und die Aufschriften konnte er in unpräpariertem Zustand noch nicht lesen, aber das war jetzt nebensächlich. Sein Besuch in Deutschland hatte sich bereits gelohnt. Er packte die Münzen in einen Briefumschlag, den er in seine Brieftasche steckte. Ob er auch bei Bill soviel Glück haben würde? Warum nicht? Er packte seinen Metalldetektor und ging zum Auto, ohne den Abfluss wieder zu montieren. Das wollte er nachholen, wenn er von der Suche zurück kam.

Er wählte nicht den kürzesten Weg nach Wöllstein, sondern fuhr die Binger Straße herunter, um den Fortgang der Arbeiten an seiner Fundstätte zu beobachten. Tatsächlich waren dort die Arbeiten teilweise eingestellt worden. Einige Männer in Feldkluft durchstreiften das Areal mit Metallsonden, während die meisten Bauarbeiter mit ihren leuchtend gelben Helmen sich in gepflegter Konversation übten. Lediglich direkt an der Selz, wo ein Fußweg ins Boehringer Firmengelände führt, war in einem tiefen Schacht Bauaktivität zu erkennen.

Als die Bauampel endlich wieder auf grün sprang, beschleunigte er frohen Mutes seinen Wagen und das eingebaute Navigationssystem führte ihn über die neue Umgehung bis zur Katzensteiger Mühle. Dort fand er gleich eine ganze Ansammlung an Autos vor, darunter auch einen Streifenwagen, und parkte daher seinen Benz auf der rechten Straßenseite etwa hundert Meter in einer Straßeneinbuchtung, von der sich ein grob geschotterter Feldweg den Haarberg herauf zog. Der Platz hatte den unbestreitbaren Vorteil, dass er nah an der Absturzstelle des Flugzeuges in der Wiese auf der anderen Seite der Straße lag, wie er sich durch einen neuen Blick auf das Luftbild aus den letzten Kriegstagen vergewisserte.

Hobson ging erst einmal zur Mühle, doch "Wolfink" hatte ebenso wie Ronni und Elke offensichtlich keine Zeit für ihn.

Der Amerikaner ging zurück zum Auto, holte die Sonde aus dem Kofferraum und ging den kleinen Hang hinunter zur Sauerwiese. Sein Orientierungspunkt war eine alte Weide, die wohl dem Fleck auf dem Luftbild entsprach, der am nächsten an der verworrenen Struktur des Wracks lag. Der alte Baum hatte einige Verwachsungen, die möglicherweise vom Aufprall des Flugzeugs beim Aufsetzen herrührten. Systematisch ließ er die Sonde über den Boden wandern und lokalisierte eine ganze Anzahl metallischer Gegenstände rund um die Weide und in Richtung Neu-Bamberg. Die Fundtiefe dürfte nach Auskunft seines Metalldetektors etwa einen Meter oder mehr betragen, das Material sollte Eisen mit einer anderen Komponente sein. Das waren offensichtlich Trümmer von Monahans Maschine, die der Bergungstrupp 1945 nicht eingesammelt hatte. Warum auch? Überall hatte 1945 herrenloser Kriegsschrott gelegen, der erst viel später wieder Interesse erweckte.

Auch neben der Baggerspur schlug der Detektor an. Mit seiner Handhacke hatte sich Hobson bald danach durch den lockeren Aushub gearbeitet und ein etwa handtellergroßes Stück verbogenes Blech geborgen. Das war der nächste Hinweis, dass hier etliche Reste des Flugzeuges noch zu finden waren, wenn auch die Fundtiefe einen Bagger erforderlich machen würde. Eine Armaturentafel aus dem Cockpit, Waffen oder persönliche Dinge des Piloten würden Geld auf dem Markt bringen, doch der Aufwand war hoch und der Bergungstrupp hatte sicher die wertvollsten Dinge bereits vor fast fünfzig Jahren mitgenommen. Hobson ging zurück zum Auto und schwenkte auf dem Weg dorthin gewohnheitsmäßig die Sonde weiter über den Boden. Zunächst kam keine Reaktion, aber auf dem Parkplatz war es wieder da, dieses piep-piep-piep. Hobson wurde nervös, denn die blau hinterleuchtete LCD-Anzeige des Diskriminators zeigte Gold an. Das konnte natürlich eine Fehlanzeige sein, wie sie öfter mal vorkam. Aber wenn es doch so war, wäre es sehr ungeschickt, bei Tageslicht hier zu graben. Scheinbar gleichgültig packte er seine Sonde in den Kofferraum und fuhr los, zurück ins Hotel, denn er ahnte, dass er beobachtet wurde. Damit hatte er recht, denn seine Aktivitäten wurden aufmerksam von der Katzensteiger Mühle aus verfolgt.

*

“Jetzt steigt er wieder ein und fährt los”, meint Elke und rückt ihren bequemen Korbstuhl ein wenig vom Fenster weg, “seinen Kram hat er wieder eingepackt. Er ist ein bisserl schnell fertig geworden für seine großspurigen Ankündigungen.”

“Einen Teil der Maschine hat er ja schnell gefunden und vielleicht kommt er wieder? Gibt es eigentlich Neuigkeiten über das Skelett?”, frage ich Herbert, der gemütlich auf dem Sofa sitzt und ab und zu genüsslich an einer Quer-durch-den-Kräutergarten-Mischung nippt.

“Ich weiß nicht mehr als du”, grinst er, “denn ich sitze hier mit euch ja schon eine ganze Weile. Aber Spaß beiseite: Ich frage mal nach.”

Mit einem entschlossenen Ruck wuchtet er sich vom Sofa und schlurft durch den Flur nach draußen. Ob er mir zusätzliche Infos gibt? Oder wird er gar von mir verlangen, dass ich noch nichts über den Fund schreiben soll? Streng genommen kann er das nicht, aber Freundesbande können nicht nur nützlich, sondern auch hinderlich sein. Doch ich mache mir unnötig Sorgen, denn nach fünf Minuten ist er zurück und lächelt vielsagend.

“Du willst sicher Deinen nächsten Pressecoup landen, scheint mir. Also, soviel kann ich dir sagen: Opfer männlich, etwa zwanzig bis dreißig Jahre alt. Zweipfennig hat eine Schädelfraktur festgestellt, die er noch näher untersuchen wird. Interessant ist auch die Kleidung - derbe Landkluft. Cordhosen, Karohemd, zerschlissene Unterhosen. Hey, schau mich nicht so an!” Seine Empörung ist inzwischen durchaus berechtigt, denn Elvira hat auf seine Kleidungsgewohnheiten positiven Einfluss genommen. Auch wenn es heute doch mal wieder die obligatorische Cordhose ist. Immerhin in modischem Schwarz.

“Und wie lange liegt das Skelett schon da?”

“Schwer zu sagen, Zweipfennig schweigt sich da ziemlich aus. Es ist wie beim Schädel. Entweder es wird teuer und genau oder billig und spekulativ.”

“Komm, unter Freunden. Ein Jahr, zehn Jahre oder hundert?”

“Dein Lieblingsgebäck ist Spekulatius, stimmts? Also: sicher mehr als ein Jahr, auch mehr als zehn, weil der Fundort trocken ist und daher eine Verwesung nur langsam vor sich gehen sollte.”

“Trocken bis auf die jährlichen Überschwemmungen.”

“Genau. Hundert Jahre? Sicher zu weit gegriffen. Die Kleidungsreste scheinen mir neueren Datums, aber die Kriminaltechniker werden mehr sagen können”, er schaut auf die Uhr. “Es ist fast fünf, wir sind bald fertig. Und du willst den nächsten Bericht schreiben, stimmts?”

“Natürlich.”

“Dann bitte erwähne die Altersangaben noch nicht. Übrigens ...”

“Ja?”

“Die Kleidung passt nicht. Sie ist zu kurz für den, der sie trug.”

“Was bedeutet?”

“Gute Frage, kannst du auch selbst beantworten. Gehörte wohl nicht zum Opfer. Da fällt mir ein, dass die Sachen der Wohnwagen-Leiche perfekt passten - bis auf den Bauchumfang. Mach dir doch selbst Gedanken. Und fax mir Deinen Bericht bitte schnell ins Präsidium. Vor der Veröffentlichung bitte. Ich fahre jetzt mit Hajo ins Büro, sagen wir bis sechs.”

Das ist natürlich doppelt ungewöhnlich, denn die Presse ist selbstverständlich unabhängig. Aber wenn sie dies denn wirklich wäre, würden manche Informationen nicht fließen. Also fahre ich - unter leichten Protesten von Elke - nach Hause und setze mich an den PC. Zehn Minuten später gehen per Fax folgende Zeilen an Herbert

Erneuter Leichenfund im Appelbachtal

Einen weiteren grausigen Fund meldet die Kripo Mainz. Im Appelbachtal fand sie ein komplettes Skelett, das Merkmale eines Gewaltverbrechens aufweist. Es gehört zu einem etwa 20- bis 30-jährigen Mann und lag unweit der Stelle, wo vor einer Woche bereits ein Schädel gefunden worden war, der bis heute nicht identifiziert werden konnte. Die Kripo bemüht sich derzeit, die Identität des Toten festzustellen.

Es dauert keine zehn Minuten, dann ist der Text wieder da. Mit einer kleinen handschriftlichen Ergänzung: Die Bergung der sterblichen Überreste wird wegen technischer Schwierigkeiten erst in den nächsten Tagen erfolgen.

Keine Minute später habe ich Herbert am Telefon. “Warum lasst ihr die Leiche dort liegen? Von technischen Schwierigkeiten höre ich zum ersten Mal.”

“Hast du nicht diese riesige Kreuzspinne im Kellergewölbe gesehen? Nein, Ronni, im Ernst: Natürlich haben wir das Skelett mitgenommen, aber auch was dagelassen. Eine Video-Überwachung, die von Deiner Elektrik gespeist wird. Vielleicht fühlt sich ja der Täter dazu animiert, die scheinbare Nachlässigkeit der Kripo ausnutzen zu wollen.”

“Kalu?”

“Wäre denkbar.”

“Und Elke und ich sollen euren Job machen?”

“Unsinn, wenn Kalu kommen sollte, wird er es möglichst unbemerkt bleiben wollen. Ihm reicht es, wenn er den Schädel mitnimmt, dann ist uns eine Identifizierung kaum noch möglich. Auf jeden Fall muss er seine Mainzer Behausung verlassen, wenn er denn dort sein sollte.”

“Und wenn es jemand sonst sein sollte?”

“Nein, das ist der Kalu, ich rieche so etwas.”

Nach vielem Hin- und Her-Überlegen entscheide ich mich, Herberts Ergänzung an den Text anzuhängen und maile ihn dann an die Redaktionen der Tageszeitungen. Morgen früh wird er erscheinen und dann dürfte Kalu Dienstag Nacht zu Besuch kommen. Wenn er denn kommt. Vielleicht liest er auch einfach die Zeitung nicht in seinem Mainzer Versteck? Aber falls er kommt, habe ich den nächsten Exklusivbericht. Ach ja: Dienstag ist auch Knasttag. Um elf soll ich am Glaskasten des ehemaligen Gefängnisses sein, direkt gegenüber dem Eingang zum Amtsgericht.

*

Der Geschäftsführer des Hotels “Multatuli” in Ingelheim war außer sich. Er hatte in seiner Laufbahn ja schon viel erlebt, aber dass ein Gast ein Siphon aus einem funktionierenden Waschbecken ausbaut und dann auch noch den Wasserhahn tropfen lässt, das war selbst für ihn neu. Es war das Zimmermädchen gewesen, das den dunklen Fleck auf dem neuen Teppichboden im Flur entdeckt hatte und nach Klopfen in das Zimmer gegangen war. Schnell hatte sie den Wasserhahn zugedreht und den Chef gerufen.

Der stand nun da und wusste nicht, was er machen sollte. Das grenzte an Vandalismus oder war es schon. Warum hatte dieser Hobson den Siphon ausgebaut? Was suchte Schlamm im Waschbecken? Nein, dieser Gast war ihm in seinem frisch renovierten Hotel unerwünscht. Ungeduldig wartete er darauf, dass er wiederkommen würde. Den Siphon ließ er derweil vom Hausinstallateur wieder einsetzen und mit einer Sonderstunde Schrubben war auch das Zimmer bald wieder in Ordnung. Nur der Teppichboden war an den gewässerten Stellen noch dunkel, aber auch das würde sich in den nächsten Tagen hoffentlich wieder normalisieren.

Hobson Rückkehr zum Abendessen gestaltete sich entsprechend frostig. Mit der Scheckkarte wurde der Schaden beglichen, aber dem Schatzsucher war klar, dass seine Aktivitäten fortan genau beäugt werden würden. Er entschloss sich, vorsichtshalber baldmöglichst das Hotel zu wechseln und begann damit, seine Utensilien zusammen zu packen. Er überlegte noch, wohin er sich wenden sollte, als sein Zimmertelefon schrillte. Unwirsch meldete er sich

"Hello."

"Dick, it´s you, Dick?", kam eine helle Stimme vom anderen Ende der Leitung. Eine Stimme, die er viele Jahre nicht gehört hatte und dennoch sofort wiedererkannte.

"Maria, yes it´s me! May I see you?"

"What matters, Dick? I am married."

"Just meeting an old friend."

"Not more?"

"Just talking about old times. By the way: I need a room. Do you know a good address?"

Ein bedeutungsschwangeres Schweigen am anderen Ende und dann

"OK, you know the Bismarckturm. We meet in the restaurant Waldeck there at seven. It is a hotel, too."

"Fine. I´ll be there."

Das Restaurant Waldeck - dort, wo sie sich damals das erste Mal im Freien geliebt hatten. Wo er sich auf den Boden gelegt und so eine Nacktschnecke plattgedrückt hatte. Und das unbändige Erlebnis oben auf dem Turm, mit dem Blick in den Rheingau. Warum wählte Maria diesen Treffpunkt? Und sagte gleichzeitig, dass sie verheiratet war? Hobson packte seine Koffer und checkte aus dem Hotel aus. Als er seinen Benz aus dem Hoftor heraus lenkte, machte der Hotelbesitzer heimlich drei Kreuze und wandte sich seinen anderen Gästen zu, die zur jährlichenTagung der Multatuli-Gesellschaft gekommen waren. Der holländische Dichter hatte hier lange gelebt und dem Hotel seinen Namen hinterlassen. Er hatte in der ersten Hälfte des neunzehnten Jahrhunderts in der holländischen Kolonialverwaltung von Indonesien gearbeitet und danach seine Erlebnisse literarisch verarbeitet. Sein "Max Havelaar" kritisierte die untragbaren Zustände der korrupten Verwaltung und trug zu einem Umdenken in der Kolonialfrage bei.

Es war schon kurz vor sieben, als Hobson die Bahnhofstraße hinauf fuhr und die Polizeiinspektion passierte. Dort sortierte Polizeihauptmeister Ecker die im Laufe des Nachmittags eingegangenen Meldungen. Auch die der Zulassungsstelle Augsburg, wo der Mercedes Benz C180 mit der Nummer A-UA 1704 auf die Autovermietung Sixt zugelassen worden war. Ein paar Minuten später war ein offizielles Anfragefax an den Autovermieter unterwegs, der durch seine respektlose Werbung bekannt geworden war. Ecker ging systematisch weiter vor und rief Wolfgang Welker an, einen Archäologen, der auf Vermittlung vom Historischen Verein Ingelheim die Baustelle direkt an der Bahntrasse unter die Lupe genommen hatte.

Welker hatte mit seinem Arbeitstrupp und seinem Metalldetektor kurzfristig einen Abstecher von der leider zeitlich befristeten Ausgrabung der Villa Rustica im Binger Wald gemacht. Der Tagesausflug ins Ingelheimer Stadtgebiet war durchaus erfolgreich, denn er hatte neben Kriegsschrott ein paar Münzen gefunden, sowohl römische als auch möglicherweise keltische. Auch zwei Fibeln, metallische Spangen zum Zusammenhalten von Gewändern, waren aufgetaucht. Leider war keine klare Fundsituation festzustellen gewesen, denn die Bauarbeiten der letzten Wochen hatten den Boden schon zu sehr zerwühlt. Vielleicht war auch schon beim Bau der Eisenbahnlinie vor mehr als einhundert Jahren viel archäologisch Wertvolles zerstört worden. Eine weitere Rückfrage beim Historischen Verein hatte ergeben, dass man durch weitere Funde in der Vergangenheit entlang der Bahnlinie ohnehin eine alte Handelsstraße vermutete, schon aus der Zeit vor den Römern.

Es war also etwas zu finden, vielleicht gar einen Anziehungspunkt für Touristen aufzubauen. Ingelheim als Keltenzentrum neben Mainz, wo die Römer alles Keltische soweit irgend möglich überbaut hatten? Klang nicht schlecht. Dagegen stand allerdings die baldige Fertigstellung einer profanen Abfahrt für das Parkhaus am Bahnhof. Ecker schmunzelte. Das würde die Köpfe der Stadtoberen mal wieder rauchen lassen, zumal der Stimmenfang zu den baldigen Oberbürgermeisterwahlen bereits in vollem Gange war. Doch was sollte ihn das interessieren? Er sollte die unbekannte Person finden, die am Sonntag vormittag dort gesucht und gegraben hatte.

Eigentlich wusste er nicht so recht, warum. Es war halt schlechtes Timing. Einen Tag später hätten die Straßenbauer ohnehin den Untergrund komplett zerwühlt und im Recyclingverfahren die darin befindlichen archäologischen Reste in eine glatte Teerdecke eingearbeitet. Aber gut, das war halt sein Job. Er brauchte auch nicht lange zu warten, bis Sixt ihm die Daten zum Leihwagen faxte. Er war vor ein paar Tagen von einem Dick Hobson aus den Vereinigten Staaten auf unbestimmte Zeit gemietet worden. Ein 65-jähriger Mann aus Los Angeles, dessen Unterschrift recht flott wirkte. Die Abrechnung erfolge über Kreditkarte. Die Informationen waren gut und sie wurden sogar noch besser, denn auf der nächsten Faxseite war die mit dem Leihwagen gekoppelte Hotelbuchung kopiert. Das Hotel Multatuli in Ingelheim.

Sofort rief Ecker dort an, doch der Hotelbesitzer wollte ohne Legitimation des Anrufers keine Auskunft geben und ließ sich überreden, selbst bei der Polizeiinspektion in Ingelheim anzurufen. Hobson war gerade vor einigen Minuten kurzfristig abgereist, aber habe nicht gesagt, wohin. Es sei ein merkwürdiger Gast gewesen und habe einen Wasserschaden in seinem Zimmer angerichtet, dadurch, dass er ein Siphon ausgebaut habe. Das sei doch sehr ungewöhnlich, oder? Der Polizeihauptmeister stimmte zu und konnte sich allerdings keinen Reim darauf machen.

So war er also wieder am Anfang. Hobson war hier in der Nähe, was er machte und warum, blieb unklar. Der Polizeihauptmeister legte die Faxe und die Telefonnotiz vom Telefonat mit dem Historischen Verein vor sich und schrieb einen Bericht. Draußen war es längst dunkel geworden. Sollte doch sein Dienststellenleiter am nächsten Morgen entscheiden, ob und wie der Fall weiter verfolgt werden sollte.

*

So prominent der Bismarckturm über Ingelheim thront, so verwickelt war es bisher für ortsunkundige Autofahrer, die Straße hinauf zu finden. Für Hobson auf dem Weg zu seiner Jugendliebe war es indes kein Problem, denn der Bereich um die Alte Gasse war seit den fünfziger Jahren von der ansonsten regen Bautätigkeit weitgehend verschont geblieben. Der Kreisel an der Umgehung war neu, aber die Straße zur Waldeck nach wie vor in einem recht schlechten Zustand. Die Scheinwerfer des Mercedes leuchteten das schmale Asphaltband gut aus, das sich in engen, unübersichtlichen Serpentinen durch die Weinberge hoch schlängelte.

Der Parkplatz vor dem Bismarckturm war bis auf einen Renault Clio verwaist und die massige Silhouette des Turms schien sich vor dem sternenklaren Himmel gegen den Westerberg zu lehnen. Es wehte ein kühler Wind, als Hobson seine Koffer aus dem Auto holte und zum Hoteleingang ging. Im voll verglasten Restaurant sah er bereits Maria sitzen, eine vertraute Silhouette vor der Dunkelheit. Auch sie erkannte ihn sofort, winkte ihm vertraut zu und als er an ihren Tisch trat, umarmte sie ihn sogar. Sie trug ein langes Kleid, das ihre etwas fülliger gewordenen Hüften elegant kaschierte und auch ihre Haare glänzten nicht mehr in dem tiefen Kastanienbraun wie vor mehr vierzig Jahren. Doch ihre Augen strahlten noch immer und ihre menschliche Wärme hatte noch dazu gewonnen. Hobson fragte sich, warum er damals nicht doch in Deutschland geblieben war. Doch nun war es zu spät. Er spürte, dass er an der Schwelle im Leben stand, vor der er stets Angst gehabt hatte. Wahrscheinlich hatte er diese Schwelle sogar schon überschritten.

Dem einen, unmerklich kurzen, aber unwiderruflichen Moment, wo die Erinnerungen an Vergangenes schöner wurden als die Erwartungen an die Zukunft. Als er sich setzte, betrachteten sie sich gegenseitig genau und er spürte, dass sie eine gewisse Distanz zu ihm hielt.

“Na, Dick, was führt dich hierher? A new love?”, sie lachte.

“No, but ... I wanted to see you, OK?”

“But?”

“Ich suche a pilot, einen ... Piloten. Shot down 1945.”

“Hier in Ingelheim?”

“No, Wollstein. Close to Wollstein.”

“Aber du wohnst hier. Living in Ingelheim is still good.”

“Yes. Seeing you, too”, er fühlte sich ertappt und grinste.

“Hattest du Erfolg? Any success?”

“Seems so, the wreck is there, but Bill not.”

“Bill?”

“The pilot.”

Die Bedienung brachte das Essen. Er hatte ein Roastbeef geordert, sie einen Salat. Fast wie früher, dachte er und sie glitten bei einem Blauen Spätburgunder aus Ingelheim wieder hinein in die unbeschwerte Zeit am Ende der Fünfziger Jahre, als der Krieg schon so weit weg war und das Leben so nah und prickelnd. Um zehn schloss das Restaurant und der Zauber verflog mit, zunächst unmerklich, dann mit der Gewissheit des Unwiederbringlichen. Ihre Leben waren sich so nah gewesen und hatten sich doch so weit voneinander entfernt. Sie voll integriert in ihre Familie und ihr Umfeld, geborgen in der Stadt, in der sie geboren war. Er ein alter Hagestolz, unterwegs in der Welt auf der Suche nach Dingen, mit denen er die Vergangenheit und damit seine Jugend festhalten wollte. Es war vergeblich, er wusste es irgendwie, doch der anerkennende Neid der anderen und auch der Dank der Hinterbliebenen hatten ihm gut getan.

Als sie sich verabschiedeten, war es beiden klar, dass es nie wieder so werden würde, wie es einmal war, so schön es auch gewesen war. Während Maria ihren Clio behutsam den Westerberg hinunter lenkte, nahm Hobson noch eine Flasche Wein mit aufs Zimmer. Er leerte sie vor dem Fernseher, wo er mit der Jay Leno Show seinen Schwermut vertreiben wollte. Er fiel bereits im Fernsehsessel in einen tiefen Schlaf.

*

Als ich kurz vor zehn von der Christuskirche kommend in die Diether-von-Isenburg-Straße einbiege, hat sich eine wundersame Wandlung vollzogen. Wo sonst gähnende Leere herrscht, setzen nun gleich drei Mannschaftswagen im bürgerfreundlichen Polizeigrün und nicht weniger als fünf Streifenwagen und zwei Motorräder in der gleichen Bemalung einen interessanten farblichen Akzent zu den einheitsbeigegrauen Mauern der alten Gebäude. Ergänzt wird das Großaufgebot durch einen Polizisten und seine Kollegin mit umgehängter Maschinenpistole am Eingang zum Gericht. Ich bin doch etwas verblüfft und frage die Frau, woher sie von meinem Kommen wissen, doch sie lacht nur und erklärt die Sicherheitsvorkehrungen mit dem Hells-Angels-Prozess. Der, so die Einschätzung des Kollegen, wird sich noch eine Weile hinziehen.

Doch Angels oder Angels-Symphatisanten in ihrer martialischen Rockerkluft kann ich nicht erkennen. Und in der Allgemeinen Zeitung und der Mainzer Rhein-Zeitung liest man so allerlei Merkwürdiges über den Auftritt der Rocker im Gerichtssaal. Von Einschüchterungsversuchen gegenüber Zeugen wird ebenso berichtet wie von gesundheitlichen Problemen der wilden Gesellen, die bei einigen sogar die Prozesstauglichkeit in Frage stellen sollen. Es bleibt die Frage, was da Prozesstaktik ist und was echt. Auch scheint das Durchschnittsalter der Höllenengel sich schon munter auf die fünfzig einzupendeln. In diesem Alter sollte man eigentlich mehr an die eigene Gesundheit als an kriminelle Machenschaften denken.

Direkt gegenüber, vor dem Gefängnistor, warten auch bereits einige Personen und ich stelle meinen alten Passat auf die auf dem Bürgersteig markierte Ladezone. Das geht eine Minute gut und dann kommt ein weiterer Mannschaftswagen, der mich mit gebieterischem Gehupe von meinem Platz vertreibt. Erfreulicherweise kommt in diesem Moment eine junge Frau um die Ecke und steuert mit einem umfangreichen Schlüsselbund auf die Eingangstür zum Gefängnis zu. Sie öffnet die jetzt nur noch mit einem handelsüblichen Schließzylinder gesicherte stählerne Eingangstür neben dem Eingangszimmer und verschwindet im Innern. Kurz danach bewegt sich wie von Geisterhand das massive Stahltor zur Seite und öffnet die Zufahrt ins Innere des Gebäudekomplexes. Schnell fahre ich meinen Wagen in den Vorhof und habe so einen kostenlosen und bestens gesicherten Parkplatz mitten in Mainz.

Nach einer kurzen Einweisung in die Besonderheiten der stillgelegten Anlage durch Frau Nett von der LBB führt diese zunächst die potenziellen Investoren durch den Komplex. Zeit genug für eine ausführliche Fotosafari quer durch hundert Jahre Gefängnisgeschichte. Was wird mich erwarten? Ein vergessener, vermoderter Insasse? Wohl kaum. Aber wenigstens ein paar aufschlussreiche Beschriftungen an den Wänden, ein paar verborgene Ecken und Winkel sollten in einem solch alten Bau zu finden sein. Da fällt mir unser Kalu ein und ich wandere zunächst durch die Innenhöfe auf der Suche nach einem klapprigen Fiat 126, doch natürlich ohne Erfolg. Es gibt abgeschlossene Garagen, aber dort wird das Auto auch nicht sein, denn wie sollte er auch hier hinein kommen? Es gibt, typisch für Gefängnisse, nur einen Eingang und Ausgang, an dem alle vorbei müssen, den sogenannten Zwangspass.

Natürlich könnte man versuchen, den Schließzylinder der Eingangstür aufzubrechen, aber das würde beim nächsten Besuch sofort bemerkt werden. Besuche aber gibt es derzeit häufig, denn das ehemalige Gefängnis übt mit seinem skurrilen Charme auf potenzielle Investoren einen besonderen Reiz aus. Die Innenstadtlage ist vorzüglich und sicher wird bald ein Geldgeber den Zuschlag erhalten. Dann werden ganze Handwerkerkolonnen streichen, bohren, sanieren und mit den Wänden auch die Seele des alten Gemäuers herausreißen. Die will ich dokumentieren und die LBB hat mir auf meine Bitte volle drei Stunden Fotozeit eingeräumt.

Womit beginnt man eine solche Aufgabe? Verfolgen wir einfach einmal den Weg eines Gefangenen. Die stählerne Außentür mit ihrer Metallklappe am Sehschlitz fällt hinter mir ins Schloss, rechts ist der zentrale Steuerraum, wo nur einige wenige grüne Lichter am Schaltpult leuchten. Auch ein Knopf mit der Beschriftung "Tor Vorhof" ist dabei. Das dicke, schusssichere Fensterglas wirkt wie ein Dämpfungsfilter und lässt das gegenüber liegende Gerichtsgebäude noch ein wenig trister erscheinen. Außenspiegel gewähren einen Blick auch in direkt an der Mauer liegende Partien des Bürgersteigs.

Dann weiter ins Innere, es bleibt eng und die fehlende Beleuchtung des stillgelegten Traktes lässt die Fluren und Gänge noch dunkler erscheinen. Ich bin allein und die Geräusche der vorgegangenen Besucher sind längst im Hintergrund verklungen. Ganz gegen meine Erwartungen ist es nicht kalt, die Temperatur beträgt etwa 15 Grad, obwohl natürlich auch die Heizungen ausgeschaltet sind. Das ist mir ganz recht, weil ich immerhin fast zwanzig Kilo Kameraausrüstung mitschleppe. Von einem ehemaligen Insassen weiß ich, dass es im Sommer vor allem in den oberen Fluren unangenehm schwülwarm war, bei voller Belegung kein Wunder.

Eine Treppe hoch ist das ehemalige Geschäftszimmer und dann kommen die Besucherzimmer rechts und links des Ganges. Schmucklose Räume, in denen einst ein Tisch und drei Stühle standen. Den Übergang zum Vollzugstrakt bildet ein Gang mit zwei Eingangszellen auf der linken Seite. Auch hier sind die massiven Sicherheitsschlösser ausgebaut und nicht ersetzt worden. Trotzdem - nicht auszudenken, wenn man allein in diesem weitgehend ausbruchsicheren Bau eingeschlossen würde. Ich gehe weiter in den Vollzugstrakt.

Ein breiter Gang öffnet sich nach beiden Seiten, vier Etagen hoch und mit Hanfnetzen gegen herab fallende Gegenstände geschützt. Im Erdgeschoss die Geschäfts- und Überwachungsräume, in der Postausgabestelle hängt noch die Liste der zuständigen Haftrichter aus. Der Lastenaufzug steht auch still, denn der Strom ist fast überall abgeschaltet.

Für mich mit meinem Blitz und Stativ ist das kein Problem, aber Fernsehleute brauchen sicher eine ganze Menge Akkus für solche Fälle. Wo ist der beste Platz für Fotos? An den Stirnseiten der Gänge ist jeweils ein kleiner Raum, von dem man die anstoßenden Gänge nach zwei Seiten gleichzeitig beobachten kann. Die Gefängnisbauer bauten nach den Maßstäben von 1903 wahrscheinlich ein besonders modernes Gefängnis. Zwei Treppenhäuser verbinden die einzelnen Etagen, davon ist eines architektonisch interessant mit dreieckigem Grundriss konstruiert.

Es geht hinauf bis zur vierten Etage und hinunter in den Keller. Das Licht zieht mich nach oben, um die Gelegenheit zu möglichst vielen Fotos zu nutzen. Bis zur dritten Etage habe ich schon je zwei Kleinbild- und Mittelformat-Filme geschossen und Teile der dritten Etage konsumieren einen weiteren Film. Während die glatten Wände in den Gängen und Zellen der anderen Etagen im Standardbeigegrau gehalten sind, tauchen hier plötzlich an den Wänden Zeichnungen und Malereien von ehemaligen Insassen auf, teilweise illustrativ, teilweise von beängstigender Wucht. Es sind Überreste aus der Zeit, als in einem Teil der dritten Etage noch jugendliche Straftäter saßen, hatte mir Frau Nett bei der Ersteinweisung gesagt.

Ein Standard-Knast für jugendliche Straftäter? Vielleicht nach dem Zweiten Weltkrieg, als pädagogische Konzepte unbekannt waren und Wohnraum denkbar knapp. Tatsächlich stehen hier im Jahr 2003 tausende Quadratmeter Wohnraum leer. Zwar größtenteils ohne Strom, aber trocken und abgeschirmt, mitten in der Stadt. Das wäre ideal für jeden, der ungestört seinen Geschäften nachgehen will. Wenn nicht, ja wenn es nicht fast genauso schwierig hinein- wie hinauszukommen wäre. Konkret sehe ich da einfach keine Chance, dies unbemerkt zu tun. Das Rolltor und alle Mauern sind oben noch einmal mit Nato-Stacheldraht verziert, selbst die Dachrinnen sind gegen Kletterkünstler mit scharfen Eisen geschützt.

Die Tür am Gangende hält eine weitere Überraschung für mich bereit. Sie lässt sich problemlos öffnen, doch es ist eine blinde Tür, einfach auf eine unverputzte Wand montiert. Wer da in Eile durchrennen wollte, würde sich eine blutige Nase holen. Und es geht noch eine Etage höher, wieder vorbei am Lastenaufzug, neben dem eine Essensliste auf rotem Papier hängt, die ich als Souvenir mitnehme.

Schließlich kommt der Übergang zum Dach, der nur durch einen Überwachungsraum hindurch auf einer sehr engen Wendeltreppe möglich ist.

Auf dem Dach erklärt Frau Nett ihrer Besuchergruppe gerade einige bauliche Besonderheiten und macht mich auf einen Bleistift aufmerksam, der an einem Bindfaden im Stacheldraht hängt. Knastpost, erklärt sie mir. Häftlinge hätten Nachrichten um Bleistifte gewickelt und diese dann per Bindfaden in benachbarte Zellen jongliert. An diesem hier hängt kein Zettel mehr, aber es zeigt die Aussichtslosigkeit der Insassen in einem Gefängnis. Auch wenn das Dach und der Dachboden offiziell ungeschützte Bereiche waren, wie meine Fremdenführerin erklärt, ist doch der Aufwand an Stacheldraht auch hier beträchtlich. Selbst die Tauben haben hier keinen Zutritt, denn ein großes Netz spannt sich über den gesamten Innenhof der ehemaligen Haftanstalt. Wie hätte sich Kalu hier gefühlt? Ein Einsiedler und Eigenbrötler, der jahrzehntelang allein in einer Mühle lebt. Es gibt Menschen, denen macht Einsamkeit nichts aus.

Mir schon und so empfinde ich den Blick vom Dach als besonders bedrückend, weil sich auch ein Gefühl der Freiheit nicht einstellen will. Der bedeckte Himmel, die Kuppel der Christuskirche und ein bunter Strauß, den der Gefängnisnachbar auf seine Dachterrasse gestellt hat, sind auch hier nur durch das Taubennetz und noch mehr Stacheldraht zu sehen. Der Innenhof des Männertrakts ist eingezwängt zwischen den hohen Haftblöcken und begrenzt durch Betonsäulen, die dem Ganzen vergebens eine künstlerische Anmutung geben sollten. Der ursprünglich wohl grüne Kunststoffbelag im Hof hat inzwischen auch die Farbe der Umgebung angenommen. Ich mache noch ein paar Fotos und folge dann den Stimmen der anderen durch den Dachboden. Nach einer Weile haben sich meine Augen an das Halbdunkel gewöhnt und ich kann Einzelheiten unterscheiden. Der Dachstuhl ist voll intakt. Er scheint mir keine einhundert Jahre alt zu sein. Ist er vielleicht nach dem Krieg erneuert worden? Der Boden ist aus Beton und die Türöffnungen liegen etwas über dem Bodenniveau, so dass ich einmal beim Durchgang mit meinem umfangreichen Gepäck stolpere und fast stürze.

Das Klima ist recht warm und leer, weil dieser Bereich nicht genutzt wurde, wie Frau Nett erklärte. Nach unten gehen nur die Treppenabgänge, dazu der Fahrstuhlschacht. Aber auch dieser ist mit Stacheldraht versperrt. Eine Tür fällt und die Stimmen der anderen Besucher werden schwächer; sie sind offensichtlich über ein Treppenhaus nach unten gegangen. Nun bin ich wieder allein auf meiner Suche nach irgend etwas, das dieser Konstruktion einen zeitlichen Halt gibt; einen Bezug zu denen, die hier lebten. Meine Augen streichen über das Dachgebälk, während ich durch die nächste Tür gehe und plötzlich bleibt mein Fuß an etwas hängen; ich stolpere wieder und kann mich gerade noch an der Abmauerung vor einem Sturz abfangen.

Der Schreck treibt mir seltsam helle Muster vor die Augen und ich kann einen kurzen Moment nichts sehen. Dann weicht die Aufregung und die Augen gewöhnen sich wieder an das Halbdunkel. Meinen Kameras und dem Stativ ist nichts geschehen, nur meine linke Hand schmerzt, weil die Haut durch den rauen Putz etwas aufgeschürft ist. Worüber bin ich gestolpert? Aus dem Halbdunkel schält sich eine Betontafel, die etwa fünf Zentimeter über dem Bodenniveau liegt. Irgend etwas ist darauf geschrieben von "Erinnerung an Luftangriff" und noch einige Namen mit Abkürzungen, wahrscheinlich Rangbezeichnungen aus dem Militär wie Ausgft. Schmelzeisen. Im oberen Teil ist die Platte zerstört, darunter öffnet sich ein dunkler, breiter Spalt.

Ob ich einfach hinein greifen soll? Ich sehe mich schon von einer Ratte gebissen oder mit einer zuschnappenden Mausefalle an der Hand, doch die Neugier siegt. Vielleicht sind hier auch Waffen oder Werkzeuge für eine Flucht deponiert?

Ein Blatt, das ich vorsichtigerweise in den Spalt schiebe, erzeugt keine Reaktion und auch, als ich mit dem längsten Fernauslöser aus meiner Ausrüstung wild in dem Loch herum fuchtele, passiert nichts. Der Hohlraum scheint sich unter der Platte fortzusetzen, aber an dem zurück gezogenen Fernauslöser ist nichts außer Staub hängen geblieben. Schließlich traue ich mich, mit der Hand ins Dunkel zu greifen und ertaste einen Hohlraum von der Länge meines Unterarms, der fast die Breite der Platte hat. Der Boden ist glatt, nur wenig staubig und leer. Lediglich in der hintersten Ecke ein kleines Teil, das sich viel glatter und kühler anfühlt als ein Betonkrümel. Ich mühe mich darum, es heraus zu bekommen und schaffe es tatsächlich mit Hilfe meines inzwischen leicht verschrammten Fernauslösers. Es ist ein kleiner gebogener Metallring, den ich unter den Lichtverhältnissen des Dachbodens nicht genau beurteilen kann. Ich falte mein Blatt zu einem Briefchen, wie es die Edelsteinhändler benutzen und stecke es in die Fototasche. Ein Blick auf die Uhr zeigt mir, dass ich mich beeilen muss. Schnell mache ich noch ein Foto der Platte mit dem unerträglich grellen Blitz und gehe dann zügig die Treppe hinunter zum Eingangsbereich.

Dort erwartet mich Frau Nett bereits. Die andere Besuchergruppe hat den Bau schon verlassen, doch sie entspricht meiner Bitte und führt mich noch einmal durch den Keller. Hier ist es noch düsterer und ihre Taschenlampe leuchtet in die Wäscherei mit ihren monströsen Waschmaschinen und Heißmangeln. Den Abschluss bildet die ehemalige Küche mit ihren riesigen Kochtöpfen, die man einfach findet, wenn man dem Geruch nachgeht. In einem kleinen Glasschrank sind die mit Filzstift eingezeichneten Silhouetten der Küchenmesser zu sehen. Eine Vorsichtsmaßnahme, erklärt meine Führerin, mit der entwendete Küchenmesser sofort entdeckt wurden. Und dann sind wir am Ende auch des Kellers angelangt, einer Stahltür, hinter der ein regelmäßiges Geräusch ertönt, wie es entsteht, wenn Metall auf Metall schlägt. Als ich nach der Ursache des Geräusches frage, dreht sich die junge Frau zu mir um.

“Das kann ich Ihnen leider auch nicht sagen. Das, Herr Sander, ist die einzige Tür, für die ich keinen Schlüssel habe.”

*

“Das ist er, ich habe es im Urin!” Herbert Wülfing reichte genüsslich fünf Faxseiten aus dem gerichtsmedizinischen Institut an seinen Kollegen, der sich gerade einen neuen Kaffee vom Automaten geholt hatte.

“Was sollen solche Sprüche, wenn ich gerade Kaffeeduft in der Nase habe!”, Hajo Hessinger stellte die Tasse zur Seite und griff sich mit einem indignierten Gesichtsausdruck das Fax. “Könnte wirklich sein. Und das Zahnschema?”

“Passt auch”, Wülfing reichte ein zweites Blatt aus der Akte über den Tisch.

Behnke legte die beiden Blätter nebeneinander und nickte. “Was meint Zweipfennig?”

“Dasselbe.”

“Damit hätten wir also den guten Bill Monahan gefunden, in der Mühle. Ermordet, wie es scheint.”

“Ja, sieht so aus. Zweipfennig vermutet einen Schlag mit einem kantigen Gegenstand.”

“Ein Gewehrkolben?”

“Könnte sein.”

“Abgeschlossen ist der Fall damit leider nicht.”

“Ich weiß, jetzt dürfen wir noch einen Mörder finden. Fast 50 Jahre nach dem Verbrechen. Schlechtes Timing.”

Hessinger strich sich über seinen kahlen Schädel und schaute zum Fenster hinaus, hoch zum Hartenberg, wo das SWR-Logo bei Tag nur schwach zu erkennen war. Erst bei Nacht war es beleuchtet und weithin sichtbar. Der SWF hatte vor wenigen Jahren mit dem SR zum SWR fusioniert und warum sollte ein solches Zusammengehen hier nicht des Rätsels Lösung sein?

“Die Wohnwagen-Leiche hatte doch eine Fliegerjacke an”, räsonierte der Oberkommissar.

“Und der Pilot ländliche Arbeitskluft”, stimmte Wülfing zu, “Du meinst, dass ...”

“... in der Mühle ein Kleidertausch stattfand. Einerseits der Pilot auf der Flucht, der in umgebungsüblichen Kleidern nicht auffallen will. Andererseits ...”

“ ... der Einheimische, der sich die Kriegsbeute in schlechten Zeiten sichert. In der Besatzungszeit versteckt er sie, aber später läuft er ungeniert mit der Jacke herum. Sicher kein Einzelfall.”

“Aber wer hat Monahan ermordet? Und was machen wir mit dem Schädel? Noch ein Opfer aus dem Endkampf? Ich weiß nicht. Außerdem gurkt Kalu noch irgendwo herum, vielleicht vor unserer Haustür.”

“Wenn mein Etat ja eine Altersbestimmung hergäbe, wüssten wir mehr über den Schädel. Aber wir müssen es auch so herausbekommen. Monahan haben wir ja nun wenigstens gefunden.”

“Sollten wir es Hobson sagen?”

“Wir sollten das Department of Defence informieren, die sind unser Ansprechpartner und nicht ein Kriegstourist.”

“Andererseits wäre es eine gute Gelegenheit, sich über Hobsons Motive klar zu werden”, meinte Hessinger. “Wenn wir ihm sagen, dass wir Monahan gefunden haben, sollte er die Suche aufgeben. Wenn nicht, hat er andere Motive.”

“Und die können uns durchaus nützen. Auf seiner Suche findet er vielleicht etwas für uns Nützliches”, Wülfing war eher der Pragmatiker.

“Ob er es uns dann zeigt?”

“Da hast du natürlich recht. Sagen wir es ihm und sehen dann weiter. Ich jedenfalls traue ihm nicht.”

“Und wieso?”

“Es liegt mir im ... äh, Kaffee.”

*

Wie erklärte Jim Morrison von den Doors die Namensgebung seiner Gruppe? There are things, that are known and there are things, that are unknown. In between there are doors. Türen also trennen das Bekannte vom Unbekannten, eine scheinbar profane Weisheit. In der aktuellen Situation könnte man auch fragen, dass ich nun den ganzen alten Gefängnisbau gesehen habe und warum ich dann ausgerechnet durch diese eine Tür gehen will, hinter der sich wahrscheinlich nur Spinnen herumtreiben. Weil sie da ist, würden jetzt irgendwelche Bergsteiger-Heroen antworten und auch mich treibt die Abenteuerlust.

“Vielleicht klemmt sie nur?”, ich rüttele an der Tür, doch sie rührt sich nicht. “Haben Sie eine Idee, was dahinter ist?”

“Bedaure, Herr Sander”, Frau Nett zuckt die Schultern.

“Das Geräusch klingt ähnlich wie eine Wasserpumpe, sie hallt so stark.”

“Wie gesagt, ich habe keine Ahnung. Aber ich habe noch etwas Interessantes für Sie.”

Sie führt mich in den Frauentrakt im Erdgeschoss, wo in der Transporterzelle einige weibliche Häftlinge ihren Kummer (“Verfickter Hurenknast. Alles Fotzen außer Mutti.” “This is the fucking hell”), Liebeserklärungen (“Tina-Schätzje, vermisse dich ganz doll. K.”) oder Fürsorgliches (“Für D ... sorg ich schon”) auf die Wände geschrieben haben. Auch Selbstkritisches findet sich: “Ja, Christine, Schatz, die dümmste Verbrecherin Deutschlands war auch hier. Gruß B.” “Heute ist nicht alle Tage, die meisten kommen wieder, keine Frage. Wir sind die Stärksten, aber leider auch die Dümmsten noch.” Ebenso Fremdsprachiges: “ ... mucho valor ...no fermina aqui ...”, dazu gute Tipps für den Alltag “Wir machen hier Party mit Cafe. Sauft euch einen macht die Nacht durch und pennt am Tag, dann geht´s hier voll schnell. J., I., M.”

Eine Bemerkung taucht indes immer wieder auf: Alle sind froh, aus Mainz weg und nach Zweibrücken zu kommen. Die JVA hatte einen schlechten Ruf und entsprach längst nicht mehr dem Stand der Zeit - auch nicht für die Justizangestellten. Jetzt sind indes alle wieder nahe Wöllstein vereint, denn Zweibrücken ist ebenso wie Mainz geschlossen worden.

Dennoch gab es in der Diether-von-Isenburg-Straße zweifellos einige Privilegien für die einsitzenden Frauen. So konnten sie von ihren Gefängnishof einen Blick auf die umliegenden Gebäude erhaschen und, im Gegensatz zum düsteren Innenhof im Männertrakt, war der “Frauen-Auslauf” sogar mit alten Bäumen bewachsen. Damit nicht genug: Die Zellenfenster der Frauenzellen waren teilweise mit Klarglas bestückt, während bei den Männern durchgängiges Milchglas den Blick aus der Zelle nach draußen verwehrte. Das allein muss bei empfindsameren Gemütern schon Depressionen ausgelöst haben, aber auch das ist in der neuen JVA gänzlich anders, fast luxuriös, wie man sich am Tag der offenen Tür Anfang Dezember 2002 überzeugen konnte. Sogar Ministerpräsident Beck und andere Politiker nächtigten dort mit Journalisten. Wohlgemerkt vor der Inbetriebnahme und nur für eine Nacht.

Als ich mit Frau Nett wieder auf die Straße trete, bin ich froh, den ausgemusterten Knast so einfach wieder verlassen zu können. Wie mag das gewesen sein, wenn man dort wirklich monatelang einsaß und dann wieder in Freiheit kam? Wenn niemand auf einen wartete?

Es ist frisch und recht kühl. Der Wind vertreibt meine trüben Gedanken wieder und ich bringe zunächst die Filme zur Schnellentwicklung bei Prisma im Gonsenheimer Gewerbegebiet am Hemel. Nicht allzu weit vom Nazi-Müller kommt mir in den Sinn. Die Zwischenzeit will ich für einen Besuch bei Herbert nutzen. Hajo meldet sich am Telefon mit einem fröhlichen

“Kriminalpolizei Mainz, Hessinger. Womit können wir ihnen helfen?”

“Hallo Hajo, du könntest im Callcenter anfangen.”

“Läster du nur, aber das haben mir schon mehr gesagt.”

“Aber verrate es nicht Herbert.”

“Warum nicht?”, poltert der durch die Freisprecheinrichtung, “was hast du auf dem Herzen?”

“Ich komme gerade aus dem Knast.”

“Hätten Sie dich dabehalten”, klinkt sich Hajo wieder mit einem kleinen Lachanfall ins Gespräch ein.

“Und - hast du Kalu gefunden?”

“Nein, aber vielleicht etwas Interessantes, einen kleinen Hohlraum. Kann natürlich auch ein Knacki angelegt haben. Ein kleiner Metallring war drin. Die Bilder dazu sind in einer Stunde fertig.”

“Dann komm mal mit den Bildern und fass den Metallring bis dahin nicht an”, Herbert kennt meine Ideen in solchen Fällen, “wenn du kommst, wirst du allerdings nur mit mir vorlieb nehmen müssen. Hajo macht bei der Skatenight mit.”

“Start 19 Uhr am Höfchen.”

“Ich sehe, du weißt Bescheid. Dann viel Spaß euch beiden”, verabschiedet sich Hajo aus dem Telefongespräch.

Natürlich juckt es mich doch, den Metallring so schnell wie möglich anzusehen und so fahre ich zu meinem Freund Dr. Mohamed Moustafa in der Thomas-Mann-Straße. Er hat in Chemie promoviert und untersucht in seinem Zytolab mit neuartigen gentechnologischen Schnelltests Fruchtsäfte und andere Substanzen beispielsweise auf Schimmelpilze. Von seiner umfassenden Laborausstattung habe ich schon mehrfach profitiert. Als ich hereinkomme, zieht er mal wieder genüsslich an seiner Pfeife mit ihrem unverkennbaren Geruch. Er sieht mir meinen Wunsch schon an der Nasenspitze an.

“Hallo Ronni. Wie geht´s? Alles gut zuhause? Willst du wieder etwas messen? Komm herein!”

“Darf ich mal an dein Binokular?”

“Aber klar, bedien Dich. Möchtest du Kaffee oder Fruchtsaft? Oder einfach ein Wasser?”

“Danke, danke. Ein kleines Plätzchen am Tubus reicht mir.” Ich flüchte vor diesem Überschwang orientalischer Gastfreundschaft und setze mich schnell ans Stereomikroskop. Vorsichtig ziehe ich das Briefchen mit dem Metallring aus der Geldbörse, schütte den Inhalt auf den Objektträger und schalte die Kaltlichtquelle an. Der noch unscharfe erste Blick durchs Okular bei 60-facher Vergrößerung zeigt einen mit dunklem Staub verkrusteten Ring. An einer Stelle, wo die Kruste abgeschabt ist, schimmert es gelblich. Mo tritt hinter mich und schaut ebenfalls durch ein Okular.

“Sieht interessant aus, vor allem die dunklen Flecken.”

“Wieso die dunklen Flecken?”

“Das könnte Blut sein”, er justiert den Rüssel der Kaltlichtquelle so, dass er die Probe mehr seitlich streift, “ja, ich bin mir sicher, das ist Blut. Willst du wissen, von wem das Blut ist?”

“Wie willst du das herausfinden? Machst du auch Blutuntersuchungen?”

“Viel mehr. Mit teilweise von mir entwickelten gentechnischen Verfahren kann ich nicht nur Schimmelpilze in Fruchtsäften schneller und genauer als andere erkennen, sondern natürlich auch die DNA bestimmen. Blut ist optimal, Haut oder Haare reichen aber auch.”

“Das kostet doch sicher irre viel Geld und Zeit.”

“Mit herkömmlichen Verfahren 1000 Euro und eine Woche. Bei mir 320 Euro und einen Tag. Mein Verfahren ist halt in jeder Beziehung besser.”

“Auch 320 Euro kann ich nicht aufbringen.”

“Aber mein Freund, du wolltest mir doch sowieso beim Ausbau meines Hauses im Sommer helfen. Dann kostet es dich nichts.”

“Aber ich muss heute noch den Ring bei der Kripo abgeben.”

“Kein Problem”, er fixiert den Ring mit einer Pinzette und schabt mit einer Cutterklinge ein wenig Material von der Seite ab, “das reicht mir. Natürlich brauche ich eine Vergleichsprobe. Noch ist die DNA nicht mit dem Namen des Trägers beschriftet”, lacht er. “Der Ring scheint übrigens aus Gold zu bestehen.”

Er schiebt die abgeschabten Krümel auf ein Blatt und dreht dann das Mikroskop zu mir. Tatsächlich ist der goldene Schimmer an der abgeschabten Stelle deutlich zu erkennen. Ich packe den Ring wieder in mein Briefchen und stelle mit einem Blick auf die Uhr erschrocken fest, dass es schon nach sechs ist. Schnell verabschiede ich mich von Mo und hole die Filme bei Prisma. Fünfzehn vom Feierabendverkehr verseuchte Minuten später bin ich endlich in Herberts Büro und lege ihm die Fotos auf den Tisch. Interessiert schaut er mit meiner Lupe auf dem Miniatur-Leuchttisch die Mittelformat-Dias durch, danach die Kleinbild-Farbabzüge und zieht anerkennend die Augenbrauen hoch.

"Gar nicht schlecht, mein lieber Fotograf. Auch für mich ist Neues dabei."

"Danke für die Blumen. Du warst doch schon oft zur Ablieferung Deiner Kunden im Knast, was ist da neu für Dich?"

"Zum einen liefert man seine Leute beim Geschäftszimmer ab und kommt nicht in den Vollzugstrakt, auf den Dachboden schon gar nicht", er hält das Foto mit der Betonplatte in der Hand. "Und dann hast du einen Hang, hässliche oder profane Dinge so zu fotografieren, dass sie schön aussehen. Auch wenn sie es nicht sind. Wie die Gefängnisküche."

"Der Geruch ist halt nicht auf dem Bild."

"Und die kleinen Tierchen auch nicht."

"Wohl wahr", grinse ich, "aber was sagst du zu dem Hohlraum im Dachboden?"

"Interessant diese Aufschrift, die soll mal der Michael Wolf analysieren. Es kommt mir vor, als hätte ich sie schon einmal ähnlich gesehen, weiß aber nicht, wo. Keine Kritik, aber der Abzug ist etwas unscharf, manche Buchstaben kann man nicht lesen."

"Du hast leider recht, die Fotobedingungen dort sind recht schwierig. Es ging jedenfalls um einen Fliegerangriff am 20. Dezember 1943. Ich will aber sowieso noch einmal rein, weil es beim ersten Mal ein wenig hektisch war."

"Hast du sonst noch einen Anhaltspunkt gefunden?"

"Für eine Tür im Keller hatte Frau Nett keinen Schlüssel, hinter die konnte ich also nicht sehen. Dann habe ich als Souvenir noch dieses Blatt mitgenommen. Darf ich doch, oder?" Ich zeige ihm die auf rotem Papier gedruckte Essenliste, die neben dem Lastenaufzug hing. Er nimmt sie mir sofort aus der Hand und zieht aus der vorliegenden Akte des Falles ein identisches Papier hervor.

"Das habe ich schon. Noch ein Hinweis, aber kein Beweis", murmelt er, "ich behalte das mal vorerst, Ronni. Aber jetzt bitte Deinen ominösen Ring."

Mit bedeutungsschwangerer Miene reiche ich ihm das Briefchen. Er faltet es auf, betrachtet es genau durch eine Schreibtischlupe und packt den Inhalt mit einem "Und ab ins Labor" in eine seiner Klarsichttüten.

"Und wie sind die Folgerungen meines Amateur-Kollegen?" Herbert lehnt sich genüsslich in seinem Rollstuhl zurück und wippt ein wenig.

“Für einen toten Briefkasten ist der Ort zu ungewöhnlich. Da wurde etwas langfristig versteckt, nach diesem Luftangriff 1943. Vielleicht Waffen und Wertgegenstände?”

“Gut kombiniert. Wie aber konnte jemand dort ein solches Versteck anlegen? Und wann wurde es wieder ausgeräumt?”

“OK, ich hab’s kapiert. Wie es hinein gekommen ist, da habe ich keine Idee. Der Knast bestand durchgehend seit 1903, auch in den Kriegen, soviel ich weiß. Auch das Ausräumen kann ja eigentlich nur mit Einverständnis der Gefängnisleitung geschehen sein - aber das ist nicht anzunehmen. Bleibt also die Zeit nach dem Umzug Ende letzten Jahres.”

“Genau. Also war wahrscheinlich unser Freund Kalu im Knast oder ist es gar noch?”

“Aber wie hinein und wie hinaus, unbemerkt? Und stammen die Blutspuren am Schmuck von einem Opfer oder von Kalu selbst? Der Schmuck war ja teilweise defekt, vielleicht eine scharfe Stelle, an der sich jemand die Finger aufgerissen hat.”

“Wir vergleichen mal die Blutproben, dann wissen wir mehr.”

“Aber nicht, ob es wirklich von derselben Person stammt”, insistiere ich. “Und Fingerabdrücke habt ihr nicht davon, oder?”

“Das ist richtig, aber für DNA-Tests fehlt uns das Geld und wir werden den Fall so oder so lösen, also: worauf willst du hinaus ?”

“Ein Freund von mir macht DNA-Tests, für mich ausnahmsweise sogar fast kostenlos.”

“Und da willst du eine Probe der Blutproben im zunächst gefundenen Schmuck. Na gut, vielleicht kommen wir so schneller voran. Obwohl ich es nicht so recht glaube. Wann soll das Testergebnis vorliegen?”

“Übermorgen, also Donnerstag oder Freitag.”

“Kaum zu glauben, ich kenne da ganz andere Zeiträume. Aber weil du es bist: Ich gebe dir mal ein paar Krümel. Komm einfach mit.”

Um sieben verlassen wir sein Büro und gehen noch einmal kurz im Labor direkt neben Michael Wolfs Büro vorbei. Hier herrscht Ordnung und entsprechend schnell hat Herbert die Laborproben zum Fall Wohnwagenleiche gefunden. Aus einer Klarsichttüte mit den Blutresten kratzt er ein paar Krümel heraus und füllt sie in eine neue Tüte, die er wieder sorgfältig beschriftet. Er murmelt etwas von “Nicht ganz vorschriftsmäßig”, bevor wir gemeinsam an der Asservatenkammer und dem Pförtner vorbei das Gebäude verlassen.

Herbert fährt zu Elvira und ich liefere die Probe bei Mo ab, bevor ich zu Elke weiterfahre, wo ein zugiges Schlafzimmer und eine nach Baldrian stinkende Katze auf mich warten. Aber sicher auch einige Streicheleinheiten, die ich sowieso immer gut gebrauchen kann. Nach dem Frustknast erst recht.

Es ist ein schönes Gefühl, mit offenen Armen empfangen zu werden. Wenn man den Motor des Wagens abstellt, schon kurz danach eine schöne junge Frau aus dem Haus kommt und einen in den Arm nimmt. Dazu streicht einem eine kleine schwarze Katze um die Beine, die besonders stark duftet, wenn man sie streichelt und sie wohlig schnurrt. Es war also alles wunderbar und dennoch mache ich in der Nacht kaum ein Auge zu.

Da ist es plötzlich wieder, das Gefühl, eingesperrt zu sein. Die dunklen Fachwerkbalken scheinen sich um mich herum zusammen zu ziehen, bis ich erschreckt aufwache, ruhelos bis drei Uhr im Haus herum wandere und vergeblich in alten Geo-Heften nach Entspannung suche. Dann endlich bin ich zum Umfallen müde und krieche wieder ins Bett, wo sich Elke im Halbschlaf an mich kuschelt. Bevor ich einschlafe, höre ich draußen noch mehrfach ein lautes Piepsen, bin aber zu müde, um nachzusehen.

*

"Nein, Herr Hobson ist bereits ausgezogen. Wir wissen nicht, wohin. Gestern hat schon einmal einer ihrer Kollegen nach ihm gefragt." Die Auskunft des Hoteldirektors, der auch am frühen Mittwochmorgen am Telefon schon beneidenswert munter klang, war eindeutig. Wülfing schaute mit hochgezogenen Augenbrauen zu Hessinger, der wie üblich mitgehört hatte.

"Welcher Kollege?"

"Ein Herr Ecker von der Polizeiinspektion Ingelheim."

Den kannte Wülfing allerdings gut aus etlichen Ermittlungen in den vergangenen Jahren. Auf dem kleinen Dienstweg erfuhr er die Geschichte vom Buddeln am Bahnhof, dem abmontierten Siphon und der plötzlichen Abreise. Ecker war heute etwa fünfzig und als er ihn vor zehn Jahren zum ersten Mal kennen gelernt hatte, war er ähnlich impulsiv gewesen wie Hajo heute. Auf die Klempnerambitionen des amerikanischen Hotelgastes konnten sich die drei unisono keinen Reim machen, aber Hobsons Aktivitäten am Ingelheimer Bahnhof passten durchaus in das Bild, das die beiden Mainzer Ermittler von dem Amerikaner hatten. Heute war sein Ingelheimer Kollege schon wesentlich ruhiger geworden und froh, als Wülfing ihm vorschlug, die Fälle zusammen zu ziehen und seine Ermittlungen mit zu übernehmen. Ecker war froh, einen Fall weniger auf dem überladenen Schreibtisch zu haben. Auf dass sie wachse und sich mehre, dachte er einen kurzen sarkastischen Moment lang, als er die Akte in die ausgehende Post legte.

Wülfing und Hessinger stimmten derweil in ihrem Büro das weitere Vorgehen ab. Die Komplexität des Falls hatte sich atemberaubend schnell entwickelt.

"Würde mich nicht wundern, wenn demnächst auch noch CIA und Agent 008 auftauchen würden", grummelte der Hauptkommissar, "der mit der Lizenz zum Buddeln."

"Hobson als Agent? Ist ja wohl nur ein Spaß. Aber auch ich habe das Gefühl, dass wir etwas übersehen haben." Nach anfänglich guten Erfolgen und viel versprechenden Spuren waren nun handfeste Ergebnisse fällig. Hessinger ging an das Flipchart, das er nach der letzten Pressekonferenz in die Ecke neben der Kaffeemaschine gestellt hatte, schlug ein neues Blatt auf und begann zu zeichnen. Zuerst die Namen der Gesuchten, dann die Informationen darüber, dann die der Leichen. Schließlich die Verbindungen zwischen den Beteiligten.

Kalu: Dringend tatverdächtig für den Mord an der Wohnwagenleiche. Verschwunden, wahrscheinlich in Mainz. War nach seinem Verschwinden möglicherweise in der ehemaligen JVA und auf jeden Fall in der Katzensteiger Mühle. Wo war er jetzt?

Hobson: Vorgeblich auf der Suche nach dem inzwischen gefundenen Piloten, aber tatsächlich wohl auch als Schatzsucher unterwegs. Warum war er ausgezogen? Wusste er davon, dass man ihn suchte? Wenn nein, sollte er bald wieder an der Katzensteiger Mühle auftauchen.

Die immer noch unidentifizierte Wohnwagenleiche war wahrscheinlich in der Katzensteiger Mühle zu Tode gekommen, der Schädel dort gefunden worden und auch der Pilot. Wer wohnte nachweislich seit dem Krieg in der Katzensteiger Mühle? Kalu, niemand sonst. Höchstens halt der Tote aus dem Wohnwagen, aber dann wohl nur wenige Tage, vielleicht gar nur eine Nacht. Jedenfalls hatten sich die älteren Einwohner von Neu-Bamberg immer nur an den Kalu erinnert, mit seinem Schlabberaufzug oder Sonntagsstaat in wildem Wechsel. Mal zu Fuß, mal mit einem alten Rad, mal mit einem Schlaglochsucher der untersten Kategorie.

Wie man es auch drehte und wendete, alle Linien kreuzten sich bei diesen Kalu und der einsamen Mühle im Appelbachtal. Wenn man diesen Kalu hätte, wäre vieles leichter. Vielleicht war er ja der Mörder aller drei - der Moorleiche, von der bisher nur der Kopf gefunden worden war, der Wohnwagenleiche und des Piloten? Es sprach einiges dafür. Die Fahndung lief allerdings schon seit Tagen ohne greifbaren Erfolg. Die beiden Ermittler schauten noch eine ganze Weile auf das Diagramm und fuhren dann wieder zur Katzensteiger Mühle. Irgend etwas mussten sie übersehen haben, etwas, das so scheinbar nebensächlich war oder auch so auffällig, dass sie einfach übersehen mussten.

Und ganz zum Schluss hatte Wülfing eine Idee, die geradezu genial einfach war und sie hatten die Hoffnung, Kalu nun doch bald zu erwischen. Es war nun wirklich kein Ruhmesblatt, von einem - zugegebenermaßen flotten - Siebzigjährigen an der Nase herum geführt zu werden. Obwohl Wülfing nie daran dachte, dass er ja nun auch bald sechzig werden würde. Zumindest tat er so.

*

“Warum hast du nicht geschlafen? Zeit zum Aufstehen!”

Elke beugt sich über mich und liebkost mein Gesicht mit ihren Brüsten, bevor sie mir einen Zungenkuss gibt und ihre Haare mich gar unwiderstehlich kitzeln. Als ich mich aus ihren Armen winde, kitzelt sie mich in der Seite. Mit einem Schrei springe ich aus dem Bett.

“Du Folterknecht!”, beschwere ich mich über das Durchsetzungsvermögen meiner Geliebten, die die Antwort nicht schuldig bleibt.

“Du hast mich auch nicht schlafen lassen. Und ich muss jetzt zur Arbeit. Warum hast du dich die ganze Nacht herum gewälzt und bist auch noch herumgewandert?”

“Der Knast war bedrückend und ich habe mich noch nicht an dein Schlafzimmer gewöhnt. Aber das wird schon werden.”

“Ich weiß nicht, ob du dir da nichts vormachst. Ich will so leben wie jetzt und nicht anders. Wenn du das nicht erträgst, dann musst du die Konsequenzen ziehen”, sie schaut mich ernst an und dann überzieht ein Lächeln ihre Mundwinkel, “auch wenn es schade um dich wäre.”

“Sagtest du schon, danke. Hast du auch dieses Piepen gehört? Spät in der Nacht?”

“Ja, da war was, es gab ein paar Mal so ein Piepsen wie von einem elektrischen Wecker. Hattest du einen dabei?”

“Nein, das war draußen.”

“Du kannst ja nachher mal nachsehen, wenn ich bei der Arbeit bin und es hell genug ist. Lass uns frühstücken.”

Mit dem kalten Wasser aus der Schüssel werde ich schnell munter und der dampfende Capuccino weckt wieder meine Lebensgeister. Als Elke zur Arbeit verschwindet, fühle ich mich wieder munter und ich gehe mal ums Gehöft. Mein erster Blick gilt dem Emailschild, aber es ist noch da. Scheinbar hatte bereits der erste Einsatz der Alarmanlage den Dieb effektiv verscheucht. Auch sonst scheint alles beim Alten zu sein und die Arbeit zuhause ruft. Für die BIG soll ich einen Fotobericht über die Ingelheimer Burgkirche machen, wo nach mehrjähriger Renovierung endlich die Baugerüste abgebaut wurden.

Das Wahrzeichen von Ober-Ingelheim ist ein außergewöhnlicher, wuchtiger Gebäudekomplex, umgeben von einem alten Friedhof des Ingelheimer Adels und integriert in die Stadtmauer. Noch heute ist sie mit ihrer Größe und den umgebenden, bis zu acht Meter hohen und zwei Meter dicken Mauern trotz der dichten Umgebungsbebauung weithin sichtbar. Zu Zeiten ihrer Entstehung vom 13. bis zum 15. Jahrhundert muss sie geradezu gigantisch gewirkt haben.

Kirche und Tor sind normalerweise abgeschlossen und die Schlüssel kann man beim Weingut Gräf-Schmidt ausleihen. Auf dem Weg dorthin sehe ich einen Jungen und ein Mädchen von etwa 15 Jahren in schwarzer Kleidung mit einer Kamera zur Mauer hochsehen, wo sich eine dritte Person schnell hinter einer Zinne des Wehrgangs versteckt. Ich werde von ihnen aufmerksam beobachtet. Was die hier wohl wollen? Vielleicht ein paar Satanistchen auf dem Weg, ihre Selbstdarstellung in Discount-Farbbildern zu dokumentieren? Als ich mit den Schlüsseln wiederkomme, sind sie immer noch da und auch der dritte im Bunde auf der Mauer ist nun kurz zu sehen, da er sich zu spät versteckt. Noch ein Jugendlicher, ebenfalls ganz in schwarz.

Die Freizeitaktivitäten der heimischen Jugend sind mir zwar fremd, aber irgendwie spukt mir diese abstruse Gedankenwelt doch im Kopf herum, als ich die Fotos mache. So werden die Friedhof-Fotos ziemlich mystisch und auch die geheimnisvolle Atmosphäre im Innern kommt auf den Fotos gut rüber. Die frisch renovierten Außenmauern haben etwas Patina eingebüßt, dafür sind einige Details herauspräpariert worden. Zuerst finde ich nichts Aufregendes, aber im Türsturz des Haupteingangs kommt mir ein in den Stein gemeißeltes Symbol so seltsam bekannt vor. Das Sonnenrad, ganz ähnlich wie auf der Zeichnung des Schädels, die mir Herbert zeigte. Hier ist das Symbol Beleg für bis in vorchristliche Zeit reichende Wurzeln. Wofür steht es bei dem geköpften Toten? Vielleicht war es nur als Schmuck gedacht?

Nachdem ich die Schlüssel zurück gebracht habe, lasse ich die Bilder wieder beim Kodak Foto Express im Globus Gensingen entwickeln. Frau Tobe hat gerade ein paar Ach-ist-er-nicht-nett Fotos von einem Geburtstagskind gemacht und freut sich, als sie mich sieht.

“Hallo Herr Sander, wieder in dunklen Grüften unterwegs gewesen?”

“Diesmal mehr im Freien. Es sind ein paar wichtige Details dabei.”

“Ich weiß schon, die Belichtung muss individuell angepasst werden. In einer Stunde sind sie fertig.”

Inzwischen hat der Fotodrucker die Kinderfotos ausgeworfen und sie wendet sich wieder der stolzen Mutter zu, während der Sohn ungeduldig das mitgebrachte, liebevoll verpackte Geburtstagsgeschenk auspackt und bald Schnur und Geschenkpapier den Boden dekorieren. Nach dem Einkauf zeigt Frau Tobe mir stolz die Fotos. Sie hat mitgedacht und vom Sonnenrad gleich eine Ausschnittsvergrößerung dazu gelegt. Wieder zuhause, faxe ich Herbert das Bild und erarbeite den Text zum Burgkirchen-Artikel.

Das Sonnenrad ist untypisch für eine Kirche. In der Bauphase angebracht, wurde bei späteren Arbeiten vielleicht einfach vergessen, es wieder zu entfernen. Heute ist es natürlich wieder ein interessantes Detail der fast tausendjährigen Geschichte des Gotteshauses.

Andererseits erleben solche Symbole seit einigen Jahren fröhliche Urständ in esoterisch-mystischen Kreisen und auch Altnazi- wie Neonazi-Szene bedienen sich eifrig in der nordischen Mythenwelt. Steht gar das Sonnenrad des Enthaupteten in Verbindung zum Wappen der Reicharbeitsdienst-Abteilung “Hagen von Tronje”, des Hagens aus der Siegfried-Saga?

Bei so viel Material und Gegenwartsbezug ist der Bericht für schon bald fertig und auf dem Weg in die Redaktion. Zeit für einen Besuch bei Elke. Die wichtigsten Elektroinstallationen sind inzwischen fertig und heute geht es ans Wasser, direkt mit Durchlauferhitzer. Eine warme Dusche gehört nun einmal zu den angenehmsten Errungenschaften der Zivilisation, finde ich.

*

“Wir teilen uns - du am Haarberg und ich hier an der Hexenkanzel, würde ich sagen. Ist dir das recht so?” Hajo Hessinger grinste über das skeptische Gesicht seines Kollegen beim Anblick des steilen rutschigen Abhanges an der ehemaligen Bahntrasse.

“Na, wenn du meinst”, gab sich Herbert Wülfing nach einem Blick auf seinen Bauch geschlagen und lachte. Überhaupt waren beide guter Dinge, seit sie nach dem Mittagessen ins Appelbachtal aufgebrochen waren. Das Wetter wurde immer besser und der Hauptkommissar war sich sicher, den Fall oder die Fälle bald lösen zu können. Es gab so viele Anhaltspunkte, dass er diesen Kalu sicher bald haben würde. Irgendwo hier lag des Rätsels Lösung, nur wo?

Während Hajo sich an Baumwurzeln entlang den Hang zur Hexenkanzel hochzog, überquerte Wülfing den Appelbach über den Katzensteg und ließ seine Blikke über den Hang streichen. Das erste Grün arbeitete sich langsam durch die abgestorbenen Gräser vom Vorjahr hindurch und es würde nur noch wenige Wochen dauern, bis es den ganzen Hang bedecken würde. Ein paar Schritte weiter war die Stelle, wo sich die Straßenbauer vom Reichsarbeitsdienst mit ihren Daten und dem Wappen "Unser Glaube - die Tat" verewigt hatten. Es waren Jugendliche gewesen, die so auf den Einsatz im Militär vorbereitet wurden, der nicht mehr sehr lange auf sich warten lassen sollte. Das perfide System damals hatte jedes Lebensalter unter Kontrolle, von frühester Jugend an.

Der Hauptkommissar wollte schon weitergehen, aber dann hatte er den Eindruck, dass die Betontafel mit der Inschrift "Diese Straße wurden von der Reichsarbeitsdienstabt. 4/253 "Hagen von Tronje" in den Jahren 1933-35 erbaut" irgendwie etwas schräg in ihrem Rahmen saß. Oder irrte er sich? Er trat näher und schaute genauer hin. Tatsächlich schien ein Spalt zwischen der Platte und der Wand zu sein, der zur rechten Seite hin größer wurde. Wülfing nahm ein Taschentuch und zog vorsichtig an der Kante, doch die Platte rührte sich nicht.

"Na gut, wenn du es so willst", brummte der Hauptkommissar und holte sein Schweizer Taschenmesser heraus, klemmte den Schraubenzieher in den Spalt und hebelte vorsichtig. Doch zunächst tat sich auch noch nichts, nur ein paar Betonbröckchen fielen nach unten. Erst als er mit der rechten Hand hebelte und mit der linken auf die Ecke der Betonplatte schlug, rutschte diese schlagartig aus der Halterung, fiel nach unten, traf seinen rechten Fuß und von dort auf einen Geröllstein, wo er in genau 13 Teile zerbrach, wie die Kriminaltechniker später feststellen sollten.

Wülfing fluchte vernehmlich und führte einen kleinen Veitstanz auf dem linken Bein auf, bevor er den rechten Fuß wieder vorsichtig auf den Boden setzte. Es ging ohne große Schmerzen und so riskierte er einen ersten vorsichtigen Blick in den Hohlraum, der sich hinter der Tafel aufgetan hatte. Er hatte einen quadratischen Querschnitt mit etwa 15 Zentimeter Kantenlänge und reichte armlang in den Fels. Der Hauptkommissar wollte gerade mit seiner Taschenlampe ins Innere leuchten, als er einen Schrei von der gegenüber liegenden Talseite hörte.

"Halt, stehen bleiben!", klang unverkennbar Hajos Stimme aus dem Wald und Wülfing humpelte los, so schnell er konnte. Wieder hörte er Geräusche aus dem Wald, die sich rasch entfernten und schließlich das Aufheulen eines Motors, ein schrilles Knirschgeräusch und dann ein vernehmliches "Scheiße!" von Hajo. Es dauerte noch eine Weile, bis der Oberkommissar schwer atmend am oberen Ende des Hanges zwischen den Ginsterbüschen auftauchte. Er hatte den Arm um Hobson gelegt, der recht stark aus einer Wunde am Hinterkopf blutete und offensichtlich benommen in die Sonne blinzelte. Trotz seiner offensichtlich misslichen Lage umklammerte er einen größeren dunklen Beutel in seiner Hand.

“Herbert, wir brauchen einen Notarzt”, sagte Hajo und setzte Hobson am oberen Rand des rutschigen Hangs auf den Boden. “Bitte bring mir schnell das Verbandszeug.”

Herbert legte die paar Meter zum Dienstwagen zurück, so schnell es sein schmerzender Fuß zuließ, und rief dabei gleich einen Krankenwagen an. Am Hang warf er den Verbandkasten den Hang hoch zu seinem Kollegen, der zunächst eine Kompresse auf die immer noch blutende Wunde legte und dann eine Art Turban darüber wickelte. Dabei sprach er leise zu ihm, erntete aber nur ein “No, no, no”. Auch seine Lederjacke war schon voll mit Hobsons Blut.

“Das hätten wir gleich”, murmelte er und dann lauter nach unten, “warum humpelst du eigentlich? Bist du über eine heiße Spur gestolpert?”

“Ha, ha, erzähle ich dir später. Wer hat Hobson eigentlich so zugerichtet?”

“Irgend einer, der flüchtete, als ich kam und der einen Wagen am Waldrand Richtung Siefersheim geparkt hatte. Mal sehen, ob wir Reifenabdrücke finden. Vielleicht kennt ihn ja unser amerikanischer Freund? Schätze, es war nicht schlecht, dass ich gerade kam.”

“Glaubst du, wir können Hobson den Hang herunter bringen? Warum sagt er nur No, no, no?”

“Er will seinen Beutel nicht her geben und außerdem sei er ganz OK, meint er. Er könne auch allein nach Hause gehen.”

“Das sehen wir anders, oder? Mal sehen, was im Beutel ist. Zunächst lassen wir ihn einfach den Hang herunter rutschen. Seine Beine scheinen unversehrt und der Blutverlust am Kopf ist vorerst gestoppt.”

Vorsichtig trat der Oberkommissar an den Hang, ließ sich ein kleines Stück rutschen, und zog Hobson vorsichtig hinter sich her. Das gestaltete sich nicht einfach, weil dieser partout nicht den Beutel loslassen wollte und ohnehin Schwierigkeiten hatte, das Gleichgewicht zu halten. Mehr als einmal rutschte er trotz der Unterstützung aus und lag dann flach auf dem Hang, aber auch beim Fallen hielt er seinen Beutel fest umklammert und fiel auf ihn. Der riss und einige Gegenstände rutschten heraus.

Schließlich waren beide unten und Wülfing konnte endlich seinem Kollegen helfen. Sie gingen die paar Meter bis zur Schutzhütte, wobei sie Hobson mehr trugen als führten und setzten ihn auf die hintere, im Schatten liegende Bank. Hobsons Puls war immer noch gut, aber er fing langsam an zu zittern. War es nur der Blutverlust oder auch ein Schock? Ein Kreislaufversagen ist in solchen Fällen nicht selten.

Die beiden Kripobeamten waren froh, als endlich der Notarztwagen kam, der erst einmal an der Brücke vorbei fuhr und dann vor der Katzensteiger Mühle wieder kehrt machte. Denn gerade, als die Sanitäter eine Liege aus dem Wagen holten, verlor Hobson das Bewusstsein und sackte zusammen. Dabei ließ er endlich auch den Beutel los.

*

Wer unter Fittings die Trainer in einem Fitness-Studio vermutet, hat keine Ahnung von der Welt der Handwerker. Mit ein paar gezielten Griffen stelle ich mir in meinem Heizkeller die benötigten Werkzeuge für die Wasserinstallation zusammen und packe noch reichlich Kupferrohr und die Verbindungsstücke, besagte Fittings, dazu. Obendrauf das Lötgerät und die noch halbvolle Gasflasche - fertig ist die Ausrüstung, um Elkes Uralt-Mühle ein Stückchen mehr Zivilisation zu bringen. Warmes Wasser aus der Leitung weckt in mir die Lust auf wassersparende gemeinsame Bäder und prickelnde Duschorgien, gemütliches Rückeneinseifen und gefühlvolle Brustmassagen mit zartem Schaum, doch vor den Erfolg haben die Götter bekanntermaßen den Schweiß gesetzt. Also gebe ich meinem betagten Lastesel bereits kurz nach Mittag die Sporen in Richtung Wöllstein.

An der Mühle erwartet mich allerdings eine Überraschung. Ein Johanniter-Notfallwagen steht an der Schutzhütte unterhalb des Hohlweges, daneben ein Streifenwagen. Herbert steht daneben, während Hajo am oberen Ende des Hanges steht und einige Polizisten in ihren frischgebügelten Hosen den Hang gezielt absuchen. Es heißt zwar, der Name der Neugier sei Weib, aber mich interessiert natürlich doch, was dort vor sich geht und ich gehe schnurstracks zu meinen Freund Herbert, um zu fragen, was denn passiert ist.

“Unser gemeinsamer Freund Dick Hobson hat einen auf den Kopf bekommen, aber es ist wohl nicht lebensbedrohlich.”

“Wer war es?”

“Er murmelte was von einem Kampf mit Mann, kleiner als er, aber kräftig. Warum es zu dem Kampf kam, konnte oder wollte er nicht sagen. Auch nicht, was er dort im Wald am Hang gemacht hatte, aber sein Metalldetektor, den Hajo eben geholt hat, spricht eine deutliche Sprache.”

“Die Suche nach dem Piloten?”

"Nein, da spielt wohl etwas anderes eine wichtige Rolle."

"Und was?"

"Darf ich dir noch nicht sagen, aber vielleicht schaust du ja zufällig hinter mich", sein Blick schweift zu Hajo, der mit Fingerspitzen triumphierend etwas einen dunklen, großen Beutel hoch hält und mit den Augen zwinkert. Auch die anderen Beamten sammeln offensichtlich verschiedene Gegenstände aus dem Gesteinsschutt der Böschung und packen sie in Kunststofftüten.

"Winterschlussverkauf?", kommentiere ich trocken die plötzliche Sammelleidenschaft, was Herbert schmunzeln lässt.

"Vielleicht. Doch lass uns jetzt mal allein weiterarbeiten, du bist doch sicher hierher gekommen, um dein Liebesnest auszubauen, oder?"

Dem ist leider nicht viel hinzu zu fügen und ich trolle mich zur Mühle. Etwas hat sich verändert: Über dem Emblem der Straßenbaukolonne klafft nun ein Loch im Felsen. Ich schaue mich um zu Herbert, rufe und zeige auf die Stelle, aber er winkt ab:

"Ich weiß schon. Bleib bitte da weg."

Dann rufe ich erst einmal bei der LBB mit der Bitte um einen weiteren Fototermin im Knast an. Es geht schon am folgenden Nachmittag, höre ich erfreut. Dann setze ich die Ausbauarbeiten fort. Schon bald habe ich das Geschehen draußen verdrängt und setze konzentriert Schellen, verlege und verlöte die ersten Meter vom Hauswasseranschluss ins Bad und von dort einen Abzweig in die Küche. Ich komme gut voran und passe gerade die Fittings am Durchlauferhitzer ein, als mich plötzlich von hinten zwei Arme umfassen. Ich schrecke zusammen, aber es ist nur Elke, zurück von der Arbeit.

"Na, was macht das Bad, mein Schatz? Können wir uns zusammen einseifen?" Sie drückt mir einen Kuss auf meine mit Dreck und Schweiß verpappte Wange und schmiegt sich an mich.

"Gemach, gemach. Noch haben wir kein warmes Wasser und in kaltem Wasser ist es nur der halbe Spaß."

"Ich weiß, dann ist er nur soooo", sie hält Daumen und Zeigefinger ihrer rechten Hand etwa drei Zentimeter auseinander, "lang. Da wäre mir eine MPL, eine morgendliche Prachtlatte, doch entschieden lieber."

Ich muss lachen, denn soviel sexuelles Interesse ist mir nach der langen Werbephase natürlich sehr angenehm. Ich kann gerade noch den Absperrhahn der Gasflasche schließen und dann zieht sie mich ins Wohnzimmer aufs Sofa, wo protestierend die alte Katze ihren Platz räumt. Verschwitzt wie ich bin, lasse ich mich von ihr verwöhnen und als ich wieder klar denken kann, ist es draußen schon dunkel geworden. An ein Weiterarbeiten ist nicht zu denken, denn schon wieder packt mich Elke, zieht mir die Reste meiner Arbeitskluft aus. Dann kuscheln wir im Schlafzimmer und freuen uns auf eine gemeinsame Zukunft.

Andere Leute erfreuen sich offensichtlich mehr an alten Emailschildern. Denn am nächsten Morgen ist das letzte verbliebene Schild auch weg. Selbst die "Trompete von Jericho" hat mich offensichtlich nicht aus meinen süßen Träumen wecken können, denn die Alarmanlage ist noch da, aber die Batterie leer. Und von Kalu haben wir auch immer noch nichts bemerkt, die von Herbert im Hof installierte Videoanlage hat nichts aufgenommen.

*

"Wie ist eigentlich die genaue Gesetzeslage?" Hajo drehte an den Knöpfen des Metalldetektors und löste einen durchdringenden Piepston aus, als er die Suchspule in Richtung des Heizkörpers am Fenster hielt. Schnell schaltete er das Gerät wieder aus.

"Uneinheitlich. In Rheinland-Pfalz ist der Einsatz von Metalldetektoren prinzipiell verboten. Es gibt wenige Ausnahmen für Kampfmittelräumdienste oder Behörden wie das Landesamt für Denkmalpflege, die solche Geräte dienstlich einsetzen dürfen und müssen. In Hessen ist es prinzipiell erlaubt, aber natürlich darf man auch dort nicht archäologische Stätten ausplündern. Und bei allem ist die Gefahr, einen Blindgänger aus dem Krieg auszubuddeln - mit den bekannten Folgen. Wäre vielleicht eine Erklärung für Hobsons versengte Haare. Immerhin gibt es aber auch verantwortungsbewusste Amateure, die professionelle Archäologen bei der Arbeit unterstützen. Echte Raubgräber natürlich auch, die ihre Funde anonym im Internet verhökern, beispielsweise über Ebay."

"Dann hätten wir Hobson eigentlich nicht damit arbeiten lassen dürfen."

"Tja, so genau habe ich leider nicht sehen können, was er da machte. Ich kann nicht immer alles überall sehen. Du?"

"Eigentlich hast du recht. Das Mitführen eines solchen Gerätes ist nicht strafbar?"

"Nein."

"Aber Hobson hat es benutzt und jetzt haben wir einen Verletzten, erfreulicherweise nicht lebensgefährlich. Wer ist ihm in die Quere gekommen?"

"Oder wem ist er in die Quere gekommen?" Wülfing überlegte und ihm fiel nur ein Motiv ein: Habgier. Neben Neid und der Fortpflanzung eine der wichtigsten Triebkräfte des Homo sapiens.

“Ein anderer Schatzsucher vielleicht”, überlegte er laut.

“Wie wertvoll waren eigentlich die Teile, die wir aus der Böschung heraus klaubten?”

“Das wissen die Archäologen besser. Mir kamen die meisten Dinge recht abgenutzt und kaputt vor.” Hajo hatte noch am Vorabend die Funde im Landesamt für Vor- und Frühgeschichte auf der Zitadelle Mainz abgegeben und um eine schnelle Wertbestimmung gebeten. Nur den Beutel hatten sie dabehalten und wegen der Fingerabdrücke in die Kriminaltechnik gegeben. Nun saßen beide da und warteten auf die Ergebnisse.

“Hatte Ronni nicht etwas von einer Genuntersuchung gesagt? Im Zytolab?”

“Ja, das Ergebnis bekommen wir sicher bald. Aber es ist alles Makulatur, solange wir Kalu nicht haben. Und da habe ich eine Idee”, Wülfing griff umständlich in seine Aktentasche, zog einen großen Auto-Rückspiegel hervor und reichte ihn seinem Kollegen. “Damit bekommen wir Kalu, wenn er sich im Gerichtsviertel herumtreibt.”

“Ein Rückspiegel für Caravan-Gespanne.”

“Genau, du ahnst schon, von wann. Den bauen wir heute vor dem Knast so ein, dass er im Erfassungswinkel der Videokamera am Gerichtseingang liegt. Dort sitzt einer unserer Kollegen sowieso und sagt uns Bescheid, wenn er etwas bemerkt.”

“Gut ausgedacht.”

“Genau, denn bis wir eine offizielle Überwachung genehmigt bekommen, müssen wir da schon ein umfassend dokumentiertes Terroristennest nachweisen, wo gerade ein gewisser Osama bin Laden die Tickets nach New York mit einer El-Kaida-Kreditkarte bezahlt und unterschrieben hat. Mit einem Spiegel eine bestehende Überwachungsanlage etwas zu erweitern, ist wohl nicht genehmigungspflichtig, oder? Immerhin hatten die im Glashaus am Gefängniseingang auch Spiegel zur Überwachung des Bürgersteigs.”

Hajo nickte. Der Papierkrieg war altbekannt und so schwer es für die Polizei war, eine Genehmigung für etwas zu bekommen, so leicht war es mitunter für Kriminelle, von einem Richter wegen Fristüberschreitung freigelassen zu werden. Da konnte man den Eindruck gewinnen, dass der Papierkrieg der Justiz dem Schutz der Verbrecher vor der Strafverfolgung diente. Gerade erst hatte ein Richter in Bad Kreuznach ein Verfahren so lange verbummelt, bis bereits überführte Drogendealer wegen Überschreitung der zulässigen sechs Monate Untersuchungshaft frei gelassen werden mussten. Ein Schlag ins Gesicht der Kripo, deren langjährige Arbeit mal wieder auf diese Weise zunichte gemacht worden war. Und was war die Konsequenz? Man dachte darüber nach, die Frist der Untersuchungshaft zu verlängern, anstatt das Verfahren zu vereinfachen! Konsequenzen für den Richter wurden erst gar nicht erwogen.

Es gab einige Fälle aus jüngster Vergangenheit, wie den Lampenrichter mit seinem Glühbirnenprozess aus Absurdistan, mit dem sich Mitglieder der Justiz nicht nur in seinen Augen als unreformierbar selbst diskreditierten. Von der Pflege persönlicher Marotten bis zu aktivem Mobbing gegenüber Staatsanwälten gab es Beispiele. Wenn er zuviel darüber nachdachte, verlor er die Lust an seinem Job und dass es Herbert nicht besser ging, wusste er schon lange.

Dennoch, alles neu macht der Mai und bald würde der Wonnemonat anbrechen. Kleinvieh macht auch Mist und diese Situation hatte ja ihre Vorteile, denn Not macht bekanntermaßen erfinderisch. Je länger er darüber nachdachte, umso besser gefiel ihm Herberts Idee, die einen kleinen, aber vielleicht sehr effektiven Schritt bedeutete.

“Wann willst du den Spiegel anbringen?”

“Gleich, ich habe mich mit unserem Kollegen im Gerichtseingang schon gesprochen. Heute Nachmittag geht Ronni hinein und dann wissen wir, was wir so alles sehen können.”

“Wie kommt Ronni hinein?”

“Er war mit ein paar Fotos nicht so ganz zufrieden und will deshalb noch einmal hinein. Die Leute von der LBB sind sehr kooperativ, interessierte Investoren gibt es viele und wenn ich mich nicht irre, kommen auch heute wieder welche.”

“Und Ronni will sowieso nach Mainz, weil heute ja im Zytolab die Genanalysen fertig werden. Schlau ausgedacht.”

“Danke für die Blumen, mein junger Kollege”, Wülfing lächelte zufrieden, “rufen wir ihn doch einfach an.”

*

Mohameds Anruf kam früh, gerade, als ich draußen vor dem hellen Stückchen Wand stehe, das dereinst ein altes Schild zierte. Elke steckt den Kopf aus dem Fenster und reicht mir den Telefonhörer.

“Quatsch ruhig länger mit Mo. Ich muss weg, bis heute Abend”, sie gibt mir einen Kuss und verschwindet wieder.

“Hallo Ronni, wie geht´s?”, kommt die vertraute, tiefe Stimme meines ehemaligen Studienkollegen.

“Was erwartest du, wenn du mich hier erreichst?”, flachse ich zurück.

“Ja, ja, die Liebe, die Triebe. Die Analysen sind übrigens fertig.”

“Und das Ergebnis? Spann mich nicht auf die Folter.”

“Muss ich dir erläutern, das ist nicht so trivial. Kannst du vorbeikommen?”

“In einer halben Stunde?”

“Wenn du fliegen willst, gern. Ich bin bis Mittag da.”

Schnell packe ich meine Sachen zusammen und verlasse nur kurz nach Elke die alte Mühle. Die Fotoausrüstung ist schnell im Auto verstaut und schon düse ich über Wörrstadt nach Mainz. Zwischendurch ein Anruf von Herbert, der sich auf mein Kommen freut und schon ganz gespannt auf die Ergebnisse der Genanalyse ist. Doch zuerst ist Mohamed an der Reihe. Es ist schon zehn, als ich in die Thomas-Mann-Straße einbiege und vor der Nummer 19 parke. Der Pfeifenduft ist unverkennbar bereits auf der Straße zu riechen. Mohamed verstellt gerade konzentriert ein paar Parameter an einem seiner Geräte, wozu er über seine Brillengläser hinweg schaut und dreht sich dann zu mir um.

“Da bist du ja schon. Hier”, er reicht mir zwei Blätter, “sind Kopien der Gel-Elektrophorese. Halte sie mal nebeneinander. Bemerkst du etwas?”

Zunächst einmal kann ich keine Unterschiede erkennen und ich frage mich, ob er mich mit zwei Kopien testen will. Doch schließlich ist doch an einer Stelle ein sehr kleiner Unterschied in der Anordnung der unterschiedlich dunklen Flecken zu erkennen, die für die unterschiedlichen DNA-Sequenzen stehen. Um sicher zu gehen, schiebe ich die Blätter übereinander und halte sie gegen das Licht.

“Beide sind identisch bis auf diesen kleinen Unterschied.”

“Schön, dass auch du das erkannt hast”, kommentiert Mohamed und zieht wieder an seiner Pfeife, “du wirst zum Experten. Jetzt willst du sicher wissen, warum das so ist.”

“Eine verunreinigte Probe? Spontanmutation? Gendefekt durch unsachgemäße Lagerung?”

“Keine schlechte Idee, aber dann sähe das Muster anders aus. Nein, mein Lieber, die beiden Muster sind deshalb so ähnlich, weil die Personen sich sehr ähnlich sind.”

“Vielleicht Brüder? Ohne Zweifel?”

“Kein Zweifel. Aber nicht nur Brüder, mehr. Die Proben stammen von Zwillingen, eineiigen Zwillingen.”

Diese Nachricht muss ich erst einmal verdauen. Nach Aussage von Mo hat Kalu einen Zwillingsbruder? Mohameds Aussagen sind stets präzise und verlässlich. Aber warum taucht dieser Zwillingsbruder dann nirgendwo auf? Ist er vielleicht schon vor vielen Jahren gestorben?

Genau genommen ist es ja sogar nicht sicher, ob die Blutspuren auf dem Schmuck und aus dem Versteck in der ehemaligen JVA von Kalu stammen, theoretisch könnten dies ja auch andere Personen gewesen sein, die vorher im Besitz des Schmucks waren. Der entscheidende Querbezug fehlt. Das kann man nur auf eine Weise ändern.

“Ich weiß, Mohamed, es ist unverschämt, aber könntest du noch eine Genanalyse machen?”

“Nun ja, wenn du dafür auch noch die Verrohrung im Bad anbringst, will ich dem gern zustimmen”, lacht mich der gebürtige Ägypter an, “wann bringst du mir die Probe?”

Eine gute Frage. Woher nehmen und nicht stehlen? Was gehört eindeutig zu Kalu? Ideal wäre Blut, aber notfalls tun es auch Haare. Hat die Spurensicherung vielleicht Haare aus Kalus Wohnung mitgenommen?

“Vielleicht kann ich dir heute am Nachmittag ein paar Haare bringen, ist das OK?”

“Aber immer, mein lieber Freund. Komme ruhig vorbei.”

Ob ich den Mund da nicht zu voll genommen habe? Bald werde ich es wissen. Notfalls müsste ich selbst in Kalus Wohnung und dort im Dreck wühlen. Kein verlockender Gedanke, wirklich nicht und eigentlich ist die Wohnung ja noch versiegelt. Nein, da muss sich Herbert was einfallen lassen, denn er ist sicher an den Ergebnissen interessiert. Zunächst einmal bin ich auf sein Gesicht gespannt, wenn er von den Zwillingen erfährt.

Tatsächlich sitzt er erwartungsvoll mit Hajo in seinem Büro und sogar ein Capuccino mit aufgeschäumter Milch wartet auf meiner Tischseite.

“Das müssen ja wertvolle Ergebnisse sein, dass es Herbert höchstpersönlich an die Espressomaschine treibt”, spöttelt Hajo, der sonst offensichtlich der Kaffeekocher vom Dienst ist, “Ich hoffe, Ronni enttäuscht uns nicht.”

“Wohl wahr, aber wenn ich schon mal da bin: Wie geht es eigentlich Hobson?”

“Er bleibt noch zur Beobachtung ein paar Tage da. Die Röntgenaufnahme zeigt keine Fraktur, er hat aber wohl eine schwere Gehirnerschütterung. Und natürlich eine ausgewachsene Platzwunde, die mit fünf Stichen genäht werden musste.”

“Hat er was gesagt? Auch über den Beutel?”

"Hobson ist ziemlich verstockt und schimpft, dass wir ihm den Beutel weg genommen haben. Sonst sagt er nicht viel, außer dass ein kleiner Mann von der Seite gekommen sei und ihm hart auf den Kopf geschlagen habe, als er mit dem Metalldetektor nach seinem im Wald verlorenen Schlüsselbund gesucht habe. Den Beutel habe er gefunden, ganz zufällig, im Gebüsch neben dem Weg. Mehr wissen wir noch nicht, weil der Arzt dann die Fragestunde für beendet erklärte. Er will wohl seinen Privatpatienten besonders sorgfältig behandeln."

"Der Inhalt des Beutels?"

"Damit haben unsere Techniker auf Anhieb nicht viel anfangen können. Wir haben sie fotografiert und dann ans Landesamt zur weiteren Auswertung weiter gegeben. Vor allem eine ganze Menge alter Gegenstände wie Messer, Kämme oder andere Haushaltsgegenstände sowie Dinge, die wir nicht kennen, aus Bronze und Eisenlegierungen, oft in schlechtem Zustand. Dazu einige Amulette, Figuren und Ringe sowie ein paar Münzen aus einer Goldlegierung."

Das klingt nach dem Traum eines jeden Schatzgräbers. Und dem Albtraum eines Archäologen, wenn eine solch aussagekräftige Sammlung durch profitorientiertes Zerstückeln zerstört wird. Da wird Hobson wohl mit einem Kollegen der unfreundlichen Art zusammengestoßen sein.

"Und eure Schlussfolgerungen?"

"Wir haben nur den Beutel dabehalten und den Inhalt dem Landesamt für Denkmalpflege gegeben. Das ist deren Job. Sie meinten, dass sie vielleicht morgen schon mehr sagen können. Nun bist du dran - du weißt schon wieder viel mehr, als du zum jetzigen Zeitpunkt wissen darfst. Jede Veröffentlichung geht erst durch meine Hände, klar? Doch nun zur Genanalyse. Sind die Blutspuren identisch?"

"Ja und nein."

"Erzähl keinen Unsinn! Ich denke, Genanalysen sind hochgenau."

"Sind sie auch. Auch in diesem Fall: Die Blutspuren gehören zu Zwillingen, eineiigen Zwillingen!", verkünde ich gut gelaunt. Die Reaktion ist erst einmal ein verblüfftes Schweigen und Hajo rückt näher.

"Bist du wirklich sicher?"

"Mohamed ist sich sicher und er arbeitet sehr sorgfältig und präzise. Fehler kann er sich nicht leisten, denn von der Richtigkeit seiner Ergebnisse hängen Millionen ab."

"Ja, aber hatte Kalu einen Zwillingsbruder? Wieso wissen wir nichts davon? Das Einwohnermeldeamt und das Sozialamt der Verbandsgemeinde Wöllstein haben nur den Karl Maier im Register. Vielleicht ist der Bruder im Krieg verschollen?

Und wenn er einen hatte, dann ist es möglicherweise nicht Kalus Blut auf dem im Krieg gestohlenen Schmuck. Sondern von seinem Zwillingsbruder."

"Eine gute Frage - vor allem, weil wir nicht sicher sein können, ob das Blut auf dem Schmuck wirklich von Kalu stammt", schaltet sich Herbert wieder ins Gespräch ein.

"Eine weitere Genanalyse würde die Frage möglicherweise klären", der Moment ist günstig, um meinen Wunsch zu äußern, "habt ihr Material, das eindeutig Kalu zuzuordnen und gentechnisch zu verwerten ist? Vielleicht Haare von seiner Kleidung?"

"Das könnte sein, unsere Spurensicherer haben auch ein Unterhemd mit Blutstropfen mitgenommen und die Blutgruppe bestimmt. A Rhesus positiv, wie nicht anders zu erwarten. Wie die Wohnwagenleiche auch."

"Mohamed hat mir noch einen letzten für euch kostenlosen Gentest angeboten - habt ihr noch Blut übrig?"

"Du bist wie eine Zecke, du lässt wohl nicht mehr los. Aber bevor wir hier die Pferde scheu machen und uns in Spekulationen verlieren, fassen wir doch mal nüchtern das Ganze zusammen. Wir wissen definitiv ja sowieso nicht, ob der Schmuck ursprünglich wirklich von Kalu gestohlen wurde oder aber von jemand anderem. Er hatte ihn halt nur im Besitz, wie auch immer. Das Loch im Dachboden der ehemaligen JVA war jedenfalls nach Deiner Schilderung groß genug, um ihn dort zu lagern."

"Aber wenn es Kalus Blut ist, haben wir einen Anhaltspunkt mehr und das müsste euch doch recht sein, oder?"

"Na gut, wenn du runtergehst, kommt Hajo mit und besorgt dir eine Probe."

"Was hältst du von Hobson?"

"Eine Nebenfigur, ein Glücksjäger, der mitunter unter falscher Flagge segelt. Nein, es gibt immerhin drei Leichen. Primär ist die Wohnwagenleiche, für die Kalu dringend tatverdächtig ist. Punktum. Den müssen wir haben und dann werden sich die anderen Fälle rund um die Katzensteiger Mühle von allein lösen, ihr werdet sehen. Aber du kannst uns helfen. Wir wollen den Eingangsbereich der ehemaligen JVA überwachen. Laufe einfach bei Deinem heutigen Besuch einmal in allen zur Straße liegenden Bereichen herum, wie dirigieren dich per Handy."

Er lässt mich noch meinen inzwischen kalt gewordenen Capuccino austrinken und komplimentiert mich dann heraus, um sich ungestört mit Hajo beraten zu können.

*

Nachdem ich von Michael Wolf ein paar Haare aus einem von Kalus Unterhemden bekommen und an Mohamed weitergeleitet habe, wartet nun schon zum zweiten Mal der Knast auf mich, diesmal in trojanischer Mission. Als die Schritte und Stimmen von Frau Nett und ihrer heutigen Besuchergruppe hinter der nächsten Gangbiegung verklingen, steige ich schnell zum Dach hinauf, um das noch fehlende Foto zu machen. Diesmal habe ich eine Taschenlampe dabei, leuchte die Platte ab und notiere mir alle Daten. Dann noch ein Foto, diesmal mit seitlich abgesetztem Blitz, damit der Schlagschatten die Vertiefungen im Beton deutlich herauskommen lässt. Mein erster Job ist damit getan, während sich die Besuchergruppe wohl noch im hinteren Bereich des Gebäudekomplexes umsieht. Sie wird nach aller Erfahrung über den Hof zurück und wieder hinaus geleitet.

Zeit genug für meine zweite Aufgabe. Ich rufe Herbert an, der mich in den ersten Stock der Anstalt dirigiert. Tatsächlich hat er einen Spiegel vor einem Fenster der Seufzerbrücke stadtwärts angebracht und unterhält sich auf einem zweiten Handy mit dem Bediener der Video-Überwachung.

“Hast du das Bild? Kannst du es vergrößern?”

Dann wieder zu mir, “Bitte gehe in den Frauentrakt und dann in den Innenhof.”

Nach zehn Minuten hat er seinen Spiegel so eingerichtet, dass er große Teile des vorderen Betriebshofes, des Innenhofes im Frauentrakt und fast die komplette Straße erfasst. Die Besuchergruppe ist noch irgendwo im Gebäude und ich schaue mich nach einer Toilette um. Denn wenn sich die Anspannung legt, verspürt mann mitunter ein dringendes Bedürfnis. Doch in den Zellentoiletten ist schon lange das Wasser abgestellt und der Übergang ins Gerichtsgebäude über die Seufzerbrücke abgeschlossen. Auch der Hof ist von allen Seiten einsehbar und nicht geeignet, obwohl an einer Regenrinne ein verdächtiger dunkler Fleck ist, von dem aus eine eingetrocknete Spur dem Bodengefälle folgt. Wer hat da wohl seinem Bedürfnis freien Lauf gelassen? Von der Besuchergruppe war es sicher niemand, es könnte also Kalu gewesen sein. Wer immer, er muss herein gekommen sein, nur wie? Die Schlösser an der Eingangstür waren in Ordnung. Noch einmal gehe ich zu der abgeschlossenen Tür im Keller, doch außer dem gleichmäßigen metallischen Pochen scheint sich nichts verändert zu haben. Nur die kleine weiße Leuchtanzeige, die anzeigt, in welchem Stockwerk der Lastenfahrstuhl steht, flackert ein wenig.

Inzwischen sind auch die Besucher wieder am Eingang angelangt und ich gehe mit ins Freie, wo die Sonne gerade durch die matten Fenster der Seufzerbrücke scheint.

*

Wolfgang Welker vom Landesamt für Denkmalpflege, Abteilung Bodendenkmalpflege in Mainz fand die Gegenstände von der Hexenkanzel besonders interessant und bedauerte, dass die Kripo für ihre Ermittlungen zunächst den Beutel da behalten hatte und er sich vorläufig in diesem Aspekt mit einem Digitalfoto begnügen musste. Dennoch blieb es für ihn eine prickelnde Aufgabe, den Dingen Zeiten und Vorgänge zuzuordnen. Vor allem deshalb hatte er Archäologie in Mainz studiert und auch promoviert, wenn auch die aktuellen Anstellungsmöglichkeiten sehr zu wünschen übrig ließen. Die einzige Lücke waren befristete Projekte wie die Ausgrabung der Villa Rustica, aber auch die würde dieses Jahr dem Sparstift zum Opfer fallen.

Er arbeitete meist bis spät in die Nacht, weil ihn dann niemand ablenkte. Dies war auch der Grund, dass er von der Kripo den Fund als erster bekommen hatte und natürlich hatte er sich mit Begeisterung auf die Aufgabe gestürzt. Es waren mehr als dreißig Objekte, die er auf dem breiten Arbeitstisch ausgebreitet hatte, nachdem er die aktuellen Funde von der Grabung bei der Villa Rustica in den dafür vorgesehenen beschrifteten Karton gelegt hatte. Auf den ersten Blick war es vor allem eine Ansammlung antiker Werkzeugen aus Bronze und Eisen, ergänzt durch kleinere Objekte, die silbrig, golden oder farbig schimmerten.

Zuerst betrachtete er die Kämme, Scheren, Messer und Fibeln, mit denen, ähnlich einer modernen Sicherheitsnadel, Gewänder zusammengehalten wurden. Das Sammelsurium unterschiedlicher Größe hatte nur eine oberflächliche Patina oder Rostbildung, war also geschützt gelagert gewesen. Dies lag sicher vor allem am Lederbeutel, der seinen Inhalt gut geschützt hatte und der dem vorliegenden Foto nach in recht gutem Zustand war. Vom Gebrauchswert her hatten die meisten Teile dagegen deutlich gelitten. Grate waren abgewetzt und Ecken abgeschliffen; einige Werkzeuge waren teilweise gebrochen, aber insgesamt komplett. Einige wenige waren in gutem Zustand und hätten ohne die Patina wahrscheinlich als neu gegolten.

Die Werkzeugfraktion umfasste 37 Teile von 23 gebrauchten und vier neuen Werkzeugen, teilweise Bruchstücke. Die neuen waren ausnahmslos Messer mit Klingenlängen bis zu acht Zentimeter. Das ganze sah nach dem Warenlager eines antiken Händlers aus, der mit seinen Gütern von Ort zu Ort reiste und nicht nur neue Waren anbot, sondern auch bereits gebrauchte oder beschädigte Werkzeuge zur Aufarbeitung mitnahm. Zweifellos ein besonders interessanter Fund, der noch einiges über Reiserouten und die Anwendung der Werkzeuge verraten würde. Nicht im Beutel waren Gegenstände aus dem Mittelmeerraum wie Muscheln oder dortige Münzen gewesen, die bei den Kelten sehr beliebt waren. Dies legte den Schluss nahe, dass sich der Händler am Ende einer Reise befunden und seine Waren weitgehend verkauft hatte.

Was aber nicht zu diesem Bild eines fahrenden Händlers passte, waren insgesamt neun Teile, allesamt ungebraucht und von hoher künstlerischer Qualität. Ein fein ziselierter gläserner Armreif in bunten Farben, zwei Regenbogenschüsselchen, eine einfache Silbermünze, drei bunte Ringe, davon zwei in Gold und einer aus buntem Glas mit fein gesteuertem Farbverlauf und zwei Amulette, wieder aus Gold. Dies waren Gegenstände, die vom Alltagsleben so weit entfernt waren wie ein Staatstheater von der Kostendeckung durch die Eintrittsgelder.

Sorgfältig ordnete Welker die Objekte nach ihrem wahrscheinlichen Einsatzzweck und fertigte Digitalfotos von allen Objekten einzeln und in ihrem wahrscheinlichen Zusammenhang an. Er lud die Bilder in den PC und beschriftete die einzelnen Objekte in ihren Gruppierungen auf den Übersichtsfotos. Er war kurz vor Mitternacht und Fledermäuse kurvten schon eine Weile um die großen Kastanien im Vorhof, als der Archäologe mit der von ihm ungeliebten Katalogisierung fertig war. Er ging zum Kaffeeautomaten und brühte sich erst einmal einen Espresso, den er mit der zehnfachen Menge Milch zu seinem privaten Latte Macchiato auffüllte.

Die Kripo erwartete von ihm möglichst bald konkrete Aussagen zum Fund. Auch wenn eine detaillierte Auswertung des hervorragenden Fundes im archäologischen Sinne sicher noch Wochen dauern würde, konnte er das Alter der Gegenstände auf Anhieb recht gut einschätzen. Die Werkzeuge waren mit großer Sicherheit der späten Bronze- bis Eisenzeit, also der keltischen Epoche, zuzuordnen. Die wiederum wurde nach den wichtigsten Fundorten in die Hallstatt-Zeit von etwa 600 bis 380 vor Christus und die Latène-Zeit von 380 bis 50 vor Christus eingeteilt. Danach hatten die Römer mit aller Gewalt, List und Technik die kriegerischen Kelten überwunden und deren Kultur war dann erstaunlich schnell romanisiert worden. In welche Periode sollte der Fund eingeordnet werden?

Die Regenbogenschüsselchen waren ein klares Indiz für die Latène-Zeit und diese Periode würde er der Kripo übermitteln. Es waren Überprägungen oder Überformungen beispielsweise griechischer Goldmünzen von unterschiedlicher Qualität. Teilweise waren sie kunstvoll mit keltischen Symbolen ausgeführt, aber oft recht grob gefertigt und mitunter war auch noch die originäre griechische Beschriftung zu erahnen. Diese Regenbogenschüsselchen waren einfach gehalten und recht klein, weniger als zwei Zentimeter Durchmesser. Sie wurden sonst vor allem im südlichen Deutschland gefunden und von daher hatte der Fund in dieser Gegend eine besondere Bedeutung. Ihr Name rührte von ihrer konkaven, schüsselartigen Wölbung her und davon, dass man früher glaubte, man finde diese Schüsselchen vor allem dort, wo ein Regenbogen die Erde berührt hat. Konkreter Hintergrund ist dabei wohl, dass starke Regenfälle solche Münzen im Boden mitunter frei spülten.

So bekannt diese keltischen Münzprägungen waren, so ungewöhnlich kam dem Archäologen nach wie vor die Zusammenstellung der unterschiedlichen Gegenstände vor. Einerseits Alltagsgegenstände, andererseits Sakral- oder Wertgegenstände, die zur Ausstattung von Druiden oder Herrschergeschlechtern gehörten oder als Grabbeigaben eingesetzt wurden. Auch im Appelbachtal, dem Galgenberg und der Hexenkanzel waren Gräber aus dieser Zeit bereits gefunden worden. Solche wertvollen Gegenstände passten indes nicht zu einem Händler, es sei denn, er war gerade von einem Kunsthandwerker unterwegs zum Begräbnis eines hohen Herrschers und hatte den Beutel verloren oder versteckt. Das allerdings schien recht unwahrscheinlich, weil solche Dinge wahrscheinlich von der Druidendynastie direkt beim ausgesuchten Künstler in Auftrag gegeben worden waren und nur innerhalb dieser Führungsfamilien weiter gegeben und aufbewahrt werden durften. Heute würde man dies auch nicht anders machen.

Welker konnte sich noch keinen rechten Reim auf diese Besonderheit des Fundes machen und brachte dies auch deutlich in einer ersten Einschätzung seines Fundes zum Ausdruck, die er zusammen mit seinen anderen Erkenntnissen gegen zwei Uhr morgens in das Polizeipräsidium faxte. Er brachte dabei die Hoffnung zum Ausdruck, dass der noch fehlende Beutel eventuell weitere Rückschlüsse erlauben würde. Dann machte auch er Feierabend und düste mit seinem alten Polo über die menschenleeren Mainzer Straßen nach Hause.

*

Der Beutel war aus einem Stück Leder gefertigt und oben mit Löchern versehen, durch die ein Lederriemen lief, mit dem er verschlossen werden konnte. Das Material - Wolf tippte auf Hirschleder - glänzte nur an wenigen Stellen, wo Reibung die Oberfläche glatt poliert hatte. Das deutete auf eine nur recht kurze Nutzung hin. Dennoch war das Leder hart und spröde geworden, was auf ein hohes Alter schließen ließ. In der Erde hatte er aber nicht gelegen, denn Feuchtigkeitsspuren fehlten ebenso wie Ausbleichungen durch Sonneneinstrahlung. Spuren von Blut oder anderen organischen Flüssigkeiten fand er nicht.

Der Riss, an dem der Beutel bei Hobsons Bergung aufgerissen war, war durch einen spitzen Gegenstand im Innern ausgelöst worden, wohl eines der im Innern befindlichen Stücke. Ansonsten war der Beutel in relativ gutem Zustand und ringförmig mit einer Reihe von Ornamenten verziert, die dem Kriminaltechniker so merkwürdig bekannt vorkamen: Dem Sonnenrad mit der "angehängten" Raute. Mit einem scharfen Cutter schabte er sorgfältig etwas Farbe von der Zeichnung ab, um sie mit der Mikrosonde zu untersuchen. Mit diesem auf einem Rasterelektronenmikroskop aufbauenden Gerät konnte man feinste Partikel auf ihre chemische Zusammensetzung untersuchen. Zur Probenvorbereitung bedampfte er die Probe mit Graphit und nicht wie sonst üblich mit Gold, weil Gold zwar eine bessere Bildqualität lieferte, aber die chemische Analyse nicht mehr erlaubte.

Während des Sputterns - er hatte schon längst den englischen Begriff adaptiert - holte er den Schädel aus dem Kühlschrank, wo er schon manchen unvorsichtigen Kollegen erschreckt hatte und verglich erneut die Symbole mit denen auf dem Beutel. Die Tätowierung im Schädel war zwar unschärfer als die auf dem Beutel aufgemalten Symbole, aber dennoch war die Ähnlichkeit verblüffend. Welche Farbe wurde jeweils benutzt? Die Mikrosonde würde es zeigen.

Er schnitt vorsichtig ein kleines Stück Haut aus dem Schädel, klebte es auf einen Objektträger und bedampfte es ebenfalls mit Graphit. Dann montierte er die beiden Objekte auf einen Probenhalter und evakuierte die Probenkammer, bis die Kreiselpumpen den Druck auf das Ultrahochvakuum des Analysenbereichs abgesenkt hatten.

Auch wenn er schon viele Untersuchungen mit seinem millionenteuren Gerätepark gemacht hatte, war der Moment der ersten Analyse immer noch besonders spannend. Der Kriminaltechniker richtete sorgfältig den Elektronenstrahl auf die verfärbten Bereiche und justierte die Parameter, bis die nachgeschaltete energiedispersive Analyse ein stabiles Ergebnis zeigte. Es war wie er vermutet hatte - die Proben vom Beutel wie auch vom Schädel zeigten die gleiche Elementverteilung. Der stärkste Peak kam von Kupfer, also war die farbgebende Substanz wahrscheinlich grüner Malachit, ein Kupfercarbonat. Die Verteilung der anderen Metalle war in Hautprobe und Beutel-Markierung praktisch identisch.

Man konnte also durchaus annehmen, dass der Schatzbeutel dem Mann gehörte, dessen Schädel gefunden worden war, zumindest war dasselbe Färbungsmittel in beiden Fällen eingesetzt worden. Da früher solche Dinge nicht industriell hergestellt wurden und sich daher die Zusammensetzung jedes Mal etwas änderte, war das ein starker Hinweis. Dieses Ergebnis dürfte die Kollegen Herbert und Hajo sicher besonders interessieren, dachte er sich. Worauf er sich keinen rechten Reim machen konnte, waren starke Calcium-, Eisen- und Aluminium-Peaks von am Leder anhaftenden Partikeln. Wolf schlug nach und fand ähnliche Stoffzusammensetzungen in Zement. Also war der Beutel einmal mit Zement oder Beton in Verbindung gekommen. Welker vom Landesamt hatte auf seinem Fax einen keltischen Händler als Besitzer des Beutels vermutet.

Einen Wanderer zwischen den Welten, den Welten der Römer, Griechen und der keltischen Treverer, einen der mit Kunstgegenständen, Werkzeugen und Waffen handelte. Kunstobjekte aus dem Mittelmeerraum waren bei den Treverern sehr

begehrt und auch die Römer schätzten die Kunsthandwerk aus den keltischen Gebieten, wie viele Funde belegten. Die Treverer konnten Metalle und Glas in fantastischer Art und Weise bearbeiten. Die so entstandenen Kunstwerke blieben der Adelsschicht vorbehalten, insbesondere den Herrschern, den Druiden. Römer und Griechen dagegen waren Meister in der Stein- und Metallbearbeitung gewesen, wie unzählige bis heute künstlerisch unübertroffene Funde von Statuen oder Schmuck belegten. Michael Wolf schmunzelte, wenn er an Elviras Interesse an antiken Statuen dachte, von dem sein Kollege Herbert mehr als einmal erzählt hatte. Sollte sie Waschbrettbäuche in Marmor die mehr konvexen Rundungen ihres Lebensgefährten vergleichen wollen? Doch er kam vom Thema ab.

Die nächste Frage war, ob die Kelten schon Zement oder Beton kannten. Welker konnte vielleicht darüber Auskunft geben. Der Kriminaltechniker erreichte ihn auf seinem Handy, während er an der Villa Rustica sorgfältig die nächste Bodenschicht freilegte und gerade eine Feuerstelle identifizierte. Der Archäologe verneinte diese Frage nach seinem aktuellen Wissenstand. Auch Wolf erschien es recht unwahrscheinlich, dass vor mehr als 2000 Jahren in Rheinhessen Beton eingesetzt worden war. Das war nur oberflächlich uninteressant, denn wenn der Beutel damit in Berührung gekommen war, musste jemand den Beutel gefunden und irgendwo in einem Raum versteckt haben, der aus diesem Material bestand. Und das war sicher ein interessanter neuer Ansatzpunkt für Herbert und Hajo.

*

“Was immer man über Polizeiarbeit sagen mag, es ist Teamarbeit”, Hessinger beugte sich über Schreibtisch und tauschte mit Wülfing die Faxseiten vom Landesamt und der Kriminaltechnik im Hause.

“Ja, ohne Kollegen wären wir aufgeschmissen. Kommissar Schimanski aus den Tatort-Krimis gibt es in natura nicht. Und dein Eindruck?”

“Den Schädel können wir also ad acta legen, der fällt nicht mehr in unsere Altersklasse”, er grinste anzüglich zu seinem vorläufig um die Pension geprellten Kollegen.

“Danke für die Blumen. Aber der Beutel und sein Inhalt hatten eine gewisse Fernwirkung über die Jahrtausende. Also müssen wir doch dran bleiben.”

“Hobson hatte wegen des Beutels eine üble Auseinandersetzung und auch der keltische Händler fiel möglicherweise seinem Schatz zum Opfer.”

"Vielleicht ein einfacher Raubüberfall, aber jemand deshalb zu köpfen und ihm dann offensichtlich gar nicht seine Waren weg zu nehmen? Nein, da steckte mehr dahinter."

"Vielleicht liegt die Lösung in den unpassenden Wertgegenständen? Wie schrieb der Archäologe ... passen nicht zum Fundus eines Händlers. Es sind wertvolle Kultgegenstände, nur wenigen vorbehalten, als Grabbeigaben verwandt."

"Du meinst, da hat einer lange Finger gemacht?"

"Klingt plausibel. In rauen Zeiten hat nicht jeder immer sein Auskommen mit dem Einkommen und ein gerade frisch hergerichtetes Grab - und davon gibt es wohl eine ganze Reihe in der Nähe und auch an der Nahe - hat ihn vielleicht unvorsichtig gemacht."

"Er wurde erwischt und musste flüchten, versteckte seinen Schatz irgendwo und fiel dann seinen Häschern zum Opfer."

"Und wie kommt er in eine mit Zement gemauerte Nische?"

"Vielleicht viel später, denn die Nähe zur Mühle und damit zu Kalu ist frappierend. Der Beutel war irgendwo vor Regen und Sonne geschützt gelagert worden und dann von Kalu gefunden worden. Der hat ihn dann selbst versteckt, beispielsweise in einer Nische wie im ehemaligen Knast, die wohl Kalu zuzurechnen ist."

"Oder der Nische direkt neben der Katzensteiger Mühle, hinter der Betonplatte, die, äh, zerbrochen ist."

"Davon hast du mir noch gar nichts gesagt."

"Entschuldige, die Verletzung von Hobson ging vor. Auf jeden Fall könnten wir ja mal dort ein paar Proben für Michael holen."

"OK, gehen wir, aber halt! Mir fällt etwas ein."

"Erinnerst du dich an die Gedenktafel über dem Wappen? Die Reichsarbeitsdienstabteilung "Hagen von Tronje" hat die Straße von 1933-1935 gebaut, steht auf dem Schild. Da wäre Kalu gerade mal etwa zehn Jahre alt gewesen."

"Stimmt, darauf kann ich mir auch noch keinen Reim machen. Aber es ist in jedem Falle wichtig, den vorübergehenden Lagerort des Schatzes zu finden und das könnte er durchaus sein, die Größe passt. Aber wie kommt der Schatzbeutel dann in Hobsons Hände? Ich dachte, er wühlt nur im Boden?"

"Solche Geräte gehen auch durch Mauern und werden beispielsweise bei Bauarbeiten zur Lokalisierung von Elektro- und Wasserleitungen eingesetzt. Die erfassen Metalle auch durch Beton hindurch."

"Unser amerikanischer Freund war gründlich, scheint mir. Nicht nur am Boden, sondern auch an der Wand."

"Aber es ging gründlich daneben."

*

Es ist schon erstaunlich, wie vertraut mir Elke in den vergangenen Wochen geworden ist und auch in ihrer Wohnung ist es inzwischen aufgeräumter denn je zuvor. Am Morgen haben wir das erste Mal gemeinsam warm geduscht und tatsächlich haben die neu verlegten elektrischen Leitungen die Belastung durch den Durchlauferhitzer klaglos überstanden. Stückchen für Stückchen wird es fertiger und wohnlicher, doch viel ist noch zu tun. Zunächst aber ist Wochenende, mein Kinderwochenende. So lasse ich schon am Mittag den Lötbrenner fallen und mache mich frisch für das Abholen meiner Lieben.

Auch Elke hat pünktlich Arbeitsschluss und wir sitzen beim Mittagessen, als es draußen klopft. Herbert steht da, heute ganz allein und fragt, ob er einen Happen abbekommt. Der Geruch der Pizzabrötchen scheint bis auf die Straße gedrungen zu sein. Natürlich bekommt er seinen Anteil, den er mit Genuss vertilgt, wohl weil Elvira schon seit zwei Tagen bei einer Freundin ist und erst am Samstag zurück kommt. Was ihn heute ins Appelbachtal getrieben hat? Er hat noch ein paar Proben aus der Mauernische über dem Wappen der Straßenbauer genommen und wollte mal kurz herein schauen, bevor er wieder ins Büro zurück fährt.

Herbert ist wirklich guter Dinge. Stolz erzählt er, wie er den Schädel inzwischen zugeordnet hat, zumindest mit hoher Wahrscheinlichkeit, aber der Rest des Skeletts wohl für immer verschollen bleibt. Hobson liegt noch ein paar Tage im Krankenhaus und Hajo organisiert im Büro die Abwicklung dieses ersten Falles. Soviel frei verfügbare Informationen sind selten und genüsslich lässt sich mein Freund von mir ausfragen. Das ist genau der Lesestoff fürs Wochenende, den die Leser suchen. Nach dem fünften Pizzabrötchen verabschiedet sich Herbert wieder und auch ich fahre nach Hause, um Berichte für die Samstagsausgaben zu schreiben und hole dann meine Kinder ab.

Wie üblich setzen wir mit der Fähre von Rüdesheim nach Bingen über, eine kleine Auszeit auf dem Weg nach Hause und ein symbolisches Überschreiten einer Linie, die den oft rauen Taunus vom sanften rheinhessischen Hügelland trennt. Vor dem Binger Hafen macht die Fähre eine faszinierende 180-Grad-Drehung und spielt wie im Film das faszinierende Panorama des Binger Lochs vor uns ab. Mitten drin ist der Mäuseturm, hinter dem der Wohnwagen angetrieben wurde, vor nun mehr als zwei Wochen. Die Frostperiode ist vorbei, auch wenn die Eisheiligen noch kommen werden, aber der Fall ist immer noch nicht gelöst. Dieser Kalu versteckt sich weiterhin, zumindest habe ich von Herbert noch nichts Neues in dieser Richtung gehört.

Mo hat inzwischen die Haare von Kalus Feinripp-Unterhemd analysiert und festgestellt, dass die DNA identisch ist mit einer der bereits bestimmten Blutproben. Also war es wirklich Kalu, der direkten Kontakt mit dem im Krieg gestohlenen Schmuck hatte. Mo überlässt es mir, Herbert darüber zu informieren, denn vielleicht, so seine orientalisch geprägte Weisheit, "zeigt sich Herbert dafür wieder erkenntlich".

Damit hat er tatsächlich recht, denn Herbert erzählt mir im Gegenzug vom Analysenergebnis aus der Wandnische über dem Wappen an der Katzensteiger Mühle. Auch hier passt es - der Schatzbeutel war dort wahrscheinlich versteckt und von Hobson mit dem Metalldetektor gefunden worden. Wer hatte ihn dabei beobachtet und ist ihm dann im Wald begegnet? Auch wieder Kalu? Ganz zufällig geschehen solche Dinge nicht. Wie man es auch dreht und wendet, alles dreht sich um diesen Waldschrat von der Mühle im Appelbachtal. Bei der Identifizierung der Leiche aus dem Wohnwagen ist die Polizei immer noch kein Stück weiter. Vielleicht ist es gar ein Ausländer und nirgendwo vermisst gemeldet? Immerhin gibt es eine Leiche und einen dringend Tatverdächtigen und das reicht als Tätigkeitsnachweis.

Da sich meine Kinder längst auf ihre Zimmer oder zur Nachbarstochter Sandra verkrümelt haben, schreibe ich schnell die Berichte für AZ, MRZ und Bild, passend zum Redaktionsschluss der Samstag-Ausgabe.

Kripo löst Uralt-Krimi

Mehr als 2000 Jahre zurück ging die Kripo Mainz bei der Lösung eines aktuellen Falles. Der Schädel einer Moorleiche aus dem Appelbachtal konnte mit großer Wahrscheinlichkeit einem keltischen Händler aus der Latène-Zeit etwa 380-50 v. Chr. zugeordnet werden. Er hatte wahrscheinlich ein Grab beraubt, wurde dabei entdeckt und auf der Flucht enthauptet. Der Schatz konnte nun wieder gefunden werden. Auch dabei kam es wieder zu einer gewaltsamen Auseinandersetzung, in deren Verlauf ein Schatzsucher am Kopf verletzt wurde. Die rechtzeitig dazu kommende Polizei konnte Schlimmeres verhindern. Der Täter ist noch flüchtig. Die Fundstücke werden derzeit präpariert und sind wahrscheinlich bald im Rahmen einer Sonderausstellung des Landesmuseums in der Großen Bleiche in Mainz zu sehen. Möglich wurde die Lösung dieses uralten Falles durch den Einsatz modernster Analysenmethoden und die Findigkeit der Mainzer Kripo in enger Zusammenarbeit mit dem Landesamt für Denkmalpflege.

Abbildungen: Teile aus dem Schatz

Damit das Wochenende für meine Kinder nicht ereignislos verpufft, beschließe ich für morgen, Samstag nachmittag, einen Besuch auf der Sternwarte in Mainz. Das allgemeine Protestgeschrei verebbt erst, als ich dazu einen ausführlichen Besuch beim Eiscafé Weber ankündige. Mein Freund Burkhard hat den Schlüssel für die Volkssternwarte und will uns gegen Mittag eine kleine Privatvorführung geben. Wir wollen Sonnenflecken beobachten, denn eine Sternbeobachtung in der Nacht ist für meine Kleinen doch noch zu spät. Auch Elke hat zugesagt und kommt, nachdem sie ihre beiden Katzen versorgt hat. Es ist eine schöne Gelegenheit, sie meinen Kindern näher zu bringen.

*

“Oh when the saints, go marching in, oh when the saints go marching in ...”, durchdringend quäkte Wülfings Handy im Flur und das war gut so, denn wenn es näher am Bett gelegen hätte, wäre es wahrscheinlich unter einem gezielten Schlag des 98-kg-Mannes in die ewigen Piepsgründe eingegangen. So blieb dem Mobiltelefon eine irreversible Schädigung erspart, aber Herbert nicht das Aufstehen. Schlaftrunken tappste er mit seinem gestreiften Schlafanzug Richtung Flur und rannte mit dem großen Zeh gegen die halb offen stehende Tür, weil er mit Rücksicht auf Elvira das Licht nicht eingeschaltet hatte. Ein stechender Schmerz schoss das Bein hoch, kroch kalt den Rücken hoch und löste bunte, flackernde Leuchterscheinungen vor seinen Augen aus.

“Verdammt!”, fluchte er in unterdrückter Lautstärke, was zur Folge hatte, dass Elvira nun doch wach wurde und sich verschlafen die Augen rieb.

“Was ist, Herbert?”

Doch der antwortete erst einmal nicht, sondern schaltete das Klingelsignal ab und kniff die Augen zusammen, um das leuchtende Display abzulesen.

“Besuch ist da!” stand da geschrieben und Wülfing musste erst einmal überlegen, was es mit diesem Besuch auf sich haben sollte. Er schaute auf die Uhr - 6:37 h leuchteten digital grünliche Ziffern - und brauchte fast zwei Minuten, bis ihm klar war, dass es die Nachricht aus dem Knast war, auf die er bereits seit mehreren Tagen wartete. Schnell rief er bei seinem Kollegen an der Gerichtspforte an.

“Sag mal Peter, wieso weckst du mich kurz nach Mitternacht?”, beschwerte er sich scheinbar aufgebracht. “Es ist Wochenende.”

“Ach, der Herr Hauptkommissar”, lachte Kommissar Pauckstadt mit seinem tiefen bayrischen Dialekt, “nördlich der Mainlinie gehen die Uhren scheinbar ein bisschen nach. Dein Besuch ist da. Eine Person ist vor fünf Minuten durch den Torbogen vom Wirtschaftshof des Knasts gekommen, kurz zum Tor in einen für mich nicht einsehbaren Bereich und dann in den Eingangsbereich gegangen.”

“Hast du ihn erkennen können?”

“Ein bisschen viel verlangt bei meinem kleinen Schwarzweiß-Monitor. Aber offensichtlich ein älterer Mann, mit einem weißen Hemd und Anzug.”

“Mit Bart und weißen, langen Haaren?”

“Nein, kürzere helle Haare, kein Bart.”

“Und ist dir sonst etwas aufgefallen?”

“Er bewegte sich, ohne sich groß umzusehen. So als kennt er sich dort schon lange aus. Kratzte sich ausgiebig zwischen den Beinen, zerwühlte seine Haare und ließ Wasser im Vorhof ab. Fühlte sich offensichtlich wie zuhause.”

Wülfing bedankte sich und wählte Hajos Nummer. War es wirklich Kalu dort im Knast? Konnte sein oder auch nicht. Sollte er eine Fahndung auslösen? Das würde wahrscheinlich nichts bringen, denn bis sie im Knast waren, war die fremde Person längst über alle Berge. Es musste einen Zugang geben, den nur diese Person kannte und die Kripo halt nicht.

Das Gebäude war jedenfalls jetzt in Überwachung und damit würde ihm nichts entgehen. Hajo meldete sich erst nach fünfmaligen Klingeln und keuchte in den Hörer, denn er war gerade beim Frühsport. Er wollte Herbert abholen, nachdem er geduscht hatte. Inzwischen war auch Elvira aufgestanden.

“Was machst du so früh?”, sie umarmte ihn und gähnte ihm herzhaft über die Schulter. “Musst du schon wieder weg? Am Samstag?”

“Leider ja, vielleicht kommen wir heute einen ganzen Schritt weiter.”

Das hatte er schon oft gesagt und oft war dem eine Enttäuschung gefolgt. Doch was sollte Elvira machen? Vielleicht war es auch gut so, denn manchmal überfiel Herbert eine Aktionitis und wenn er dann nichts vorhatte, war er schlicht unausstehlich. Immerhin war da ja auch Mainz 05 und das Aufstiegsfieber. Ob es dieses Jahr klappen würde? Sie interessierte sich nicht für Fußball, aber Herbert blühte bei Siegen immer auf, bei Niederlagen war er manchmal ein begabter Grantler vor dem Herrn. Seufzend ließ sie ihn ziehen, als Hajo klingelte.

Zunächst fuhren sie zum Gericht, um sich die Videoaufzeichnung der Überwachungskamera anzusehen. Gespannt schauten sie das Schwarzweiß-Video an. Der auf der Seufzerbrücke angebrachte Spiegel hatte zweifellos den Vorteil, über die Mauer sehen zu können, aber den Nachteil, nicht das Gesicht des

Mannes zu zeigen, der dort mit großer Selbstverständlichkeit in der ehemaligen Strafvollzugsanstalt umherging. Auf den vielleicht fünfzehn Sekunden der Aufzeichnung blieb er nie stehen oder schaute sich um oder auf, sondern ging zielgerichtet von A nach B und C. Das brachte sie nicht entscheidend weiter und es führte kein Weg daran vorbei, dass sie selbst ins Gebäude mussten.

Die Schlüssel hatte die LBB und sie entschlossen sich, erst nach elf Uhr dort anzurufen, da sie keine besondere Eile erkennen konnten und die Schlüsselverwahrer nicht am Sonntagmorgen zu früh stören wollten. Die Zeit bis dahin verbrachten sie gemütlich im Café am Dom. Bei einem Capuccino rief Herbert seinen Freund Ronni an, der Kalu immerhin schon ein paar Mal gesehen hatte, ob er nicht zufällig nach Mainz kommen und das Video anschauen könne. Er hatte Glück, denn dieser bereitete gerade einen Ausflug nach Mainz vor. Mit Kindern und Elke wollte er zur Sternwarte im Naturhistorischen Museum. Herbert bestellte den nächsten Capuccino und auch Hajo fand das Café-Ambiente sehr anregend. Was nicht zuletzt mit der netten Studentin zu tun hatte, die dort als Bedienung jobbte und deren Augen für den frühen Sonntagmorgen eine geradezu unglaubliche Lebendigkeit ausstrahlten. Er bestellte den nächsten Kaffee, immerhin schon seinen dritten.

*

"Wir gehen Sonnenflecken ansehen! Komm schon raus!" Mit Nachdruck zieht Linda an der Bettdecke ihres Bruders.

"Lass mich in Ruhe. Ich bin müde." Dominik hatte am Vorabend noch bis kurz vor Mitternacht in den Micky Maus Lustigen Taschenbüchern gestöbert und reagiert entsprechend verschnupft auf die Weckversuche seiner Schwester. Bevor sich das Aufwachen noch stundenlang hinzieht, mache ich mit einem Wäschesprüher etwas Druck. In weniger als einer Sekunde springt Dominik aus dem Bett und wehrt sich mit einer Wasserpistole, die er für solche Fälle griffbereit auf dem Nachttisch liegen hat. So kommt er notgedrungen in Schwung. Um zehn kommt Elke und begrüßt mich mit einem langen leidenschaftlichen Kuss, den meine Beiden so interessiert verfolgen, dass ich mir ein "Schaut genau hin, da lernt ihr was fürs Leben" nicht verkneifen kann. Herberts Anruf verzögert den Zeitplan nur unwesentlich. Kurz nach elf sind wir im Gericht, wo uns Herbert und Hajo erwarten.

"Tach ihr beiden, ihr habt ja einen gemütlichen Job. Kaffeetrinken und sich wohlfühlen", begrüße ich die beiden Kommissare betont flapsig, denn die Hintergrundgeräusche des Cafés waren mir bei ihrem Anruf nicht entgangen.

“Frotzel du nur, du bist nicht seit sechs auf den Beinen”, wehrt sich Hajo und geht uns voran in das infolge der Umbauarbeiten provisorische Geschäftszimmer. Mit ein paar geübten Griffen ruft er die Videosequenz wieder auf und gespannt schauen Elke und ich auf den Schwarzweiß-Monitor. Klar, das Gesicht ist aus dieser Aufnahmeperspektive nicht zu erkennen und die Person hat auch keinen Bart, aber der Gang erinnert Elke und mich sehr an Kalu. Auch die Bekleidung entspricht durchaus seinen Gewohnheiten.

“Na, was sagt ihr? Ist er es?”, fragt Herbert über meine Schulter hinweg. Ich nicke und Elke ergänzt das durch ein “Ziemlich wahrscheinlich, auch wenn der Bart fehlt. Und die Urinierspuren am Fallrohr sowie die beobachtete Morgentoilette sind auch Kalu-typisch.” Sie hatte mehr als einmal erlebt, wie ihr Mitbewohner am hellen Tag in die Sickergrube im Innenhof der Katzensteiger Mühle “gepisst” hatte, wie das Ding beim Namen benannte. Selbst, wenn sie gerade Besuch bekam.

“Das reicht fürs erste”, stellte Herbert fest und nickt Hajo zu, der bereits eine Nummer in sein Handy tippt, ein paar Worte wechselt und dann zufrieden das Gespräch beendet. “Wir brauchen gar niemand her zu holen. Ein Schlüssel für die Eingangstür zum Knast liegt beim Hausmeister hier und wenn er nicht da ist, in der Schublade direkt neben dem Fenster.”

Sofort geht er dorthin und hält nach kurzer Suche triumphierend den Schlüssel hoch. “Das hätten wir gleich wissen müssen.”

In diesem Moment kommt mit schriller Stimme eine hoch aufgeschossene Frau im engen Wickelrock den Gang im Erdgeschoss auf Pauckstadt zugerannt.

“Hilfe, Herr Kommissar. Herr Kommissar! Schon wieder!”

“Was ist geschehen, Frau Gawliczek? Fehlen wieder Butterbrote?” Der für die Dauer der Hells-Angels-Prozesse zum Pfortendienst abgeordnete Kommissar bleibt gemütlich sitzen und auch wir verfolgen gespannt die Unterhaltung.

“Schlimmer, Herr Kommissar, schlimmer! Jetzt ist auch noch die Kaffeekasse weg! Siebenunddreißig Euro fünfundvierzig! Wenn das der Richter sieht, wird er wütend werden. Seit die Hells Angels vor Gericht stehen, sind wir hier nicht mehr sicher.”

“Lassen sie mal, gute Frau. Ich schicke gleich jemand vorbei.”

Leicht widerstrebend geht die Frau wieder zurück in den Gang und wirft noch misstrauisch einen Blick zurück zur Pforte. Hajo interessiert natürlich, was da geschehen ist.

“Das ist nun schon das vierte Mal”, erzählt Pauckstadt im Plauderton, “irgend jemand geht offensichtlich nachts im Gericht auf Einkaufstour. Seit etwa drei Wochen.”

“Das deckt sich etwa mit dem Hells Angels Prozess”, überlegt Hajo laut, “wie kamen die Personen hinein?”

“Das ist ja das Rätsel - wir wissen es nicht. Die Seufzerbrücken sind zu, an der Pforte sitzen wir und die Türen zum Innenhof sind nachweislich geschlossen. Die Zimmertüren haben einfache Schlösser, die kann man mit etwas Erfahrung leicht öffnen. Verschwunden ist bisher im wesentlichen Essbares, am meisten Zirkus gab es letzte Woche, als über Nacht der Geburtstagkuchen für Richter Richter - der heißt wirklich so - aus dem Kühlschrank verschwand. Samt drei Flaschen bestem Winzersekt.”

“Sind Akten zum Prozess verschwunden?”

“Das ist ja das Merkwürdige - außer Lebensmitteln fehlt nichts. Die geplünderte Kaffeekasse ist etwas Neues. Aber es geht natürlich nicht an, dass nachts irgend jemand ungestört im Gericht herum streicht.”

“Das ist wohl wahr”, kommentiert Herbert und drängt Hajo zum Aufbruch.

Sie verabschieden sich kurz von uns und gehen sofort über die Straße in die ehemalige JVA. Die Eingangstür schließen sie sorgfältig hinter sich ab. Was oder wen die beiden wohl in dem alten Gebäude finden werden? Herbert kennt sich von der Ablieferung einiger “Kunden” im Eingangsbereich des alten Gemäuer aus, aber wenn sie alle Räume durchgehen wollen, brauchen sie sicher mehr als eine Stunde, vielleicht zwei. Und sie müssen dabei darauf achten, dass eine eventuell im Gebäude befindliche Person nicht unbemerkt über ein Treppenhaus verschwindet, wenn sie in einem Stockwerk sind. Eigentlich gehören zu einer solchen Durchsuchung mindestens ein Beamter pro Treppenhaus und zwei, die durch die Stockwerke gehen. Woher nehmen die beiden ihren Optimismus, zu zweit fündig zu werden? Immerhin ist die Straße überwacht, denn der Polizeibeamte im Geschäftszimmer liest zwar weiter in seiner Bild am Sonntag, schaut aber in regelmäßigen Abständen auf die Video-Überwachung.

Unser Job ist also erst einmal erledigt und die Kinder drängen zur Sternwarte, wo sie - ganz der Vater - über die Bronze der Wolfsschimäre vor dem Eingang spotten und auch über den Straßennamen “Mitternacht”. Die größte Sanduhr der Welt finden sie dagegen so interessant, dass Burkhard uns von der Eingangstür her rufen muss, weil er nicht so lange warten will. Im Innern geht uns mehr als einhundert Stufen hoch durch die gespenstisch leere Anne-Frank-Schule voraus, bis wir über einen Vorführraum mit simuliertem Sternenhimmel schließlich auf dem Dach angelangt sind. Da das große Fernrohr für die Sternbeobachtung in der Nacht reserviert ist, baut er ein kleines Fernrohr auf und montiert sorgfältig montiert eine Aluminiumfolie als Sonnenfilter über die Eintrittslinse. Bei ungeschütztem Sehen in die Sonne durch ein Fernrohr, so erklärt er, erblindet man bereits beim ersten Durchsehen. Schließlich hält er - noch eine Sicherheitsmaßnahme - ein Blatt Papier vor das Okular und darauf zeichnet sich dann tatsächlich ein Bild unseres Zentralgestirns ab, so klar, dass Dominik und Linda auch gleich die Sonnenflecken erkennen. Hier einer, dort noch zwei, jeder in Wirklichkeit so groß wie die Erde.

Doch die Begeisterung der Kinder über das kosmische Geschehen erlischt leider recht schnell und Elke ihrerseits steht mehr auf Astrologie. Das wiederum ist für Burkhard ein Reizwort. Dominik und Linda schlagen mit "Kann man Herbert sehen?" ganz pragmatisch eine irdische Nutzung der für die Astronomie geschaffenen Instrumente vor.

Bereitwillig demontiert Burkhard den Sonnenfilter und schwenkt von der Sonne zur Diether-von-Isenburg-Straße. Die Vergrößerung ist gewaltig; man kann die einzelnen Schiefertafeln auf den Dächern unterscheiden und auch das Netz, das sich über den Innenhof des ehemaligen Gefängnisses spannt, ist zu erkennen. Die Straßenfront des Gefängnisses ist vom davor liegenden Gerichtsgebäude verdeckt, aber das Dach und der hintere Teil des Innenhofes liegen klar vor uns. Da öffnet sich die Tür zum Dach! Einen Moment später stehen meine Freunde von der Kripo zum Greifen nah vor uns. Hajos Kopf macht sich richtig gut vor der Kuppel der Christuskirche.

Schnell greife ich zum Handy und rufe Herbert an, während Dominik interessiert die Reaktion im Fernrohr beobachtet. Tatsächlich schauen beide erst verblüfft aufs Handy, dann in unsere Richtung und winken schließlich.

"Schon was gefunden, Herr Hauptkommissar?", erkundige ich mich.

"Etwas schon. Einer hat Strom abgezapft, von den letzten angeschalteten Lampen auf dem Stockwerk. Die Urinierflecken im Hof scheinen auch größer geworden zu sein. Die Betoneinlassung im Dachgeschoss ist unverändert gegenüber Deiner Schilderung, da ist nichts mehr drin. Und wie läuft es bei dir?"

"Kindern in der Frühpubertät wird es schnell langweilig, aber da muss Elter durch."

"Wohl wahr", lacht Herbert.

Tatsächlich sucht Dominik mit dem Fernrohr inzwischen die nähere Umgebung ab, während ich mit Herbert und dann Hajo über ihre frischen Eindrücke aus dem Knast plaudere, ein guter Stoff für einen Bericht. Jetzt scheint Dominik etwas Interessantes gefunden zu haben, konzentriert schaut er durch die Linse. Vielleicht ein Nackedei, das sich Sonntags auf einer scheinbar gut geschützten Loggia räkelt?

"Da ist jemand unter Herbert und Hajo!" sagt er plötzlich und Linda will auch sofort durchs Fernrohr schauen, was Dominik heftig abwehrt, worauf Linda übergangslos anfängt zu schimpfen. "Immer machst du, was du willst. Nie lässt du mich was machen. Aber meinen selbstgemachten Kuchen isst du mir weg. Du bist ein blöder Bruder, der blödeste Bruder, den man haben kann!" Sie weint los. Das entstehende Tohuwabohu bekommt auch Herbert mit und will sich schon vom Handy ausklinken, doch ich halte ihn "auf Sendung".

"Warte noch, Dominik hat etwas entdeckt", energisch dränge ich Dominik vom Fernrohr weg und schaue schnell durch. Tatsächlich, da ist ein Mann gerade zwei Stock unterhalb von Herbert und Hajo. Ein Mann mit weißen Haaren, aber ohne Bart, der interessiert nach oben schaut und mir so verdammt bekannt vorkommt. Aber nicht wie Kalu, sondern wie jemand anders. Dann gebe ich Dominik das Fernrohr wieder und berichte Herbert. Der bespricht sich kurz mit Hajo und fragt mich dann:

"In welches Stockwerk kannst du sehen?"

"Tiefer als das, in dem der Mann ist, nicht."

"Gut, dann gehen wir nach Indianermanier vor. Hajo und ich schleichen uns von zwei Seiten durch die Gänge. Dann haben wir ihn. Die Straße wird auch überwacht. Behalte bitte das Dach im Auge, falls unser Mann darüber flüchten will." Er beendet das Gespräch, telefoniert noch einmal und dann verschwinden beide wieder durch den Dachzugang ins Innere. Burkhard hat die Aufregung mitbekommen und inzwischen für uns alle Ferngläser besorgt, worauf Linda endlich ruhig ist. Gespannt verfolgen wir die weitere Entwicklung.

Kurz nachdem die Dachaufgangstür wieder geschlossen ist, verschwindet auch der Mann vom Fenster und für uns ist nichts mehr zu sehen. Ein paar Minuten später bilde ich mir ein, eine Bewegung auf dem Dach zu sehen, aber meine Augen haben mir einen Streich gespielt. Als ich zwinkere und wieder hinsehe, ist nichts zu erkennen. Herbert kann ich nicht anrufen, das Handy würde ihn sofort verraten. So warte ich atemlos darauf, was sich dort tun wird.

Zuerst einmal tut sich nichts, vier Augenpaare mit Ferngläsern starren in Richtung des alten Gefängnisses. Dann ein Anruf von Herbert.

"Wir haben jetzt alle Stockwerke durchgekämmt und sind wieder auf dem Dach, aber es ist nichts zu sehen. Habt ihr irgend jemand aus dem Gebäude kommen sehen?"

Ich stupse die anderen an, aber die schütteln alle den Kopf und schauen dann wieder gebannt die Straßen rauf und runter.

"Nein, Herbert, aber wir halten weiter Wacht."

“Fein. Verdammt, was ist denn das?”, seine Stimme stockt.

“Was ist los, Herbert?”

“Das Tor öffnet sich, da fährt unser Mann! Beobachtet die Straßen!”, er unterbricht die Verbindung.

Schnell informiere ich die anderen über die neue Entwicklung und wir sind uns sicher, dass uns der kleine rote Fiat nicht entgehen wird. Tatsächlich kommt er kurz danach die Diether-von-Isenburg-Straße in Richtung Rhein gefahren, biegt nach rechts auf die Rheinstraße ein und dann gleich wieder in die Große Bleiche. Ich will Herbert informieren, aber sein Handy ist besetzt. Dann verschwindet Kalus Renner aus unserem Gesichtsfeld, weil die St.-Peters-Kirche die Sicht verdeckt. Wir hören schon das Röhren des Zweitakt-Motors und sehen Herberts Mondeo in wildem Rodeo-Stil um die Kurve biegen, doch zu sehen ist von dem Fiat immer noch nichts. Wo ist er hin? Jetzt ist auch der Motorenlärm des Zweitakters verstummt und als der Mondeo schon an der Kreuzung Bauhofstraße bremst, ruft Herbert wieder an.

“Wo ist er?”

“Stop! Der ist nicht bis zur Bauhofstraße gekommen. Ihr seid schon zu weit!”

“Wo ist er dann?”, seine Stimme klingt ziemlich atemlos. Er muss vom Dach der ehemaligen JVA im Galopp auf die Straße gerannt sein. Für den durchtrainierten Hajo kein Problem, aber für Herbert sicher eine Anstrengung.

“Irgendwo im Sichtschatten der Kirche, von hier aus gesehen. Vor dem Landtag oder dem Landtag-Restaurant. Ist da nicht auch eine Tiefgarage?”

“Sie ist, mein Lieber. Bleib dran!” Linda und Dominik schnattern vor Aufregung, als Hajo mit qualmenden Reifen und Blaulicht mitten auf der Kreuzung wendet und dann hinter der Kirche verschwindet. Noch einmal quietscht es laut und dann Stille. Auch das Handy meldet keinen Empfang mehr. Wie geht es unten weiter? Wir warten und die Minuten ziehen sich endlos. Meine Lieben spekulieren darüber, wie unsere Flocki wohl mit furchterregendem Gebell jeden Räuber in die Flucht schlagen würde, obwohl sie sogar Angst vor jeder Katze hat. Es sei denn, die ist dumm genug, vor dem weißen Fellknäuel wegzulaufen.

Inzwischen sind noch zwei Streifenwagen mit viel Tatü und Tata von der Kaiserstraße in die Große Bleiche eingebogen und auch hinter der Kirche verschwunden. Was geht dort vor? Ich bin schon dabei, wieder nach unten zu gehen, als mein Handy wieder klingelt und kurz danach Herberts Wagen langsam die Kaiser-Friedrich-Straße entlang rollt.

“Ronni, den Wagen haben wir jetzt, aber Kalu ist nicht da. Hast du irgend etwas gesehen?”

“Wie kam er denn an euch vorbei raus aus der Tiefgarage? Ein Mittsiebziger?”

“Genauso wie aus dem Knast: Wir wissen es nicht. Die Kollegen durchsuchen unten jeden abgestellten Wagen und Abstellraum, aber ich glaube, dass er schon wieder draußen ist. Übrigens heißen Dank für den dezenten Altershinweis.”

“Bist du eigentlich sicher, dass es Kalu ist? Vielleicht ist es ja ein jüngerer, agilerer Mensch. So wie Hajo? Wie lange sollen wir hier noch bleiben?” Ich kann mir den nächsten Seitenhieb nicht verkneifen.

“Spotte du nur. Aber halte vor allem die Augen offen. Vielleicht noch eine halbe Stunde, wenn es geht.” Er beendet das Gespräch, als sein Wagen rechts zwischen Knast und Gericht einbiegt. Also sollen wir munter weiter mit unseren Ferngläsern die Gegend absuchen. Nach einem alten Mann, der plötzlich doch recht agil zu sein scheint und auch noch seinen Bart verloren hat. Inzwischen bin ich mir nicht mehr sicher, ob Herbert überhaupt auf der richtigen Spur ist.

Wohin würde sich Kalu, wenn er es denn ist, orientieren? Er war zum Kriegsende in Mainz gewesen, denn er hat den Schmuck nach einem Bombenangriff gestohlen. Das Schloss war 1945 sehr stark zerstört, die Tiefgaragen gab es damals noch nicht, aber es gab möglicherweise unterirdische Verbindungen zwischen den einzelnen Gebäuden. Der Boden ist recht weich, es ist Schwemmland vom Rhein. Warum sollten darin nicht gemauerte unterirdische Querverbindungen existieren? Beim Bau einer Tiefgarage oder eines Fundamentes würden dann nicht nur römische oder keltische Heiligtümer wie der Isistempel in der Römerpassage zum Vorschein kommen, sondern diese Gänge würden angeschnitten. Was macht ein guter Bauingenieur und Planer mit solchen Gängen? Er verschließt sie mit einer Stahltür, möglichst mit einem Einflugfenster. Damit Fledermäuse ein wohltemperiertes Plätzchen im Winter haben.

Ob ein solcher Gang auch von der Tiefgarage des Landtags abgeht? Es scheint zumindest wahrscheinlich. Wenn sich dann jemand den Schließzylinder ausbohrt und austauscht - und das sollte nachts problemlos möglich sein - würde das kaum jemand merken, denn diese Zugänge werden praktisch nie genutzt und entsprechend selten kontrolliert. Und wenn es einer versuchen würde, würde der Schlüssel nicht in den Schließzylinder passen, wobei sich nicht jeder etwas denken würde. Genau das war ja auch der Fall im Knast - die Tür, für die auch Frau Nett keinen Schlüssel hatte. Das also wäre ein optimaler Fluchtweg für unseren Kalu. Wohin würde ein Gang von der Landtag-Tiefgarage führen? Die nächsten alten Gebäude sind das Schloss und der Gerichtskomplex, natürlich auch mit einer Tiefgarage dazwischen.

“Herbert, ich glaube, du spielst Hase und Igel”, teile ich ihm per Handy mit, “weißt du, ob es eine Verbindung zwischen den Tiefgaragen vor dem Landtag und dem Schloss gibt?”

“Wie kommst du denn darauf? Ich weiß es nicht, aber wenn es so ist, würde das vieles erklären. Ich rufe mal bei der Parken in Mainz, der PMG, an. Bleib bitte auf Posten, deine Kinder bekommen auch nachher von mir ein Eis.”

Nachdem ich diese Neuigkeit verkündet habe, sind Dominik und Linda, denen die Zeit inzwischen schon etwas lang geworden ist, wieder versöhnt und auch Burkhard macht weiter mit und richtet das kleine Fernrohr wieder genau auf die alte JVA aus. Dann kommt der Anruf von Herbert.

“Du hattest recht, Ronni. Die PMG nutzt diesen Gang natürlich nicht, aber es gibt ihn wohl. Ein Hausmeister ist schon mit den Schlüsseln unterwegs hierher und wird in zehn Minuten da sein.”

“Würde mich nicht wundern, wenn die Schlüssel nicht passen”, ärgere ich ihn ein bisschen.

“Und wieso?”

“Vielleicht sollte ich sagen, dass der Schließzylinder vielleicht nicht mehr zu den Schlüsseln passt?”

“Danke für die Nachhilfe. Manchmal sieht man den Wald vor lauter Bäumen nicht mehr in diesem Beruf. Bleib bitte auf Posten.”

“Aber klar.”

*

Das war knapp gewesen. Schwer atmend verschnaufte Kalu hinter dem Eingang und schichtete Kohlensäcke davor. Zwar war das Gerichtsgebäude schon lange auf Ölheizung umgestellt worden, aber die Reste des Vorrates lagerten immer noch im Kohlenkeller. Vorsichtig ging er den Gang weiter. Der Strahl seiner Taschenlampe tastete über die rötlichen Sandsteinmauern des kurzen Gangs. Das metallische Schlagen des alten Aggregats, die in die alten Gänge eindringendes Grundwasser abpumpte, wurde lauter und dann ging es vier Stufen nach oben zur Stahltür. Er horchte erst eine Weile, bevor er die Tür mit seinem Schlüssel öffnete und in den Gang hinaus sah. Es war wie stets, die Anzeigetafel zeigte leicht flimmernd eine 2 an, als ob irgend jemand noch interessieren würde, wo der Lastenaufzug stand, seit der Strom in dem Gebäude weit gehend abgeschaltet worden war.

Sie waren ihm dicht auf den Fersen gewesen, aber seine Ortskenntnis hatte ihn gerettet. Nun würden sie ihn beim Landtag suchen und vermuten, dass er in die Stadt geflohen wäre. Denn die Wiesen zwischen der Großen Bleiche und dem Schloss sind einfach zu übersichtlich. In seinem Bau fühlte er sich sicher, die hohen Mauern schützten ihn vor fremden Blicken. In ein paar Tagen würde sich die ganze Aufregung verlaufen haben und er würde wieder von hier weg gehen können. Seine beiden Scheckkarten lieferten genug Bargeld für die nächsten Monate und auch einen neuen Wagen würde er sich besorgen können. Schon zweimal wäre er fast wegen seines schönen alten Fiats erwischt worden und das sollte nicht mehr vorkommen. Er hing sein Netz aus dem Verbindungsgang ab und spannte es in seine Lieblingszelle im dritten Stock, von wo er den Eingangsbereich und den Innenhof der JVA am besten übersehen konnte. Dann legte er sich schlafen, so wie er es gewohnt war. Denn nachts sind die Mainzer Straßen für die am sichersten, die anderen nicht so gern begegnen wollen.

*

Kein Schlüssel wollte passen und der Hausmeister der PMG fluchte. Wieder und wieder versuchte er es, während die Kripobeamten erwartungsvoll daneben standen. Nach dem dritten Versuch nahm ihn Wülfing auf die Seite und zückte einen frisch geladenen Akku-Bohrschrauber. Der Titannitrid-beschichtete Bohrer fraß sich durch den Schließzylinder wie durch Butter und schließlich knackste es und das Schloss zerfiel in Stifte und Federn. Die Tür sprang auf. Hessinger hatte inzwischen eine Taschenlampe besorgt und ging voraus in den Gang. Es war kühl, aber die Luft war nicht muffig. Ein kühler Luftzug strich durch den Gang. Vorsichtig ging er den Gang weiter, der etwa ein Meter breit war und an der höchsten Stelle seines Gewölbes etwa zwei Meter hoch. Er war aus denselben Sandsteinen gemauert, aus denen auch das Schloss gebaut wurde und in sehr gutem Zustand bis auf wenige Stellen, wo Steine beschädigt waren.

Hessinger ging vorsichtig weiter, Wülfing hinterher, während der Hausmeister bereits einen neuen Schließzylinder einsetzte. Manchmal mussten sich die Kommissare bücken, wenn nämlich an der höchsten Stelle des Gewölbes eine Fledermaus hing, die noch in ihrem ohnehin nur leichten Winterschlaf war. Die Säugetiere sahen mit ihrem leicht rötlich gefärbten Pelz possierlich aus und einmal hatte der Oberkommissar der Versuchung nicht widerstanden und ein Tier über den Bauchpelz gestreichelt. Das Tier hatte sofort zugebissen und war ansonsten bequem hängen geblieben. Nun hatte Hessinger eine kleine blutende Wunde am Zeigefinger der rechten Hand und musste für den Spott seines Kollegen nicht sorgen.

“Wer krault auch einem Weibchen ganz ohne Vorankündigung die Brust?”, bemerkte Wülfing und Hessinger knurrte nur etwas Unverständliches, das wie ein “Hmmmpf!” klang, zurück. Nach etwa hundert Metern bog der Gang nach links ab, während rechts eine Stahltür wie in der Tiefgarage des Landtags eingelassen war.

“Das wird wohl das Parkhaus vor dem Gericht sein”, murmelte Hajo und bog zielstrebig nach links ab, “mal sehen, wohin wir dort kommen.”

Zwanzig Meter weiter kam wieder eine Tür, die aber verschlossen war. Der Orientierung nach müssten sie nun an den Außenmauern des Gerichts sein. Ob sie auch hier den Schließzylinder aufbohren sollten? Beide entschieden sich dagegen. Vielleicht hatte der Hausmeister ja einen passenden Schlüssel. Sie gingen wieder zurück in die Tiefgarage des Landtages und Wülfing machte sich mit seinem gesammelten Trupp samt Akkubohrer und Taschenlampe auf den Weg zum Amtsgericht. Währenddessen verschloss der Hausmeister der PMG die Tür im Parkhaus am Landtag mit dem neuen Schließzylinder und ging mit einer Taschenlampe und einem weiteren Schließzylinder bewaffnet zur Tiefgarage am Schloss weiter.

*

Burkhard schaut konzentriert durchs Okular und winkt Dominik heran.

“War es die Zelle 441? Wo du den Mann gesehen hast?”

“Lass mich gucken!”, eifrig greift er nach dem Fernrohr und verstellt es dabei, so dass es Burkhard neu einrichten muss. Dann schaut Dominik durch und nickt eifrig.

“Zu sehen ist nichts, die Nachmittagssonne spiegelt, aber da haben wir doch etwas”, er montiert einen Polarisationsfilter auf das Fernrohr und dreht daran, bis er sich zufrieden aufrichtet, “schau doch mal, ob du jetzt etwas siehst.”

Dominik schaut durch, auch Linda und dann auch ich.

“Eine Hängematte!”, sagen wir wie aus einem Munde.

“Du hattest mir doch einmal erzählt, der Knast sei völlig leer”, meint er und damit hat er recht. Sofort rufe ich Herbert an, der meine Neuigkeiten bemerkenswert findet und mich zu sich bittet. Burkhard kann sich nun endlich zu seinen Skatefreunden absetzen. Wir finden Herbert und Hajo im Eingangsbereich, wo die Treppe in den Keller abgeht. Der Hausmeister, unschwer an seinem ausufernden Schlüsselbund zu erkennen, geht bereits die Kellertreppe hinab, während mir Herbert sein weiteres Vorgehen erläutert.

“Wenn ich es richtig sehe, muss Kalu - ich weiß, wenn er es denn ist - durch den Gang ins Gericht und von dort in den Knast gekommen sein. Der Hausmeister kennt einen Verbindungsgang außer den Seufzerbrücken nicht, wohl aber den Gang zur Tiefgarage. Den wird er jetzt testen. Nach unseren Erfahrungen in der Tiefgarage am Landtag hat er schon einen neuen Schließzylinder dabei. Es geht schließlich nicht, dass fremde Leute einfach so ins Gericht spazieren. In den letzten Wochen hatten sich kleinere Einbrüche gehäuft. Neben ein wenig Geld verschwanden Lebensmittel und Wasserflaschen, ohne dass man den Dieb hätte ausfindig machen können. Man hatte - wie meist zu Unrecht - zunächst die Putzkolonne in Verdacht, die besonders eifrig die Böden wischte und behauptete, dass es schwarze Fußspuren am Boden gegeben hätte. Aber das entpuppte sich als nicht stichhaltig."

"Denkst du, was ich denke?"

"Sag mal."

"Die Diebstähle entsprechen zeitlich dem Verschwinden von Kalu aus der Katzensteiger Mühle."

"Das habe ich auch schon gedacht. Aber jetzt sind wir schon da." Eine trübe Deckenlampe im Glasbehälter flammt auf und wirft einen matten Lichtkreis auf den Boden, der an den Wänden stufenlos in die Schwärze der noch herum liegenden Kohle übergeht.

"Iiiiiih, ist das schmutzig hier!", beschwert sich Dominik lauthals und Linda ergänzt das mit "Eine Spinne, eine riesige Spinne!!", und flüchtet an meine Hand. "Mach die tot, Papa!"

Ich muss lachen, aber die beiden fühlen sich nicht wohl hier und ich schicke sie die Treppe nach oben, wo sie den gemütlichen Oberkommissar Pauckstadt unterhalten können, während wir nach weiteren Spuren suchen.

Der Hausmeister probiert alle Schlüssel an der Verbindungstür zur Tiefgarage, doch nichts rührt sich. Wir schauen zu, wie er es ein zweites Mal versucht, bis dann Hajo vortritt und mit einem rhetorischen "Ich darf doch?" den Akkuschrauber ansetzt. Die geöffnete Tür geht tatsächlich in den Gang zur Tiefgarage am Landtag, womit das erste Rätsel gelöst wäre. Während der Hausmeister wieder den dafür vorgesehenen Schließzylinder einsetzt, schauen wir uns in der dunklen Kohlenkammer um und fassen mit spitzen Fingern die Säcke an, die scheinbar seit unendlichen Zeiten hier liegen, finden aber nichts.

"Machen wir es einfach anders herum", schlägt Hajo vor und setzt sein pfiffiges Grinsen auf, "gehen wir vom Knast den Weg durch diese abgeschlossene Tür und schauen, ob wir hier heraus kommen." Gesagt, getan. Die beiden wechseln noch ein paar Worte mit Oberkommissar Pauckstadt im Eingangsbereich und ich bleibe mit meinen Kindern auch noch ein wenig da. Inzwischen habe ich die Belohnung für den stressigen Tag schon auf zwei Eis heraufgesetzt.

Diesmal gaben sich Hessinger und Wülfing keine Mühe, besonders leise zu sein. Sie wussten, sie wurden erwartet von einem, der sich in diesem Bau offensichtlich viel besser auskannte als sie selbst. Sie mussten ihm einfach die Möglichkeit geben, seinen Fluchtweg zu nutzen, den sie nun ja kannten. Zuerst bohrten sie den Schließzylinder im Keller auf, hinter dem das metallische Klacken ertönte und fanden den Gang in Richtung des Gerichts, der wieder vor einer Tür endete. Doch diesmal kamen sie nicht weiter, denn der Akku drehte nach drei aufgebohrten Schließzylindern den Bohrer nur noch müde und Ersatz hatten sie keinen dabei. Doch das sollte nicht den Ausschlag geben.

Es war wie eine Treibjagd und dabei geht man strategisch vor. Sie gingen wieder zurück, schlossen die aufgebohrte Tür provisorisch und klemmten in die obere Türfalz die Quittung vom letzten Einkauf. Dann stiegen sie getrennt die beiden Treppenhäusern direkt hoch aufs Dach, ohne Umweg über Zelle 441, und dann getrennt wieder herunter, jeden Gang einzeln abgehend. Zelle 441 war leer und die Hängematte war scheinbar verschwunden, sehr wohl aber wieder in die Halterungen im Zentralgang eingehängt. Ein weiterer Beweis, dass Kalu hier war. Beiden fielen auch erstmals die leuchtend rot gestrichenen Brandschutz-Schränkchen auf, die so auffällig waren, dass sie noch gar nicht hinein gesehen hatten. Zweifellos konnte sich ein kleiner, relativ gelenkiger Mann wie Kalu darin verstecken. Zwar war er nicht drin, es fand sich aber ein Fotoalbum und Unterwäsche im dritten Stock, im ehemaligen Jugendtrakt mit seinen oft beklemmenden Wandmalereien.

Der alte Mann war hier und er wusste, dass sie hier waren. Wo sollte er sich noch verstecken? Irgendwo in einer verdreckten Kellerecke? Möglicherweise, aber Kalu hatte bessere Alternativen. Sorgfältig gingen die beiden Beamten Stock für Stock, Zelle für Zelle und Brandschutzkasten für Brandschutzkasten ab. Dann waren sie im Keller. Wenn er nicht an ihnen vorbei nach oben durchgehuscht war, mussten sie ihn jetzt in der Falle haben. Und tatsächlich: Der Einkaufszettel an der Kellertür zum Verbindungsgang lag auf dem Boden. Sie brachten gleich einen neuen Schließzylinder an der Tür an.

*

"Hilfe, Hilfe!", ein schrilles Kreischen kam von unten und mit rotem Gesicht rannte die Sachbearbeiterin Gawliczek auf ihren hochhackigen Schuhen die Kellertreppe hinauf, so schnell ihr Wickelrock es zuließ. Hinterher kam eine Art Schornsteinfeger-Verschnitt mit ehemals weißen Haaren, Gesicht und Anzug mit Ruß verschmiert, der hinter Pauckstadts Rücken hinaus auf die Straße gehen wollen. Das wäre aber zu einfach gewesen, denn mit einem Griff hatte der Oberkommissar den Mann am Anzug und mit dem zweiten im Polizeigriff. Er wunderte sich über die recht schwache Gegenwehr, bis er erkannte, dass er einen alten Mann vor sich hatte. Der aber war nicht auf den Mund gefallen und ließ nun eine echt Schimpfkanonade los, die mit "Saubangerter, losst mich loos, ihr Buzze, Schmieres. Nix als Zores mit de Bullerei" einen tiefen Einblick in rheinhessische Sprachkultur gab.

Pauckstadt übergab den tobenden Mann einem herbei geeilten Kollegen und hatte gleich den Gedanken, dass damit wohl auch die nächtlichen Einbrüche im Gerichtsgebäude ein Ende haben würden. Er rief sofort seinen Kollegen Wülfing an, der kam nur ein paar Minuten später aus dem Knast kam, den alten Mann in seine Obhut nahm und seinen Freund Ronni Sander anrief.

*

Nachdem ich von Herbert den erfolgreichen Fang erfahren habe, gibt es nun wirklich kein Argument mehr, in der Volkssternwarte zu bleiben und nur wenig später sind wir im Eiscafé Weber. Während Elke bereits den dritten Capuccino genüsslich verzehrt, löffeln meine beiden Lieben tapfer am zweiten Bananensplit. Nach einem so gelungenen Tag hängen wir noch einen Kinoabend im *Cinema Bingen* dran, bevor wir und wieder zu Hause ausbreiten. Sonntag will Linda mit ihrer Freundin Sandra reiten, während Dominik mit Jonathan wieder fremde Galaxien am Bildschirm erobern will. Eine ereignisreiche Woche geht zu Ende. Herbert und Hajo haben ihren Erfolg und ich den nächsten Exklusivbericht. Denn dichter als ich war von der Presse niemand dabei. Ob Kalu den Mord gesteht? Am Montag wird mir Herbert mehr sagen können. Und dennoch bleibt so ein ungewisses Gefühl in der Magengegend, denn obwohl es eindeutig ein rasierter Kalu ist, der da aus dem Kohlenkeller kam, habe ich sein Gesicht schon einmal woanders gesehen. Aber wo?

*

Die Vernehmung von Kalu war keine besonders erbauliche Veranstaltung, wenn man nicht unbedingt wie Wilfried Hilgert ein Wörterbuch der rheinhessischen Sprachbesonderheiten, mit besonderer Gewichtung der Schimpfwörter, schreiben will. So ließen Wülfing und Hessinger den tobenden alten Mann mit dem verschobenen Tag/Nacht-Rhythmus den Sonntag in seiner Zelle und begannen am Montag erneut mit der Vernehmung. Dabei fühlten sich die beiden Ermittler zunehmend unsicherer, denn obwohl der alte Mann weiter wie ein Rohrspatz schimpfte, kam er ihnen irgendwie bekannt vor. Sie beschlossen, ihn mit ihrem Beweismaterial zu konfrontieren und ließen den Zeichner die Originalzeichnungen der Wohnwagenleiche bringen.

“So, Herr Maier, auch wenn Sie es nicht wahr haben wollen, gleich bekommen Sie ein Bild des Mannes, den Sie umgebracht haben. Anhand ihres Ausweises haben wir sie ja bereits identifiziert.”

“Ich unn umjebraach? Dumm Zeuch, ihr Saubangerter, beammdede.”

“Bitte keine Beleidigungen, Herr Maier”, setzte Wülfing wieder an, als es klopfte und der Zeichner mit der Zeichnung herein kam. Er überreichte Hessinger das Bild und wollte schon wieder gehen, als er plötzlich stockte und mit offenem Mund in der Tür stehen blieb. Und dann sahen es auch die beiden Kommissare: Der Tote schien lebendig geworden zu sein.

Und Kalu fing plötzlich an zu weinen. Das Originalbild des Zeichners zeigte seinen Zwillingsbruder Ludwig so echt, wie es die Zeitungen mit ihrem kleinen Bild nicht vermocht hatten.

*

“Eine fürwahr unglaubliche Geschichte”, bestätige ich Herbert am Montag mittag, “ihr seid euch ganz sicher?”

“Die Blutsverwandtschaft hast du mit deinem Freund vom Zytolab ja herausgefunden, wir haben sie nur nicht zugeordnet.”

“Und die Fingerabdrücke sind nicht ähnlich gewesen?”

“Überhaupt nicht. Eineiige Zwillinge haben eine fast identische DNA, aber die Fingerabdrücke sind ganz unterschiedlich.”

“Darauf muss man erst einmal kommen.”

“Dafür gibt es die Polizei”, er lächelt. “Wirklich, es fügt sich alles zusammen. Er hat seinen Bruder nicht umgebracht, sondern der ist ganz natürlich an einem Herzinfarkt gestorben. Er wollte ihn mit dem Wohnwagen zurück in die Heimat, nach Schlesien, bringen und dort begraben. Die Grenzen sind ja jetzt offen. Weit ist er nicht gekommen, denn der Puck stand schon zu lange da und er fuhr den Reifen mit zu wenig Luft. Nach der Reifenpanne hat er einen ruhigen Platz gesucht und den Wagen an der Reduite abgestellt. Den Rest kennst du.”

“Nicht ganz. Warum hat er den Reifen bei der Autoverwertung geholt?”

"Unser Freund ist ein alter Krämer, der wirft nichts weg. Seine alten Anzüge haben wir übrigens in einer der Garagen im Innenhof der JVA gefunden. Einen Karabiner aus dem ersten Weltkrieg hatte er übrigens auch - versteckt in einem dieser roten Brandschutzschränkchen. Wir untersuchen sie gerade, Michael Wolf wird uns bald mehr sagen können. Und natürlich hatte er die Schlösser aufgebohrt und ausgetauscht."

"Aber warum ist er nicht weg, nachdem ihm sein Bruder - pardon - abhanden gekommen ist?"

"Das haben wir auch erst knacken müssen, weil er partout jede Aussage darüber verweigerte. Aber die Scheckkarte vom Bruder hatte er dabei und Hajo fiel wieder das Verwaltungs-Wirrwarr im Appelbachtal ein. Und siehe da: Ein Ludwig Maier war unter dem gleichen Geburtsdatum beim Sozialamt Bad Kreuznach wie ein Karl Maier in der Verbandsgemeinde Wöllstein registriert. Kalu wollte wohl nicht auf die Rente und sonstigen Beiträge seines Bruders verzichten. Die jüngste Zahlung hatte er schon abgehoben."

"Also Sozialbetrug."

"Ja. Die haben beide genommen, was sie kriegen konnten. Und dann hier mal und da mal ein Depot angelegt. Beide waren übrigens körperlich so fit wie es heute vielleicht ein wohlstandsverwöhnter Mittfünfziger ist. Tatsächlich hieß unser Kalu eigentlich nur Karl. Aber weil man die beiden kaum auseinander halten konnte, hatte sich halt Kalu eingebürgert, auch bei ihnen. Übrigens waren beide wegen Plünderung gegen Kriegsende angezeigt worden, aber Diebesgut hatte man damals nicht gefunden."

"Schmuck?"

"Nicht nur, auch Münzen und anderes. Was sie bekommen konnten, haben sie genommen und gehortet. Wer hat schon am Kriegsende Schmuck gekauft? Wahrscheinlich haben sie das Diebesgut selbst unter der Betonplatte versteckt, die dir dankenswerter Weise im Knast auffiel."

"Aber da stand doch 1943 drauf, der Diebstahl war aber erst 1945, wie die Frau angab."

"Na und, was ist leichter als 1945 auf frischen Beton 1943 zur ritzen? Oder eine bestehende Platte zu unterhöhlen? Das Problem war nur, dass sie nach der Reparatur des Gefängnisses nicht mehr an ihr Diebesgut kamen. Ihr Normalos da draußen wisst oft gar nicht, wie gerissen Verbrecher sein können", er seufzte und schaute mich mit einem Gesichtsausdruck an, aus dem Stolz auf seine Arbeit, aber auch die Belastung sprach.

"Und der Mord am amerikanischen Piloten? Waren die beiden das nicht auch? Was sagt die Untersuchung der Waffe?"

“Kann sein, kann nicht sein. Nach so langer Zeit etwas nachzuweisen, ist kaum möglich. Wir haben nur Plexiglassplitter an der Pilotenjacke, aber keinen Schusskanal. Da ist auch Michael Wolf mit seiner Kunst am Ende. Kalu weiß natürlich von nichts - vielleicht ist das sogar wahr. Und was wollen wir noch von dem alten Mann? Ich glaube, der hat erst jetzt so richtig den Verlust seines Bruders realisiert. Die Amerikaner kommen diese Woche übrigens die Gebeine von Bill Monahan holen und auch Dick Hobson fliegt wieder zurück.”

“Bist du bei der Suche nach dem weiter gekommen, der Hobson verletzt hat?”

“Noch nicht, aber Hobson hat die Nase voll und verzichtet auf eine Anzeige. Die rheinhessischen Argumente scheinen doch recht einprägsam zu sein.”

“Das war vor mehr als zweitausend Jahren nicht soviel anders. Kein Wunder, dass die Römer irgendwann verzweifelten.”

“Den Schädel meinst du? Übrigens”, er zieht zielsicher ein Blatt aus einem Stapel auf seinem Schreibtisch, “war es wohl kein Römer, sondern ein Kelte, der da getötet worden war. Sagt jedenfalls der Keltenspezialist Welker anhand der Symbolik am Schädel und auf dem Beutel. Das war wohl eine innerkeltische Auseinandersetzung.”

“Cäsar nutzte den Keltenzwist ja bekanntermaßen aus und schreibt darin in seinem Gallischen Krieg. Ohne die internen Machtkämpfe unserer Vorväter hätte er den Krieg wohl nicht gewonnen und wir säßen heute vielleicht in Rom. Aber noch einmal zu Hobson. Kann es Kalu gewesen sein?”

“Das bestreitet er vehement. Es scheint mir auch glaubhaft, denn so oft fuhr der auch nicht mit seinem Schlaglochsucher durch die Gegend. Und woher sollte er wissen, dass genau dann jemand im Wald herum läuft? Nein, das war jemand, der sowieso dort auf der Suche war, vielleicht sogar Hobson beobachtete und leichte Beute witterte.”

Da kommt mir natürlich Beule in den Sinn. Mit seinem Quattro hat er keine Probleme auf Feldwegen und ein paar Tage davor hatte er etwas gehumpelt, als er zu Elke gekommen war. Kurz vorher war eine kleine Rutschung an der Hexenkanzel abgegangen. Das passte doch nicht schlecht! Aber wenn Hobson keine Anzeige erstattet - wo kein Kläger ist, ist auch kein Richter. Wir unterhalten uns noch eine ganze Weile über dies und das und Herbert erzählt mir, dass er nun doch nicht den Puck aus dem Fundus ersteigern will. Irgendwie hatte er ihn größer in Erinnerung gehabt.

So hat mich denn der Alltag wieder. Nachdem die Berichte über den Zwillingsmord, der keiner war, an die Zeitungen unterwegs sind, freue ich mich auf das nächste Projekt für den Mainzer. Es geht um einen Bericht mit Interview über den Rheinhessen-Rocker Billy Crash in Stadecken-Elsheim. Der Mann mit seinem Rauschebart hat das Zeug zum Kultrocker und eine Sammlung von sicher mehr als 20 Gitarren und anderen Instrumenten aus seinem Musikerleben in seinem top eingerichteten Musikbox Studio in Stadecken. Man kommt durch eine Scheune dorthin, in der er neben seinen riesigen Amischlitten seinem neuesten Hobby frönt: Er sammelt Emailschilder. Eine ganze Wand hängt bereits voll und eine zweite zur Hälfte. Eine seiner jüngsten Eroberungen zeigt er mir stolz: Ein Schild von 1925, Kathreiners Malzkaffee. Es ist leicht beschädigt. Das obere Loch ist etwas verbogen, als hätte man es in aller Eile und etwas gewaltsam von einer Wand genommen. Aber das wird er sicher bald wieder hergerichtet haben.

*

Weitere Bücher von Jean C. Becker

Tod beim Rotweinfest

Noch bevor das Rotweinfest richtig begonnen hat, findet ein Jogger am frühen Morgen die Leiche einer Familienrichterin an der Ingelheimer Rheinfähre. Merkwürdige Umstände stellen die Kripo von Anfang an vor Rätsel. Wieso weist die Tote keine äußeren Verletzungen auf? Und was haben die vielen toten Käfer neben der Leiche zu bedeuten?

ISBN 3-933797-07-1
Euro 9.90

"Ein mehr als viel versprechendes Debüt." Mainzer Allgemeine Zeitung.

Haie im Mainzer Becken

Als sich an einem schönen Sommermorgen die Mainzer Elite auf dem Dach des Staatstheaters versammelt, deckt der spektakuläre Sturz einer Skulptur ein Verbrechen auf. Plötzlich bedrohen die Sünden der Gegenwart die Geschäfte der Gegenwart. Die Spuren führen zunächst in die Mainzer Unterwelt und dann viel weiter. Denn die Baukorruption ist international...

ISBN 3-933797-08-X
Euro 9.90

"Mord in Mainz - funktioniert das unter Marktstrategischen Gesichtspunkten? Und ob!"

Der Mainzer

Eine Mordsgegend

Kriminalistische Idyllen in Rheinhessen, Mainz und entlang des Rheins.

100 Seiten, etwa 150 größtenteils farbige Abbildungen, fester Einband, Fadenheftung, 234 x 24 cm Euro 9.90

"... zeigt der Autor ... mit einzigartigen Aufnahmen die Orte, die man sonst nie zu Gesicht bekommt ..." Mainzer Rhein-Zeitung

Ebenfalls erschienen im Selztal-Verlag

Mundartiges & Unartiges

Ein einzigartiger, erfrischender Querschnitt durch rheinhessische Mundart. Mit Beiträgen von Alfons Molitor, Wilfried Hilgert, Marie-Luise Brehm, Baptist Lager, Fritz Kleemann, Boijemaaschder.

Musik von Billy Crash. Grafik von Robert Annweiler. CD mit 60 Minuten Laufzeit.

ISBN 3-935929-00-9 Euro 9.90

Billy Crash

Tel: 06136-925114

www.billy-crash.de

Vollmondaache LC 09084

Quetschkommod LC09084

Weitere Lieder auf CD:

Es Krokodil, Widder hoom nooch Meenz LC 04881

alle Are Musikverlag Mainz

Archäologie

www.arrata.de

Vielen Dank!

Für die Hilfe bei der Recherche zu diesem Buch danke ich im Bereich der Archäologie besonders Herrn Dr. Rupprecht, Herrn Dr. Welker und Frau Dr. Heide. Frau Fajal und Herr Sowath von der LBB ermöglichten mir eine weit gehende Dokumentation der ehemaligen Justizvollzugsanstalt. Familie Zimmermann aus Siefersheim erlaubte mir den Zugang zur Katzensteiger Mühle im Appelbachtal und stellte umfangreiches Material zur Geschichte zur Verfügung. Ich danke auch allen anderen, die hier ungenannt sind, und durch ihre Beiträge dieses Buch mit geprägt haben.